Madeleine Wickham

Die Heirats-schwindlerin

R

Aus dem Englischen von
Heidi Lichtblau

GOLDMANN

Die Originalausgabe erschien 1999 unter dem Titel
»The Wedding Girl« bei Black Swan Books,
Transworlds Publishers Ltd., London

Umwelthinweis:
Alle bedruckten Materialien dieses Taschenbuches
sind chlorfrei und umweltschonend.
Das Papier enthält Recycling-Anteile.

Genehmigte Taschenbuchausgabe 6/2000

Umschlaggestaltung: Design Team München
Umschlagfoto: Colin Thomas
Satz: deutsch-türkischer fotosatz, Berlin
Druck: Elsnerdruck, Berlin
Verlagsnummer: 44149
MD · Herstellung: Peter Papenbrok
Made in Germany
ISBN 3-442-44149-8

1 3 5 7 9 10 8 6 4 2

Für Hugo,
der mittendrin erschien

Prolog

Eine Touristengruppe war stehen geblieben, um Milly anzustarren, in ihrem Brautkleid auf den Treppen des Standesamtes. Sie verstopften den Gehsteig gegenüber, was die Oxforder Einheimischen jedoch – an den jährlichen Ansturm gewöhnt – in stoischer Ruhe hinnahmen. Ein paar warfen einen Blick die Treppe hinauf, um den Grund des Auflaufs zu erfahren, und gaben stillschweigend zu, dass die beiden dort oben wirklich ein umwerfendes Paar abgaben.

Der eine oder andere Tourist hatte sogar seine Kamera gezückt, und Milly, die die Aufmerksamkeit genoss, strahlte ihnen freudig entgegen und versuchte, sich das Bild vorzustellen, das sie und Allan boten. Ihre weißblonde Igelfrisur glühte in der Nachmittagssonne; der geliehene Schleier kratzte an ihrem Hals, die Nylonspitze ihres Kleides klebte feucht auf ihrer Haut. Und wann immer sie zu Allan – ihrem Ehemann – aufblickte, erfasste sie eine prickelnde Euphorie, die alle anderen Empfindungen auslöschte.

Erst drei Wochen zuvor war sie in Oxford eingetroffen. Die Schule war im Juli vorbei gewesen – und während all ihre Freundinnen sich nach Ibiza, Spanien und Amsterdam aufmachten, steckte man Milly in ein Sekretärinnencollege in Oxford. »Viel sinnvoller als irgend so ein alberner Urlaub«, hatte ihre Mutter energisch verkündet. »Und denk doch nur, was du dann den anderen gegenüber bei der Stellensuche für Vorteile hast.« Aber Milly wollte gar keine Vorteile vor den anderen. Sie wollte braun werden und einen Freund haben, sonst gar nichts.

Und so machte sie sich am zweiten Tag ihres Tippkurses nach dem Lunch aus dem Staub. Sie entdeckte einen billigen Friseur und ließ sich von ihm aus einer Laune heraus das Haar kurz schneiden und bleichen. Dann bummelte sie beschwingt und glücklich durch die sonnigen Straßen Oxfords, schaute hie und da in kühle Klöster und Kapellen, lugte in Innenhöfe und überlegte, wo sie sonnenbaden könnte. Es war purer Zufall, dass sie sich schließlich für eine Rasenfläche des Corpus Christi College entschied, dass Ruperts Räume direkt gegenüber lagen, dass er und Allan beschlossen hatten, sich diesen Nachmittag faul ins Gras zu legen und Pimm's zu trinken.

Verstohlen hatte sie die beiden beobachtet, wie sie auf den Rasen schlenderten, mit ihren Gläsern anstießen und sich Zigaretten anzündeten; sie starrte genauer hin, als einer von ihnen das Shirt auszog und einen gebräunten Oberkörper enthüllte. Sie hatte den Unterhaltungsfetzen gelauscht, die zu ihr herübergetragen wurden, und sich unvermittelt gewünscht, diese lässigen, gut aussehenden Männer zu kennen. Als der ältere der beiden sie ansprach, tat ihr Herz vor Aufregung einen Sprung.

»Haben Sie Feuer?« Eine gelassene Stimme, belustigt, amerikanisch.

»Ja«, stotterte sie und griff in ihre Hosentasche. »Ja, habe ich.«

»Wir sind leider furchtbar faul.« Der jüngere Mann erwiderte ihren Blick: schüchterner, zurückhaltender. »Ich habe ein Feuerzeug, gleich hinter diesem Fenster da.« Er deutete nach oben. »Aber bei der Hitze ist jeder Schritt zu viel.«

»Als Dank bekommen Sie ein Glas Pimm's«, meinte der Amerikaner. Er streckte die Hand aus. »Allan.«

»Rupert.«

Den restlichen Nachmittag lümmelte sie mit ihnen auf dem Gras, tankte Sonne und Alkohol, flirtete und kicherte und brachte die beiden mit ihren Beschreibungen der Kolleginnen auf dem Sekretärinnencollege zum Lachen. In ihrer Magengrube spürte sie ein Kribbeln, das im Laufe den Nachmittags stärker wurde: ein sexueller Schauer, den das attraktive Äußere der beiden noch erhöhte. Rupert war geschmeidig und golden wie ein junger Löwe; sein Haar ein glänzend blonder Heiligenschein; die

Zähne in dem glatten braunen Gesicht strahlend weiß. Allan hatte schon Fältchen, und das Haar an den Schläfen war ergraut, aber seine graugrünen Augen ließen ihr Herz höher schlagen und seine Stimme liebkoste ihre Ohren wie Seide.

Als Rupert sich auf den Rücken rollte und zum Himmel fragte: »Sollen wir heute Abend essen gehen?«, dachte sie, er wolle mit ihr ausgehen. Sofort ergriff eine ungläubige Freude von ihr Besitz, auch wenn es ihr, wie sie sofort feststellte, lieber gewesen wäre, Allan hätte sie gefragt.

Gleich darauf rollte auch er sich auf den Rücken und sagte: »Unbedingt.« Und dann beugte er sich hinüber und küsste Rupert ungeniert auf den Mund.

Das Seltsame war, dass es Milly nach dem ersten Schock eigentlich nichts ausmachte. Es war fast besser so: Auf diese Weise hatte sie die beiden für sich. An jenem Abend ging sie mit ihnen ins San Antonio und weidete sich an den eifersüchtigen Blicken zweier anderer Sekretärinnen. Am nächsten Abend spielten sie auf einem alten Grammofon Jazzmusik und tranken Whisky mit Eis und frischer Minze. Die beiden zeigten ihr, wie man Joints drehte. Binnen einer Woche waren sie ein regelrechtes Dreiergespann.

Und dann hatte Allan sie gefragt, ob sie ihn heiraten wolle.

Ohne nachzudenken, hatte sie unverzüglich ja gesagt. In der Annahme, es sei ein Scherz, hatte er gelacht und zu einer längeren Erklärung über seine missliche Lage ausgeholt. Er sprach über Visa, von Schikanen des Innenministeriums, von überholten Systemen und Diskriminierungen gegen Schwule. Die ganze Zeit sah er sie dabei flehentlich an, als müsse sie für die Idee erst noch gewonnen werden. Aber Milly war schon gewonnen, erschauerte bereits erregt bei dem Gedanken, ein Brautkleid zu tragen, ein Blumenbouquet zu halten, etwas Aufregenderes zu tun als je zuvor in ihrem Leben. Erst als Allan stirnrunzelnd meinte: »Ich kann kaum glauben, dass ich jemanden bitte, für mich das Gesetz zu brechen!«, ging ihr die ganze Bedeutung seiner Bitte auf. Aber die kleinen Bedenken, die sie überkamen, waren nichts gegen die Hochstimmung, die sie erfüllte, als Allan den Arm um sie legte und ihr ins Ohr flüsterte: »Du bist ein Engel.« Milly hatte atemlos zurückgelächelt und gesagt: »Da ist doch nichts dabei«, und sie hatte es wirklich so gemeint.

Und nun waren sie verheiratet. Sie hatten das Ehegelübde heruntergerasselt: Allan in trockenem, überraschend ernstem Ton; Milly mit zittriger Stimme, nahe dran loszukichern. Dann hatten sie sich ins Register eingetragen. Allan zuerst, zügig und geübt; dann Milly, die für diese Gelegenheit eine Erwachsenenunterschrift versuchte. Und dann, überraschend schnell, war alles vorbei, und sie waren Mann und Frau. Allan hatte Milly ein kleines Lächeln geschenkt und sie wieder geküsst. Ihr Mund prickelte noch immer leicht von der Berührung; der vergoldete Ehering an ihrem Finger fühlte sich noch fremd an.

»Es reicht jetzt mit den Fotos«, meinte Allan plötzlich. »Wir wollen nicht zu viel Aufmerksamkeit erregen.«

»Nur noch ein paar«, wandte Milly rasch ein. Es hatte sie viel Mühe gekostet, Allan und Rupert so weit zu bringen, dass sie sich für den Anlass ein Brautkleid ausleihen durfte; nun, da sie es trug, wollte sie den Augenblick möglichst lange auskosten. Sie rückte etwas näher an Allan heran, klammerte sich an seinen Arm, spürte seinen rauen Anzug an ihrer bloßen Haut. Unvermittelt zog ein sommerlicher Windstoß an ihrem Schleier und kühlte ihren Nacken. Ein altes Theaterprogramm wurde den trockenen, leeren Rinnstein entlanggeblasen; auf der anderen Straßenseite löste sich die Gruppe der Schaulustigen allmählich auf.

»Rupert!«, rief Allan. »Jetzt reicht's mit der Knipserei!«

»Warte!«, bat Milly verzweifelt. »Was ist mit dem Konfetti?«

»Na, okay«, erwiderte Allan nachsichtig. »Ich schätze, um Millys Konfetti kommen wir nicht herum.«

Er langte in seine Tasche und warf eine bunte Handvoll in die

Luft. Gleichzeitig wurde Millys Schleier wieder vom Wind erfasst, von der kleinen Plastiktiara in ihrem Haar gerissen und wie eine Rauchfahne in die Luft gewirbelt. Der Schleier landete auf dem Bürgersteig, zu Füßen eines dunkelhaarigen Jungen von ungefähr sechzehn Jahren, der sich bückte und ihn aufhob. Als hielte er irgendein seltsames Artefakt in den Händen, beäugte er den Schleier eingehend.

»He!«, rief Milly sofort. »Das ist meiner!« Und sie lief die Treppe hinunter auf ihn zu, eine Konfettispur im Schlepptau. »Der gehört mir«, wiederholte sie noch einmal deutlich, als sie sich dem Jungen näherte, weil sie dachte, er sei vielleicht ein ausländischer Student mit schlechten Englischkenntnissen.

»Ja«, erwiderte der Junge trocken. »Das dachte ich mir schon.«

Er reichte ihr den Schleier, und Milly lächelte ihn unsicher an, bereit, ein bisschen zu schäkern. Aber die Miene des Jungen veränderte sich nicht; in seinem Blick hinter der Nickelbrille erkannte sie so etwas wie Verachtung. Mit einem Mal kam sie sich in ihrem schlecht sitzenden Brautkleid aus Nylon und mit bloßem Kopf ein bisschen albern vor.

»Danke«, sagte sie und nahm den Schleier. Der Junge zuckte mit den Achseln.

»Nichts zu danken.«

Er beobachtete, wie sie, verunsichert von seinem Starren, den Schleier wieder befestigte.

»Gratulation«, setzte er hinzu.

»Wozu?«, fragte Milly, ohne nachzudenken.

»Eine glückliche Ehe!«, sagte der Junge mit unbewegter Stimme. Er nickte ihr zu und ging davon, bevor Milly noch etwas erwidern konnte.

»Wer war das?«, erkundigte sich Allan, der plötzlich neben ihr auftauchte.

»Keine Ahnung«, sagte Milly. »Er hat uns eine glückliche Ehe gewünscht.«

»Eine glückliche Scheidung wohl eher«, meinte Rupert, der Allans Hand umklammerte. Milly sah ihn an. Sein Gesicht leuchtete; er wirkte schöner denn je.

»Milly. Ich bin dir sehr dankbar«, sagte Allan. »Wir beide sind es.«

»Keine Ursache«, sagte Milly. »Es hat Spaß gemacht, ehrlich!«

»Na, trotzdem. Wir haben hier eine Kleinigkeit für dich.« Nach einem Blick zu Rupert griff Allan in seine Tasche und reichte Milly eine kleine Schachtel. »Süßwasserperlen«, erklärte er, während sie die Schachtel öffnete. »Wir hoffen, sie gefallen dir.«

»Oh, und wie!« Milly blickte strahlend von einem zum anderen. »Das wäre aber doch nicht nötig gewesen!«

»Wir wollten es aber«, erwiderte Allan ernst. »Als Dank dafür, dass du eine tolle Freundin bist – und eine perfekte Braut.« Er befestigte die Kette um Millys Hals, und sie errötete vor Freude. »Du siehst schön aus«, sagte er leise. »Die schönste Ehefrau, die sich ein Mann erhoffen kann.«

»Tja«, sagte Rupert, »und wie wär's jetzt mit etwas Champagner?«

Den Rest des Tages verbrachten sie damit, auf dem Cherwell Stechkahn zu fahren, erlesenen Champagner zu trinken und extravagante Trinksprüche aufeinander auszubringen. In den folgenden Tagen verbrachte Milly jede freie Minute mit Rupert und Allan. An den Wochenenden fuhren sie aufs Land und veranstalteten verschwenderische Picknicks auf karierten Decken. Sie besuchten den Blenheim Palace, und Milly bestand darauf, im Gästebuch mit Mr. und Mrs. Allan Kepinski zu unterschreiben. Drei Wochen später, als ihre Zeit im Sekretärinnencollege um war, reservierten Allan und Rupert im Randolph einen Tisch und ließen Milly drei Gänge bestellen, ohne dass sie sich die Preise anschauen durfte.

Am nächsten Tag brachte Allan sie zum Bahnhof, half ihr beim Verstauen des Gepäcks und trocknete ihre Tränen mit einem seidenen Taschentuch. Er küsste sie zum Abschied, versprach zu schreiben und sagte, sie würden sich bald in London treffen.

Milly sah ihn niemals wieder.

1. Kapitel

Zehn Jahre später

Das Zimmer war groß und luftig, und man blickte über die Straßen von Bath, die eine feine Schicht Januarschnee bedeckte. Vor ein paar Jahren war der Raum in traditionellem Stil mit gestreiften Tapeten und ein paar guten georgianischen Möbelstücken neu eingerichtet worden. Augenblicklich verschwanden diese allerdings unter einem Meer bunter Kleidungsstücke, CDs, Zeitschriften und Make-up. Den schönen Mahagonischrank in einer Ecke verdeckte fast völlig ein riesiger weißer Kleidersack aus Baumwolle; auf dem Sekretär stand eine Hutschachtel; auf dem Boden beim Bett lag ein Koffer, halb gefüllt mit Kleidungsstücken für Flitterwochen in warmen Regionen.

Milly, die einige Zeit vorher zum Fertigpacken hoch gekommen war, lehnte sich gemütlich auf ihrem Schlafzimmerstuhl zurück, sah auf die Uhr und biss in einen kandierten Apfel. Auf ihrem Schoß hielt sie Hochglanzmagazine, geöffnet bei den Ratgeberseiten, deren erste mit »Liebe Anne« begann. »Ich habe ein Geheimnis vor meinem Mann.« Milly verdrehte die Augen. Sie brauchte den Rat nicht einmal zu lesen. Der lautete nämlich immer gleich. Sag die Wahrheit. Sei ehrlich. Wie eine Art weltlicher Katechismus, den man, einmal auswendig gelernt, ohne nachzudenken herbeten konnte.

Ihre Augen wanderten zum zweiten Problem. »Liebe Anne, ich verdiene viel mehr Geld als mein Freund.« Milly nagte geringschätzig an ihrem kandierten Apfel. Die hatte Probleme! Sie blätterte zu den Homestyle-Seiten weiter und erspähte eine Auswahl teurer Papierkörbe. So etwas fehlte eigentlich noch auf ihrer Hochzeitsliste. Vielleicht war es noch nicht zu spät.

Unten klingelte es an der Tür, doch sie rührte sich nicht. Simon konnte es nicht sein, noch nicht; wahrscheinlich einer der Pensionsgäste. Träge hob Molly den Blick von ihrer Zeitschrift und sah sich in ihrem Zimmer um. Seit zweiundzwanzig Jahren wohnte sie hier, und zwar, seitdem die Familie Havill in die Bertram Street gezogen war und sie mit der Verzweiflung einer Sechsjährigen erfolglos gebettelt hatte, man möge ihr Zimmer babyrosa streichen. Seitdem war sie im Internat gewesen, im College, sogar kurz nach London gezogen – und jedes Mal war sie zurückgekehrt, zurück in dieses Zimmer. Aber am Samstag würde sie fortgehen und nie mehr zurückkommen. Sie würde ein eigenes Heim gründen. Einen Neuanfang machen. Als eine erwachsene, verheiratete Frau.

»Milly?« Die Stimme ihrer Mutter riss sie aus ihren Gedanken. »Simon ist da!«

»Was?« Milly warf einen Blick in den Spiegel und zuckte angesichts ihres zerzausten Erscheinungsbildes zusammen. »Bloß nicht!«

»Soll ich ihn raufschicken?« Ihre Mutter steckte den Kopf herein und musterte das Zimmer. »Milly! Du solltest dieses Durcheinander aufräumen!«

»Lass ihn ja nicht hochkommen!«, bat Milly und betrachtete den kandierten Apfel in ihrer Hand. Sie schlug die Zeitschrift zu und legte sie auf den Boden, dann überlegte sie es sich anders und kickte sie unter das Bett. Hastig pellte sie sich aus der jeansblauen Leggings und öffnete ihren Kleiderschrank. Auf der einen Seite hingen eine gut geschnittene schwarze Hose, ein anthrazitfarbener klassischer Rock, ein brauner Hosenanzug und eine Reihe adretter weißer Hemdblusen. Auf der anderen Seite befanden sich all die Kleidungsstücke, die sie trug, wenn sie nicht mit Simon zusammen war: zerfetzte Jeans, uralte Pullis, enge, knallige Miniröcke. All die Kleidungsstücke, die sie noch vor Samstag würde ausmustern müssen.

Sie zog die schwarze Hose und eine der weißen Hemdblusen an und griff nach dem Kaschmirpullover, den Simon ihr zu Weihnachten geschenkt hatte. Sie betrachtete sich eingehend im Spiegel, bürstete ihr Haar – nun honigblond und schulterlang – und schlüpfte in ein Paar teurer schwarzer Halbschuhe. Sie und Simon hatten einander oft versichert, dass man am falschen Ende sparte, wenn man sich billige Schuhe zulegte; soweit Simon wusste, besaß sie nur die schwarzen Halbschuhe, ein Paar braune Stiefel und ein Paar marineblaue Gucci-Slipper, die er ihr selbst gekauft hatte. Seufzend schloss Milly die Schranktür, stieg über einen Unterwäschehaufen auf dem Boden hinweg und ergriff ihre Tasche. Sie besprühte sich mit Parfüm, schloss fest die Zimmertür und schickte sich an, die Treppe hinunterzugehen.

»Milly!«, zischte ihre Mutter ihr zu, als sie an deren Zimmer vorbeiging. »Komm her!«

Gehorsam betrat Milly das Zimmer. Olivia Havill stand an einer Kommode, vor sich ihre geöffnete Schmuckschatulle.

»Schatz«, sagte sie fröhlich, »sag mal, magst du dir heute Nachmittag nicht meine Perlen ausleihen?« Sie hielt ein doppelreihiges Perlenkropfband mit einem Diamantverschluss in die Höhe. »Sähe toll aus zu diesem Pullover!«

»Mummy, wir gehen doch bloß zum Pfarrer«, entgegnete Milly. »Das ist doch nicht wichtig. Wozu brauch ich da eine Perlenkette!«

»Natürlich ist es wichtig!«, versetzte Olivia. »Du musst das ernst nehmen, Milly. Schließlich gibt man sein Ehegelübde nur einmal ab!« Sie hielt inne. »Und außerdem tragen alle Bräute aus der Oberschicht Perlen.« Sie hielt die Kette an Millys Hals. »Echte Perlen. Nicht diese albernen Dingerchen da.«

»Ich mag meine Süßwasserperlen«, verteidigte sich Milly. »Und ich komme nicht aus der Oberschicht.«

»Schatz, in Kürze bist du Mrs. Simon Pinnacle.«

»Simon kommt auch nicht aus der Oberschicht!«

»Sei nicht albern«, meinte Olivia scharf. »Natürlich tut er das. Sein Vater ist Multimillionär.« Milly verdrehte die Augen.

»Ich muss gehen!«

»Na gut.« Mit Bedauern legte Olivia die Perlen zurück in ihre Schmuckschatulle. »Wie du willst. Und, Schatz, denk doch bitte dran, Pfarrer Lytton wegen der Rosenblätter zu fragen.«

»Mach ich«, versprach Milly. »Bis später!«

Sie eilte die Treppe hinab in die Diele und schnappte sich von der Garderobe ihren Mantel.

»Hi!«, rief sie ins Wohnzimmer, und als Simon in die Diele trat, warf sie hastig einen Blick auf das Titelblatt des *Daily Telegraph* und versuchte, sich so viele Schlagzeilen wie möglich einzuprägen.

»Milly!«, sagte Simon grinsend. »Du siehst hinreißend aus.« Milly sah auf und lächelte.

»Du auch.« Simon war fürs Büro gekleidet, er trug einen dunklen Anzug, der wie angegossen an seinem drahtigen, untersetzten Körper saß, ein blaues Hemd und eine purpurrote Seidenkrawatte. Das dunkle Haar stand borstig von seiner breiten Stirn ab, und er duftete diskret nach Aftershave.

»So«, meinte er, öffnete die Haustür und geleitete sie in die frische Nachmittagsluft hinaus. »Na, dann wollen wir uns doch mal eine Lektion über das Eheleben anhören.«

»Tja«, sagte Milly. »Seltsam, nicht?«

»Die totale Zeitverschwendung«, meinte Simon. »Was kann uns ein hinfälliger alter Pfarrer schon darüber erzählen? Er ist ja nicht mal selbst verheiratet!«

»Tja«, meinte Milly vage. »Ich schätze, es gehört sich halt so.«

»Wehe, er fängt an, uns von oben herab zu behandeln. Da werde ich stocksauer.«

Milly warf ihm einen Blick zu. Sein Nacken war angespannt, der Blick entschlossen nach vorn gerichtet. Er erinnerte sie an eine junge, kampflustige Bulldogge.

»Ich weiß, was ich mir von der Ehe erwarte«, sagte er und runzelte die Stirn. »Das wissen wir beide. Völlig unnötig, dass sich da ein Fremder einmischt.«

»Wir hören einfach bloß zu und nicken«, schlug Milly vor. »Und dann gehen wir wieder.« Sie fühlte in ihrer Hosentasche nach ihren Handschuhen. »Außerdem weiß ich ohnehin schon, was er sagen wird.«

»Was?«

»Seid lieb zueinander und schlaft nicht herum.«

Simon überlegte einen Augenblick. »Ich schätze, den ersten Teil könnte ich hinbekommen.«

Milly gab ihm einen Knuff, und er zog sie lachend an sich und küsste sie auf das glänzende Haar. Als sie sich seinem Wagen näherten, griff er in seine Hosentasche und piepste mit der Fernbedienung sein Auto auf.

»Fast hätte ich keinen Parkplatz gefunden«, sagte er und ließ den Motor an. »Die Straßen sind völlig zugeparkt.« Er zog die Stirn kraus. »Ob dieses neue Gesetz wirklich etwas bringt …«

»Das Umweltgesetz?«, parierte Milly sofort.

»Genau«, sagte Simon. »Hast du darüber gelesen?«

»O ja.« Milly rief sich rasch den *Telegraph* in Erinnerung. »Meinst du, dass sie auch wirklich die richtigen Schwerpunkte setzen?«

Und als Simon zu sprechen anfing, blickte sie aus dem Fenster, nickte gelegentlich und fragte sich dabei träge, ob sie sich für die Flitterwochen noch einen dritten Bikini anschaffen sollte.

Pfarrer Lyttons Raum war groß, zugig und voller Bücher. Bücher säumten die Wände, Bücher bedeckten jede Oberfläche, und Bücher erhoben sich in staubigen, schwankenden Stapeln auf dem Boden. Die Teekanne hatte die Form eines Buches, der Funkenschutz des Kamins war mit Büchern dekoriert; selbst die Pfefferkuchenstücke auf dem Teetablett ähnelten einer Reihe Lexika.

Pfarrer Lytton selbst erinnerte an ein altes Stück Papier. Seine dünne, spröde Haut schien in Gefahr, jeden Moment zu zerreißen; wann immer er lachte oder die Stirn runzelte, legte sich sein Gesicht in tausend Falten. Augenblicklich – wie schon während der ganzen Sitzung – tat er es auch. Seine buschigen weißen Augenbrauen waren miteinander verwachsen, seine Augen vor Konzentration verengt, und seine knochige Hand, die eine noch volle Tasse Tee umklammerte, fuhr gefährlich durch die Luft.

»Das Geheimnis einer erfolgreichen Ehe«, deklamierte er, »ist Vertrauen. Vertrauen ist der Schlüssel. Vertrauen ist der Fels.«

»Genau«, sagte Milly, wie sie es in der vergangenen Stunde alle drei Minuten getan hatte. Sie warf Simon einen Blick zu. Er hatte sich nach vorn gebeugt, so, als wolle er einhaken. Aber Pfarrer Lytton duldete keine Unterbrechungen. Jedes Mal, wenn Simon zu einer Erwiderung ansetzte, hob der Geistliche seine Stimme und wandte sich ab, so dass Simon den Mund frustriert wieder schließen musste. Dabei war Simon anzumerken, dass er so einigen Äußerungen Lyttons liebend gern widersprochen hätte. Was sie selbst anbelangte, so hatte sie kein Wort mitbekommen.

Ihr Blick glitt schläfrig auf die Bücherschränke zu ihrer Linken. Da war sie, gespiegelt in deren Glasscheiben. Elegant, gepflegt und erwachsen. Ihr Erscheinungsbild gefiel ihr. Nicht, dass Pfarrer Lytton es zu würdigen gewusst hätte. Wahrscheinlich hielt er es für sündhaft, Geld für Kleidung auszugeben. Er würde sagen, dass sie es statt dessen den Armen hätte geben sollen.

Sie veränderte ihre Lage auf dem Sofa etwas, unterdrückte ein Gähnen und blickte auf. Da bemerkte sie zu ihrem Entsetzen, dass Pfarrer Lytton sie beobachtete. Seine Augen verengten sich, und er brach mitten im Satz ab.

»Es tut mir Leid, wenn ich Sie langweile, meine Liebe«, versetzte er sarkastisch. »Vielleicht ist Ihnen dieses Zitat schon bekannt?«

Milly spürte, wie sie errötete.

»Nein«, erwiderte sie. »Ist es nicht. Ich bin bloß … ähm …« Sie blickte rasch zu Simon, der ihr grinsend zublinzelte. »Ich bin bloß ein bisschen müde«, führte sie ihren Satz lahm zu Ende.

»Die Hochzeitsvorbereitungen machen der armen Milly schwer zu schaffen«, fügte Simon hinzu. »Was es da nicht alles zu organisieren gibt! Der Champagner, der Kuchen …«

»In der Tat«, meinte der Geistliche streng. »Aber dürfte ich Sie daran erinnern, dass es bei einer Hochzeit weder um den Champagner noch um den Kuchen geht! Und im Übrigen auch nicht um die Geschenke, die Sie zweifellos erhalten werden.« Sein Blick glitt durch sein Zimmer, als vergliche er seine schäbigen Habseligkeiten mit den Unmengen prachtvoller und aufwendiger Geschenke für Milly und Simon, und sein Gesicht verdüsterte sich noch mehr. »Es betrübt mich«, fuhr er fort und stolzierte zum Fenster, »wie salopp viele junge Paare ihre Trauung angehen. Man sollte das Sakrament der Ehe nicht als reine Formalität betrachten.«

»Natürlich nicht«, gab Molly ihm Recht.

»Wie Sie beim Trauungsgottesdienst noch hören werden, sollte man die Ehe nicht sorglos, leichthin oder aus selbstsüchtigen Gründen eingehen, sondern …«

»Und so ist es bei uns auch nicht«, fiel Simon ihm ungeduldig ins Wort; er beugte sich auf seinem Stuhl vor. »Pfarrer Lytton, ich weiß, Sie haben es vermutlich tagtäglich mit Leuten zu tun, die aus den verkehrten Gründen heiraten. Aber bei uns ist das nicht der Fall, okay? Wir lieben uns, und wir wollen den Rest unseres Lebens miteinander verbringen. Und für uns ist das was Ernstes. Der Kuchen und der Champagner haben damit nichts zu tun.«

Er hielt inne, und einen Augenblick lang herrschte Schweigen. Milly nahm Simons Hand und drückte sie.

»Aha«, meinte Lytton schließlich. »Nun, das höre ich gern.« Er setzte sich, trank einen Schluck kalten Tees und zuckte zusammen. »Ich wollte Ihnen hier keine Moralpredigt halten.« Er stellte seine Tasse ab. »Aber Sie haben ja keine Ahnung, wie viele ungeeignete Paare zu mir kommen, die heiraten wollen. Gedankenlose junge Leute, die einander kaum fünf Minuten kennen. Alberne Mädchen, die bloß hinter einer Ausrede her sind, um sich ein hübsches Kleid kaufen zu können ...« Er schüttelte den Kopf.

»Das kann ich mir lebhaft vorstellen«, meinte Simon.»Aber Milly und ich – das ist das Wahre. Wie werden es ernst nehmen. Es richtig machen. Wir kennen uns, und wir lieben uns, und wir werden sehr glücklich sein.« Er beugte sich zu Milly, küsste sie zart und warf dem Priester einen herausfordernden Blick zu.

»Ja«, nickte Lytton. »Nun. Vielleicht habe ich genug gesagt. Sie scheinen auf dem richtigen Weg zu sein.« Er nahm seine Aktenmappe auf und begann, darin zu blättern. »Da wären noch ein paar Punkte zu klären ...«

»Das war schön«, flüsterte Milly Simon zu.

»Es ist wahr«, flüsterte er zurück und berührte sanft ihren Mundwinkel.

»Ah, ja.« Pfarrer Lytton sah auf. »Ich hätte das schon vorher erwähnen sollen. Wie Ihnen bekannt sein dürfte, hat Reverend Harries es versäumt, letzten Sonntag Ihr Aufgebot zu verlesen.«

»So?«, fragte Simon.

»Das ist Ihnen doch sicher aufgefallen?« Er sah Simon durchdringend an. »Ich nehme doch an, Sie haben den Gottesdienst besucht?«

»O ja«, erwiderte Simon nach einer Pause. »Natürlich. Nun, da Sie es erwähnen, ich habe mir schon gedacht, dass da etwas nicht stimmte.«

»Er hat sich vielmals entschuldigt – das tun sie immer.« Lytton stieß einen gereizten Seufzer aus. »Aber der Schaden ist angerichtet. Infolgedessen werden Sie mit einer Sondergenehmigung getraut werden müssen.«

»Oh«, sagte Milly. »Und was heißt das?«

»Unter anderem heißt das«, meinte er, »dass ich Sie bitten muss, einen Eid zu schwören.«

»Das klingt nicht gut!«, sagte Milly.

»Wie bitte?« Er blickte sie verwirrt an.

»Nichts«, sagte sie. »Fahren Sie fort.«

»Sie müssen einen Eid schwören, dass alle Informationen, die Sie mir gegeben haben, der Wahrheit entsprechen.« Pfarrer Lytton hielt Milly eine Bibel hin und reichte ihr dann ein Blatt. »Gehen Sie es einfach mal schnell durch, schauen Sie, ob alles stimmt, und lesen Sie den Eid dann laut vor.«

Milly starrte ein paar Sekunden auf das Papier und sah mit einem strahlenden Lächeln hoch.

»Alles bestens«, sagte sie.

»Melissa Grace Havill«, sagte Simon, der über ihre Schulter auf das Schriftstück schaute. »Ehelos.« Er zog eine Grimasse. »Ehelos!«

»Okay!«, meinte Milly scharf. »Lass mich jetzt einfach den Eid lesen.«

»Genau«, sagte Lytton. Er strahlte sie an. »Und dann hat alles, wie es so schön heißt, seine Richtigkeit.«

Als sie das Pfarrhaus wieder verließen, war es kalt, und es dämmerte. Es hatte abermals zu schneien begonnen; die Straßenlampen leuchteten schon. In einem Fenster auf der anderen Straßenseite glitzerte noch eine weihnachtliche Lichterkette. Milly holte tief Luft, lockerte die vom langen Stillsitzen steif gewordenen Beine und blickte zu Simon. Aber noch ehe sie etwas sagen konnte, ertönte von der anderen Straßenseite eine triumphierende Stimme.

»Aha! Hab ich euch erwischt!«

»Mummy!«, rief Milly. »Was für eine nette Überraschung!«

Olivia überquerte die Straße und strahlte sie beide an. Ihren flott geschnittenen blonden Haarschopf und die Schultern ihres grünen Kaschmirmantels benetzte eine feine Schneeschicht. Nahezu alle Kleidungsstücke Olivias hatten die Farben von Edelsteinen – Saphirblau, Rubinrot, Amethystlila – und wurden durch eine glänzende Goldschnalle, leuchtende Knöpfe und Schuhe mit goldenem Besatz betont. Insgeheim hatte sie einst mit dem Gedanken an türkisfarbene Kontaktlinsen gespielt, war sich jedoch nicht sicher gewesen, ob man sich hinter ihrem Rücken nicht darüber lustig machen würde. Und so machte sie stattdessen das Beste aus ihrem natürlichen Blauton, indem sie goldenen Lidschatten auflegte und einmal im Monat eine Kosmetikerin besuchte, die ihr die Wimpern schwarz färbte.

Nun richteten sich ihre Augen zärtlich auf Milly.

»Ich nehme an, du hast vergessen, Pfarrer Lytton nach den Rosenblüten zu fragen?«, sagte sie.

»Oh!«, sagte Milly. »Ja, das hab ich tatsächlich.«

»Wusste ich's doch!«, rief Olivia aus. »Deshalb bin ich lieber gleich selbst hergekommen!« Sie lächelte Simon an. »Was ist meine Kleine doch für eine Schusselliese!«

»Das würde ich nicht sagen«, erwiderte Simon mit gepresster Stimme.

»Natürlich nicht! Du bist ja schließlich in sie verliebt!« Olivia lächelte ihn fröhlich an und zerzauste ihm das Haar. In Stöckelschuhen war sie ein kleines bisschen größer als Simon, und ihm war aufgefallen – wenn auch sonst niemandem –, dass sie seit Millys und seiner Verlobung immer öfter welche trug.

»Ich gehe jetzt besser«, sagte er. »Muss zurück ins Büro. Im Augenblick sind wir ziemlich in Hektik.«

»Wer ist das nicht!«, rief Olivia. »Schließlich sind es nur noch vier Tage, weißt du? Vier Tage, bis ihr zum Altar schreitet! Und ich habe noch tausend Sachen zu erledigen!« Sie wandte sich an Milly. »Und du, Schatz? Bist du auch in Eile?«

»Nein«, meinte Milly. »Ich habe mir den Nachmittag freigenommen.«

»Na, was hältst du dann davon, wenn wir zusammen zurück in die Stadt gehen? Vielleicht könnten wir ...«

»Bei Mario's eine heiße Schokolade trinken?«, beendete Milly den Satz.

»Genau.« Olivia lächelte Simon triumphierend an. »Siehst du, ich kann Millys Gedanken lesen!«

»Privatbriefe auch!«, versetzte Simon. Eine kurze, angespannte Pause entstand.

»Nun, dann«, sagte Olivia schließlich. »Ich brauche nicht lange. Bis heute Abend, Simon.« Sie öffnete das Gartentor des Pfarrhauses und ging rasch den verschneiten Weg entlang.

„Das hättest du nicht sagen dürfen«, rügte Milly Simon, sobald Olivia außer Hörweite war. »Das mit dem Brief. Ich musste ihr versprechen, dir nichts davon zu erzählen.«

»Tja, tut mir Leid«, sagte Simon. »Aber sie hat's verdient. Woher nimmt sie sich das Recht, einen privaten Brief von mir an dich zu lesen?« Milly zuckte die Achseln.

»Sie meinte, es sei ein Versehen gewesen.«

»Ein Versehen?«, rief Simon. »Milly, du machst wohl Witze. Er war an dich adressiert, und er lag in deinem Zimmer!«

»Was soll's«, meinte Milly gutmütig. »Ist doch eigentlich egal.« Unvermittelt kicherte sie. »Gott sei Dank hast du nichts Unhöfliches über sie geschrieben.«

»Das nächste Mal mache ich das aber«, drohte Simon. Er warf einen Blick auf die Uhr. »Hör mal, ich muss jetzt wirklich los!«

Er ergriff ihre kalten Finger, küsste sie nacheinander zart und zog Milly an sich. Sein Mund auf ihrem war weich und warm; er zog sie noch näher, und Milly schloss die Augen. Dann ließ er sie jäh los, und ein Schwall kalter Luft traf sie im Gesicht.

»Ich muss mich beeilen. Bis später!«

»Ja«, sagte Milly. »Bis dann!«

Lächelnd beobachtete sie, wie er die Tür seines Wagens mit der Fernbedienung öffnete, einstieg und ohne Umschweife davondüste. Simon war grundsätzlich in Eile. Immer hetzte er davon, um etwas zu erledigen, zu erreichen. Wie eine Marionette musste er jeden Tag draußen sein, etwas Konstruktives tun oder sich entschlossen amüsieren. Zeitverschwendung war ihm ein Gräuel; er verstand nicht, wie Milly einen Tag glücklich mit Nichtstun verbringen oder einem Wochenende planlos entgegensehen konnte. Mitunter ließ er sich zu einem gemeinsamen Tag des süßen Nichtstuns hinreißen und wiederholte mehrmals, wie schön es sei, sich mal richtig entspannen zu können. Dann, nach ein paar Stunden, sprang er auf und verkündete, er ginge joggen.

Das erste Mal, als sie ihn in der Küche bei Bekannten gesehen hatte, führte er gleichzeitig per Handy ein Gespräch, stopfte sich Chips in den Mund und hechelte mit der Fernbedienung die Teletext-Schlagzeilen durch. Als Milly sich ein Glas Wein einschenkte, hielt er ihr sein Glas auch hin, lächelte sie in einer Gesprächspause an und bedankte sich.

»Übrigens, die Party findet nebenan statt«, hatte Milly ihn aufgeklärt.

»Schon klar«, hatte Simon erwidert, die Augen wieder auf den Teletext gerichtet. »Ich komme gleich!« Und Milly hatte die Augen verdreht und ihm den Rücken gekehrt, ohne sich nach seinem Namen zu erkundigen. Aber später an diesem Abend, als er sich wieder zu der Party gesellte, wandte er sich ihr zu, stellte sich charmant vor und entschuldigte sich für sein Verhalten in der Küche.

»Es ging da bloß um geschäftliche Nachrichten, die für mich von besonderem Interesse sind.«

»Gute Nachrichten oder schlechte?«, fragte Milly, nippte an ihrem Wein und registrierte, dass sie reichlich angesäuselt war.

»Kommt darauf an, wer man ist.«

»Aber ist das nicht immer so? Jede gute Nachricht ist für jemand anderen eine schlechte. Sogar …« Sie hatte ihr Glas vage in der Luft herumgeschwenkt. »Sogar der Weltfrieden. Schlechte Nachrichten für die Waffenhersteller.«

»Ja«, hatte Simon bedächtig erwidert. »Schätzungsweise schon. Von der Warte habe ich das noch nie betrachtet.«

»Tja, wir können nicht alle große Denker sein«, hatte Milly versetzt und ein Kichern unterdrückt.

»Kann ich Ihnen etwas zu trinken besorgen?«, hatte er gefragt.

»Nein danke. Aber wenn Sie wollen, können Sie mir eine Zigarette anzünden.«

Er neigte sich zu ihr und schützte die Flamme dabei sorgfältig mit einer Hand, und ihr fielen seine kräftigen Finger und seine glatte, gebräunte Haut auf, und dass er ein angenehmes Aftershave benutzte. Dann, als sie an der Zigarette sog, hatte er ihr tief in die Augen geschaut, und zu ihrer Überraschung rann ihr ein Schauer über den Rücken, und sie hatte sein Lächeln zögernd erwidert.

Später, als man nicht länger plaudernd herumstand, sondern in Grüppchen auf dem Boden saß und Joints rauchte, war das Gesprächsthema auf Vivisektion gekommen. Milly, die in der Woche zuvor zufällig ein *Blue Peter Special*, die Sondersendung eines Kinderprogramms, über Vivisektion gesehen hatte, während sie zu Hause eine Erkältung auskurierte, konnte mit mehr harten Fakten und fundierten Argumenten aufwarten als jeder sonst, und Simon starrte sie bewundernd an.

Ein paar Tage darauf lud er sie zum Dinner ein und sprach viel über Business und Politik. Milly, in beiden Gebieten völlig unbewandert, hatte gelächelt, genickt und ihm zugestimmt; am Ende des Abends, kurz bevor er sie zum ersten Mal küsste, sagte Simon ihr, sie sei außergewöhnlich scharfsinnig und gescheit. Als sie, ein bisschen später, zu einer Erklärung ansetzte, dass sie von Politik – wie überhaupt von den meisten Themen – schmerzlich wenig Ahnung hatte, schalt er sie der Bescheidenheit. »Ich habe doch mitbekommen«, sagte er, »wie du die infantilen Argumente dieses Typen niedergeschmettert hast. Ehrlich gesagt«, fügte er mit finsterem Blick hinzu, »hat mich das ziemlich angemacht.« Und Milly, die gerade ihre Informationsquelle bekanntgeben wollte, näherte sich ihm stattdessen zu einem weiteren Kuss.

Simons anfänglicher Eindruck von ihr war nie korrigiert worden. Noch immer warf er ihr zu große Bescheidenheit vor, glaubte noch immer, ihr gefielen die gleichen hochkarätigen Kunstausstellungen wie ihm, fragte noch immer nach ihrer Meinung über Themen wie die amerikanische Präsidentschaftswahl und lauschte gespannt, was sie dazu zu sagen hatte. Er dachte, sie möge Sushi, nahm an, sie läse Sartre. Ohne ihn einerseits irreführen und andererseits enttäuschen zu wollen, hatte sie ihn ein Bild von sich schaffen lassen, das – wenn sie ehrlich war – nicht ganz der Wahrheit entsprach.

Wie das weitergehen sollte, wenn sie erst zusammenlebten, wusste sie nicht. Mitunter erschreckte es sie, in welch falschem Licht sie gesehen wurde, war sich sicher, als Betrügerin entlarvt zu werden, sobald er sie das erste Mal dabei ertappte, wie sie über einem Schundroman in Tränen ausbrach.

Ein anderes Mal redete sie sich ein, so verkehrt sei sein Bild von ihr gar nicht. Zwar war sie vielleicht nicht ganz die hochgeistige Frau, für die er sie hielt – aber sie konnte es sein. Sie würde es sein. Das war schlicht eine Frage der richtigen Kleidung, des einen oder anderen intelligenten Kommentars und des diskreten Schweigens in der restlichen Zeit.

Einmal, zu Anfang ihrer Beziehung, als sie in Pinnacle Hall zusammen auf Simons riesigem Doppelbett lagen, hatte Simon ihr gesagt, er habe gewusst, dass sie etwas Besonderes sei, als sie ihn nicht über seinen Vater ausfragte. »Die meisten Mädchen«, gestand er verbittert, »wollen bloß wissen, wie es ist, Harry Pinnacles Sohn zu sein. Oder sie wollen, dass ich ihnen ein Vorstellungsgespräch vermittle oder so was. Aber du … du hast ihn mit keinem Wort erwähnt.«

Er hatte sie verwundert angestarrt, und Milly hatte süß gelächelt und eine undeutliche, schläfrige Erwiderung gemurmelt. Schließlich konnte sie schlecht zugeben, dass Harry Pinnacle allein deshalb unerwähnt geblieben war, weil sie noch nie von ihm gehört hatte.

»Tja – heute Abend also Dinner bei Harry Pinnacle! Das wird bestimmt ein Spaß!« Die Stimme ihrer Mutter riss Milly aus ihren Gedanken, und sie blickte auf.

»Ja«, sagte sie. »Ich denk schon.«

»Hat er immer noch diesen wunderbaren österreichischen Küchenchef?«

»Keine Ahnung.« Milly fiel auf, dass sie dazu übergegangen war, Simons entmutigenden Ton anzuschlagen, sobald von Harry Pinnacle die Rede war. Simon hielt Gespräche über seinen Vater immer so kurz wie möglich; wenn jemand zu hartnäckig dabei blieb, wechselte er abrupt das Thema oder ging sogar fort. Schon oft war er vor seiner zukünftigen Schwiegermutter geflüchtet, wenn sie ihn drängte, Einzelheiten oder Anekdoten über den großen Mann preiszugeben. Bislang schien ihr das nie aufgefallen zu sein.

»Das wirklich Bezaubernde an Harry ist«, sinnierte Olivia, »dass er so normal ist.« Sie hatte sich gemütlich bei Milly untergehakt, und sie gingen die verschneite Straße entlang. »Und genau das sage ich auch jedem. Wenn man ihn kennen lernt, hält man ihn gar nicht für einen Multimillionär. Man glaubt nicht, dass er der Gründer einer riesigen landesweiten Kette ist. Man denkt einfach, was für ein charmanter Mann! Und mit Simon ergeht es einem ebenso.«

»Simon ist kein Multimillionär«, wandte Milly ein. »Er ist ein ganz gewöhnlicher Werbevertreter.«

»Gewöhnlich ja wohl kaum, Schatz!«

»Mummy …«

»Ich weiß, du magst es nicht, wenn ich so was sage. Aber Tatsache ist, dass Simon eines Tages reich sein wird.« Olivias Griff um Millys Arm wurde etwas fester. »Und du ebenfalls.« Milly zuckte mit den Achseln.

»Kann sein.«

»Es bringt doch nichts, etwas anderes vorzugeben. Und wenn's mal so weit ist, dann wird es dein Leben verändern.«

»Gerade eben noch«, machte Milly sie aufmerksam, »hast du gesagt, wie normal Harry sei. Er lebt schließlich auch nicht anders, oder?«

»Alles ist relativ, Schatz.«

Sie näherten sich einigen teuren Boutiquen; als sie zu dem ersten schwach beleuchteten Schaufenster kamen, blieben beide stehen. Das Schaufenster präsentierte eine einzelne Puppe, die in auserlesenen weißen Samt gekleidet war.

»Wie schön«, murmelte Milly.

»Nicht so schön wie deines«, sagte Olivia auf der Stelle. »Ich habe noch nie ein schöneres Brautkleid gesehen als deines.«

»Nein«, meinte Milly bedächtig. »Meines ist schön, nicht?«

»Könnte nicht schöner sein, Schatz.«

Sie verweilten ein bisschen vor dem Fenster, sogen den rosigen Schimmer des Ladens auf, die Wolken von Seide, Satin und Tüll, die die Wände säumten, die getrockneten Blumensträuße und winzigen bestickten Brautjungfernschuhe. Schließlich seufzte Olivia auf.

»Die Hochzeitsvorbereitungen haben Spaß gemacht. Schade, wenn alles vorbei ist.«

»Mhm«, sagte Milly. Eine kleine Pause entstand, dann sagte Olivia, als wolle sie das Thema wechseln: »Hat Isobel eigentlich augenblicklich einen Freund?«

Milly riss den Kopf hoch.

»Mummy! Du versuchst doch nicht etwa, Isobel auch unter die Haube zu bringen!«

»Natürlich nicht! Ich bin nur neugierig. Sie erzählt mir ja nie was. Ich habe sie gefragt, ob sie jemanden zur Hochzeitsfeier mitbringen möchte …«

»Und was hat sie geantwortet?«

»Sie hat nein gesagt«, meinte Olivia bedauernd.

»Na dann.«

»Aber das beweist noch lange nichts.«

»Mummy«, sagte Milly. »Wenn du wissen willst, ob Isobel einen Freund hat, warum fragst du sie dann nicht einfach?«

»Vielleicht«, sagte Olivia mit abwesender Stimme, als sei sie daran nicht mehr wirklich interessiert. »Ja, vielleicht mach ich das.«

Eine Stunde darauf tauchten sie wieder aus Mario's Coffee House auf und machten sich auf den Heimweg. Bei ihrer Rückkehr würde sich die Küche mit Pensionsgästen füllen, deren Füße vom vielen Sightseeing wund gelaufen waren. Das Haus der Havills in der Bertram Street war eines der beliebtesten Bed-and-Breakfast-Häuser in Bath: Die Touristen liebten das wunderbar eingerichtete georgianische Stadthaus, seine Nähe zur Stadtmitte, Olivias charmante, gesprächige Art und ihre Fähigkeit, jedes Beisammensein in eine Party zu verwandeln.

Zur Teestunde herrschte im Haus immer am meisten Trubel; Olivia genoss es, ihre Gäste bei Earl Grey und Bath Buns um den Tisch zu versammeln. Sie stellte sie einander vor, ließ sich berichten, wie sie den Tag verbracht hatten, empfahl Zerstreuungen für den Abend und erzählte ihnen den neuesten Tratsch über Leute, denen ihre Gäste noch nie begegnet waren. Wenn einer von ihnen den Wunsch äußerte, sich auf sein Zimmer zu seinem Mini-Wasserkessel zurückzuziehen, erhielt er einen missbilligenden Blick und in der Früh kaltes Toastbrot. Olivia Havill verachtete Mini-Wasserkessel und Teebeutel auf Tabletts; sie stellte sie lediglich zur Verfügung, um sich im *Heritage City Bed and Breakfast Guide* für vier Rosetten zu qualifizieren. Mit ähnlicher Verachtung stellte sie Kabelfernsehen, vegetarische Würstchen und einen Ständer mit Prospekten über örtliche Freizeitparks und Familienattraktionen bereit – der zu ihrer Freude nur selten neu bestückt werden musste.

»Ach, das habe ich dir ja noch gar nicht erzählt«, meinte Olivia, als sie in die Bertram Street einbogen. »Während du fort warst, ist der Fotograf angekommen. Ein ziemlich junger Typ.« Sie kramte in ihrer Handtasche nach dem Hausschlüssel.

»Ich dachte, er käme morgen.«

»Dachte ich auch!«, sagte Olivia. »Glücklicherweise hatten diese netten Australier einen Todesfall in der Familie, ansonsten hätten wir kein Zimmer frei gehabt. Und wenn wir schon von Australiern sprechen ... schau dir das an!« Sie drehte den Schlüssel und schwang die Haustür auf.

»Blumen!«, rief Milly aus. Auf dem Garderobenständer prangte ein riesiges cremig weißes Bukett, das mit einer dunkelgrünen Seidenschleife zusammengebunden war. »Für mich? Von wem sind die?«

»Na, schau doch auf die Karte«, meinte Olivia. Milly nahm den Strauß und griff in das knisternde Zellophan hinein.

»Für die liebe kleine Milly«, las sie bedächtig. »Wir sind so stolz auf dich und wünschten nur, wir könnten bei deiner Hochzeit dabei sein. Wir werden aber auf jeden Fall an dich denken. Alles Liebe von Beth, Scott und Adrian.« Verwundert sah sie auf. »Ist das nicht lieb von ihnen? Aus Sydney! Von so weit her! Wie nett.«

»Sie freuen sich für dich, Schatz«, sagte Olivia. »Alle freuen sich für dich. Was wird das für eine wunderschöne Hochzeit werden!«

»Oh, sind die aber schön!«, ertönte eine angenehme Stimme von oben. Einer der Gäste, eine Frau mittleren Alters in blauen Hosen und Freizeitschuhen, kam die Treppe herunter. »Blumen für die Braut?«

»Bloß die ersten«, lachte Olivia.

»Was haben Sie für ein Glück«, sagte die Frau zu Milly.

»Ich weiß.« Über Millys Gesicht breitete sich ein freudiges Lächeln aus. »Ich stell die bloß mal schnell in eine Vase.«

Die Blumen noch immer in der Hand, drückte Milly die Küchentür auf und hielt überrascht inne.

Am Tisch saß ein junger Mann in einer schäbigen Jeansjacke. Er hatte dunkelbraunes Haar, trug eine Nickelbrille und las den *Guardian*.

»Hallo«, grüßte sie höflich. »Sie müssen der Fotograf sein!«

»Hi!«, sagte der junge Mann und faltete die Zeitung zusammen. »Sind Sie Milly?«

Er blickte auf, und als sie sein Gesicht sah, stutzte sie. Diesen Typen hatte sie doch sicher schon mal gesehen?

»Ich bin Alexander Gilbert«, sagte er in trockenem Ton und streckte ihr die Hand entgegen. Milly schüttelte sie.

»Nette Blumen«, sagte er mit einem Blick zum Strauß.

»Ja.« Milly starrte ihn neugierig an. Wo war sie ihm bloß schon mal begegnet? Warum hatte sie das Gefühl, als sei sein Gesicht unauslöschlich in ihr Gedächtnis eingebrannt?

»Der Brautstrauß ist das aber nicht, oder?«

»Nein.« Milly roch an den duftenden Blumen. »Die haben mir Freunde aus Australien geschickt. Wirklich aufmerksam von ihnen, wenn man bedenkt …«

Unvermittelt verstummte sie, und ihr Herz schlug plötzlich schneller.

»Wenn man was bedenkt?«, fragte Alexander.

»Nichts.«

Sie bewegte sich zur Tür, ihre schweißnassen Handflächen klebten an dem knisternden Zellophan. Sie wusste, wo sie ihn schon mal gesehen hatte. Sie wusste es ganz genau. Bei dem Gedanken rutschte ihr das Herz in die Hose, sie presste die Lippen zusammen und zwang sich zur Ruhe. Es ist alles okay, sagte sie sich, während sie nach der Türklinke griff. Es ist alles okay. Solange er mich nicht erkennt …

»Warten Sie«, ertönte seine Stimme, als könne er Gedanken lesen. Mit einem plötzlichen Gefühl der Übelkeit wandte sie sich um; er sah sie mit leicht gefurchter Stirn an.

»Kenne ich Sie nicht von irgendwoher?«

2. *Kapitel*

Während er an diesem Abend auf dem Heimweg in einem Stau festsaß und den endlosen Schneefall und das Hin und Her der Scheibenwischer beobachtete, langte Simon nach seinem Telefon, um Milly anzurufen. Er gab die ersten beiden Nummern ein, besann sich dann eines anderen und schaltete das Telefon wieder aus. Er hatte nur ihre Stimme hören, sie zum Lachen bringen wollen. Doch sie könnte beschäftigt sein oder es lächerlich finden, dass er sie einfach aus einer Laune heraus und ohne eigentlichen Grund anrief. Und wenn sie noch immer unterwegs war, dann musste er sich am Ende noch mit Mrs. Havill unterhalten.

Ihre Mutter war das Einzige an Milly, das Simon, wenn möglich, geändert hätte. Gut, sie war noch immer attraktiv, charmant und amüsant; er verstand, warum sie bei gesellschaftlichen Anlässen so beliebt war. Aber es machte ihn rasend, wie sie Milly behandelte. Sie schien sie immer noch für eine Sechsjährige zu halten – erteilte ihr Ratschläge bei der Auswahl ihrer Kleider, sagte ihr, wie sie den Schal zu tragen habe, wollte genau wissen, was sie tat, und das jede Minute jedes Tages! Und das Schlimmste daran war, fand Simon, dass es Milly anscheinend nichts ausmachte! Sie ließ es zu, dass ihre Mutter ihr das Haar glättete und »braves, kleines Mädchen« sagte. Sie rief pflichtbewusst an, wenn sie zu spät nach Hause kam. Im Unterschied zu ihrer älteren Schwester Isobel, die sich schon vor langer Zeit eine eigene Wohnung gekauft hatte und ausgezogen war, schien Milly gar nicht den Wunsch zu haben, sich abzunabeln.

Infolgedessen behandelte ihre Mutter sie weiterhin wie ein Kind statt wie eine reife Erwachsene, die sie doch in Wirklichkeit war. Und Millys Vater und ihre Schwester Isobel verhielten sich keinen Deut besser. Sie lachten, wenn Milly etwas zu aktuellen

Themen sagte, sie machten sich über ihre Berufswahl lustig, diskutierten wichtige Angelegenheiten, ohne sie zu Rate zu ziehen. Sie weigerten sich, die intelligente, leidenschaftliche Frau in ihr zu sehen, die er in ihr sah, weigerten sich, ihr einen Erwachsenenstatus einzuräumen.

Simon hatte versucht, mit Milly darüber zu sprechen, versucht, ihr klarzumachen, wie herablassend sie von ihrer Familie behandelt wurde. Aber sie hatte bloß mit den Achseln gezuckt und gesagt, so schlimm sei es auch wieder nicht, und war, als er deutlicher wurde, sogar wütend geworden. Sie war zu gutmütig und ihrer Familie zu sehr zugetan, als dass sie ihre Fehler gesehen hätte, dachte Simon, während er von der Ausfallstraße in Richtung Pinnacle Hall abbog. Und dafür liebte er sie. Aber nach ihrer Heirat, wenn sie ihren eigenen Haushalt gründeten, würde sich das ändern müssen. Milly würde ihre Schwerpunkte anders setzen müssen, und das hatte ihre Familie zu respektieren. Sie würde Ehefrau sein, eines Tages vielleicht Mutter. Und die Havills würden einsehen müssen, dass sie nicht länger ihr kleines Mädchen war.

Vor den Toren von Pinnacle Hall tippte er den Sicherheitscode auf seine Infrarot-Fernbedienung und wartete darauf, dass die Tore aufschwangen – schwere Eisentore, in die der Familienname geschmiedet war. Jedes Fenster des Hauses war hell erleuchtet; auf den ausgewiesenen Plätzen parkten Wagen, und im Bürotrakt herrschte noch immer reger Betrieb. Der rote Mercedes seines Vaters stand geradewegs vor dem Haus – ein großer, glänzender, arroganter Wagen. Simon verabscheute ihn.

Er parkte seinen Golf an einer unauffälligen Stelle und ging mit knirschenden Schritten über den schneebedeckten Kies Richtung Pinnacle Hall. Es war ein großes Gebäude aus dem achtzehnten Jahrhundert, das in den achtziger Jahren ein Luxushotel mitsamt einem Freizeitpark und einen Anbau zusätzlicher Schlafzimmer beherbergt hatte. Als die Eigentümer pleite gemacht hatten, erstand es Harry Pinnacle und baute es in ein Privathaus um, in dessen zusätzlichem Trakt seine Firmenzentrale untergebracht wurde. Ihm gefiel es, erzählte er Reportern, die ihn besuchten, außerhalb Londons zu wohnen. Schließlich wurde er alt und brauchte den ganzen Stadtrummel nicht mehr. Auf diese Worte trat immer kurze Zeit Stille ein – und dann lachten alle; und Harry grinste und drückte auf den Klingelknopf, um frischen Kaffee zu bestellen.

Die getäfelte Halle war leer und roch nach Bienenwachs. Unter der Tür des Arbeitszimmers seines Vaters drang Licht heraus; dahinter konnte Simon seine Stimme hören, dann leises Gelächter. Sofort richteten sich seine Nackenhaare auf, und seine Hände ballten sich in den Hosentaschen zur Faust.

Seit er sich erinnern konnte, hatte Simon seinen Vater gehasst. Harry Pinnacle hatte die Familie verlassen, als Simon drei war, und seine Frau den Sohn alleine großziehen lassen. Simons Mutter hatte sich nie genauer über die Gründe des Scheiterns ihrer Ehe geäußert, aber Simon wusste, es musste an seinem Vater gelegen haben. An seinem herrischen, arroganten, unausstehlichen Vater. Seinem getriebenen, kreativen, unglaublich erfolgreichen Vater. Der Erfolg war es, den Simon am meisten hasste.

Die Story war wohl bekannt. In dem Jahr, als Simon sieben geworden war, hatte Harry Pinnacle eine kleine Saftbar namens Fruit'n Smooth eröffnet. An Chromtresen konnte man dort gesunde Säfte kaufen, und die Bar war auf Anhieb ein Hit. Im Jahr darauf eröffnete er eine weitere, und eines darauf noch eine. Ein Jahr später lief das Ganze bereits auf Franchise-Basis. Mitte der achtziger Jahre gab es in jeder Stadt ein Fruit'n Smooth, und Harry Pinnacle war Multimillionär.

Während sein Vater seinen Reichtum ebenso mehrte wie seinen Umfang und den Sprung von den Innenseiten der Fachzeitschriften auf die Titelseiten schaffte, hatte der junge Simon seinen Erfolg mit Wut beobachtet. Allmonatlich trafen Schecks ein, und seine Mutter war stets ganz erstaunt über Harrys Großzügigkeit.

Aber nie erschien Harry persönlich; und dafür hasste Simon ihn. Und dann, als Simon neunzehn wurde, starb seine Mutter, und Harry Pinnacle trat erneut in sein Leben.

Simon runzelte die Stirn und spürte, wie sich seine Fingernägel in seine Handflächen gruben, wenn er sich an den Augenblick vor zehn Jahren erinnerte, als er seinen Vater zum ersten Mal gesehen hatte. Er war vor dem Krankenhauszimmer seiner Mutter müde auf und ab gegangen, außer sich vor Verzweiflung und Wut. Plötzlich hörte er jemanden seinen Namen rufen, und er sah ein Gesicht, das ihm von tausenden Zeitschriftenfotos vertraut war. Vertraut – und doch fremd. Während er seinen Vater in stummer Erschütterung anstarrte, wurde ihm zum ersten Mal klar, dass er im Gesicht des älteren Mannes die eigenen Züge wieder erkannte. Und unwillkürlich spürte er, wie sich emotionale Tentakel ausstreckten, instinktive Fühler wie die eines Babys. Es wäre so einfach gewesen, seinem Vater um den Hals zu fallen, die Last zu teilen, auf seine Annäherungsversuche einzugehen und sich mit ihm anzufreunden. Doch diesem Impuls hatte er mit aller Macht widerstanden. Harry Pinnacle verdiente seine Liebe nicht; und er würde sie nie bekommen.

Nach der Beerdigung hatte Harry Simon zu sich geholt. Er hatte sein eigenes Zimmer bekommen, sein eigenes Auto; Harry machte teure Urlaube mit ihm. Simon akzeptierte alles höflich. Doch wenn Harry hoffte, er könne die Zuneigung seines Sohnes durch teure Geschenke erkaufen, dann hatte er sich geirrt. Zwar legte sich Simons pubertäre Wut bald, aber dafür reifte der Wunsch in ihm, seinem Vater in jeder Hinsicht den Rang abzulaufen. Er würde ein erfolgreiches Geschäft leiten und Geld machen – aber anders als sein Vater würde er auch glücklich verheiratet sein, Kinder großziehen, die ihn liebten, und die Galionsfigur einer zufriedenen, stabilen Familie sein. Er würde das Leben führen, das sein Vater nie hatte – und sein Vater würde ihn beneiden und ihn dafür hassen.

Also hatte er seinen eigenen kleinen Verlag gegründet. Er fing mit drei Rundschreiben für Spezialisten an, einem akzeptablen Profit und hohen Erwartungen. Doch die hatten sich nie erfüllt. Nach drei mühsamen Jahren warf der Verlag keinen Profit mehr ab. Am Ende des vierten liquidierte er.

Noch immer erfüllte ihn tiefe Demütigung, wenn er sich an den Tag erinnerte, an dem er seinem Vater gestehen musste, dass er pleite gemacht hatte, an den Tag, an dem er das väterliche Angebot hatte annehmen müssen, seine Wohnung zu verkaufen und nach Pinnacle zurückzuziehen. Sein Vater hatte ihm ein großes Glas Whisky eingeschenkt, Klischees über das Auf und Ab des Lebens von sich gegeben, ihm einen Job bei Pinnacle Enterprises angeboten. Simon hatte das unverzüglich mit ein paar gemurmelten Worten abgelehnt. Er konnte seinem Vater kaum in die Augen schauen, konnte überhaupt kaum jemandem in die Augen sehen. An diesem Tiefpunkt verachtete er sich selbst fast so sehr wie seinen Vater. Seine Enttäuschung über sich war grenzenlos.

Schließlich fand er einen Job als Werbevertreter bei einer kleinen, wenig profilierten Fachzeitschrift. Er war zusammengezuckt, als Harry ihm gratulierte, zusammengezuckt, als er beobachtete, wie sein Vater durch die reizlose kleine Veröffentlichung blätterte und nach Worten des Lobes suchte. »Es ist kein großartiger Job«, hatte Simon eingeräumt. »Aber zumindest habe ich Arbeit.« Zumindest hatte er Arbeit, zumindest hatte er zu tun, zumindest konnte er anfangen, seine Schulden abzuzahlen.

Drei Monate darauf hatte er Milly kennen gelernt. Ein Jahr später hatte er um ihre Hand angehalten. Erneut hatte ihm sein Vater gratuliert, hatte ihm angeboten, ihm beim Verlobungsring unter die Arme zu greifen. Doch Simon lehnte ab. »Ich mach das auf meine Art«, hatte er gesagt und seinen Vater mit einem neuen Selbstvertrauen fast provokativ angesehen. Wenn er seinen Vater schon nicht beruflich schlagen konnte, dann eben in puncto Familienleben. Er und Milly würden eine vollkommene Ehe führen. Sie würden einander lieben, einander unterstützen, einander verstehen. Sorgen würden besprochen und Entscheidungen gemeinsam gefällt werden, aus ihrer Zuneigung würden sie keinen Hehl machen. Kinder würden das Glück steigern. Nichts durfte schief gehen. Simon war einmal gescheitert; ein zweites Mal durfte das nicht geschehen.

Plötzlich riss ihn erneutes Gelächter aus dem Raum seines Vater aus seinen Gedanken, eine gemurmelte Unterhaltung folgte und dann ein Bimmeln, das Signal, dass sein Vater den altmodischen Hörer seines Privattelefons aufgelegt hatte. Simon wartete noch eine Weile, holte tief Luft, ging auf die Tür des Zimmers zu und klopfte.

Als Harry Pinnacle das Klopfen an der Tür hörte, fuhr er zusammen, was gar nicht seine Art war. Rasch verstaute er die kleine Fotografie, die er in der Hand gehalten hatte, in der Schreibtischschublade vor sich und schob sie zu. Sicherheitshalber sperrte er sie dann auch noch ab. Ein paar Augenblicke saß er gedankenverloren da und starrte den Schubladenschlüssel an.

Es klopfte noch einmal, und er sah auf. Er drehte sich mit seinem Stuhl vom Schreibtisch fort und fuhr sich durch das ergrauende Haar.

»Ja?« Er beobachtete, wie die Tür aufging.

Simon kam herein, machte ein paar Schritte auf seinen Vater zu und sah ihn wütend an. Es war immer das Gleiche. Er klopfte an die Tür seines Vaters, und dieser ließ ihn warten wie einen Bediensteten. Nicht einmal hatte Harry ihn gebeten, das Klopfen sein zu lassen. Kein einziges Mal hatte er bei seinem Anblick erfreut gewirkt. Immer wirkte er ungeduldig, so, als würde Simon ihn bei einer entscheidenden geschäftlichen Transaktion stören. Aber das ist völliger Blödsinn, dachte Simon. Das stimmt überhaupt nicht. Du bist lediglich ein arroganter Scheißkerl.

Sein Herz schlug schnell; er steuerte auf Konfrontationskurs.

Aber er brachte es nicht über sich, einen der hämischen Gedanken zu äußern, die ihm durch den Kopf gingen.

»Hi«, sagte er mit angespannter Stimme. Er umklammerte die Lehne eines Lederstuhls und starrte seinen Vater zornig an, in der vagen Hoffnung, auf diese Weise eine Reaktion provozieren zu können. Aber sein Vater starrte einfach nur zurück. Nach einer Weile legte er seufzend seinen Füller ab.

»Hallo«, sagte er. »Einen angenehmen Tag gehabt?« Simon zuckte mit den Achseln und sah fort. »Lust auf einen Whisky?«

»Nein, danke.«

»Tja, ich schon.«

Als Harry aufstand, um sich einen Drink einzuschenken, erhaschte er einen Blick vom unkontrollierten Gesicht seines Sohnes: angespannt, unglücklich, wütend. Der Junge war voller Zorn; ein Zorn, der in ihm steckte, seit Harry ihn zum ersten Mal im Krankenhaus vor dem Zimmer seiner Mutter gesehen hatte. An jenem Tag hatte er seinem Vater vor die Füße gespuckt und war davonstolziert, ehe Harry noch etwas sagen konnte. Ein entsetzliches Schuldgefühl hatte von ihm Besitz ergriffen, das ihm jedes Mal einen Stich versetzte, wenn der Junge ihn mit den verdammten Augen seiner Mutter ansah.

»Angenehmen Tag gehabt?«, fragte er und hob das Whiskyglas an seine Lippen.

»Das hast du mich schon gefragt.«

»Stimmt.« Harry trank einen Schluck der feurigen Flüssigkeit und fühlte sich ein wenig besser. Er trank noch einen.

»Ich bin gekommen«, sagte Simon, »um dich an das Dinner heute Abend zu erinnern. Die Havills kommen.«

»Weiß schon«, sagte Harry. Er stellte das Glas ab und sah auf. »Nicht mehr lange hin bis zum großen Tag. Bist du nervös?«

»Nein, keine Spur«, sagte Simon sofort.

Harry zuckte die Achseln.

»Es ist eine große Verpflichtung.«

Simon starrte seinen Vater an. Ihm lag eine Entgegnung auf der Zunge, aufgestaute Worte, die er seit Jahren wie eine ständige Last mit sich herumgeschleppt hatte.

»Tja«, brach es aus ihm hervor, »von Verpflichtungen hast du ja wenig Ahnung, oder?«

Ein zorniger Ausdruck huschte über das Gesicht seines Vaters, und Simon stockte der Atem. Er wartete darauf, dass er ihn anschrie, zu einer noch zornigeren Erwiderung ansetzte. Aber so plötzlich, wie er erschienen war, verschwand er wieder, und Harry ging zu den riesigen Schiebefenstern hinüber. Die Frustration in Simon wurde übermächtig.

»Was ist an einer Verpflichtung verkehrt?«, brüllte er. »Was ist daran verkehrt, jemanden sein ganzes Leben lang zu lieben?«

»Nichts«, erwiderte Harry, ohne sich umzudrehen.

»Warum hast du dann ...«, begann Simon und verstummte. Eine lange Stille trat ein, unterbrochen nur vom Knistern des Feuers. Simon starrte den Rücken seines Vaters an. Sag etwas, dachte er verzweifelt. Sag etwas, du Arschloch.

»Wir sehen uns um acht«, meinte Harry.

»Gut.« Simon klang zutiefst verletzt. »Bis dann.«

Und er verließ schnurstracks den Raum.

Harry starrte auf das Glas in seiner Hand und verfluchte sich. Er hatte nicht die Absicht gehabt, den Jungen zu reizen. Oder vielleicht doch. Er konnte seinen eigenen Motiven nicht länger trauen, war nicht länger Herr über seine Empfindungen. Mitgefühl verwandelte sich so rasch in Irritation, Schuldgefühle in Zorn. Gute Absichten gegenüber seinem Sohn verschwanden, sobald er den Mund aufmachte. Ein Teil von ihm konnte es gar nicht erwarten, dass Simon endlich heiratete, sein Haus verließ und eine eigene Familie gründete, die ihm endlich Frieden gab. Und ein Teil von ihm fürchtete es, er wollte nicht einmal daran denken.

Stirnrunzelnd goss Harry sich noch einen Whisky ein und begab sich zurück an seinen Schreibtisch. Er griff nach dem Telefon, wählte eine Nummer, lauschte ungeduldig dem Klingelton und knallte den Hörer dann mit finsterem Blick wieder auf die Gabel.

Milly saß mit klopfendem Herzen am Küchentisch und wünschte sich, sie könnte das Weite suchen. Es war der Junge aus Oxford. Der Junge, der gesehen hatte, wie sie Allan geheiratet hatte; der ihren Hochzeitsschleier aufgehoben und ihn ihr wiedergegeben hatte. Er war nur älter. Seine Gesichtszüge waren kantiger, und er hatte Stoppeln auf dem Kinn. Aber seine Nickelbrille trug er immer noch, genauso den arroganten, fast verächtlichen Gesichtsausdruck. Gerade lehnte er sich auf seinem Stuhl zurück und sah sie neugierig an. Erinnere dich bloß nicht, dachte Milly, die seinen Blick nicht zu erwidern wagte. Erinnere dich um Himmels willen nicht daran, wer ich bin.

»So!« Olivia kam an den Tisch. »Ich habe die Blumen für dich arrangiert, Schatz. Du kannst sie doch nicht einfach fortlegen und vergessen!«

»Ich weiß«, murmelte Milly. »Danke.«

»Ja, und Sie, Alexander, noch etwas Tee?«

»Jepp«, sagte der junge Mann und hielt ihr seine Tasse hin. »Vielen Dank.« Olivia goss den Tee ein, dann setzte sie sich und lächelte in die Runde.

»Ach, ist es nicht schön«, meinte sie. «So allmählich habe ich das Gefühl, als ob die Hochzeit wirklich stattfindet!« Sie trank einen Schluck Tee und sah dann auf. »Milly, hast du Alexander deinen Verlobungsring gezeigt?«

Langsam zeigte Milly Alexander ihre linke Hand, und alles in ihr verkrampfte sich. Seine Augen glitten unergründlich über den alten Diamantring, dann hob er den Blick zu ihr.

»Sehr nett«, sagte er und trank einen Schluck Tee. »Sie sind mit Harry Pinnacles Sohn verlobt. Dem Erben von Fruit'n Smooth, stimmt's?«

»Ja«, sagte Milly widerstrebend.

»Kein schlechter Fang.«

»Er ist ein süßer Junge«, sagte Olivia auf der Stelle, wie sie das immer tat, wenn jemand von Simons finanziellem oder familiärem Hintergrund sprach. »Gehört schon richtig zu uns.«

»Und was tut er?« In Alexanders Stimme schwang leichter Spott mit.»Arbeitet er für seinen Vater?«

»Nein«, sagte Milly unsicher. »Er ist Werbevertreter.«

»Ah so«, meinte Alexander. Es entstand eine Pause. Er trank noch einen Schluck Tee und sah Milly stirnrunzelnd an. »Ich glaube immer noch, Sie von irgendwoher zu kennen.«

»Ach, wirklich?«, sagte Olivia. »Wie lustig!«

»Tja, ich wüsste nicht woher«, sagte Milly in betont lockerem Ton.

»Ja, Schatz«, wandte Olivia ein. »Aber mit Gesichtern hast du's auch nicht so, nicht?« Sie wandte sich an Alexander. »Mir geht's genauso wie Ihnen. Ein Gesicht vergesse ich nie.«

»Gesichter sind mein Job«, sagte Alexander. »Ich verbringe mein Leben damit, sie mir anzuschauen.« Sein Blick glitt über Millys Gesicht, und sie zuckte zusammen.

»Tragen Sie Ihre Haare immer schon so?«, fragte er unvermittelt. Milly wurde starr vor Schreck.

»Nicht immer«, erwiderte sie und umklammerte ihre Tasse fest. »Ich … ich hatte sie mal rot gefärbt.«

»Kein Erfolg«, erklärte Olivia mit Nachdruck. »Ich habe ihr gesagt, sie solle zu meinem Friseur gehen, aber sie wollte ja nicht hören. Und dann natürlich …«

»Das meinte ich nicht«, schnitt Alexander Olivia das Wort ab. Wieder musterte er Milly stirnrunzelnd. »Sie waren nicht mal in Cambridge, oder?«

»Nein«, sagte Milly.

»Isobel aber!«, meinte Olivia triumphierend. »Vielleicht denken Sie an sie!«

»Wer ist Isobel?«

»Meine Schwester.« Milly schöpfte Hoffnung. »Sie ... sie sieht genau wie ich aus.«

»Sie hat neuere Sprachen studiert«, erklärte Olivia. »Und nun hat sie *unheimlichen* Erfolg. Fliegt um die ganze Welt und dolmetscht bei Konferenzen. Wissen Sie, sie ist schon sämtlichen Weltgrößen begegnet. Oder zumindest ...«

»Wie sieht sie aus?«, wollte Alexander wissen.

»Dort ist ein Foto von ihr.« Olivia deutete auf eine Fotografie auf dem Kaminsims. »Sie sollten sie wirklich noch vor der Hochzeit kennen lernen«, fügte sie beiläufig hinzu und beobachtete, wie Alexander das Foto musterte. »Ich bin mir sicher, Sie hätten viel gemein!«

»Sie war's nicht«, sagte Alexander und wandte sich wieder Milly zu. »Sie sieht ganz anders aus als Sie.«

»Sie ist größer als Milly«, sagte Olivia und fügte dann nachdenklich hinzu: »Sie sind recht groß, nicht wahr, Alexander?«

Er zuckte mit den Achseln und erhob sich.

»Ich muss los. Bin in der Stadt mit einem Freund verabredet.«

»Mit einem Freund?«, sagte Olivia. »Wie nett. Jemand Besonderes?«

»Ein alter Schulkamerad.« Alexander betrachtete Olivia, als hätte sie nicht alle Tassen im Schrank.

»Na, dann viel Spaß!«, wünschte Olivia.

»Danke.« An der Tür blieb Alexander stehen. »Wir sehen uns morgen, Milly. Ich mache ein paar zwanglose Fotos, und wir können uns ein bisschen darüber unterhalten, was Sie sich so vorstellen.« Er nickte ihr zu und verschwand.

»Tja!«, rief Olivia aus, sobald er fort war. »Was für ein interessanter junger Mann!«

Milly rührte sich nicht. Sie starrte auf den Tisch, umklammerte noch immer ihre Tasse, und ihr Herz schlug wie wild.

»Ist dir nicht wohl, Schatz?« Olivia sah sie neugierig an.

»Doch, alles in Ordnung.« Milly zwang sich, ihre Mutter anzulächeln und einen Schluck Tee zu trinken. Es war okay, sagte sie sich. Nichts war geschehen. Nichts würde geschehen.

»Ich habe vorhin seine Mappe angeschaut«, erzählte Olivia. »Er ist wirklich sehr talentiert. Er hat schon Preise gewonnen und so was!«

»Ach, tatsächlich«, meinte Milly trocken. Sie nahm einen Keks, sah ihn an und legte ihn wieder fort. Eine plötzliche Furcht überfiel sie. Was, wenn es ihm wieder einfiel? Was, wenn er sich erinnerte – und jemandem erzählte, bei welchem Anlaß er sie vor zehn Jahren gesehen hatte? Was, wenn alles ans Licht kam? Bei dem Gedanken krampfte sich ihr Magen zusammen; mit einem Mal fühlte sie sich elend vor Panik.

»Er und Isobel sollten einander wirklich kennen lernen«, sagte Olivia gerade. »Sobald sie aus Paris zurück ist.«

»Was?« Milly war kurzzeitig abgelenkt. »Wieso?« Sie sah Olivia mit großen Augen an, die leicht mit den Achseln zuckte. »Mummy, nein! Das ist doch wohl nicht dein Ernst!«

»Nur so ein Gedanke«, verteidigte sich Olivia. »Was hat Isobel denn schon für eine Chance, Männer kennen zu lernen, wenn sie den ganzen Tag in langweiligen Konferenzräumen steckt?«

»Sie will gar keine Männer kennen lernen. Nicht deine Männer!« Milly erschauerte leicht. »Und ihn schon gleich gar nicht!«

»Was hast du gegen ihn?«

»Nichts«, beeilte Milly sich zu sagen. »Er ist bloß ...«

Das Bild ihrer Schwester stieg vor Milly hoch – die kluge, vernünftige Isobel. Plötzlich überkam sie eine Woge der Erleichterung. Sie würde mit Isobel sprechen. Isobel wusste immer, was zu tun war. Milly sah auf ihre Uhr.

»Wie viel Uhr ist es in Paris?«

»Warum? Willst du anrufen?«

»Ja«, meinte Milly. »Ich möchte mit Isobel reden.« Verzweiflung ergriff sie. »Ich muss mit Isobel reden.«

Als Isobel Havill um zwanzig Uhr wieder in ihr Hotelzimmer kam, blinkte die Anzeige des Anrufbeantworters wild. Sie zog die Stirn kraus, rieb mit einer müden Geste darüber und öffnete die Minibar. Der Tag war noch anstrengender gewesen als sonst. Die klimatisierte Luft im Konferenzraum hatte ihre Haut völlig ausgetrocknet. Im Mund hatte sie den Geschmack von Kaffee und Zigaretten. Den ganzen Tag über hatte sie zugehört, gedolmetscht und in dem leisen, gemessenen Ton, der sie so begehrt machte, ins Mikrofon gesprochen. Nun hatte sie Halsschmerzen und das Gefühl, keinen Ton mehr herausbringen zu können.

Mit einem Glas Wodka in der Hand ging sie gemächlich in das weiße Badezimmer aus Marmor, schaltete das Licht an und sah eine Weile stumm in ihre rot umränderten Augen. Sie öffnete den Mund, um etwas zu sagen, und schloss ihn dann wieder. Sie fühlte sich nicht mehr imstande, einen logischen Gedanken hervorzubringen. Zu viele Stunden hatte ihr Gehirn ausschließlich als hoch intellektuelles Informationsmedium gearbeitet. Sie war noch immer darauf eingestellt, Worte hin- und herzuleiten, den Fluss nicht durch eigene Gedanken zu unterbrechen, die Übersetzung nicht durch eigene Ansichten zu verfälschen. Den ganzen Tag hatte sie mustergültig gehandelt, nie nachgelassen, war immer sachlich geblieben. Und nun fühlte sie sich wie eine ausgetrocknete, tote Hülse.

Sie leerte ihr Wodkaglas und stellte es auf das gläserne Badezimmerbord. Das klirrende Geräusch ließ sie zusammenzucken. Ihr Spiegelbild starrte sie mit ängstlicher Miene an. Den ganzen Tag über hatte sie es geschafft, diesen Augenblick aus ihren Gedanken zu verdrängen. Aber nun war sie allein, die Arbeit getan, und es gab keine Ausrede mehr. Mit zitternder Hand griff sie in ihre Tasche, holte eine knisternde Apothekentüte heraus und zog daraus eine kleine, längliche Schachtel hervor. Darin befand sich ein Informationsblatt mit Anweisungen auf Französisch, Deutsch, Spanisch und Englisch. Ungeduldig überflog sie jede davon und bemerkte dabei, dass der spanische Abschnitt armselig konstruiert war und in einiger Diskrepanz zur deutschen Version stand. Aber alle schienen übereinzustimmen, was die kurze Zeitspanne des Tests anbelangte. Nur eine Minute. *Une minute. Un minuto.*

Sie führte den Test durch, kaum glaubend, was sie da tat, legte dann den kleinen Papierstreifen am Badewannenrand ab und ging zurück ins Zimmer. Ihre Jacke lag noch immer auf dem riesigen Hotelbett; der Anrufbeantworter blinkte noch immer wild. Sie drückte auf den Wiedergabeknopf der Nachrichten, ging zur Minibar und goss sich einen weiteren Wodka ein. Noch dreißig Sekunden.

»Hi, Isobel. Ich bin's.« Die leise Stimme eines Mannes erfüllte den Raum, und Isobel fuhr zusammen. »Ruf mich an, wenn du Zeit hast. Bye.«

Isobel sah auf ihre Uhr. Noch fünfzehn Sekunden.

»Isobel, hier Milly. Hör mal, ich muss unbedingt mit dir reden. Kannst du mich bitte, bitte sofort zurückrufen? Es ist wirklich, wirklich wichtig!«

»Ist es das nicht immer?«, sagte Isobel laut.

Sie warf einen Blick auf ihre Uhr, holte tief Luft und ging zum Badezimmer. Der kleine blaue Streifen war schon sichtbar, bevor sie die Tür erreicht hatte. Plötzlich wurde ihr übel.

»Nein«, flüsterte sie. »Das kann nicht sein.« Sie wich vor dem Schwangerschaftstest wie vor etwas Giftigem zurück und schloss die Tür. Nach einem tiefen Atemzug griff sie automatisch nach ihrem Wodkaglas. Dann hielt ihre Hand in plötzlicher Erkenntnis inne.

»Isobel?«, meldete sich der Anrufbeantworter gerade fröhlich. »Hier noch mal Milly. Ich bin heute Abend bei Simon, könntest du mich also bitte dort anrufen?«

»Nein!«, brüllte Isobel und spürte, wie ihr die Tränen kamen. »Kann ich nicht, okay?« Sie nahm das Wodkaglas, leerte es in einem Zug und knallte es trotzig auf den Nachttisch. Doch plötzlich traten weitere Tränen in ihre Augen, plötzlich konnte sie ihren Atem nicht mehr kontrollieren. Wie ein verwundetes Tier krabbelte sie ins Bett und vergrub den Kopf im Kissen. Und als das Telefon abermals klingelte, fing sie lautlos zu weinen an.

3. Kapitel

Um halb neun trafen Olivia und Milly in Pinnacle Hall ein. Simon machte ihnen auf und führte sie in den großen, fürstlichen Salon.

»Oh!« Olivia schlenderte zu dem knisternden Feuer. »Wie gemütlich!«

»Ich hole Champagner«, meinte Simon. »Dad sitzt noch immer am Telefon.«

»Ach«, meinte Milly schwach, »ich glaube, ich versuch's auch noch mal bei Isobel. Ich benutze das Telefon im Billardzimmer.«

»Kann das nicht warten?«, fragte Olivia. »Was willst du denn von ihr?«

»Ach, nichts Besonderes«, sagte Milly sofort. »Ich muss bloß… mit ihr sprechen.« Sie schluckte. »Es dauert nicht lange.«

Als die beiden verschwunden waren, nahm Olivia in einem Sessel Platz und bewunderte das Porträt über dem Kamin. Ein prachtvoll gerahmtes Ölgemälde, das aussah, als sei es zusammen mit dem Haus gekauft worden; tatsächlich war es ein Jugendbild von Harrys Großmutter. Harry Pinnacle war als Selfmademan so berühmt, dass vielfach angenommen wurde, er hätte aus dem Nichts angefangen. Die Tatsache, dass er eine teure Privatschule besucht hatte, hätte die Geschichte nur verdorben – ebenso die saftigen elterlichen Darlehen, die ihm den Start überhaupt ermöglicht hatten –, infolgedessen wurden sie im Allgemeinen unter den Teppich gekehrt, auch von Harry selbst.

Die Tür ging auf, und eine hübsche, blonde junge Frau in einem schicken Hosenanzug kam mit einem Tablett voller Champagnergläser herein.»Simon kommt gleich«, erklärte sie. »Ihm ist bloß gerade eingefallen, dass er noch ein Fax versenden muss.«

»Danke.« Mit huldvollem Lächeln nahm Olivia sich ein Glas.

Die junge Frau verließ den Raum, und Olivia nippte an ihrem Champagner. Das Feuer erwärmte ihr Gesicht, ihr Sessel war bequem, durch verdeckte Lautsprecher ertönte angenehme klassische Musik. Dies, dachte sie, war das Leben. Sie verspürte einen Stich – teils Entzücken, teils Neid – angesichts der Tatsache, dass ihre Tochter bald ein ähnliches Leben führen würde. Milly war in Pinnacle Hall bereits genauso zu Hause wie in der Bertram Street. Sie war daran gewöhnt, unbefangen mit Harrys Personal umzugehen und bei großen Dinnerpartys neben Simon zu sitzen. Natürlich konnten sie und Simon vorgeben, wie jedes andere junge Paar zu sein, ohne nennenswertes Vermögen – aber wem konnten sie damit schon was vormachen? Eines Tages würden sie reich sein. Sagenhaft reich. Milly würde sich jeden Wunsch erfüllen können.

Olivia umklammerte ihr Glas fester. Als die Verlobung verkündet worden war, hatte eine erstaunte, fast Schwindel erregende Freude von ihr Besitz ergriffen. Es reichte ja schon, dass Milly überhaupt Kontakt zu Harry Pinnacles Sohn hatte. Aber dass die beiden auch noch heirateten – und das so rasch –, das überstieg ihre kühnsten Erwartungen. Während die Hochzeitsvorbereitungen voranschritten und konkreter wurden, brüstete sie sich damit, dass sie ihren Triumph zu verbergen wusste, dass sie mit Simon so ungezwungen umging wie mit jedem anderen Beau, dass sie die Bedeutung der Vermählung – gegenüber sich selbst wie gegenüber allen anderen – herunterspielte.

Aber nun, da es in wenigen Tagen so weit war, begann ihr Herz wieder triumphierend höher zu schlagen. In nur wenigen Tagen würde alle Welt sehen, wie ihre Tochter einen der begehrtesten Junggesellen des Landes heiratete. All ihre Freunde – ja, alle, die sie je gekannt hatten – müssten sie dabei bewundern, wie sie über die größte, glanzvollste und romantischste Hochzeit residierte, die jeder von ihnen je erlebt hatte. Ein Ereignis, das Olivias bisherigem Leben einen Glanzpunkt aufsetzte, das sogar ihre eigene Hochzeit übertraf. Das war eine bescheidene, anonyme kleine Angelegenheit gewesen. Wohingegen diesmal bedeutende, einflussreiche, betuchte Leute zugegen sein würden, die sich alle im Hintergrund halten müssten, während sie – und Milly natürlich – im Mittelpunkt stünden.

In nur wenigen Tagen würde sie sich in ihre Designerkluft werfen, in unzählige Kameras lächeln und beobachten, wie all ihren Freunden, Bekannten und neidischen Verwandten angesichts von Millys verschwenderischem Empfang die Augen übergingen. Der Tag würde wunderschön und unvergesslich werden. Wie ein schöner Kinofilm, dachte Olivia glücklich. Irgendein wunderbarer, romantischer Hollywoodfilm.

James Havill erreichte die Eingangstür von Pinnacle Hall und zog an dem schweren schmiedeeisernen Klingelzug. Während er darauf wartete, dass man ihm öffnete, sah er sich stirnrunzelnd um. Das Anwesen war schön, vollkommen, unwirklich – ein Klischee des Reichtums, das einem dieser entsetzlichen Hollywoodfilme entsprungen sein könnte. Wenn es das ist, was man sich mit Geld kaufen kann, dachte er nicht ganz ehrlich für sich, dann könnt ihr's behalten. Mir ist das richtige Leben lieber.

Ihm fiel auf, dass die Tür nur angelehnt war, und er stieß sie auf. In einem riesigen Kamin loderte fröhlich ein Feuer, und sämtliche Kronleuchter brannten, aber zu sehen war niemand. Er blickte sich um und versuchte, sich einen Reim aus den vielen Türen zu machen. Eine davon führte in den riesigen Salon mit den Hirschgeweihen. Daran erinnerte er sich von früheren Besuchen. Aber welche bloß? Einen Augenblick zauderte er, dann trat er, plötzlich verärgert über sich selbst, zur nächsten Tür und machte sie auf.

Aber er hatte sich geirrt. Das Erste, was er sah, war Harry. Er saß an einem riesigen Eichenschreibtisch und schien gänzlich in ein Telefongespräch vertieft. Beim Geräusch der sich öffnenden Tür hob er den Kopf und winkte James irritiert fort.

»Entschuldigung«, sagte James leise und trat den Rückweg an.

»Mr Havill?«, ertönte eine Stimme hinter ihm. »Verzeihen Sie, dass ich Ihnen nicht schneller aufgemacht habe.« James wandte sich um und sah eine blonde Frau, die er als eine von Harrys Assistentinnen erkannte. »Wenn Sie mir bitte folgen würden ...« Sie führte ihn taktvoll aus dem Raum und schloss die Tür des Arbeitszimmers.

»Danke.« James fühlte sich von oben herab behandelt.

»Die anderen sind im Salon. Geben Sie mir doch Ihren Mantel.«

»Danke «, sagte James abermals.

»Und wenn Sie sonst noch etwas brauchen«, meinte das Mädchen freundlich, »dann fragen Sie mich einfach. Ja?« Mit anderen Worten – dachte James erbost –, wandern Sie hier nicht herum. Das Mädchen lächelte ihn aalglatt an, öffnete die Salontür und führte ihn hinein.

Die Tür öffnete sich plötzlich, und Olivia wurde aus ihrer angenehmen Traumwelt gerissen. Rasch glättete sie ihren Rock und blickte in Erwartung Harrys lächelnd auf. Aber es war wieder die hübsche Blondine.

»Ihr Mann ist da, Mrs. Havill«, sagte sie und trat zur Seite. James trat ein. Er kam direkt vom Büro, sein dunkelgrauer Anzug war zerknittert, und er sah müde aus.

»Bist du schon lange da?«, erkundigte er sich.

»Nein«, erwiderte Olivia mit erzwungener Fröhlichkeit. »Noch nicht sehr lange.«

Sie erhob sich von ihrem Sessel und ging in der Absicht, James mit einem Kuss zu begrüßen, auf ihn zu. Kurz bevor sie vor ihm stand, zog sich die Blondine dezent zurück und schloss die Tür. Plötzlich befangen, hielt Olivia inne. Körperlicher Kontakt zwischen ihr und James fand in den letzten Jahren nur noch vor anderen statt. Nun, da sie ohne ein Publikum, ohne einen Grund so nahe vor ihm stand, wurde sie verlegen. Sie sah ihn Hilfe suchend an, aber sein Gesicht war ausdruckslos; sie konnte darin nicht lesen. Schließlich beugte sie sich vor, errötete leicht und gab ihm einen Kuss auf die Wange. Dann machte sie sofort einen Schritt zurück und trank einen Schluck Champagner.

»Wo ist Milly?«, erkundigte sich James mit tonloser Stimme.

»Telefoniert nur schnell.«

Olivia sah zu, wie James sich ein Glas Champagner nahm und einen großen Schluck trank. Er ging zum Sofa hinüber, setzte sich und streckte die Beine aus. Olivia starrte auf seinen Kopf hinunter. Sein dunkles Haar war feucht vom Schnee, aber ordentlich gekämmt, und sie ertappte sich dabei, wie ihr Blick träge über seinen Seitenscheitel glitt. Dann, als er den Kopf umwandte, sah sie schnell fort.

»Also ...«, begann sie, hielt dann inne und trank einen Schluck Champagner. Sie schlenderte zum Fenster hinüber, zog den schweren Brokatvorhang auf und sah in die verschneite Nacht hinaus. Sie konnte sich kaum daran erinnern, wann sie das letzte Mal mit James allein in einem Raum gewesen war, konnte sich nicht daran erinnern, wann sie sich zum letzten Mal normal mit ihm unterhalten hatte. Krampfhaft überlegte sie, worüber sie reden könnten. Wenn sie James den neuesten Klatsch aus Bath erzählte, dann musste sie ihn zuerst darüber ins Bild setzen, um wen es überhaupt ging. Wenn sie ihm von dem Hochzeitsschuhfiasko erzählte, dann müsste sie ihn erst über die Unterschiede zwischen Duchessesatin und grob gewebter Seide aufklären. Nichts, woran sie denken konnte, schien die Mühe so recht wert zu sein.

Früher dagegen, da war ihnen der Gesprächsstoff nie ausgegangen. James hatte ihren Geschichten mit echtem Vergnügen gelauscht; sie hatte über seinen trockenen Humor gelacht. Sie hatte einander unterhalten, sich zusammen amüsiert. Aber dieser Tage schien all seinen Witzen eine Spur von Bitterkeit anzuhaften, die sie nicht verstand, und ein angespannter und gelangweilter Ausdruck trat auf sein Gesicht, sobald sie den Mund aufmachte.

Infolgedessen verharrten beide schweigend, bis die Tür aufging und Milly hereinkam. Sie schenkte James ein kurzes, gezwungenes Lächeln.

»Hallo, Daddy«, grüßte sie ihn. »Du hast es hergeschafft!«

»Hast du Isobel erreicht?«, fragte Olivia.

»Nein«, erwiderte Milly kurz. »Keine Ahnung, wo sie sich herumtreibt. Ich musste noch eine Nachricht hinterlassen.« Ihr Blick fiel auf das Tablett. » Oh, gut. Ich kann jetzt was gebrauchen.«

Sie nahm ein Glas Champagner und hielt es hoch. »Prost!«

»Prost!«, echote Olivia.

»Auf dein Wohl, mein Schatz!«, sagte James. Alle drei tranken; eine kurze Stille trat ein.

»Hab ich euch bei irgendwas unterbrochen?«, erkundigte sich Milly.

»Nein«, sagte Olivia. »Du hast nichts unterbrochen.«

»Gut«, meinte Milly, ohne richtig zuzuhören, ging zum Kamin hinüber und hoffte, man würde sie in Ruhe lassen.

Beim dritten Versuch war sie zu Isobels Anrufbeantworter vorgestoßen. Als sie die blechernen Töne gehört hatte, war Wut in ihr hochgestiegen, eine unsinnige Überzeugung, dass Isobel da war und bloß nicht abhob. Sie hatte eine kurze Nachricht hinterlassen, dann noch einige Minuten auf das Telefon gestarrt, sich auf die Lippen gebissen und verzweifelt gehofft, Isobel würde zurückrufen. Isobel war die Einzige, mit der sie reden konnte – die Einzige, die ruhig zuhören würde, der mehr an einer Lösung als an einer Standpauke läge.

Aber das Telefon war stumm geblieben. Isobel hatte nicht zurückgerufen. Milly umklammerte ihr Champagnerglas fester. Sie hielt diese quälende Angst nicht aus. Auf der Fahrt nach Pinnacle Hall hatte sie stumm im Auto gesessen und sich mit aller Macht zu beruhigen versucht. Alexander würde sich nie erinnern, sagte sie sich immer wieder. Es war eine zweiminütige Begegnung gewesen, die zehn Jahre zurücklag. Daran konnte er sich doch unmöglich erinnern. Und selbst wenn, dann würde er nichts sagen. Er würde stumm seine Arbeit verrichten. Zivilisierte Menschen brachten andere nicht absichtlich in Schwierigkeiten.

»Milly?« Simons Stimme riss sie aus ihren Gedanken, und sie fuhr schuldbewusst zusammen.

»Hi«, sagte sie. »Hast du dein Fax losgebracht?«

»Ja.« Er nippte an seinem Champagner und sah sie genauer an. »Alles okay? Du wirkst angespannt.«

»So?« Sie lächelte ihn an. »Bin ich aber gar nicht.«

»Du bist angespannt«, beharrte Simon, und er begann, ihre Schultern sanft zu massieren. »Sorgst dich wegen der Hochzeit. Hab ich Recht?«

»Ja.«

»Ich wusste es.« Simon klang befriedigt, und Milly schwieg. Simon wiegte sich gern in dem Glauben, eins zu sein mit ihrer Gefühlswelt, ihre Vorlieben und Abneigungen zu kennen, ihre Launen voraussagen zu können. Und sie hatte es sich angewöhnt, ihm beizupflichten, selbst wenn er mit seinen Behauptungen völlig daneben lag. Schließlich war allein schon der Versuch süß von ihm. Den meisten Männern wäre es völlig gleichgültig gewesen.

Und es wäre zu viel verlangt, von ihm zu erwarten, dass er den Nagel immer auf den Kopf traf. Meistens war sie sich ihrer Gefühle ja nicht mal selbst sicher. Ihre Empfindungen glichen den Farben auf einer Palette, manche befanden sich nur kurz darauf, andere lange, aber alle verschmolzen sie zusammen zu einem untrennbaren Ton. Bei Simon dagegen waren alle Empfindungen wie eine Reihe Bauklötze eindeutig voneinander abgesetzt. Wenn er glücklich war, lächelte er. Wenn er wütend war, runzelte er die Stirn.

»Lass mich raten, was du gerade denkst«, hauchte Simon ihr ins Haar. »Du wünschst dir, wir wären heute Abend nur zu zweit?«

»Nein«, erwiderte Milly ehrlich. Sie wandte sich zu ihm um, sah ihm direkt in die Augen und roch seinen vertrauten Duft. »Ich dachte daran, wie sehr ich dich liebe.«

Es war bereits halb zehn, als Harry Pinnacle den Raum betrat. »Entschuldigt bitte«, sagte er. »Das ist unverzeihlich von mir.«

»Harry, das ist total verzeihlich!«, rief Olivia, die inzwischen bei ihrem fünften Glas Champagner angelangt war. »Wir wissen doch, wie das ist!«

»Ich nicht«, murmelte Simon.

»Und es tut mir Leid wegen vorhin«, meinte Harry zu James. »Aber es war ein wichtiger Anruf.«

»Schon in Ordnung«, sagte James steif. Es entstand eine kurze Pause.

»Na, dann wollen wir mal«, sagte Harry. Er wandte sich höflich an Olivia. »Nach dir.«

Sie begaben sich langsam durch die Halle ins Esszimmer.

»Alles in Ordnung mit dir, Schatz«, fragte James Milly mit gesenkter Stimme.

»Klar«, erwiderte sie mit einem angespannten Lächeln.

Aber das konnte nicht sein, dachte James. Er hatte beobachtet, wie sie ein Glas Champagner nach dem anderen hinunterstürzte, als sei sie verzweifelt, wie sie jedes Mal zusammenfuhr, wenn das Telefon klingelte. Hatte sie es sich anders überlegt? Er beugte sich zu ihr.

»Denk dran, Schatz«, sagte er leise. »Du musst das nicht durchziehen, wenn du nicht willst.«

»Was?« Milly riss den Kopf hoch, als sei sie gestochen worden, und James nickte beruhigend.

»Wenn du dich eines anderen besinnst, was Simon anbelangt – jetzt oder auch später noch –, dann mach dir keine Sorgen. Wir können das Ganze abblasen. Kein Problem.«

»Ich möchte nichts abblasen!«, zischte Milly. Plötzlich sah sie aus, als sei sie den Tränen nahe. »Ich möchte Simon heiraten! Ich liebe ihn.«

»Gut, dann ist ja alles in Ordnung.«

James lehnte sich auf seinem Stuhl zurück, warf einen Blick zu Simon hinüber und verspürte eine unsinnige Irritation. Der Junge hatte alles. Gutes Aussehen, einen begüterten Hintergrund, eine aufreizend ruhige und ausgeglichene Persönlichkeit. Ganz offensichtlich betete er Milly an; er war höflich zu Olivia, er war aufmerksam gegenüber der restlichen Familie. Man konnte nicht klagen. Und dabei, gestand James sich ein, war er heute Abend in der Laune zu klagen.

Er hatte einen grässlichen Arbeitstag hinter sich. Die Maschinenbaufirma, in deren Finanzabteilung er arbeitete, war in den letzten Monaten umstrukturiert worden. Endlose Gerüchte hatten an diesem Tag in der Ankündigung gegipfelt, unter den jüngeren Angestellten seiner Abteilung würden vier Arbeitsstellen gestrichen. Die Nachricht sollte vertraulich sein, aber sie hatte offensichtlich die Runde gemacht. Als er das Büro verließ, saßen noch alle pflichtbewusst über ihre Schreibtische gebeugt. Manche hatten ihren Kopf gesenkt, andere schauten mit furchtsamen Augen auf, als er vorbei ging. Jeder Einzelne von ihnen hatte eine Familie und eine Hypothek. Keiner konnte es sich leisten, seinen Job zu verlieren. Keiner von ihnen verdiente es.

Als er in Pinnacle Hall eintraf, fühlte er sich durch das Ganze unbeschreiblich deprimiert. Beim Parken des Autos beschloss er, auf Olivias Frage, wie sein Tag gewesen sei, einmal die Wahrheit zu sagen. Vielleicht nicht gleich alles, aber genug, um ihr die Augen zu öffnen, mit welcher Last er sich herumschlagen musste. Doch sie hatte sich nicht danach erkundigt – und ein gewisser

Stolz hatte ihn davon abgehalten, mit seiner Geschichte herauszurücken. Er wollte nicht, dass seine Frau sich ihm wie einem weiteren Wohltätigkeitsprojekt zuwandte. Ausgesetzte Ponys, behinderte Kinder, ein unglücklicher Ehemann.

Inzwischen sollte er eigentlich an Olivia gewöhnt sein, dachte James. Er sollte daran gewöhnt sein, dass sie sich nicht sonderlich für ihn interessierte, dass ihr Leben voll anderer Sorgen war, dass sie den Problemen ihrer geschwätzigen Freundinnen mehr Aufmerksamkeit schenkte, als sie ihm je geschenkt hatte. Immerhin hatten sie sich ein stabiles, funktionierendes Zusammenleben erarbeitet. Wenn sie schon keine tiefe seelische Verbindung hatten, so bestand doch zumindest eine Art Symbiose zwischen ihnen. Sie hatte ihr Leben, und er seines – und wo sie sich überschnitten, gingen sie immer vollkommen freundschaftlich miteinander um. James hatte sich vor langer Zeit mit diesem Arrangement abgefunden, hatte gedacht, mehr brauche er nicht. Aber das war nicht wahr. Er brauchte mehr, er wollte mehr. Er wollte ein anderes Leben, ehe es zu spät war.

»Ich würde gern einen Toast ausbringen.«

Harrys Stimme riss James aus seinen Gedanken, und er sah mit einem leichten Stirnrunzeln hoch. Da war er. Harry Pinnacle, einer der erfolgreichsten Männer des Landes und der zukünftige Schwiegervater seiner Tochter. James war sich bewusst, dass seinesgleichen ihn um diese Verbindung beneidete und dass er sich über Millys künftige finanzielle Sicherheit hätte freuen sollen. Aber er weigerte sich, sich darüber zu freuen, dass seine Tochter eine Pinnacle würde, lehnte es ab, sich wie seine Frau in der faszinierten Neugierde ihrer Freunde zu aalen. Er hatte Olivia am Telefon gehört, wie sie Harrys Namen fallen ließ und dabei eine Vertrautheit mit dem großen Mann anklingen ließ, die es, wie er wusste, nicht gab. Sie holte aus der Situation raus, was ging – und ihr Benehmen beschämte ihn zutiefst. Es gab Tage, da wünschte er, Milly hätte Harry Pinnacles Sohn nie kennen gelernt.

»Auf Milly und Simon!«, rief Harry mit der rauen Stimme, die seine Äußerungen bedeutender klingen ließ als die aller anderen.

»Auf Milly und Simon«, echote James und ergriff das schwere venezianische Glas vor ihm.

»Der Wein ist einfach vorzüglich«, meinte Olivia. »Bist du zu allem Überfluss etwa auch noch ein Weinkenner, Harry?«

»O Gott, nein«, erwiderte Harry. »Ich verlasse mich da auf Leute mit Geschmack, die mir sagen, was ich kaufen soll. Für mich ist ein Wein wie der andere.«

»Na, also das nehme ich dir nicht ab! Du bist zu bescheiden!«, rief Olivia aus. Ungläubig beobachtete James, wie sie Harry vertraut die Hand tätschelte. Für wen hielt sie sich bloß? Leicht angewidert wandte er sich ab und fing Simons Blick auf.

»Prost, James!«, sagte Simon und erhob sein Glas. »Auf die Hochzeit!«

»Ja«, sagte James und trank einen riesigen Schluck Wein. »Auf die Hochzeit!«

Während er beobachtete, wie alle den Wein seines Vaters tranken, spürte Simon, dass es ihm plötzlich die Kehle zuschnürte. Er hustete und sah auf.

»Eine Person fehlt heute Abend«, sagte er. »Und ich würde gern einen Toast auf sie aussprechen.« Er erhob sein Glas. »Auf meine Mutter.«Es entstand eine kleine Pause, und er war sich der Blicke bewusst, die zum Kopfende des Tisches schnellten. Dann erhob Harry sein Glas.

»Auf Anne«, sagte er feierlich.

»Auf Anne«, echoten James und Milly.

»Hieß sie so?«, erkundigte sich Olivia und blickte mit geröteten Wangen auf. »Ich dachte immer, sie hätte Louise geheißen.«

»Nein«, sagte Simon. »Anne.«

»Na ja«, meinte Olivia. »Wenn du das sagst.« Sie erhob ihr Glas. »Anne. Anne Pinnacle.« Sie trank aus ihrem Glas, dann sah sie zu Milly, als sei ihr plötzlich etwas eingefallen. »Du hast doch nicht vor, deinen Mädchennamen zu behalten, oder, Schatz?«

»Ich glaube nicht«, sagte Milly. »Obwohl, für die Arbeit könnte ich den Namen vielleicht beibehalten.«

»O nein!«, rief Olivia. »Zu verwirrend. Sei einfach durch und durch eine Pinnacle!«

»Also, ich finde die Idee nicht schlecht«, sagte James. »Behalte deine Unabhängigkeit. Was meinst du dazu, Simon? Würde es dich stören, wenn Milly weiterhin Havill hieße?«

»Ehrlich gesagt«, sagte Simon, »würde ich es vorziehen, wenn wir einen Namen teilen. Alles andere teilen wir ja auch.« Er wandte sich lächelnd Milly zu. »Aber natürlich finde ich es auch schade, Milly Havill zu verlieren. Schließlich war sie es, in die ich mich verliebt habe.«

»Wie rührend«, bemerkte James.

»Würdest du in Erwägung ziehen, den Namen Havill anzunehmen?«, fragte Harry vom Tischende aus.

Simon sah ihn ruhig an. »Ja, würde ich«, sagte er. »Wenn Milly das wirklich wollte.«

«Nein!«, rief Olivia. »Das würdest du doch nicht, oder Schatz?«

»Ich nehme an, du hättest Mums Namen angenommen, oder, Dad?«, wollte Simon wissen.

»Nein«, erwiderte Harry. »Das hätte ich nicht.«

»Tja«, meinte Simon angespannt. »Ich bin bereit, meine Ehe vor alles andere zu stellen, das ist der Unterschied.«

»Der Unterschied liegt darin«, meinte Harry, »dass der Mädchenname deiner Mutter Parade war.« Olivia lachte, und Simon warf ihr einen zornigen Blick zu.

»Die Sache ist die«, sagte er laut, »dass Namen bedeutungslos sind. Es sind Menschen, die eine Ehe funktionieren lassen. Nicht Namen.«

»Und in Sachen Ehe bist du natürlich Experte«, bemerkte Harry.

»Ein größerer als du! Zumindest habe ich meine noch nicht verpfuscht!« Kurze Zeit herrschte Stille. Die Havills blickten auf ihre Teller. Simon starrte seinen Vater schwer atmend an. Dann zuckte Harry mit den Achseln.

»Ich bin mir sicher, Milly und du, ihr werdet sehr glücklich sein«, sagte er. »Solch ein Glück ist nicht jedem von uns vergönnt.«

»Mit Glück hat das überhaupt nichts zu tun«, versetzte Simon wütend. »Glück kommt da nicht mit ins Spiel!« Er blickte zu Olivia und James. »Was meint ihr, was macht eine erfolgreiche Ehe aus?«

»Geld!«, sagte Olivia und lachte hell auf. »Äh, nur ein Scherz!«

»Es ist die Kommunikation, nicht?« Simon beugte sich ernst vor. »Zu teilen, zu sprechen, einander in- und auswendig zu kenne. Würdest du mir da nicht zustimmen, James?«

»Wenn du's sagst«, meinte James und trank einen Schluck Wein.

»Du hast absolut Recht, Simon«, sagte Olivia. »Genau das hatte ich eigentlich auch sagen wollen.«

»Ich würde Sex über die Kommunikation stellen«, warf Harry ein. »Guten Sex, und zwar jede Menge davon.«

»Tja, davon hätte ich auch nicht viel Ahnung«, bemerkte James trocken.

»James!« Olivia ließ ein perlendes Lachen erklingen. Simon warf James einen neugierigen Blick zu und sah dann zu Milly. Aber die schien der Unterhaltung überhaupt nicht zu folgen.

»Und wie steht's mit dir, Harry?«, sagte Olivia gerade und sah ihn durch ihre Wimpern hindurch an.

»Was ist mit mir?«

»Kommst du nie in die Versuchung, noch einmal zu heiraten?«

»Dafür bin ich zu alt«, antwortete Harry knapp.

»Unsinn!«, rief Olivia fröhlich. »Eine nette Frau zu finden wäre für dich ein Kinderspiel.«

»Na, wenn du meinst.«

»Ach, natürlich!« Olivia trank noch einen Schluck Wein. »Ich würde dich selbst heiraten!« Sie lachte.

»Sehr nett von dir«, sagte Harry.

»O nein.« Olivia schwenkte ihr Glas in der Luft herum. »Es wäre mir eine Freude. Wirklich.«

Es gab zweierlei Nachtisch.

»Oh!« Olivia blickte von der Zitronenmousse zur Schokoladentorte und wieder zurück. »Harry, ich kann mich nicht entscheiden.«

»Dann nimm beides«, meinte Harry.

»Wirklich? Ginge das? Macht das noch einer von euch?« Sie schaute in die Runde.

»Ich nehme überhaupt nichts.« Milly fummelte nervös an ihrer Serviette herum.

»Du machst doch keine Abmagerungskur, oder?«, erkundigte sich Harry.

»Nein«, sagte Milly. »Ich hab bloß keinen großen Hunger.« Sie brachte ein Lächeln zustande, und er nickte freundlich zurück. Im Grunde ist er ein liebenswürdiger Mann, dachte Milly. Das spürte sie, auch wenn Simon es anders sah.

»Du bist genauso schlimm wie Isobel«, rügte Olivia. »Isobel isst wie ein Spatz.«

»Sie hat einfach keine Zeit zu essen«, sagte James.

»Wie geht es ihr denn?«, erkundigte sich Harry höflich.

»Großartig!«, erwiderte James, der unvermittelt auflebte. »Macht Schritt für Schritt Karriere, bereist die Welt ...«

»Hat sie einen Freund?«

»O nein!«, lachte James. »Dafür ist sie zu sehr mit eigenen Dingen beschäftigt. Isobel war immer ein Freigeist. So schnell wird die sich nicht binden.«

»Könnte sie aber«, protestierte Olivia. »Sie könnte schon morgen jemanden kennen lernen! Einen netten Geschäftsmann beispielsweise.«

»Was Gott verhüten möge!«, meinte James. »Kannst du dir wirklich vorstellen, dass Isobel sich mit einem langweiligen Geschäftsmann zusammentut? Und überhaupt ist sie noch viel zu jung dafür.«

»Sie ist älter als ich«, gab Milly zu bedenken.

»Schon«, meinte James. »Aber ihr beide seid sehr verschieden.«

»Inwiefern?« Milly sah ihren Vater an. Der Tag war nicht spurlos an ihr vorübergegangen, und nun lagen ihre Nerven blank. »Inwiefern sind wir verschieden? Willst du damit sagen, ich bin zu dumm für etwas anderes als die Ehe?«

»Nein!« James machte ein bestürztes Gesicht. »Natürlich nicht! Ich meine lediglich, dass Isobel ein bisschen abenteuerlustiger ist als du. Sie geht gerne Risiken ein.«

»Ich bin auch schon Risiken eingegangen!«, rief Milly. »Risiken, von denen ihr keine Ahnung habt!« Sie brach ab und starrte ihren Vater schwer atmend an.

»Nur die Ruhe, Milly«, sagte James. »Ich sage doch nur, dass ihr verschieden seid, du und Isobel.«

»Und ich ziehe dich vor«, flüsterte Simon Milly zu. Sie lächelte ihn dankbar an.

»Überhaupt, James, was hast du gegen Geschäftsmänner?«, fragte Olivia. »Du bist doch auch einer, oder? Und ich habe dich geheiratet.«

»Ich weiß, Liebes«, erwiderte James tonlos. »Aber ich hoffe, dass Isobel ein bisschen was Besseres abbekommt als einen wie mich.«

Später, als die Dessertteller abgeräumt waren, sammelte Harry mit einem Räuspern die Aufmerksamkeit der anderen.

»Ich möchte keinen großen Wirbel darum machen«, verkündete er. »Aber ich habe ein kleines Geschenk für das glückliche Paar.«

Simon sah trotzig auf. Er hatte selbst ein Geschenk gekauft, das er Milly an diesem Abend geben wollte, und er hatte vorgehabt, sie damit zu überraschen, wenn sie alle ihren Kaffee tranken. Doch was immer Harry gekauft hatte, es wäre zweifelsohne teurer als die Ohrringe, die er ausgesucht hatte. Verstohlen fühlte er nach der kleinen Lederschachtel in seiner Tasche und fragte sich, ob er sich die Geschenkübergabe für einen anderen Tag aufheben sollte – einen Tag ohne väterliche Konkurrenz. Aber andererseits, warum sollte er sich schämen? Sein Vater konnte es sich eben leisten, etwas mehr auszugeben als er – aber das war ja wohl auch jedem klar, oder?

»Ich habe auch ein Geschenk«, sagte er möglichst beiläufig. »Für Milly.«

»Für mich?«, fragte Milly verwirrt. »Aber ich habe gar nichts für dich. Zumindest nichts, was ich dir heute Abend geben könnte.«

»Es ist etwas außer der Reihe«, erwiderte Simon. Er beugte sich vor und schob vorsichtig Millys blondes Haar zurück, so dass ihre Ohren sichtbar wurden. Während er das tat, wirkte die Geste mit einem Mal erotisch; und als er ihre makellose Haut betrachtete, ihren Duft einatmete, erfasste ihn ein stolzes Verlangen.

Die anderen konnten ihn mal, dachte er – Olivia mit ihrer unsäglichen Selbstgefälligkeit, Harry mit seinem ganzen Geld. Er hatte Millys göttlichen Körper ganz für sich, und alles andere zählte nicht.

»Was ist es?«, fragte Milly.

»Dad zuerst«, sagte Simon mit einem Gefühl des Großmuts. »Was hast du für uns, Dad?«

Harry griff in die Tasche, und einen verrückten Augenblick lang fürchtete Simon, er könnte ein Paar identischer Ohrringe hervorholen. Doch Harry ließ einen Schlüssel auf den Tisch fallen.

»Ein Schlüssel?«, sagte Milly. »Wofür ist der?«

»Für ein Auto?«, fragte Olivia ungläubig.

»Nein«, sagte Harry. »Für eine Wohnung.«

Alle schnappten nach Luft. Olivia öffnete den Mund, um etwas zu sagen, und klappte ihn dann wieder zu.

»Du machst Witze«, sagte Simon. »Du hast uns eine Wohnung gekauft?«

»Sie gehört ganz euch.« Harry schob den Schlüssel über den Tisch.

Simon starrte seinen Vater an und versuchte, ein Gefühl der Dankbarkeit zu empfinden – doch vergebens, alles, was er fühlte, war Bestürzung und der Anfang einer maßlosen, kalten Wut. Er warf Milly einen Blick zu. Sie schaute Harry mit glänzenden Augen an. Unvermittelt beschlich Simon Verzweiflung.

»Woher…«, begann er, bemüht, den korrekten dankbaren Ton anzuschlagen, doch es reichte nur zu einer mürrischen Frage. »Woher weißt du, dass sie uns gefallen wird?«

»Weil es die ist, die du mieten wolltest.«

»Die in den Marlborough Mansions?«

Harry schüttelte den Kopf.

»Die, die du mieten *wolltest*. Die, die du dir nicht leisten konntest.«

»Die Wohnung am Parham Place?«, flüsterte Milly. »Du hast sie uns *gekauft*?«

Simon starrte seinen Vater an und hätte ihn am liebsten geschlagen. Zum Teufel mit seiner Aufmerksamkeit.

»Das ist sehr lieb von dir, Harry«, sagte James. »Unglaublich großzügig.«

Harry zuckte mit den Achseln. »Schon mal etwas, worum die beiden sich keine Sorgen mehr zu machen brauchen.«

»Oh, Schatz!«, sagte Olivia und ergriff Millys Hand. »Wird das nicht herrlich sein? Und du wirst ganz in unserer Nähe wohnen!«

»Na, immerhin etwas!«, rutschte es Simon unversehens heraus. James sah zu ihm hin und räusperte sich taktvoll.

»Und was hat Simon für ein Geschenk?«, fragte er.

»Ja.« Milly drehte sich zu Simon und berührte sanft seine Hand. »Was ist es?«

Simon griff in seine Tasche und überreichte ihr schweigend die kleine Schachtel. Alle sahen zu, wie Milly sie öffnete und zwei glitzernde Diamantohrstecker zum Vorschein kamen.

»Oh, Simon«, sagte Milly. Sie sah ihn an, die Augen plötzlich glitzernd vor ungeweinten Tränen. »Die sind aber schön!«

»Hübsch!«, meinte Olivia wegwerfend. »Oh, Milly! Parham Place!«

»Ich steck sie mir gleich an!«, sagte Milly.

»Musst du nicht«, erwiderte Simon, der um Beherrschung rang; es kam ihm vor, als ob sich alle über ihn lustig machten. Sogar Milly. »Sie sind ja nichts Besonderes.«

»Natürlich sind sie das«, versetzte Harry ernst.

»Nein, sind sie nicht!«, brüllte Simon.»Nicht im Vergleich zu einer verdammten Immobilie!«

»Simon«, sagte Harry ruhig. »Diesen Vergleich zieht doch keiner.«

»Simon, sie sind wunderschön!«, sagte Milly. »Schau doch.« Sie strich ihr Haar zurück, und die kleinen Diamanten funkelten im Kerzenlicht.

»Großartig«, sagte Simon, ohne aufzusehen. Er machte alles noch schlimmer, das wusste er, aber er konnte nicht anders. Er fühlte sich wie ein kleiner, gedemütigter Schuljunge.

Harry fing James' Blick auf, dann erhob er sich.

»Lasst uns den Kaffee trinken«, sagte er. »Nicki wird ihn im Salon vorbereitet haben.«

»Genau«, sagte James, das Stichwort ergreifend. »Komm, Olivia.«

Die drei verließen das Esszimmer und ließen Milly und Simon schweigend zurück. Nach einer Weile sah Simon auf und bemerkte, dass Milly ihn anstarrte. In ihrem Gesicht waren weder Spott noch Mitleid zu lesen.

»Es tut mir Leid«, murmelte er beschämt. »Ich benehme mich wie ein absolutes Arschloch.«

»Ich habe mich noch gar nicht für das Geschenk bedankt«, sagte Milly.

Sie beugte sich zu ihm und küsste ihn mit warmen, weichen Lippen. Simon, gefangen von ihrer Süße, schloss die Augen und nahm ihr Gesicht in beide Hände. Allmählich verschwand sein Vater aus seinen Gedanken, seine Verärgerung ließ nach. Milly war ganz sein – und allein das zählte.

»Lass uns abhauen«, meinte er unvermittelt. »Die Hochzeit kann uns mal. Lass uns einfach ganz für uns im Standesamt heiraten.« Milly machte sich von ihm los.

»Möchtest du das wirklich?«, fragte sie. Simon erwiderte ihren Blick. Er hatte es nur halb im Ernst gesagt, aber sie sah ihn durchdringend an. »Sollen wir, Simon?« In ihrer Stimme schwang leichte Nervosität mit. »Morgen?«

»Nun«, sagte er ein bisschen überrascht. »Das könnten wir. Aber wären dann nicht alle stocksauer? Deine Mutter würde uns das nie verzeihen.« Milly sah ihn einen Augenblick an und biss sich dann auf die Lippen.

»Hast Recht«, sagte sie. »Es ist eine dumme Idee.« Sie schob ihren Stuhl zurück und stand auf. »Komm. Bist du bereit, dich deinem Vater gegenüber dankbar zu zeigen? Er ist sehr freundlich, weißt du.«

»Warte«, sagte Simon. Er nahm ihre Hand und umklammerte sie. »Würdest du wirklich mit mir ausreißen?«

»Ja«, sagte Milly schlicht. »Würde ich.«

»Ich dachte, du freust dich auf die Hochzeit. Das Kleid, die Feier und all deine Freundinnen und Freunde …«

»Hab ich mich auch«, sagte Milly. »Aber …«

Sie sah fort und zuckte die Achseln.

»Aber du würdest das alles aufgeben und ausreißen«, meinte Simon mit bebender Stimme. »Du würdest das alles aufgeben.«

Er sah Milly an und dachte bei sich, dass er noch nie eine solche Liebe, einen solchen Edelmut erlebt hatte.

»Keine andere Frau würde das tun«, sagte er mit bewegter Stimme. »Herrgott, ich liebe dich. Ich weiß nicht, was ich getan habe, um dich zu verdienen. Komm her.«

Er zog sie auf seine Knie und fing an, ihren Hals zu küssen, tastete nach ihrem BH-Träger, zog eilig am Reißverschluss ihres Rockes.

»Simon …«, begann Milly.

»Wir machen die Tür zu«, flüsterte er. »Schieben einen Stuhl unter den Türgriff.«

»Aber dein Vater …«

»Er hat uns warten lassen«, sagte Simon gegen Millys warme, parfümierte Haut. »Und nun lassen wir ihn warten.«

4. Kapitel

Am Morgen darauf erwachte Milly erfrischt. Das reichhaltige Essen, der Wein und die Unterhaltung vom Vorabend schienen spurlos an ihr vorübergegangen zu sein: Sie fühlte sich beschwingt und voller Energie.

Als sie zum Frühstücken in die Küche ging, saßen zwei Gäste, ein Paar aus Yorkshire, bei ihrem Kaffee und nickten freundlich.

»Morgen, Milly!« Ihre Mutter sah vom Telefon auf. »Schau, eine weitere Sonderzustellung für dich!« Sie deutete auf eine große Pappschachtel auf dem Boden. »Außerdem hat jemand eine Flasche Champagner geschickt. Ich habe sie in den Kühlschrank gestellt.«

»Champagner!«, freute sich Milly. »Und was ist das?« Sie goss sich eine Tasse Kaffee ein und begann, die Schachtel aufzureißen.

»Sieht spannend aus«, meinte Mrs. Able ermutigend.

»Und Alexander sagt, er trifft dich um halb elf«, sagte Olivia. »Um ein paar Fotos zu machen und ein bisschen zu plaudern.«

»Oh.« Milly wurde plötzlich übel. »Gut.«

»Du legst vorher lieber noch etwas Make-up auf«, sagte Olivia. Sie musterte Milly kritisch. »Schatz, stimmt etwas nicht?«

»Nein, alles in Ordnung.«

»Ah, Andrea«, wandte Olivia sich wieder dem Telefon zu. »Ja, ich habe verstanden. Und es hat mich, ehrlich gesagt, beunruhigt.«

Mit zittrigen Fingern begann Milly, an der Plastikverpackung zu ziehen und spürte Panik in sich aufsteigen. Sie wollte Alexander nicht sehen. Sie wollte weglaufen wie ein Kind und ihn aus ihrem Gedächtnis streichen.

»Na, dann wird Derek halt vielleicht einen Cut *kaufen* müssen«, meinte Olivia gerade scharf. »Andrea, diese Hochzeit ist keine Allerweltsfeier, sie ist ein gesellschaftliches Ereignis. Nein,

ein guter Straßenanzug würde mit Sicherheit nicht reichen.« Sie verdrehte vor Milly die Augen. »Was ist es?«, fragte sie mit stummen Mundbewegungen und deutete auf das Geschenk.

Wortlos zog Milly ein Paar Reisetaschen von Louis Vuitton heraus und starrte sie an. Ein weiteres luxuriöses Geschenk. Sie versuchte zu lächeln, versuchte, ein freudiges Gesicht zu machen. Doch alles, woran sie denken konnte, war die dumpfe Angst, die in ihr wuchs. Sie wollte die prüfenden Augen nicht wieder auf ihrem Gesicht spüren. Sie wollte sich verstecken, bis sie sicher mit Simon verheiratet war.

»Wow!«, sagte Olivia.

»So etwas habe ich ja noch nie gesehen!«, sagte Mrs. Able. »Geoffrey! Schau dir doch bloß das Hochzeitsgeschenk an! Woher sind die, Liebes?«

Milly sah auf die Karte. »Von jemandem, von dem ich noch nie gehört habe.«

»Von einem von Harrys Freunden, schätze ich«, sagte Olivia und legte den Hörer auf.

»So eine Hochzeit habe ich noch nie erlebt!« Mrs. Able schüttelte den Kopf. »Was werde ich zu Hause alles zu erzählen haben!«

»Ich habe Ihnen doch erzählt, wie die Trauung abläuft, nicht wahr?«, fragte Olivia und ging selbstzufrieden zum Herd hinüber. »Wir lassen eigens einen Organisten aus Genf einfliegen. Offensichtlich ist er der Beste. Und sobald Milly bei der Kirche eintrifft, spielen drei Trompeter eine Fanfare.«

»Eine Fanfare!«, sagte Mrs. Able zu Milly. »Da werden Sie sich ja wie eine Prinzessin vorkommen.«

»Schatz, iss ein Ei «, sagte Olivia.

»Nein, danke«, sagte Milly. »Ich möchte bloß Kaffee.«

»Bist wohl noch etwas angeschlagen von gestern abend«, meinte Olivia munter und schlug Eier in einer Pfanne auf. »Nicht, Milly, das Dinner war wundervoll?« Sie lächelte Mrs. Able an. »Ich muss sagen, Harry ist ein wunderbarer Gastgeber.«

»Ich habe gehört, dass seine geschäftlichen Dinner etwas ganz Besonderes seien«, meinte Mrs. Able.

»Na, mit Sicherheit«, entgegnete Olivia. »Aber natürlich ist es anders, wenn wir unter uns sind.« Sie lächelte in der Erinnerung. »Da gibt es diese steifen Formalitäten nicht – wir amüsieren uns alle einfach nur. Wir essen, wir trinken, wir unterhalten uns ...« Sie warf Mr. und Mrs. Able einen Blick zu, um sich zu vergewissern, dass sie auch zuhörten. »Schließlich ist Harry einer unserer engsten Freunde. Und bald wird er zur Familie gehören.«

»Man denke nur«, sagte Mrs. Able. »Harry Pinnacle, Teil Ihrer Familie! Und dabei betreiben Sie nur ein Bed-and-Breakfast-Haus!«

»Ein *vornehmes* Bed and Breakfast!«, brauste Olivia auf. »Das ist ein Unterschied!«

»Geoff!«, flüsterte Mrs. Able verärgert. »Sie müssen sicher oft mit ihm dinieren«, sagte sie rasch zu Olivia. »Wo Sie so enge Freunde sind.«

»Na ja ...«, sagte Olivia in besänftigtem Ton. Sie schwenkte ihren Omelettwender vage in der Luft.

Zweimal, dachte Milly. Zweimal hast du mit ihm diniert.

»Es hängt ganz davon ab.« Olivia lächelte Mrs. Able freundlich an. »Eine feste Vereinbarung gibt es da nicht. Manchmal ist er wochenlang nicht im Lande – dann kommt er zurück und möchte einfach nur mal ein paar Tage mit Freunden verbringen.«

»Waren Sie schon mal in seinem Londoner Domizil?«, fragte Mrs. Able.

»Nein«, bedauerte Olivia. »Milly aber. Und in seiner Villa in Frankreich auch. Stimmt's nicht, Schatz?«

»Ja«, sagte Milly knapp.

»Was für ein Aufstieg für Sie, Liebes«, sagte Mrs. Able. »So über Nacht zum Jetset zu gehören.«

Olivia wehrte entrüstet ab.

»Es ist ja wohl kaum so, dass Milly aus unterprivilegierten Verhältnissen stammt«, rief sie aus. »Du bist an den Umgang mit allen möglichen Leuten gewöhnt, stimmt's, Schatz? In Millys Schule«, setzte sie hinzu und warf Mrs. Able einen befriedigten Blick zu, »gab es eine arabische Prinzessin. Wie hieß sie doch gleich?«

Milly hielt es nicht mehr aus.

»Ich muss los.« Sie stand auf, ohne ihren Kaffee getrunken zu haben.

»Stimmt«, sagte Olivia. »Leg noch etwas Make-up auf. Du möchtest für Alexander doch besonders gut aussehen.«

»Ja«, meinte Milly schwach. An der Küchentür blieb sie noch einmal stehen. »Isobel hat nicht zufällig heute Morgen angerufen und mich sprechen wollen?«, erkundigte sie sich beiläufig.

»Nein«, erwiderte Olivia. »Ich schätze, sie ruft dich später an.«

Um zwanzig vor elf erschien Alexander an der Wohnzimmertür.

»Hi, Milly!«, sagte er. »Tut mir Leid, dass ich mich ein bisschen verspätet habe.«

Milly bekam Herzflattern, als müsste sie eine Prüfung ablegen oder zum Zahnarzt gehen.

»Macht nichts«, sagte sie und legte die Zeitschrift *Country Life* fort, die sie zu lesen vorgegeben hatte.

»Stimmt«, sagte Olivia, die hinter Alexander den Raum betrat. »Was meinen Sie, Alexander, am Fenster oder am Klavier?«

»Einfach da, wo Milly gerade sitzt«, sagte Alexander und musterte Milly kritisch. »Ich werde ein paar Scheinwerfer aufstellen müssen ...«

»Möchte jemand einen Kaffee?«, fragte Olivia.

»Ich mach ihn schon«, sagte Milly rasch und eilte ohne einen Blick zurück aus dem Raum. Auf dem Weg zur Küche warf sie einen Blick in den Spiegel. Ihre Haut war trocken, in ihren Augen lag ein ängstlicher Ausdruck, wie eine glückliche Braut sah sie beileibe nicht aus. Sie grub ihre Fingernägel in die Handfläche und zwang sich zu einem strahlenden Lächeln. Alles würde gut gehen. Wenn sie sich bloß zu einem selbstsicheren Auftreten zwingen konnte, dann würde alles gut gehen.

Bei ihrer Rückkehr war das Wohnzimmer in ein Fotostudio verwandelt worden. Ein weißes Tuch lag ausgebreitet auf dem Boden, und weiße Schirme und Scheinwerfer umgaben das Sofa, auf dem Olivia saß und befangen in Alexanders Kamera lächelte.

»Ich spiele gerade deinen Ersatz«, meinte sie fröhlich.

»Nervös?«, fragte Alexander Milly.

»Nicht die Spur«, erwiderte sie kühl.

»Zeig mir mal deine Fingernägel, Schatz«, sagte Olivia und erhob sich. »Wenn wir deinen Verlobungsring sehen …«

»Die sind in Ordnung«, schnauzte Milly und entriss ihre Hände dem mütterlichen Griff. Sie ging vorsichtig über das weiße Tuch, setzte sich auf das Sofa und sah mit größtmöglicher Ruhe zu Alexander auf.

»So ist's recht«, sagte Alexander. »Und jetzt entspannen Sie sich einfach. Setzen Sie sich ein bisschen zurück. Lockern Sie Ihre Hände.« Er beäugte sie eine Weile kritisch. »Könnten Sie sich das Haar aus dem Gesicht streichen?«

»Ah, da fällt's mir wieder ein!«, rief Olivia aus. »Diese Fotos, von denen ich Ihnen erzählt habe. Ich hole sie.«

»Okay«, meinte Alexander geistesabwesend. »So, Milly, ich möchte, dass Sie sich ein wenig zurücklehnen und lächeln.«

Automatisch gehorchte Milly seinen Befehlen und spürte, wie ihr Körper sich entspannte und sie in die Kissen des Sofas sank. Alexander schien sich völlig auf seine Kamera zu konzentrieren. Der Gedanke, man könne sich schon einmal getroffen haben, schien völlig vom Tisch zu sein. Sie hatte sich grundlos Sorgen gemacht, beruhigte sie sich. Alles würde gut gehen. Sie warf einen Blick auf ihren Ring, der hübsch an ihrer Hand funkelte, und verlagerte die Beine in eine vorteilhaftere Position.

»So, da sind sie!«, sagte Olivia und eilte mit einem Fotoalbum zu Alexander. »Das sind die Fotos von Isobel, kurz vor ihrer Abschlussprüfung. Also, uns haben die Fotos großartig gefallen – aber uns fehlt natürlich das Expertenauge. Was halten Sie davon?«

»Nett«, kommentierte Alexander, nachdem er einen kurzen Blick darauf geworfen hatte.

»Finden Sie wirklich?«, fragte Olivia erfreut. Sie blätterte zurück. »Da ist sie wieder. Und hier noch mal.« Sie blätterte noch weiter zurück. »Und das ist Milly ungefähr zur gleichen Zeit. Das muss jetzt zehn Jahre her sein. Schauen Sie sich doch nur ihr Haar an!«

»Nett«, meinte Alexander automatisch. Er drehte den Kopf um hinzuschauen, und hielt abrupt inne, als sein Blick auf Millys Foto fiel.

»Moment«, sagte er. »Darf ich mal sehen?« Er nahm Olivia das Album aus der Hand, starrte ein paar Sekunden auf das Foto und sah Milly dann ungläubig an.

»Sie hat sich die Haare ratzeputz abschneiden und bleichen lassen, ohne uns ein Sterbenswörtchen zu sagen!«, erzählte Olivia fröhlich. »Damals war sie ein ganz schön wildes Ding! Wenn man sie jetzt so anschaut, würde man das gar nicht für möglich halten, nicht?«

»Nein«, sagte Alexander. »Allerdings nicht.« Fasziniert starrte er auf das Album. »Die junge Braut«, sagte er leise und wie zu sich selbst.

Milly blickte ihn hilflos an, starr vor Schreck. Es dämmerte ihm. Es dämmerte ihm, wer sie war. Aber wenn er einfach nur den Mund hielt, konnte alles noch gut gehen. Wenn er bloß den Mund hielt.

»Tja«, sagte Alexander, als er endlich aufblickte. »Was für ein Unterschied.« Er sah Milly mit einem kleinen, amüsierten Lächeln an, und sie erwiderte seinen Blick mit flauem Magen.

»Es liegt am Haar«, erklärte Olivia eifrig. »Das ist alles. Mit einer neuen Frisur ändert sich alles andere scheinbar auch. Sie hätten mich mit toupierter Hochfrisur sehen sollen!«

»Ich glaube nicht, dass es nur am Haar liegt«, bemerkte Alexander. »Was meinen Sie dazu, Milly? Ist es nur das Haar? Oder ist es ganz was anderes?«

Sie starrte ihn entsetzt an.

»Ich weiß nicht«, brachte sie schließlich heraus.

»Es ist ein Geheimnis, nicht wahr?« Alexander deutete auf das Album. »Das sind Sie, vor zehn Jahren ... und hier sind Sie jetzt, eine völlig andere Frau.« Er hielt inne und legte einen neuen Film in seine Kamera ein. »Und hier bin ich.«

»Hier ist ein tolles Bild von Isobel bei einer Schulaufführung.« Olivia hielt Alexander das Album hin. Er kümmerte sich nicht um sie.

»Ach, übrigens, Milly«, meinte er beiläufig. »Das habe ich Sie noch gar nicht gefragt. Ist das Ihre erste Ehe?«

»Aber natürlich ist das ihre erste Ehe!«, lachte Olivia. »Sieht Milly so alt aus, dass das schon ihre zweite sein könnte?«

»Sie wären überrascht«, erwiderte Alexander und stellte etwas an der Kamera ein. »Was es dieser Tage alles gibt.« Unvermittelt flammte ein Blitz auf, und Milly zuckte erschrocken zusammen. Alexander sah zu ihr hin.

»Entspannen Sie sich«, sagte er, und der Anflug eines Lächelns huschte über sein Gesicht. »Wenn Sie können.«

»Du siehst bezaubernd aus, Schatz«, sagte Olivia und faltete ihre Hände.

»Ich habe nur gefragt«, fuhr Alexander fort, »weil ich momentan eine Menge zweiter Ehen zu machen scheine.« Er betrachtete sie über seine Kamera hinweg. »Das ist bei Ihnen aber nicht der Fall.«

»Nein«, sagte Milly mit erstickter Stimme. »Bei mir nicht.«

»Interessant.«

Milly warf ihrer Mutter einen ängstlichen Blick zu. Doch Olivia hatte den gleichen unbedarften Ausdruck im Gesicht, der erschien, wenn Geschäftsgäste anfingen, sich über Computersoftware oder den Yen zu unterhalten. Als sie Millys Blick auffing, nickte sie und trat ehrfurchtsvoll den Rückzug an.

»Bis später dann, ja?«, flüsterte sie.

»So ist es gut«, meinte Alexander. »Jetzt drehen Sie Ihren Kopf nach links. Sehr gut.« Wieder erhellte sich der Raum. In der Ecke schloß Olivia leise die Tür hinter sich.

»So, Milly«, meinte Alexander. »Was haben Sie mit Ihrem ersten Mann angestellt?«

Alles um Milly herum begann sich zu drehen; jeder Muskel in ihrem Körper spannte sich an. Ohne zu antworten blickte sie starr in die Kameralinse.

»Lockern Sie die Hände«, befahl Alexander. »Die sind viel zu verkrampft. Immer locker bleiben!« Er machte ein paar weitere Aufnahmen. »Kommen Sie, Milly. Was für eine Geschichte steckt dahinter?«

»Ich weiß nicht, wovon Sie sprechen«, erwiderte Milly mit trockener Stimme. Alexander lachte.

»Na, da müssen Sie sich schon was Besseres einfallen lassen.« Er richtete einen der weißen Schirme aus. »Sie wissen genau, wovon ich spreche. Und ganz offensichtlich weiß sonst niemand davon außer mir. Das macht mich neugierig. Versuchen Sie, die Beine übereinander zu schlagen«, fügte er hinzu und sah durch die Linse. »Linke Hand aufs Knie, damit wir den Ring sehen können. Und die andere unter das Kinn.«

Wieder flammte der weiße Blitz auf. Milly starrte verzweifelt nach vorn, zerbrach sich den Kopf nach einer Erwiderung, einer vernichtenden Bemerkung, einem witzigen Gegenschlag. Aber in ihrer Panik war sie dazu außerstande. Die Angst schien sie auf das Sofa zu drücken, sie war unfähig, irgendetwas anderes zu tun, als seinen Befehlen zu gehorchen.

»Eine erste Ehe verstößt nicht gegen das Gesetz, wissen Sie!«, bemerkte Alexander. »Wo liegt also das Problem? Hätte Ihr Bräutigam was dagegen? Oder Ihr Vater?« Er schoss noch ein paar Fotos und legte dann einen neuen Film ein. »Machen Sie deshalb ein Geheimnis draus?« Er beäugte sie nachdenklich. »Oder steckt etwa mehr dahinter?« Er blickte auf die Linse hinunter. »Können Sie sich ganz leicht nach vorn beugen?«

Beklommen tat Milly wie geheißen.

»Übrigens, ich habe immer noch ein altes Foto von Ihnen«, sagte Alexander. »In Ihrem Hochzeitskleid, auf den Treppen. Eine Superaufnahme. Beinahe hätte ich sie gerahmt.«

Ein erneuter Blitz. Milly war schlecht vor Angst. In Gedanken kehrte sie zu jenem Tag in Oxford zurück, zu der Touristenschar, die von ihr und Allan auf der Treppe Fotos schoss, während sie sich in Pose gestellt und für sie gelächelt hatte. Wie hatte sie nur so dumm sein können? Wie hatte sie ...

»Natürlich sehen Sie jetzt völlig anders aus«, sagte Alexander. »Ich hätte Sie beinahe nicht mehr erkannt.«

Milly zwang sich, aufzuschauen und seinem Blick standzuhalten.

»Sie haben mich nicht erkannt.« Ein flehender Ton schlich sich in ihre Stimme. »Sie haben mich nicht erkannt!«

»Also, ich weiß ja nicht!« Alexander schüttelte den Kopf. »Geheimnisse vor dem zukünftigen Ehemann zu haben! Kein gutes Zeichen, Milly.« Er schälte sich aus seinem Pullover und warf ihn in eine Ecke. »Verdient der arme Kerl es denn nicht, Bescheid zu wissen? Sollte man es ihm nicht sagen?«

Milly bewegte die Lippen, um zu sprechen, doch es kam kein Ton heraus. Noch nie in ihrem Leben hatte sie solche Angst ausgestanden.

»So ist es toll«, sagte Alexander, der wieder in die Kamera blickte. »Aber versuchen Sie, nicht die Stirn zu runzeln.« Er sah auf und grinste. »Denken Sie an etwas Schönes!«

Nach einer scheinbaren Ewigkeit war er schließlich fertig.

»Okay«, sagte er. »Sie können jetzt gehen.« Milly erhob sich vom Sofa und sah ihn wortlos an. Wenn sie ihn anflehte – ihm alles erzählte –, dann hatte er vielleicht ein Einsehen. Oder auch nicht. Ein Schauer überlief sie. Das Risiko war zu groß.

»Wollten Sie noch etwas?« Alexander sah von seiner Kameratasche auf.

»Nein«, erwiderte Milly. Einen Moment trafen sich ihre Blicke, und wieder packte sie die Angst. »Danke«, setzte sie hinzu.

So schnell sie konnte, ging sie zur Tür, ohne dass es überstürzt wirkte, zwang sich dazu, die Türklinke langsam hinunterzudrücken, und schlüpfte zur Diele hinaus. Als sich die Tür hinter ihr schloss, war sie vor Erleichterung den Tränen nahe. Aber was jetzt? Sie schloss kurz die Augen, öffnete sie wieder und griff nach dem Telefon. Die Nummer kannte sie inzwischen schon auswendig.

»Hallo?«, ertönte eine Stimme. »Wenn Sie Isobel Havill eine Nachricht hinterlassen wollen, sprechen Sie bitte nach dem Signalton.«

Milly knallte den Hörer frustriert auf die Gabel und starrte ihn an. Sie musste mit jemandem reden. Sie hielt das nicht länger aus. Dann hatte sie plötzlich eine Eingebung, und sie nahm erneut den Hörer ab.

»Hallo?«, sagte sie, als jemand antwortete. »Esme? Hier Milly. Kann ich bei dir vorbeikommen?«

Millys Patentante wohnte in einem großen, eleganten Haus im Norden der Stadt, etwas zurückgesetzt von der Straße und von einem ummauerten Garten umgeben. Als Milly den Gartenweg entlangging, öffnete Esme die Tür, und ihre beiden schlanken Whippets tollten in den Schnee hinaus und sprangen an Milly hoch.

»Runter mit euch, ihr Bestien!«, rief Esme. »Lasst die arme Milly in Ruhe. Sie ist nicht gut drauf.« Milly sah auf.

»Ist das so offensichtlich?«

»Natürlich nicht!«, sagte Esme. Sie zog an ihrer Zigarette und lehnte sich gegen den Türrahmen. Ihre dunklen Augen sahen Milly abschätzend an. »Aber normalerweise rufst du mich nicht mitten am Tag an und bittest um ein sofortiges Treffen. Da muss ja wohl was nicht stimmen.«

Milly schaute in Esmes prüfende Augen und hatte plötzlich Hemmungen.

»Nicht direkt.« Geistesabwesend streichelte sie den Hunden über die Köpfe. »Ich hatte nur mit jemandem reden wollen, und Isobel ist nicht da ...«

»Reden, worüber?«

»So genau weiß ich das gar nicht.« Milly schluckte. »Über alles mögliche.« Esme zog wieder an ihrer Zigarette.

»So, so, über alles Mögliche. Meine Neugierde ist geweckt. Du kommst jetzt besser mal rein.«

Im Wohnzimmer knisterte ein Feuer, und ein Krug mit Glühwein verströmte einen köstlichen Duft. Während Milly Esme ihren Mantel gab und dankbar auf das Sofa sank, fragte sie sich wieder einmal erstaunt, wie solch eine welterfahrene, kultivierte Frau mit ihrem langweiligen Vater verwandt sein konnte.

Esme Ormerod war eine Halbkusine von James Havill. Sie entstammte einem betuchteren Familienzweig, war in London aufgewachsen und hatte zu James wenig Verbindung gehabt. Aber dann, ungefähr zu der Zeit, als Milly geboren wurde, war sie nach Bath gezogen und hatte sich höflich um Kontakt zu ihm bemüht. Olivia, beeindruckt von dieser neuen, reichlich exotischen Verwandten ihres Mannes, hatte sie unverzüglich gefragt, ob sie nicht Millys Patentante werden wolle, mit dem Hintergedanken, sie könnten sich auf diese Weise näher kommen. Doch die beiden waren nie Freundinnen geworden. Soweit Milly wusste, war Esme mit niemandem direkt befreundet. Jeder in Bath kannte die schöne Esme Ormerod. Viele hatten an Partys in ihrem Haus teilgenommen, hatten ihre ungewöhnlichen Gewänder und die ständig wechselnde Sammlung von *objets* in ihren Räumen bewundert, aber kaum einer konnte sich damit brüsten, Esme gut zu kennen. Selbst Milly, die ihr von allen Havills am nächsten stand, hatte oft keine Ahnung, was sie gerade dachte oder was sie als Nächstes sagen würde.

Ebenso wenig war ihr klar, womit Esme eigentlich ihr Geld verdiente. Esmes Familienzweig war zwar vermögend, aber so weit, so die gängige Meinung, war es damit auch wieder nicht her, dass Esme davon all die Jahre ihren bequemen Lebensstil hätte bestreiten können. Die wenigen Gemälde, die sie gelegentlich verkaufte, reichten, wie Millys Vater es ausdrückte, nicht einmal, um damit ihre Samtschals zu bezahlen; ansonsten aber bezog sie offensichtlich kein Einkommen. Infolge dessen gab die Frage nach Esmes Geld Anlass zu so mancher Spekulation. Eines der letzten Gerüchte, die in Bath kursierten, war, dass sie einmal im Monat nach London reiste, um es dort gegen ein ansehnliches Taschengeld mit einem alternden Millionär ganz unbeschreiblich zu treiben. »Also, wirklich, was für ein Unsinn«, hatte Olivia gesagt, als sie davon gehört hatte – um dann im nächsten Atemzug einzuräumen: »Aber möglich wär's wohl schon …«

»Nimm dir doch einen.« Esme reichte Milly einen Teller mit Gebäck, jedes einzelne eine wunderbare, einzigartige Kreation.

»Mhm, die sehen aber gut aus!« Milly schwankte, ob sie ein mit Kakaospiralen oder ein mit Mandelsplittern dekoriertes Plätzchen nehmen sollte. »Wo hast du die denn her?«

»Aus einem kleinen Laden, den ich kenne«, erklärte Esme. Milly nickte und biss in die Kakaospiralen, ein himmlischer, schokoladiger Geschmack erfüllte sofort ihren Mund. Esme schien alles von winzigen, namenlosen Läden zu beziehen – im Gegensatz zu Olivia, die große Häuser mit wohl bekannten Namen vorzog. Fortnum and Mason. Harrods. John Lewis.

»Na, erzähl mal, wie geht's mit den Hochzeitsvorbereitungen voran?«, erkundigte sich Esme, die sich vor dem Kamin auf den

Boden gesetzt hatte und die Ärmel ihres grauen Kaschmirpullovers hochschob. Der Opalanhänger, den sie immer trug, schimmerte im Licht des Feuers.

»Gut«, sagte Milly. »Du weißt ja, wie das ist.« Esme zuckte unverbindlich die Achseln, und Milly registrierte, dass sie schon seit Wochen, wenn nicht Monaten, nicht mehr mit ihrer Patin gesprochen hatte. Aber das war nichts Ungewöhnliches. Seit Millys Teenagertagen war ihre Beziehung immer in Phasen verlaufen. Wann immer zu Hause dicke Luft geherrscht hatte, war Milly umgehend zu Esme aufgebrochen. Esme verstand sie immer, Esme behandelte sie stets wie eine Erwachsene. Milly verbrachte dann Tage bei ihrer Tante, machte sich ihre Gedanken zu Eigen, nahm ihre Ausdrucksweise an und half ihr, interessante Gerichte mit Zutaten zuzubereiten, von denen Olivia noch nie gehört hatte. Sie saßen in Esmes Wohnzimmer, tranken gekühlten Weißwein, lauschten Kammermusik. Milly fühlte sich erwachsen und kultiviert und schwor sich, künftig nach Esmes Fasson zu leben. Kaum war sie dann wieder ein oder zwei Tage zu Hause, nahm sie ihr Leben genau da wieder auf, wo sie es verlassen hatte – und Esmes Einfluss belief sich auf nicht mehr als das eine oder andere neue Wort oder eine Flasche kaltgepressten Olivenöls.

»Tja, Schatz«, sagte Esme gerade. »Wenn es nicht die Hochzeit ist, was ist es dann?«

»Es ist die Hochzeit«, erwiderte Milly. »Aber es ist ein bisschen kompliziert.«

»Simon? Habt ihr euch gestritten?«

»Nein«, sagte Milly sofort. »Nein. Es ist nur …« Sie stieß scharf den Atem aus und legte ihr Plätzchen fort. »Ich brauche bloß einen Rat. Einen … hypothetischen Rat.«

»Einen hypothetischen Rat?«

»Ja«, versetzte Milly verzweifelt. »Einen hypothetischen.«

Es trat eine kleine Pause ein, dann sagte Esme: »Ich verstehe.« Sie schenkte Milly ein katzenähnliches Lächeln. »Erzähl weiter.«

Um ein Uhr wurde Simon ein Anruf aus Paris durchgestellt.

»Simon? Ich bin's, Isobel.«

»Isobel! Wie geht's dir?«

»Hast du eine Ahnung, wo Milly steckt? Ich habe sie zu erreichen versucht.« Isobels Stimme klang lächerlich fern und blechern, fand Simon. Herrje, sie war doch nur in Paris.

»Ist sie denn nicht in der Arbeit?«, fragte Simon.

»Anscheinend nicht. Hör mal, hattet ihr beide Streit miteinander? Sie hat schon mehrfach versucht, mich zu erreichen.«

»Nein«, meinte Simon überrascht. »Nicht, dass ich wüsste.«

»Dann muss es etwas anderes sein«, sagte Isobel. »Ich versuch's mal zu Hause. Also, wir sehen uns, wenn ich wieder da bin.«

»Warte«, sagte Simon unvermittelt. »Isobel – ich möchte dich um etwas bitten.«

»Ja?« Sie klang argwöhnisch. Oder vielleicht war das auch nur seine Paranoia. Simon empfand Isobel immer als etwas schwierig. Sie sagte immer so wenig. Wann immer er mit ihr sprach, wurde er unter ihrem musternden Blick grundsätzlich unsicher und fragte sich, was im Himmel sie von ihm hielt. Natürlich mochte er sie – aber er fand sie auch ein kleines bisschen Furcht einflößend.

»Es ging tatsächlich um einen Gefallen«, sagte er. »Ich habe mich gefragt, ob du mir für Milly ein Geschenk besorgen könntest.«

»Was soll's denn sein?«

Milly an ihrer Stelle, dachte Simon, hätte sofort gerufen »Ja, klar!« – und sich erst dann nach Einzelheiten erkundigt.

»Ich möchte ihr eine große Chaneltasche schenken.« Er schluckte. »Könntest du also vielleicht eine für sie aussuchen?«

»Eine Chaneltasche?«, fragte Isobel ungläubig. »Ja, hast du denn eine Ahnung, wie viel die kosten?«

»Ja.«

»Hunderte.«

»Schon klar.«

»Simon, du bist verrückt. Milly möchte keine Chaneltasche.«

»Doch, möchte sie schon!«

»Das ist doch gar nicht ihr Stil.«

»Aber natürlich«, versetzte Simon. »Milly mag elegante, klassische Stücke.«

»Na, wenn du meinst«, erwiderte sie trocken. Dann seufzte sie. »Simon, ist es, weil dein Vater euch eine Wohnung kauft?«

»Nein«, sagte Simon. »Natürlich nicht.« Er zögerte. »Woher weißt du davon?«

»Mummy hat's mir erzählt. Und von den Ohrringen auch.« Isobels Stimme wurde weich. »Schau, ich kann mir schon vorstellen, dass der Augenblick nicht einfach für dich war. Aber das ist noch lange kein Grund, dass du jetzt all dein Geld für eine teure Tasche rauswirfst.«

»Milly verdient das Beste.«

»Sie hat das Beste. Sie hat dich!«

»Aber …«

»Jetzt hör mal, Simon. Wenn du Milly wirklich etwas kaufen willst, dann kauf etwas für die Wohnung. Ein Sofa. Oder einen Teppich. Darüber würde sie sich freuen.«

Stille.

»Du hast Recht«, meinte Simon schließlich.

»Na klar.«

»Es ist bloß …« Simon atmete aus. »Mein Scheißvater!«

»Ich weiß«, sagte Isobel. »Aber was willst du machen? Er ist ein großzügiger Millionär. So 'ne Scheiße.« Simon zuckte zusammen.

»Gott, du bist hart, nicht? Ich glaube, ich ziehe deine Schwester vor.«

»Mir recht. Du, ich muss los. Ich muss einen Flieger erreichen.«

»Okay. Hör zu, Isobel, danke. Ich bin dir wirklich dankbar.«

»Ja, ja. Ich weiß. Bye.« Und bevor Simon noch etwas sagen konnte, hatte sie aufgelegt.

»Also gut.« Milly zog die Schultern hoch und sah von Esme fort ins flackernde Feuer. »Angenommen, es gibt da eine Person. Und diese Person hat ein Geheimnis.«

»Eine Person«, sagte Esme und sah sie fragend an. »Und ein Geheimnis?«

»Ja.« Milly starrte noch immer ins Feuer. »Und angenommen, sie hat noch keiner Menschenseele davon erzählt. Noch nicht einmal dem Mann, den sie liebt.«

»Warum nicht?«

»Weil er es nicht zu wissen braucht«, meinte Milly trotzig. »Weil es nur eine dumme, bedeutungslose Sache ist, die vor zehn Jahren geschah. Und wenn es herauskäme, würde es alles kaputtmachen. Nicht nur für sie. Für alle.«

»Aha«, sagte Esme. »So ein Geheimnis!«

»Ja«, erwiderte Milly. »So eines.« Sie holte tief Luft. »Und angenommen ...« Sie biss sich auf die Lippen. »Angenommen, da kommt jemand, der weiß davon. Und er fängt zu drohen an.«

Esme atmete sacht aus.

»Verstehe.«

»Aber es ist unklar, ob es ihm ernst damit ist, oder nicht. Er kann auch nur scherzen.«

Esme nickte.

»Tja«, sagte Milly. »Was soll sie deiner Meinung nach tun?« Sie sah auf. »Soll sie es ihrem ... Partner sagen? Oder soll sie einfach den Mund halten und hoffen, dass sie damit durchkommt?«

Esme griff nach ihrer Zigarettendose. »Lohnt es sich denn wirklich, dieses Geheimnis zu bewahren?«, wollte sie wissen. »Oder ist es lediglich eine kleine Unbedachtheit, die niemanden stören würde? Könnte diese Person vielleicht überreagieren?«

»Nein«, sagte Milly, »auf keinen Fall. Es ist ein sehr großes Geheimnis. Wie eine...« Sie hielt inne. »Wie eine vorangegangene Ehe. Oder so was in der Art.«

Esme zog die Augenbrauen hoch.

»Das *ist* ein großes Geheimnis.«

»Oder so was«, wiederholte Milly. »Es ist egal, was es ist.« Sie hielt Esmes Blick stand. »Die Sache ist die, dass sie es zehn Jahre lang geheim gehalten hat. Niemand hat je davon erfahren. Und niemand braucht davon zu erfahren.«

»Aha«, sagte Esme. »Verstehe.« Sie zündete sich eine neue Zigarette an und inhalierte einen tiefen Lungenzug.

»Ja, was würdest du an ihrer Stelle tun?«, fragte Milly. Esme blies nachdenklich eine Rauchwolke aus.

»Welches Risiko geht die andere Person ein, wenn sie sie verrät?«

»Kein großes«, sagte Milly. »Kein großes, denk ich.«

»Dann würde ich nichts sagen«, riet Esme. »Augenblicklich zumindest. Und ich würde mir überlegen, wie ich den anderen dazu bringe, den Mund zu halten.« Sie zuckte die Achseln. »Vielleicht verläuft das Ganze im Sande.«

»Glaubst du?« Milly sah auf. »Glaubst du wirklich?«

Esme lächelte.

»Schatz, wie oft hast du dich nachts schon hin und her gewälzt und dir Sorgen um etwas gemacht, nur um morgens dann zu entdecken, dass die ganze Angst völlig unbegründet war? Wie viele Male bist du mit einer Entschuldigung für irgendein Fehlverhalten hereingeeilt, nur um zu erkennen, dass es keinem überhaupt aufgefallen ist?« Sie zog tief an ihrer Zigarette. »Neun von zehn Malen ist es besser, mit gesenktem Kopf den Mund zu halten und zu hoffen, dass alles glatt geht. Und niemand braucht je davon zu erfahren.« Sie hielt inne. »Rein hypothetisch gesprochen, natürlich.«

»Ja, natürlich.«

Stille trat ein, unterbrochen nur durch das Knistern und Prasseln des Feuers. Draußen schneite es wieder in dicken Flocken.

»Trink noch etwas Glühwein«, schlug Esme vor. »Ehe er kalt wird. Und nimm dir noch ein Plätzchen.«

»Danke«, murmelte Milly. Sie nahm sich noch eines und starrte sie an. »Du glaubst also nicht, ich … die Person sollte ehrlich zu ihrem Partner sein?«

»Warum sollte sie?«

»Weil … weil sie ihn heiratet!« Esme lächelte.

»Schatz, an sich ist das ja ein netter Gedanke. Aber eine Frau sollte nie versuchen, ehrlich zu einem Mann zu sein. Das ist so gut wie unmöglich.«

Milly schaute auf. »Wie meinst du das, unmöglich?«

»Versuchen kann man's natürlich«, meinte Esme. »Aber im Grunde sprechen Frauen und Männer nicht dieselbe Sprache. Sie haben … verschiedene Sinne. Versetze einen Mann und eine Frau in genau die gleiche Situation, und sie werden sie total unterschiedlich wahrnehmen.«

»Und daraus folgt?«

»Daraus folgt, dass sie einander fremd sind«, erklärte Esme. »Und du kannst mit niemandem vollkommen ehrlich sein, den du nicht richtig verstehst.«

Milly dachte eine Weile nach.

»Menschen, die seit Jahren glücklich verheiratet sind, verstehen einander«, sagte sie schließlich.

»Sie wursteln sich durch«, versetzte Esme, »mit einer Mischung aus Zeichensprache und Goodwill und dem einen oder anderen Satz, den sie im Laufe der Jahre aufgeschnappt haben. Zu den wahren Tiefen der Seele des anderen stoßen sie aber nicht vor. Dafür fehlt ganz einfach die gemeinsame Sprache.« Wieder zog sie an ihrer Zigarette. »Und Dolmetscher gibt es keine. Oder zumindest nur sehr wenige.«

Milly schaute sie mit großen Augen an. »Du willst also sagen, so etwas wie eine glückliche Ehe gibt es gar nicht?«

»Damit will ich sagen, so etwas wie eine ehrliche Ehe gibt es nicht«, erwiderte Esme. »Glück ist etwas anderes.«

»Ich schätze, du hast Recht«, meinte Milly verzweifelt und warf einen Blick auf ihre Uhr. »Esme, ich muss los.«

»Schon?«

»In Simons Büro bekommen wir ein Hochzeitsgeschenk überreicht.«

»Ah so.« Esme strich die Zigarettenasche in einem Perlmuttbehälter ab. »Nun, hoffentlich habe ich dir bei deinem kleinen Problem etwas helfen können.«

»Eigentlich nicht«, sagte Milly geradeheraus. »Wenn überhaupt, dann bin ich jetzt noch verwirrter als zuvor.« Esme lächelte amüsiert.

»O je. Das tut mir leid. « Sie musterte Millys Gesicht. »Ja, und was meinst du, was wird deine ... hypothetische Person nun tun?«

Stille.

»Ich weiß nicht«, meinte Milly schließlich. »Ich weiß es wirklich nicht.«

James Havill hatte mittags das Büro verlassen und sich auf den Heimweg gemacht. Bei seiner Ankunft war das Haus bis auf das eine oder andere Knarzen in mittägliche Stille gehüllt. Er stand eine Weile in der Diele und lauschte. Aber sein Heim schien so leer zu sein, wie er es sich erhofft hatte. Zu dieser Tageszeit waren die Gäste auf Sightseeingtour. Milly arbeitete noch, die Putzfrau war fertig. Die Einzige im Haus wäre Olivia.

So leise wie möglich erklomm er die Treppe. Als er im zweiten Stock um die Ecke bog, begann sein Herz erwartungsvoll zu pochen. Er hatte diese Begegnung den ganzen Vormittag geplant; er hatte in Besprechungen gesessen und an nichts anderes gedacht als daran, was er seiner Frau sagen würde – und wie.

Ihre Zimmertür war geschlossen. Bevor er anklopfte, starrte James einen Augenblick auf das Porzellanschild, auf dem das Wort PRIVAT stand.

»Ja?« Ihre Stimme klang erschrocken.

»Ich bin's nur«, sagte er und machte die Tür auf. Im Zimmer war es warm von dem elektrischen Ofen, zu warm für seinen Geschmack. Olivia saß in ihrem verblichenen Chintzsessel vor dem Fernseher. Ihre Füße ruhten auf der Fußbank, die sie selbst mit Gobelinstoff bezogen hatte. Neben ihr stand eine Tasse Tee, und in den Händen hielt sie einen blassrosa Seidenstoff.

»Hallo.« James blickte zum Fernseher, wo eine schwarzweiße Bette Davis sich frostig mit einem Mann mit kantigem Kinn unterhielt. »Ich wollte dich nicht stören.«

»Tust du auch nicht«, sagte Olivia. Sie ergriff die Fernbedienung und verringerte Bette Davis' Stimme zu einem fast unhörbaren Murmeln. »Was hältst du davon?«

»Was meinst du?«, fragte James überrascht.

»Isobels Kleid!«, erwiderte Olivia und hielt die rosa Seide hoch. »Ich fand es ein bisschen schlicht, deshalb besetze ich es mit ein paar Rosen.«

»Sehr hübsch«, sagte James, den Blick immer noch auf den Bildschirm gerichtet. Er konnte nicht ganz verstehen, was Bette Davis sagte. Sie hatte ihre Handschuhe aufgeknöpft, wollte sie den Mann mit dem kantigen Kinn zu einem Kampf herausfordern? Er sah auf. »Ich wollte mir dir reden.«

»Und ich mit dir«, sagte Olivia. Sie nahm ein rotes Heft zur Hand, das neben dem Sessel lag, und las darin nach. »Also das erste, hast du die Strecke zur Kirche mit der Stadtverwaltung abgeklärt?«

»Ich kenne die Strecke«, sagte James. Olivia seufzte verzweifelt auf.

»Schon klar! Aber weißt du, ob am Samstag irgendwelche Straßenarbeiten oder Demonstrationen durchgeführt werden? Nein! Deshalb müssen wir bei der Stadt anrufen. Erinnerst du dich nicht?« Sie schrieb etwas in das Heft hinein. »Schon gut, dann erledige ich es halt selbst.«

James schwieg. Er sah sich nach einer Sitzgelegenheit um, aber einen weiteren Stuhl gab es nicht. Nach einer Pause setzte er sich auf die Bettkante. Olivias Bettdecke war weich und roch schwach nach ihrem Parfüm. Sie war gleichmäßig über ihr Bett ausgebreitet, drapiert mit Spitzenkissen, adrett und geschlechtslos, als würde sie nie darin schlafen. Soweit er wusste, tat sie es auch nicht. Seit sechs Jahren hatte James die Unterseite von Olivias Bettdecke nicht mehr zu Gesicht bekommen.

»Und dann«, meinte Olivia, »ist da noch die Frage nach den Geschenken für die Gäste.«

»Geschenke *für* die Gäste?«

»Ja, James«, sagte Olivia ungeduldig. »Geschenke für die Gäste. Heutzutage ist das so üblich.«

»Ich dachte, es wäre andersherum.«

»So rum und so rum. Die Gäste geben Milly und Simon ein Geschenk, und wir schenken den Gästen was.«

»Und wer schenkt uns was?«, wollte James wissen. Olivia verdrehte die Augen.

»Also, du bist wirklich keine Hilfe, James. Milly und ich haben bereits organisiert, dass jeder Gast eine Sektflöte bekommt.«

»Na, das ist doch in Ordnung.« James holte Luft. »Olivia ...«

»Aber ich habe mich gefragt, ob ein blühender Rosenbusch nicht origineller wäre? Schau!« Sie deutete auf eine aufgeschlagene Zeitschrift auf dem Boden. »Ist das nicht hübsch?«

»Einen blühenden Rosenbusch für jeden Gast? Das Haus wird aussehen wie ein Wald.«

»Einen *Mini*rosenbusch«, versetzte Olivia ungeduldig. »Zwergrosen nennt man die.«

»Olivia, hast du nicht schon genug zu tun, ohne noch in letzter Minute Zwergrosen zu organisieren?«

»Na, vielleicht hast du Recht.« Bedauernd ergriff Olivia ihren Füller und strich einen Eintrag in ihrem Heft durch. »So, was hätten wir noch?«

»Olivia, hör mir mal einen Augenblick zu«, sagte James. Er räusperte sich. »Ich wollte mit dir darüber ... darüber sprechen, wie es weitergeht. Nach der Hochzeit.«

»Du meine Güte, James! Lass uns doch erst mal die Hochzeit über die Bühne bringen. Danach sehen wir weiter. Als hätten wir nicht genug, worüber wir uns den Kopf zerbrechen müssten!«

»Hör mich doch nur mal fertig an!« James schloss die Augen und holte tief Luft. »Ich denke, uns ist beiden klar, dass sich einiges ändern wird, wenn Milly fort ist, oder? Wenn nur noch wir beide hier im Haus leben.«

»Gagen für den Chor ...«, murmelte Olivia und zählte an ihren Fingern ab. »Knopflöcher ...«

»Es bringt nichts, so zu tun, als könnte alles so bleiben wie bisher.«

»Kuchenständer ...«

»Schon seit Jahren haben wir uns auseinander gelebt. Du führst dein Leben, ich meines ...«

»Die Rede!« Olivia sah triumphierend auf. »Hast du deine Rede schon verfasst?«

»Ja.« James starrte sie an. »Aber niemand scheint zuzuhören.«

»Ich würde nämlich vorschlagen, du schreibst sie zweimal ab. Dann kann ich eine behalten, für alle Fälle.« Sie strahlte ihn an.

»Olivia ...«

»Und das Gleiche möchte ich auch Simon vorschlagen. Lass mich das nur schnell aufschreiben.«

Sie machte sich eine Notiz, und James' Blick glitt zum Fernseher. Bette Davis sank in die Arme des Mannes mit dem kantigen Kinn, auf ihren Wimpern glitzerten Tränen.

»Gut«, sagte Olivia. »Nun, das wär's.« Sie sah auf ihre Uhr und erhob sich. »Und jetzt muss ich mich schleunigst zum Chorleiter aufmachen. War sonst noch was?«

»Nun ...«

»Ich bin nämlich schon etwas spät dran. Entschuldige mich.« Sie machte James ein Zeichen aufzustehen und legte die rosa Seide vorsichtig auf das Bett. »Bis später!«

»Ja«, meinte James. »Bis später.«

Die Tür schloss sich hinter ihm, und er ertappte sich dabei, wie er Olivias kleines Schild anstarrte.

»Was ich damit sagen will«, sagte er zur Tür, »ist, dass ich nach der Hochzeit ausziehen möchte. Ich möchte ein neues Leben beginnen. Verstehst du?«

Stille. James zuckte mit den Achseln, machte auf dem Absatz kehrt und ging davon.

5. Kapitel

Als Milly das Bürogebäude betrat, in dem Simon arbeitete, ertönte von der Rezeption ein Aufschrei.

»Sie ist hier!«, rief Pearl, eine der Empfangsdamen mittleren Alters. »Milly ist hier!« Als Milly zu ihr kam, strahlte sie. »Wie geht's Ihnen, meine Liebe? Schon Herzflattern wegen Samstag?«

»Da gibt's nichts, weswegen man Herzflattern zu haben braucht«, rief eine andere der Damen aus, eine Frau in einer lichtblauen Strickjacke mit passendem Lidschatten. »Seh'n Sie bloß zu, dass Sie den Tag genießen, Schätzchen. Er ist im Nu vorbei!«

»Es wird alles wie in einem Nebel vorübergehen.« Pearl nickte ernst. »Wissen Sie, halten Sie immer mal wieder inne, sehen Sie sich um, und sagen Sie sich: Das ist mein Hochzeitstag. Sagen Sie sich das einfach. Das ist mein Hochzeitstag. Und dann amüsieren Sie sich!« Sie lächelte Milly zu. »Ich klingle Simon an, und dann bringe ich Sie hoch.«

»Schon in Ordnung«, meinte Milly. »Ich kenne den Weg.«

»Ist doch kein Problem!«, rief Pearl. Sie tippte etwas auf ihre Tastatur. »Margaret, du versuchst es weiter bei Simon, ja? Und sag ihm, dass ich mit Milly bereits unterwegs bin.«

Unter Gratulationsrufen gingen die beiden durch den Empfangsraum zu den Aufzügen.

»Am Samstag kommen wir zuschauen«, sagte Pearl, als die Lifttüren sich hinter ihnen schlossen. »Vor der Kirche. Das ist Ihnen doch recht?«

»Natürlich«, erwiderte Milly verwirrt. »Sie meinen, Sie wollen einfach nur dastehen und zusehen?«

»Beryl bringt Campingstühle«, erklärte Pearl triumphierend. »Und wir nehmen eine Thermoskanne Kaffee mit. Wir wollen sehen, wie alle ankommen. Die ganzen VIPs. Das wird ja genau wie eine Hochzeit bei den Royals!«

»Na ja«, meinte Milly verlegen. »Ich weiß ja nicht …«

»Oder diese bezaubernde Hochzeit im Fernsehen«, sagte Pearl. »In *Eastenders* neulich. Haben Sie die gesehen?«

»O ja!«, meinte Milly begeistert. »War das nicht romantisch?«

»Diese zwei kleinen Brautjungfern«, seufzte Pearl. »Waren die nicht bildhübsch?«

»Hinreißend!«, stimmte ihr Milly zu. »Nicht«, fügte sie rasch hinzu, als der Lift sich Simons Tür näherte, »dass ich wirklich wüsste, wer diese Charaktere waren. Normalerweise gucke ich *Eastenders* nämlich nicht. Ich sehe mir lieber … Dokumentarfilme an.«

»Ach wirklich? Also, ich könnte ohne meine Soaps nicht leben«, meinte Pearl. »Ihr Simon zieht mich immer damit auf. Fragt mich über alle Plots aus.« Sie lächelte Milly an. »Er ist ein bezaubernder Mann, wirklich. Steht mit beiden Füßen fest auf der Erde. Man würde gar nicht glauben, dass er ist, wer er ist. Wenn Sie wissen, was ich meine.« Der Aufzug klingelte. »Da wären wir.« Sie spähte den teppichbelegten Flur hinunter. »Na, wo steckt er denn?«

»Hier bin ich!« Simon bog um die Ecke. Er hielt Pearl eine Flasche Wein und ein paar Plastikbecher entgegen. »Bringen Sie die für alle am Empfang hinunter.«

»Das ist sehr freundlich!«, dankte Pearl. »Und vergessen Sie nicht, runterzukommen und uns Ihr Geschenk zu zeigen.« Sie ergriff Millys Hand und drückte sie fest. »Viel Glück, meine Liebe«, sagte sie. »Sie verdienen nichts anderes.«

»Danke.« Milly war den Tränen nahe. »Sie sind sehr freundlich.«

Die Aufzugtüren schlossen sich, und Simon grinste Milly an. »Komm. Es warten schon alle auf dich.«

»Sag das nicht!«, sagte Milly. »Du machst mich nervös.«

»Nervös?« Simon lachte. »Dazu besteht überhaupt kein Grund!«

»Ich weiß«, sagte Milly. »Ich bin augenblicklich nur ein bisschen ... mit den Nerven runter.«

»Das große Zittern vor der Hochzeit«, scherzte Simon.

»Ja.« Sie lächelte ihn an. »Das muss es sein.«

Simons Abteilung hatte sich in dem Büro versammelt, das er sich mit vier weiteren Werbeleuten teilte. Bei ihrem Eintreffen wurden Flaschen mit Sekt und Plastikbecher herumgereicht, und eine Frau in rotem Blazer sammelte auf einer übergroßen Glückwunschkarte letzte Unterschriften ein.

»Was soll ich bloß schreiben?«, jammerte ein Mädchen gerade, als Milly an ihm vorbeiging. »Alle anderen waren wirklich witzig.«

»Unterschreib einfach nur«, schnauzte die Frau in dem roten Blazer. »Und beeil dich!«

Milly hielt ihren Plastikbecher fest umklammert und setzte ein Lächeln auf. Unter den Blicken so vieler Menschen, so vieler Fremder fühlte sie sich verletzlich. Sie nippte an dem Sekt und nahm von den Kartoffelchips, die ihr eine von Simons fröhlichen Kolleginnen anbot.

»Aha!« Eine tiefe Stimme unterbrach das allgemeine Geplauder, und sie sah auf. Ein schnurrbärtiger Mann im braunen Anzug und mit fliehendem Haaransatz kam auf sie zu. »Sie müssen Simons Verlobte sein.« Er ergriff ihre Hand. »Mark Taylor, Leiter Veröffentlichungen. Freut mich sehr, Sie kennen zu lernen.«

»Guten Tag«, sagte Milly höflich.

»Na, wo steckt er denn jetzt wieder? Wir müssen die Geschenkübergabe hinter uns bringen. Simon! Hierher!«

»Ah, ihr habt euch schon kennen gelernt?«, sagte Simon, als er zu ihnen stieß. »Tut mir Leid, ich hätte euch anständig miteinander bekannt machen müssen.«

Mark Taylor klatschte in die Hände.

»Okay, alle miteinander. Ruhe, bitte, Ruhe! Im Namen aller von uns hier bei Pendulum möchte ich Simon und Mandy alles Gute für die gemeinsame Zukunft wünschen!« Er erhob sein Glas.

»Milly!«, riefen alle.

»Was?« Mark Taylor machte ein verwirrtes Gesicht.

»Sie heißt Milly, nicht Mandy!«

»Das macht doch nichts!« Milly wurde rot.

»Was haben Sie gesagt?«, fragte Mark Taylor.

»Nichts«, meinte Milly. »Fahren Sie fort.«

»Auf Mandy und Simon! Mögen sie ein langes, glückliches und wohlhabendes Leben miteinander führen!« In einer Ecke des Raumes klingelte ein Telefon. »Geht da bitte jemand ran, ja?«

»Wo ist das Geschenk?«, rief jemand.

»Ja«, sagte Mark Taylor. »Wo ist das Geschenk?«

»Es wird geliefert«, erklärte eine Frau zu Millys Linker. »Es stand auf der Liste. Eine Gemüseterrine. Ich habe ein Foto davon.«

»Sehr hübsch«, meinte Mark Taylor. Er hob seine Stimme. »Das Geschenk ist eine Gemüseterrine von der Liste! Wenn jemand daran interessiert ist, Sally hat ein Foto davon!«

»Aber wir hatten doch eigentlich eine Karte«, sagte Sally. »Wo ist die Karte?«

»Hier ist sie!«, sagte die Frau in dem roten Blazer.

Eine kurze Stille trat ein, als Simon den riesigen Umschlag aufriss und eine große Karte mit zwei Teddybären darauf öffnete. Er überflog die Unterschriften und lachte immer mal wieder; sah auf und nickte den Leuten zu, deren Botschaften er gerade gelesen hatte. Milly blickte ihm über die Schulter. Bei den meisten der Witze ging es um irgendwelche verwirrenden Fachbegriffe, von denen sie keine Ahnung hatte.

»Großartig«, sagte Simon schließlich. »Ich bin wirklich gerührt.«

»Rede!«, brüllte jemand.

»Ich werde keine Rede halten«, erwiderte Simon.

»Dem Herrn sei Dank!«, warf jemand anders ein.

Simon trank einen Schluck.

»Aber ich wollte denjenigen sagen«, meinte er, »die denken, das Wichtigste in meinem Leben sei es, Erics verrückte monatliche Umsatzziele zu überbieten« – einige lachten – »oder Andy beim Dartspiel fertig zu machen …«

Lauteres Gelächter, und Simon lächelte.

»Für all die«, sagte er, »habe ich eine Neuigkeit. Ihr liegt falsch.« Er machte eine Pause. »Das Wichtigste in meinem Leben steht neben mir.« Er nahm Millys Hand, und einige der Mädchen seufzten leise auf. »Für diejenigen unter euch, die sie nicht kennen«, sagte er, »diese Frau ist die schönste, liebste, offenste und großherzigste Frau auf der Welt – und ich fühle mich wahrhaft geehrt, dass sie am Samstag meine Frau werden wird. Was bin ich doch für ein Glückspilz!«

Kurze Zeit herrschte Schweigen, dann sagte jemand in gedämpftem Ton: »Auf Milly und Simon!«

»Auf Milly und Simon!«, sprachen die anderen gehorsam im Chor. Milly sah in Simons glückliches Gesicht und spürte unvermittelt Trauer über sich kommen.

»Wir sehen uns dann alle im Pub!«, setzte Simon hinzu. Die Menge begann, sich zu zerstreuen, und er lächelte Milly zu.

»Habe ich dich in Verlegenheit gebracht?«

»Nur ein bisschen.« Milly versuchte, sein Lächeln zu erwidern. Doch Schuldgefühle ergriffen von ihr Besitz, und ihr war, als würde eine starke, knochige Hand ihr Herz umschließen.

»Ich musste einfach allen sagen, wie ich mich fühle«, gestand Simon. Er streichelte ihr zärtlich das Haar. »Manchmal kann ich gar nicht glauben, wie sehr ich dich liebe.« Unvermittelt sprangen Tränen in Millys Augen.

»Bitte nicht«, sagte sie. »Nicht.«

»Sieh dich an!« Simon fuhr mit dem Daumen ihren Tränen nach. »Oh, Liebste. Brauchst du ein Taschentuch?«

»Danke«, presste Milly hervor. Sie wischte sich die Tränen ab und holte ein paarmal tief Luft.

»Simon!« Eine fröhliche Stimme unterbrach sie. »Deine Runde, glaube ich!«

»Okay!«, grinste Simon. »Einen Augenblick noch.«

»Simon«, meinte Milly rasch. »Würde es dir was ausmachen, wenn ich nicht in den Pub mitkäme?«

»Oh.« Simon machte ein langes Gesicht.

»Ich bin einfach ein bisschen müde. Ich fühle mich ...« – Milly machte eine ausholende Geste – »all dem hier nicht gewachsen.«

»Simon!«, brüllte jemand. »Kommst du, oder was ist?«

»Einen Moment noch!«, rief Simon. Er strich zart über Millys Gesicht. »Wär's dir lieber, wir würden anderswo hingehen, nur wir beide?«

Milly sah ihn an und hatte unvermittelt eine Vision von ihnen beiden in einem abgelegenen Restaurant. Sie würden in einem ruhigen Eckchen sitzen, Risotto essen und einen milden Rotwein trinken. Und dann würde sie ihm in aller Ruhe die Wahrheit sagen.

»Nein«, sagte sie. »Du gehst jetzt und amüsierst dich. Und ich geh mal früh ins Bett.«

»Sicher?«

»Ja.« Sie zog ihn zu sich herunter und küsste ihn. »Ab mit dir. Wir sprechen uns morgen.«

Sie kam nach Hause und wollte gleich ins Bett gehen. Als sie ihren Mantel auszog, hörte sie Stimmen in der Küche und fuhr zusammen bei der Vorstellung, dass Tante Jean vorzeitig eingetroffen sein könnte. Aber als sie die Küchentür aufmachte, war es Isobel, die dort in ihrem rosa Brautjungfernkleid und einem Kranz aus Trockenblumen auf einem Küchenstuhl stand.

»Isobel!« Vor Erleichterung fühlte sie sich den Tränen nahe. »Wann bist du zurückgekommen?« Isobel sah auf und grinste.

»Heute Nachmittag. Ich komme heim und was entdecke ich? Meine Rohre werden ausgetauscht!«

»Rohre?«

»Meine Wasserrohre«, sagte Isobel. »Was hast du gedacht, was ich meine? Blasrohre?«

»Bis zur Hochzeit wohnt Isobel bei uns«, erklärte Olivia, den Mund voller Haarnadeln. »Obwohl's natürlich ein bisschen eng wird, wenn Tante Jean und die Cousinen eintreffen …«

»Dann schaff dir Alexander vom Hals«, schlug Milly vor. Sie setzte sich an den Tisch und fummelte an einer herausstehenden Rosenknospe herum. »Und schon hätten wir Platz.«

»Sei nicht dumm, Schatz«, erwiderte Olivia. »Er muss hier bleiben.« Sie schob eine weitere Nadel in Isobels Haar und zog den Kranz zurecht. »Na bitte. So ist es besser.«

»Wenn du meinst«, sagte Isobel. Sie grinste Milly an. »Was sagst du dazu?«

Milly sah auf und bemerkte zum ersten Mal, was Isobel trug.

»Was ist mit deinem Kleid passiert?« Sie versuchte, nicht entsetzt zu klingen.

»Ich habe ein paar Seidenrosen hinzugefügt«, erklärte Olivia. »Sind sie nicht hübsch?« Millys und Isobels Blicke trafen sich.

»Schön«, sagte Milly. Isobel grinste.

»Sei ehrlich. Seh' ich nicht idiotisch aus?«

»Nein«, erwiderte Milly und runzelte die Stirn. »Du siehst … müde aus.«

»Hab ich's doch gesagt!«, triumphierte Olivia. »Sie sieht mitgenommen und verhärmt aus.«

»Ich sehe nicht mitgenommen und verhärmt aus«, versetzte Isobel ungeduldig. Milly starrte ihre Schwester an. Ihre Haut war fast grau; das blonde, glatte Haar strähnig. Die Blumen in ihrem Haar unterstrichen die fehlende Frische der Wangen.

»Am Samstag wirst du gut aussehen«, meinte sie unsicher. »Wenn du erst mal geschminkt bist.«

»Gewicht hat sie auch verloren«, bemerkte Olivia missbilligend. »Man müsste das Kleid eigentlich fast enger nähen.«

»So viel habe ich auch wieder nicht abgenommen«, verteidigte sich Isobel. »Außerdem ist es doch ohnehin egal, wie ich aussehe. Es ist Millys Tag, nicht meiner.« Sie blickte zu Milly. »Wie geht's dir so?«

»Mir geht es gut.« Sie begegnete Isobels Blick. »Weißt schon.«

»Jepp«, sagte Isobel. Sie begann, aus dem rosa Kleid zu schlüpfen. »Tja, eigentlich könnte ich jetzt mal auspacken.«

»Ich helfe dir«, sagte Milly sofort.

»So ist's recht«, lobte Olivia. »Braves Mädchen.«

Isobels Zimmer lag neben Millys unter dem Dach. Nun, da sie nicht mehr zu Hause wohnte, wurde es gelegentlich von Gästen benutzt, doch meistens blieb es leer und wartete sauber und aufgeräumt auf ihre Rückkehr.

»Jesses!«, rief sie aus, nachdem sie die Tür geöffnet hatte. »Was ist denn das alles?«

»Hochzeitsgeschenke«, erklärte Milly. »Und zwar nur ein paar davon.«

Beide sahen sie sich schweigend im Raum um. Der Boden war bis auf den letzten Fleck mit Schachteltürmen bedeckt. Ein paar davon waren geöffnet worden – aus ihnen quollen Holzwolle und luftgepolsterte Folie –, man sah Porzellan schimmern.

»Was ist das?«, fragte Isobel und stieß eine davon an.

»Keine Ahnung«, meinte Milly. »Ich glaube, das ist eine Suppenterrine.«

»Aha, eine Suppenterrine«, echote Isobel ungläubig. »Hast du vor, Suppe zu kochen, wenn du verheiratet bist?«

»Das nehm ich doch an.«

»Jetzt, wo du eine spezielle Terrine dafür hast, bleibt dir auch gar nichts anderes übrig.« Isobel fing Millys Blick auf und begann unwillkürlich zu kichern. »Du musst jeden Abend zu Hause sitzen und Suppe aus deiner Suppenterrine schöpfen.«

»Sei still!«, bat Milly.

»Und aus deinen acht Sherrygläsern Sherry trinken«, fuhr Isobel fort, die das Schild auf einem anderen Päckchen las. »Das Eheleben wird eine einzige Völlerei sein!«

»Hör auf!« Milly schüttelte sich vor Gekicher; ihre Augen glänzten.

»Elektrischer Brotbackofen. Also dagegen hätte ich auch nichts einzuwenden.« Isobel sah auf. »Milly, ist alles in Ordnung mit dir?«

»Ja, klar«, erwiderte Milly. »Klar!« Aber ihr Gekicher ging unversehens in Schluchzen über, plötzlich kullerten Tränen über ihre Wangen.

»Milly! Ich hab doch gewusst, dass was nicht stimmt!« Isobel kam und legte ihr die Hände auf die Schultern. »Was ist los? Worüber wolltest du mit mir sprechen, als ich in Paris war?«

»O Gott, Isobel!« Weitere Tränen. »Ich hab totalen Mist gebaut!«

»Was?«

»Ich stecke total in der Klemme!«

»Wie meinst du das?« Isobels Stimme hob sich bestürzt. »Milly, sag's mir! Was ist passiert?«

Milly sah sie eine lange Zeit an.

»Komm mit«, sagte sie schließlich. Sie ging zurück in ihr eigenes Zimmer, wartete, bis Isobel ihr nach drinnen gefolgt war, und schloss die Tür. Während Isobel sie schweigend beobachtete, langte sie in das Innere des Kamins und zog einen alten Turnbeutel von der Schule heraus, der fest zusammengezogen war.

»Was …«

»Warte«, sagte Milly und griff hinein. Sie förderte eine kleinere Tasche zutage – und holte daraus eine Schachtel hervor, die fest mit einer Kordel verschnürt war. Sie zog an der Schnur und riss den Deckel gleich mit hinunter. Einige Augenblicke starrte sie auf die offene Schachtel. Dann hielt sie sie Isobel hin.

»Okay«, meinte sie. »Das ist passiert.«

»Herrje!«, rief Isobel nach einem Blick in die Schachtel. Dort strahlte ihr auf einem Foto durch eine Konfettiwolke hindurch eine Milly im Hochzeitskleid entgegen. Isobel nahm das Foto heraus und betrachtete es näher. Mit einem Blick zu Milly legte sie es beiseite und nahm das nächste Foto. Darauf sah man zwei Männer, Seite an Seite, einer dunkelhaarig, der andere blond. Darunter befand sich ein Bild, auf dem der Dunkelhaarige Milly die Hand küsste. Milly lächelte albern in die Kamera. Den Schleier hatte sie hinter die Schulter geworfen. Sie sah maßlos glücklich aus.

Schweigend sah Isobel sich den Rest der Fotos an. Darunter befanden sich ein paar verblichene Konfettischnipsel und eine kleine geblümte Karte.

»Darf ich?«, fragte Isobel und griff nach der Karte.

»Nur zu.«

Wortlos öffnete Isobel die Karte und las den Eintrag: »Der besten Braut der Welt. Für immer dein, Allan.« Sie sah auf.

»Wer zum Teufel ist Allan?«

»Tja, was meinst du wohl, Isobel?«, erwiderte Milly mit rauer Stimme. »Allan ist mein Mann.«

Als Milly am Ende ihrer gestammelt hervorgebrachten Geschichte angelangt war, atmete Isobel scharf aus. Sie stand auf, ging zum Kamin und blieb dort eine Weile stumm stehen. Milly, die in einem Sessel saß und sich ein Kissen an die Brust presste, beobachtete sie bang.

»Mir geht das Ganze einfach nicht in den Kopf«, meinte Isobel schließlich.

»Ich weiß«, sagte Milly.

»Du hast diesen Typen wirklich geheiratet, damit er hier bleiben kann?«

»Ja.« Milly warf einen Blick auf die Hochzeitsfotos, die noch ausgebreitet auf dem Boden lagen, auf sich, jung, lebenssprühend und glücklich. Während sie die Geschichte erzählt hatte, hatten ihr die Romantik und das Abenteuer ihres damaligen Tuns wieder vor Augen gestanden, und seit Jahren sehnte sie sich das erste Mal nach jenen unbesonnenen, magischen Tagen in Oxford zurück.

»Diese Schweine!« Isobel schüttelte den Kopf. »Die haben auf so eine dumme Gans wie dich doch nur gewartet!« Milly starrte ihre Schwester an.

»So war's nicht«, sagte sie. Isobel blickte auf.

»Wie meinst du das, so war's nicht? Milly, die haben dich benutzt!«

»Haben sie nicht!«, verteidigte sich Milly. »Ich habe ihnen geholfen, weil ich es wollte. Sie waren meine Freunde.«

»Freunde!«, echote Isobel verächtlich. »Dafür hältst du sie? Tja, wenn sie so großartige Freunde waren, wieso habt ihr euch dann nie mehr getroffen? Oder zumindest nicht weiter voneinander gehört?«

»Wir haben uns aus den Augen verloren.«

»Wann habt ihr euch aus den Augen verloren? Sobald du auf der gepünktelten Linie unterschrieben hattest?«

Milly schwieg.

»O Milly.« Isobel seufzte. »Haben sie dir was dafür gezahlt?«

»Nein. Sie haben mir eine Kette geschenkt.« Milly griff nach den kleinen Perlen.

»Na, das ist ja eine tolle Entschädigung«, bemerkte Isobel sarkastisch. »Wenn man bedenkt, dass du für sie das Gesetz gebrochen hast. Wenn man bedenkt, dass man dich strafrechtlich hätte verfolgen können. Die Einwanderungsbehörde untersucht Scheinehen, weißt du! Oder etwa nicht?«

»Jetzt hör auf damit, Isobel«, bat Milly mit bebender Stimme. »Es ist nun mal passiert, okay? Und daran gibt es nichts zu rütteln.«

»Okay«, meinte Isobel. »Du, es tut mir Leid. Das muss schrecklich für dich sein.« Sie nahm eines der Fotos und sah es sich eine Weile an. »Ich muss sagen, es überrascht mich, dass du das Risiko eingegangen bist, die hier zu behalten.«

»Weiß schon«, sagte Milly. »Es war dumm. Aber ich hab's einfach nicht über mich gebracht, sie wegzuwerfen. Sie sind alles, was mir von der ganzen Sache geblieben ist.« Isobel seufzte und legte das Foto beiseite.

»Und du hast Simon nie davon erzählt?«

Mit fest zusammengepressten Lippen schüttelte Milly den Kopf.

»Tja, das musst du aber«, sagte Isobel. »Das ist dir doch wohl klar, oder?«

»Das geht nicht.« Milly schloss die Augen. »Ich kann es ihm nicht erzählen. Ich kann es einfach nicht.«

»Das wirst du aber müssen!«, ermahnte sie Isobel. »Ehe dieser Alexander beschließt, ihm alles zu stecken.«

»Vielleicht hält er ja den Mund«, meinte Milly kleinlaut.

»Vielleicht aber auch nicht!«, entgegnete Isobel. »Und dieses Risiko ist es nicht wert.« Isobel seufzte. »Hör mal, sag's ihm einfach. Es wird ihm nichts ausmachen! Wer ist heutzutage nicht alles schon geschieden!«

»Mag ja sein«, sagte Milly.

»Deshalb braucht man sich nicht zu schämen! Dann bist du eben geschieden!« Sie zuckte die Achseln. »Es könnte schlimmer sein.«

»Aber ich bin's nicht«, sagte Milly mit gepresster Stimme.

»Was?« Isobel sah sie mit großen Augen an.

»Ich bin nicht geschieden«, sagte Milly. »Ich bin immer noch verheiratet!«

Stille.

»Du bist immer noch verheiratet?«, flüsterte Isobel. »Du bist immer noch *verheiratet*? Aber Milly, am Samstag ist deine Hochzeit!«

»Ich weiß!«, weinte Milly. »Ja, meinst du etwa, das weiß ich nicht?« Und während Isobel sie entsetzt anstarrte, vergrub sie ihren Kopf in dem Kissen und brach in herzzerreißendes Schluchzen aus.

Der Brandy war in der Küche. Isobel hoffte, dort niemanden anzutreffen, aber als sie die Tür öffnete, hob Olivia ihren Kopf vom Telefon.

»Isobel!«, sagte sie mit Bühnenflüstern. »Es ist etwas Schreckliches passiert!«

»Was denn?«, fragte Isobel, und ihr Herz schlug schneller.

»Wir haben nicht genügend Gottesdienstprogramme. Die Leute werden sich welche teilen müssen!«

»Oh!« Unvermittelt verspürte Isobel ein schreckliches Verlangen loszugackern. »Na, was soll's!«

»Was soll's?«, zischte Olivia. »Das ganze Ereignis wird schäbig wirken!« Als sie beobachtete, wie Isobel einen Brandy einschenkte, verengten sich ihre Augen. »Warum trinkst du Brandy?«

»Der ist für Milly«, erklärte Isobel. »Sie ist ein bisschen hippelig.«

»Ist denn alles in Ordnung?«

»Ja.« Isobel trat den Rückzug an. »Alles bestens.«

Sie begab sich zurück in Millys Zimmer, schloss die Tür hinter sich und klopfte Milly auf die Schulter.

»Trink das«, sagte sie. »Und beruhige dich. Alles wird gut.«

»Wie kann alles gut werden?«, schluchzte Milly. »Es wird alles ans Licht kommen! Alles wird ruiniert sein.«

»Ach, komm.« Isobel legte einen Arm um Millys Schulter. »Komm. Wir bringen das in Ordnung. Keine Bange.«

»Ich wüsste nicht, wie.« Milly sah mit verweintem Gesicht auf. Sie nippte an dem Brandy. »Gott, ich brauche eine Zigarette. Möchtest du auch eine?«

»Nein, danke.«

»Jetzt sei nicht so«, sagte Milly und schob mit zitternden Händen das Schiebefenster auf. »Von der einen Zigarette kriegst du schon keinen Lungenkrebs.«

»Nein«, erwiderte Isobel nach einer Pause. »Nein, ich schätze, eine Zigarette schadet nicht.« Sie setzte sich auf das Fensterbrett. Milly reichte ihr eine Zigarette, und beide inhalierten tief. Als der Rauch in ihre Lungen strömte, spürte Milly, wie ihr ganzer Körper sich langsam entspannte.

»Das hab ich gebraucht«, seufzte sie. Sie blies eine Wolke aus und wedelte den Rauch aus dem Fenster. »O Gott. Was für ein Schlamassel!«

»Was mir nicht eingeht«, bemerkte Isobel vorsichtig, »ist, warum du dich nicht hast scheiden lassen.«

»Wir hatten es ja immer vor«, sagte Milly und biss sich auf die Lippen. »Allan wollte das alles klären. Ich habe von seinem Anwalt sogar ein paar Unterlagen bekommen. Aber dann verlief alles im Sande, und ich habe nichts mehr von ihm gehört. Ich war nie vor Gericht, nichts.«

»Und du hast nie mal Dampf gemacht?«

Milly schwieg.

»Nicht mal, als Simon dir einen Heiratsantrag gemacht hat?« Isobels Stimme wurde schärfer. »Nicht mal, als ihr angefangen habt, die Hochzeit zu planen?«

»Ich hab nicht gewusst, wie! Allan hatte Oxford verlassen, ich wusste nicht, wo er steckte, ich hatte alle Unterlagen verloren ...«

»Du hättest zu einem Anwalt gehen können, oder? Oder zu einer Beratungsstelle?«

»Schon klar.«

»Na also, warum ...«

»Weil ich mich nicht getraut habe, okay? Ich wollte nicht unnötig Staub aufwirbeln.« Milly paffte an ihrer Zigarette. »Ich wusste doch, dass das, was ich getan habe, nicht ganz sauber war. Die Leute hätten anfangen können, nachzustochern und Fragen zu stellen. Das konnte ich nicht riskieren!«

»Aber, Milly …«

»Ich habe einfach nicht gewollt, dass es sonst noch jemand weiß. Kein Einziger sollte das. Solange habe ich mich … sicher gefühlt.«

»Sicher!«

»Ja, sicher!«, verteidigte sich Milly. »Keine einzige Menschenseele auf der Welt hat davon gewusst. Niemand hat irgendwelche Fragen gestellt; niemand hat irgendetwas geahnt.« Sie blickte Isobel in die Augen. »Ich meine, *du* doch auch nicht, oder?«

»Wohl nicht«, meinte Isobel widerstrebend.

»Natürlich nicht. Das hat keiner.« Zittrig zog Milly erneut an ihrer Zigarette. »Und je mehr Zeit verging, um so mehr kam es mir vor, als wäre das Ganze nie passiert. Ein paar Jahre vergingen, und immer wusste noch niemand davon, und allmählich … war es schon gar nicht mehr wahr.«

»Wie meinst du das, es war gar nicht mehr wahr?«, erkundigte sich Isobel ungeduldig. »Milly, du hast diesen Mann geheiratet! Das ist nun mal eine Tatsache!«

»Das waren drei Minuten im Standesamt«, erklärte Milly. »Eine kleine Unterschrift, vor zehn Jahren. Auf irgendeinem Dokument, das niemand je wieder zu sehen kriegt. Das ist doch keine Ehe, Isobel. Das ist ein Staubkörnchen, ein Nichts!«

»Und wie war das, als Simon dich gefragt hat, ob du seine Frau werden willst?«

Betretenes Schweigen.

»Ich habe überlegt, es ihm zu sagen«, sagte Milly schließlich. »Wirklich. Aber letztendlich habe ich einfach nicht eingesehen, warum. Mit uns hatte das nichts zu tun. Es hätte die Dinge einfach nur komplizierter gemacht. Er brauchte es nicht zu wissen.«

»Was hattest du also vor?«, fragte Isobel ungläubig. »Wolltest du *Bigamie* begehen?«

»Die erste Ehe war gar keine richtige Ehe.« Milly sah fort. »Sie hätte nicht gezählt.«

»Wie meinst du das?«, rief Isobel aus. »Natürlich hätte sie gezählt! Jesses, Milly, wie kann man nur so dumm sein! Manchmal fass ich es einfach nicht!«

»Oh, sei still, Isobel!«, rief Milly zornig.

»Gut. Ich halte den Mund.«

»Gut.«

Eine Weile herrschte Schweigen. Milly rauchte ihre Zigarette zu Ende und drückte sie dann auf dem Fenstersims aus.

»Rauchst du deine denn gar nicht?«, fragte sie.

»Ich glaube, ich will den Rest nicht. Kannst sie haben.«

»Okay.« Milly nahm die halb heruntergebrannte Zigarette und warf dann, für einen Augenblick abgelenkt, der Schwester einen Blick zu. »Ist alles in Ordnung mit dir?«, fragte sie. »Mummy hat Recht, du siehst schrecklich aus.«

»Mir geht's gut«, erwiderte Isobel kurz.

»Du bist doch nicht etwa magersüchtig, oder?«

»Nein«, lachte Isobel. »Natürlich nicht.«

»Tja, du hast aber doch abgenommen …«

»Du auch.«

»Ehrlich?« Milly zupfte an ihren Kleidungsstücken. »Das kommt wahrscheinlich von dem ganzen Stress.«

»Na, dann stress nicht herum«, sagte Isobel bestimmt. »Okay? Stress bringt nichts.« Sie zog die Knie hoch und umschlang sie. »Wenn wir doch bloß wüssten, wie weit deine Scheidung schon gediehen ist.«

»Überhaupt nicht«, meinte Milly niedergeschlagen. »Ich hab's dir doch gesagt, ich war nie vor einem Scheidungsgericht.«

»Na und? Du musst doch nicht vor Gericht gehen, um dich scheiden zu lassen.«

»Doch.«

»Nein.«

»O doch!«, versetzte Milly. »In *Kramer gegen Kramer* war das auch so.«

»Herrgott noch mal, Milly!«, schrie Isobel. »Weißt du denn auch rein überhaupt nichts? Da ging es ums Sorgerecht!«

Es entstand eine kleine Pause, dann sagte Milly: »Oh.«

»Wenn es sich bloß um eine Scheidung handelt, erledigt das dein Rechtsanwalt für dich.«

»Welcher Rechtsanwalt? Ich hatte keinen Rechtsanwalt.«

Milly nahm einen letzten Zug aus Isobels Zigarette und drückte sie dann aus. Isobel schwieg, die Stirn verblüfft gerunzelt. Dann sah sie unvermittelt auf.

»Na ja, vielleicht hast du keinen gebraucht. Vielleicht hat Allan den ganzen Scheidungskram für dich mit erledigt.«

Milly sah sie mit großen Augen an.

»Meinst du das im Ernst?«

»Weiß nicht. Möglich wär's.« Milly schluckte.

»Also könnte ich vielleicht doch geschieden sein?«

»Ich wüsste nicht, warum nicht. Zumindest theoretisch.«

»Tja, wie kann ich das herausbekommen?«, fragte Milly aufgeregt. »Warum habe ich davon nichts erfahren? Gibt es irgendwo eine offizielle Scheidungsliste? Mein Gott, wenn sich herausstellen würde, dass ich geschieden bin …«

»So was gibt es bestimmt«, entgegnete Isobel. »Aber es geht auch schneller.«

»Was?«

»Mach, was du schon vor Jahren hättest machen sollen. Ruf deinen Mann an.«

»Das geht nicht«, meinte Milly sofort. »Ich habe keine Ahnung, wo er sich aufhält.«

»Na, dann find's heraus!«

»Kann ich nicht.«

»Natürlich kannst du!«

»Ich wüsste nicht mal, wo ich anfangen sollte! Und überhaupt ...« Milly ließ den Satz unvollendet und sah fort.

»Was?« Stille trat ein, und Milly zündete sich mit bebenden Händen eine weitere Zigarette an. »Was?«, wiederholte Isobel ungeduldig.

»Ich möchte nicht mit ihm sprechen, okay?«

»Warum denn nicht?« Isobel musterte Millys niedergeschlagenes Gesicht. »Warum nicht, Milly?«

»Weil du Recht hast«, sagte Milly plötzlich, und ihr sprangen Tränen in die Augen. »Du hast Recht, Isobel! Meine Freunde sind die beiden nie gewesen, oder? Sie haben mich nur benutzt. Sie haben bloß rausgeholt, was sie konnten. All diese Jahre habe ich sie für meine Freunde gehalten. Sie haben einander so sehr geliebt, und ich wollte ihnen helfen ...«

»Milly ...«

»Weißt du, als ich wieder daheim war, habe ich ihnen geschrieben.« Milly starrte in die Dunkelheit. »Allan hat mir zurückgeschrieben. Ich hatte immer vor, noch mal hinzufahren und sie zu überraschen. Dann haben wir allmählich den Kontakt verloren. Aber ich habe sie immer noch als meine Freunde betrachtet.« Sie sah zu Isobel auf. »Du hast ja keine Ahnung, wie es in Oxford war. Es war wie eine stürmische Romanze zwischen uns dreien. Wir sind Stechkahn gefahren, wir haben Picknicks veranstaltet und uns bis in die Nacht hinein miteinander unterhalten ...« Sie verstummte. »Und insgeheim haben sie sich wohl die ganze Zeit über mich lustig gemacht, nicht?«

»Nein«, entgegnete Isobel. »Das haben sie bestimmt nicht.«

»Ich war das ideale Opfer«, sagte Milly bitter. »Eine naive, leichtgläubige kleine Närrin, die alles getan hat, worum man sie bat.«

»Hör mal, lass das Grübeln.« Isobel legte den Arm um Milly. »Das ist zehn Jahre her. Es ist vorbei. Aus. Du musst nach vorn schauen. Du musst etwas über die Scheidung in Erfahrung bringen.«

»Ich kann nicht«, meinte Milly kopfschüttelnd. »Ich kann nicht mit ihm sprechen. Er wird mich bloß ... auslachen.« Isobel seufzte.

»Tja, es wird dir gar nichts anderes übrig bleiben.«

»Aber er könnte überall sein!«, sagte Milly hilflos. »Er hat sich einfach in Luft aufgelöst!«

»Milly, wir leben im Informationszeitalter«, versetzte Isobel. »Da kann man sich nicht mehr in Luft auflösen.« Sie holte einen Stift aus ihrer Tasche hervor und riss von einer der Hochzeitsschachteln ein Stück Pappe ab. »So, jetzt komm«, sagte sie forsch. »Jetzt erzähl mir, wo er früher gewohnt hat. Und seine Eltern. Und Rupert. Und dessen Eltern. Und alle anderen, die die beiden gekannt haben.«

Eine Stunde später blickte Milly triumphierend vom Telefon auf.

»Das könnte sie sein!«, rief sie aus. »Sie geben mir eine Nummer!«

»Halleluja!«, erwiderte Isobel. »Hoffentlich ist er es.« Sie studierte den Straßenatlas auf ihrem Schoß, der beim Index aufgeschlagen war. Es hatte eine Weile gedauert, bis Milly sich daran erinnert hatte, dass Ruperts Vater Schulleiter in Cornwall gewesen war, und noch etwas länger, bis sie den Namen des Dorfes auf einen, der mit T begann, eingrenzen konnte. Seitdem hatten sie sich den Index hinuntergearbeitet und bei der Fernsprechauskunft jedesmal nach einem Dr. Carr gefragt.

»Nun, hier ist sie.« Milly legte den Hörer auf und starrte auf eine Nummer.

»Super!«, sagte Isobel. »Na, komm, ruf an!«

»Okay.« Milly holte tief Luft. »Mal sehen, ob es die richtige ist.«

Das hätte ich auch schon früher machen können, dachte sie

schuldbewusst, als sie den Hörer abnahm. Ich hätte das jederzeit tun können. Trotzdem wählte sie nur widerstrebend. Sie wollte nicht mit Rupert sprechen. Sie wollte nicht mit Allan sprechen. Sie wollte vergessen, dass die beiden Schufte überhaupt je existiert hatten, wollte sie aus dem Gedächtnis streichen.

»Hallo?« Plötzlich sprach ihr eine männliche Stimme ins Ohr, und Milly fuhr erschrocken zusammen.

»Hallo?«, sagte sie vorsichtig. »Spreche ich mit Dr. Carr?«

»Ja, am Apparat.« Dass sie seinen Namen kannte, schien ihn angenehm zu überraschen.

»Oh, gut«, sagte Milly und räusperte sich. »Dürfte ich ... dürfte ich bitte Rupert sprechen?«

»Der ist leider nicht hier«, erwiderte der Mann. »Haben Sie es schon unter seiner Londoner Nummer versucht?«

»Nein, die habe ich gar nicht.« Milly wunderte sich, wie normal ihre Stimme klang. Sie warf einen Blick hinüber zu Isobel, die beifällig nickte. »Ich bin eine alte Freundin aus Oxford und versuche gerade wieder, auf Stand zu kommen.«

»Ja, inzwischen wohnt er in London. Arbeitet als Rechtsanwalt bei einem Obergericht. Ich gebe Ihnen mal seine Privatnummer.«

Während Milly sich die Nummer aufschrieb, spürte sie Verwunderung in sich aufsteigen. So einfach war das also. Jahrelang hatte sie gedacht, Rupert und Allan seien für immer aus ihrem Leben verschwunden, seien nebulöse Gestalten, die sich inzwischen sonstwo auf der Welt aufhalten konnten, die sie nie wieder sehen würde. Und doch war sie hier, sprach mit Ruperts Vater, nur einen Telefonanruf von Rupert persönlich entfernt. In ein paar Minuten würde sie seine Stimme hören. O Gott.

»Kennen wir uns eigentlich?«, erkundigte sich Ruperts Vater. »Waren Sie am Corpus?«

»Nein«, sagte Milly eilig. »Tut mir Leid, ich muss Schluss machen. Ich danke Ihnen vielmals.«

Sie legte den Hörer auf und starrte ihn eine Weile an. Dann

holte sie tief Luft, hob ihn erneut ab und wählte Ruperts Nummer, ehe sie es sich anders überlegen konnte.

»Hallo?«, hörte sie eine angenehme Frauenstimme.

»Hallo«, erwiderte Milly, bevor sie feige auflegen konnte. »Ich hätte gern Rupert gesprochen, bitte. Es ist ziemlich wichtig.«

»Natürlich. Dürfte ich bitte den Namen erfahren?«

»Milly. Milly aus Oxford.«

Während die Frau ihn holen ging, wand Milly die Telefonschnur um die Finger und versuchte, gleichmäßig weiterzuatmen. Aus Angst vor einer Panikreaktion traute sie sich nicht, Isobel in die Augen zu sehen. Zehn Jahre waren eine lange Zeit. Wie Rupert jetzt wohl aussah? Was er wohl zu ihr sagen würde? Leise hörte sie im Hintergrund Musik und stellte sich ihn vor, wie er auf dem Boden lag, einen Joint rauchte und sich Jazzmusik anhörte. Oder vielleicht saß er auf einem alten Samtstuhl, spielte Karten und trank Whisky. Vielleicht spielte er Karten mit Allan. Millys Herz klopfte schneller. Jeden Moment konnte Allan am anderen Ende der Leitung sein.

Plötzlich war die Frau wieder dran.

»Es tut mir Leid«, sagte sie, »aber Rupert ist augenblicklich sehr beschäftigt. Kann ich ihm etwas ausrichten?«

»Eigentlich nicht«, erwiderte Milly. »Aber vielleicht könnte er mich zurückrufen?«

»Natürlich.«

»Die Nummer lautet 8 94 06 in Bath.«

»Okay, ich habe sie notiert.«

»Super«, sagte Milly. Sie blickte auf das Gekritzel auf ihrem Notizblock und verspürte eine Woge der Erleichterung. Sie hätte das vor Jahren tun sollen; es war einfacher als gedacht. »Sind Sie Ruperts Mitbewohnerin?«, setzte sie im Plauderton hinzu. »Oder nur eine Freundin?«

»Weder noch.« Die weibliche Stimme klang überrascht. »Ich bin Ruperts Frau.«

6. *Kapitel*

Rupert Carr saß am Kamin seines Hauses in Fulham und zitterte vor Angst. Francesca legte mit einem merkwürdigen Blick den Hörer auf, und Rupert wurde es flau im Magen. Was hatte Milly seiner Frau gesagt? Was genau hatte sie ihr gesagt?

»Wer ist Milly?« Francesca nahm ihr Weinglas und nippte daran. »Und warum wolltest du nicht mit ihr sprechen?«

»Nur ein verrücktes M-mädchen, das ich mal gekannt habe«, erwiderte Rupert und verfluchte sich für sein Stottern. Er versuchte, lässig mit den Achseln zu zucken, aber seine Lippen bebten, und ihm wurde heiß. »Keine Ahnung, was sie will. Ich rufe sie morgen vom Büro aus an.« Er zwang sich aufzusehen und dem Blick seiner Frau standzuhalten. »Aber jetzt möchte ich weiter an meiner Lesung feilen.«

»Okay«, erwiderte sie lächelnd. Sie kam und setzte sich zu ihm aufs Sofa – eine schicke Couch von Colefax and Fowler, die sie von einem ihrer reicheren Onkel zur Hochzeit geschenkt bekommen hatten. Gegenüber stand das passende Gegenstück, das die beiden selbst erstanden hatten, darauf saßen Charlie und Sue Smith-Halliwell, ihre engsten Freunde. Die vier genossen noch schnell ein Glas Wein, ehe sie sich zum Abendgottesdienst in der St. Catherine's Church aufmachten, bei der Rupert eine Lesung halten würde. Jetzt mied er ihren Blick und starrte auf seine Bibel. Aber die Worte verschwammen vor seinen Augen; seine Finger klebten schweißnass an den Seiten.

»Entschuldige, Charlie«, sagte Francesca. Sie griff hinter sich und drehte den Gesang Kiri te Kanawas geringfügig hinunter. »Was hast du gesagt?«

»Nichts sonderlich Tiefsinniges«, sagte Charlie und lachte. »Ich finde einfach, dass es an Leuten wie uns ist« – er machte eine

Geste, die sie vier umfasste –, »junge Familien zum Kirchgang zu ermutigen.«

»Anstatt ihre Sonntagvormittage beim Homestore zu verbringen«, sagte Francesca und runzelte dann die Stirn. »Meine ich Homestore?«

»Schließlich«, sagte Charlie, »sind Familien das Kernstück der Gesellschaft.«

»Ja, aber Charlie, das ist es ja eben, sie sind es nicht!«, rief Sue sofort, und zwar auf eine Art, die darauf schließen ließ, dass das Argument nicht neu war. »Familien sind passé! Heutzutage gibt es doch nur noch allein Erziehende und Lesbierinnen …«

»Habt ihr schon von der neuen Schwulenversion des Neuen Testaments gehört?«, warf Francesca ein. »Ich war ganz schön schockiert, das muss ich schon sagen.«

»Da kann einem wirklich übel werden.« Charlie umklammerte sein Weinglas fester. »Diese Typen sind doch Ungeheuer.«

»Ja, aber man kann sie nicht ignorieren«, warf Sue ein. »Oder? Man kann einen ganzen Gesellschaftsteil nicht einfach übergehen. Egal, wie fehlgeleitet sie auch sein mögen. Was meinst du dazu, Rupert?«

Rupert sah auf. Seine Kehle war wie zugeschnürt.

»Tut mir Leid«, brachte er heraus. »Ich habe gerade nicht zugehört.«

»Oh, entschuldige. Du möchtest dich konzentrieren, stimmt's?« Sue grinste ihn an. »Du machst das schon. Und ist es nicht lustig, dass du nie stotterst, wenn du eine Lesung hältst?«

»Ich würde sagen, kaum einer hält so gute Lesungen in der Kirche wie du, Rupe«, lobte Charlie ihn fröhlich. »Muss an deiner Universitätsausbildung liegen. In Sandhurst haben wir nicht viel Spracherziehung erhalten.«

»Das ist keine Entschuldigung!«, bemerkte Sue. »Gott hat uns alle mit Mund und Hirn bedacht, nicht wahr? Welchen Bibeltext liest du denn?«

»Matthäus, 26«, erwiderte Rupert. »Die Verleugnung des Petrus.« Es entstand eine kurze Stille.

»Petrus«, echote Charlie ernst. »Wie mag es wohl gewesen sein, Petrus zu sein?«

»Nicht!«, bat Francesca und erschauerte. »Wenn ich daran denke, wie knapp ich daran war, meinen Glauben völlig zu verlieren ...«

»Schon, aber du hast Jesus nie verleugnet, oder?«, warf Sue ein. Sie ergriff Francescas Hand. »Selbst am Tag danach, als ich dich im Krankenhaus besucht habe.«

»Ich war so zornig«, sagte Francesca. »Und beschämt. Es kam mir vor, als hätte ich das Kind irgendwie nicht verdient.«

»Aber das tust du«, sagte Charlie. »Ihr beide verdient es. Und ihr bekommt eins. Denkt dran, Gott steht euch zur Seite.«

Doch Gott stand ihm nicht zur Seite. Das wusste er. Als sie das Haus verließen und sich zur St. Catherine's Church aufmachten, blieb Rupert nach zehn Minuten auf einem kleinen Platz in Chelsea hinter den anderen zurück. Am liebsten hätte er den Anschluss ganz verloren. Er wollte übersehen werden, vergessen. Aber das war unmöglich. Niemand in der St. Catherine's Church wurde je vergessen. Jeder, der sich durch ihre Portale wagte, gehörte umgehend zur Familie. Die meisten der zufälligen Besucher wurden mit lächelndem Enthusiasmus begrüßt, es wurde ihnen das Gefühl vermittelt, bedeutend zu sein und geliebt zu werden, sie wurden ermahnt wieder zu kommen. Die meisten taten es. Diejenigen, die nicht wieder erschienen, wurden fröhlich angerufen – »Wollte nur wissen, ob es dir gut geht. Weißt du, du liegst uns am Herzen. Wirklich.« Skeptiker wurden fast noch begeisterter begrüßt als Gläubige. Sie wurden ermutigt, aufzustehen und ihre Vorbehalte zu äußern; je überzeugender ihre Argumente, umso breiter das Lächeln ringsum. Die Mitglieder der St. Catherine's lächelten eine Menge. Sie trugen ihr Glück sichtbar zur Schau; sie wandelten mit einem leuchtenden Heiligenschein der Gewissheit umher.

Eben diese Gewissheit hatte Rupert an der St. Catherine's Church so angezogen. Während seiner ersten Jahre als Anwalt, in denen er von Selbstzweifeln geplagt worden war, hatte er Tom Innes kennen gelernt, der ebenfalls als Rechtsanwalt am Obergericht arbeitete. Tom war freundlich und kontaktfreudig. Er hatte sich um die St. Catherine's Church herum ein sicheres gesellschaftliches Leben aufgebaut. Er hatte für alles eine Antwort parat – und wenn nicht, dann wusste er, wo er nachschauen musste. Er war der glücklichste Mensch, den Rupert je kennen gelernt hatte. Und Rupert, der damals überzeugt war, nie mehr glücklich werden zu können, war mit einem fast verzweifelten Eifer in Toms Leben getreten, in das Christentum, in die Ehe. Nun besaß sein Leben ein geregeltes Muster, eine Bedeutung, die er genoss. Seit drei zufriedenen Jahren war er mit Francesca verheiratet, sein Haus war gemütlich, beruflich ging es voran.

Niemand wusste von seinem Vorleben. Von Allan. Er hatte niemandem etwas davon erzählt. Nicht Francesca, nicht Tom, nicht dem Pfarrer. Nein, nicht einmal Gott.

Bei ihrer Ankunft wartete Tom schon an der Tür. Wie Rupert und Charlie trug er seine Arbeitskleidung – einen gut geschnittenen Anzug, ein Hemd von Thomas Pink, eine Seidenkrawatte. Alle Männer der St.-Catherine's-Gemeinde waren im gleichen Stil gekleidet, bevorzugten die gleichen Haarschnitte, dieselben goldenen Siegelringe. An Wochenenden trugen sie alle Chinos und Hemden von Ralph Lauren oder aber Tweedanzüge für die Jagd.

»Rupert! Schön, dich zu sehen. Alles für die Lesung bereit?«

»Selbstredend!«, erwiderte Rupert.

»Brav.« Tom lächelte Rupert an, und Rupert spürte ein leichtes Kribbeln. Das gleiche Kribbeln, das er schon bei ihrer ersten Begegnung empfunden hatte. »Ich hoffe, du wirst bei der nächsten Bibelstunde der Kollegen auch eine Lesung halten, wenn's recht ist?«

»Natürlich«, sagte Rupert. »Was soll ich machen?«

»Darüber reden wir später«, sagte Tom. Wieder lächelte er und ging dann weiter – und lächerlicherweise verspürte Rupert einen leichten Stich der Enttäuschung.

Vor ihm begrüßten Francesca und Sue Freundinnen mit herzlichen Umarmungen; Charlie schüttelte einem alten Schulfreund kräftig die Hand. Wohin er auch blickte, von überall strömten gut gekleidete Angehörige der höheren Berufsklassen herbei.

»Ich habe einfach Jesus gefragt«, hörte er eine Stimme hinter sich. »Ich habe Jesus gefragt, und tags darauf bin ich aufgewacht und hatte die Antwort fertig ausformuliert im Kopf. Also bin ich zurück zu meinem Mandanten gegangen und habe …«

»Ich weiß einfach nicht, warum diese Leute sich nicht beherrschen können!«, rief Francesca gerade aus. Ihre Stimme klang scharf, und ihre Augen glänzten leicht. »Die vielen allein erziehenden Mütter, die nicht die Mittel haben, sich allein durchzubringen …«

»Andererseits musst du auch mal an die Verhältnisse denken, aus denen sie stammen«, erwiderte eine blonde Frau in einer Armanijacke. Sie lächelte Francesca kühl an. »Sie brauchen unsere Unterstützung und unsere Führung. Nicht unsere Verdammung.«

»Ich weiß«, murmelte Francesca. »Aber leicht fällt mir das nicht.« Unbewusst fuhr sie sich über den flachen Bauch, und Rupert wurde von einer Woge des Mitleids für sie erfasst. Er eilte vor und küsste sie auf den Nacken.

»Keine Sorge«, flüsterte er ihr ins Ohr. »Wir bekommen schon noch ein Kind, wart's nur ab.«

»Aber was ist, wenn Gott nicht möchte, dass ich eines bekomme?« Francesca wandte sich zu ihm um und sah ihm in die Augen. »Was dann?«

»Er möchte es.« Er versuchte, selbstsicher zu klingen. »Davon bin ich überzeugt.«

Francesca seufzte und wandte sich wieder ab, und in Rupert stieg leichte Panik auf. Er kannte die Antworten nicht. Wie konnte er? Er war weniger lange wiedergeborener Christ als Francesca, war weniger bibelfest als sie und besaß nicht so einen hohen Universitätsabschluss wie sie. Ja, verdiente sogar weniger als sie. Und dennoch beugte sie sich ständig seinen Wünschen. Bei der Trauungszeremonie hatte sie auf ihrem Versprechen bestanden, ihm zu gehorchen; sie wandte sich in allem Rat suchend an ihn.

Allmählich zerstreute sich die Menschenmenge und nahm auf den Kirchenbänken Platz. Einige knieten, einige blickten erwartungsvoll nach vorn, einige plauderten noch. Viele hielten für die Kollekte schon brandneue Banknoten in der Hand. So viel Geld, wie bei jedem Gottesdienst in der St. Catherine's Church zusammenkam, nahmen sie in der kleinen Kirche in Cornwall, die Rupert als Junge besucht hatte, im ganzen Jahr nicht ein. Die Gemeindemitglieder hier konnten sich Großzügigkeit leisten, ohne sich in ihrem Lebensstil einschränken zu müssen. Sie fuhren immer noch kostspielige Autos, aßen gut, reisten ins Ausland. Sie waren die Traumkundschaft der Werbebranche schlechthin, dachte Rupert. Wenn die Kirche ihnen Wandflächen für Werbezwecke verkaufen würde, könnte sie damit ein Vermögen machen. Unwillkürlich musste er grinsen. Diese Bemerkung hätte auch von Allan stammen können.

»Rupert!« Toms Stimme riss ihn aus seinen Gedanken. »Komm und setz dich mit nach vorn.«

»Hast Recht«, erwiderte Rupert. Er setzte sich auf den für ihn vorgesehenen Stuhl und sah auf die Gemeinde ihm gegenüber. Vertraute Gesichter erwiderten seinen Blick, ein paar lächelten freundlich. Rupert versuchte, ihr Lächeln zu erwidern. Aber mit einem Mal fühlte er sich den gemusterten Blicken von fünfhundert christlichen Augen ausgesetzt. Was sahen sie? Für wen hielten sie ihn? Eine kindliche Panik stieg in ihm auf. Plötzlich ertappte er sich bei dem Gedanken, dass sie alle dachten, er sei wie sie. Aber er war es nicht. Er war anders.

Musik erklang, und alle erhoben sich. Rupert stand ebenfalls auf und schaute gehorsam auf sein gelbes Gesangsblatt. Die Melodie des Kirchenliedes war schwungvoll, der Text frohsinnig und erbaulich. Doch er fühlte sich nicht erbaut, er fühlte sich vergiftet. Er konnte nicht singen, konnte sich nicht von dem einen Gedanken losmachen. Alle denken sie, ich bin wie sie, dachte er immerzu. Aber das bin ich nicht. Ich bin anders.

Er war immer anders gewesen. Als Kind in Cornwall war er der Sohn des Schulleiters, hatte sich von den anderen abgehoben, bevor er überhaupt eine Chance hatte. Während die Väter der anderen Jungen Traktor fuhren und Bier tranken, las sein Vater griechische Lyrik und ließ Ruperts Freunde nachsitzen. Mr. Carr war ein beliebter Schulleiter gewesen – der beliebteste, den die Schule je hatte –, aber das hatte Rupert nichts genützt, der von Natur aus intellektuell und gleichzeitig unsportlich und schüchtern war. Die Jungs hatten ihn verachtet, die Mädchen hatten ihn ignoriert. Allmählich hatte Rupert ein defensives Stottern und eine Vorliebe fürs Alleinsein entwickelt.

Dann, mit ungefähr dreizehn, war er zu einem gut aussehenden Jüngling herangereift, und damit war alles nur noch schlimmer geworden. Plötzlich stiegen ihm die Mädchen nach und machten ihm kichernd unsittliche Anträge; mit einem Mal starrten die anderen Jungs ihn neidvoll an. Aufgrund seines guten Aussehens ging man davon aus, dass er mit jedem Mädchen schlafen konnte, das er haben wollte, dass er das tatsächlich bereits tat. Fast jeden Samstagabend ging Rupert mit irgendeinem Mädchen ins Kino, saß mit ihr hinten und legte für alle sichtbar den Arm um sie. Am Montag darauf kicherte sie dann hysterisch mit ihren Freundinnen, klimperte mit den Wimpern und ließ Andeutungen fallen. Ruperts Ruf wuchs und wuchs. Zu seinem Erstaunen verriet keines der Mädchen je, dass über einen Gutenachtkuss hinaus nie etwas lief. Mit achtzehn hatte er sämtliche Mädchen der Schule ausgeführt und war noch immer Jungfrau.

Er hatte gehofft, in Oxford würde sich alles ändern. Er würde sich einfügen. Eine andere Art von Mädchen kennen lernen, alles würde gut. Nach einem Sommer am Strand war er gebräunt und fit dort eingetroffen und hatte sofort Aufmerksamkeit auf sich gezogen. Mädchen hatten sich um ihn geschart, intelligent, charmant. Eben die Art von Mädchen, nach denen er sich immer gesehnt hatte.

Bloß, dass er sie nun, da er sie haben konnte, nicht mehr wollte. Er konnte die Mädchen, die er kennen lernte, nicht begehren, mit ihren hohen Stirnen, ihren wippenden Frisuren und ihrer intellektuellen Neigung. Die Männer waren es, die ihn in Oxford faszinierten. Die Männer. In den Vorlesungen starrte er sie verstohlen an, beobachtete sie auf der Straße, rückte in Pubs näher an sie heran. An stutzerhafte Jurastudenten in Westen, französische Studenten in Doc Martens mit Kurzhaarschnitten. Mitglieder der Dramagruppe, die nach der Vorführung in den Pub drängten, Make-up trugen und einander spielerisch auf die Lippen küssten.

Gelegentlich sah einer dieser Männer auf, bemerkte Ruperts Blick und lud ihn ein, sich dazuzugesellen. Ein paarmal wurde er sogar offen angemacht. Aber jedes Mal wich er voller Entsetzen zurück. Er konnte doch nicht schwul sein. Das war unmöglich.

Doch am Ende seines ersten Jahres in Oxford war er noch immer Jungfrau und einsamer denn je. Er hatte sich keiner speziellen Clique angeschlossen, er hatte keine Freundin, keinen Freund. Auf Grund seines Aussehens hielten seine Kommilitonen seine Schüchternheit für Unnahbarkeit. Sie setzten bei ihm ein Selbstvertrauen und eine Arroganz voraus, die er nicht besaß, nahmen an, sein gesellschaftliches Leben fände außerhalb des Colleges statt, ließen ihn in Ruhe. Am Ende des Sommertrimesters verbrachte er die meisten Abende damit, alleine auf seinem Zimmer Whisky zu trinken.

Und dann schickte man ihn für einen Tutorenkurs zu Allan Kepinski, einem amerikanischen Gastdozenten am Keble College. Sie diskutierten *Paradise Lost* und redeten sich im Laufe des Nachmittags immer heißer. Am Ende der Unterrichtsstunde war Ruperts Gesicht gerötet. Er war völlig gefangen von der Debatte und der geladenen Atmosphäre zwischen ihnen. Allan beugte sich auf seinem Stuhl vor, nahe zu Rupert hin, ihre Gesichter berührten sich fast.

Dann hatte sich Allan wortlos ein wenig weiter vorgebeugt und mit seinen Lippen zart die Ruperts gestreift. Rupert war wie elektrisiert. Er hatte die Augen geschlossen und Allan durch schiere Willenskraft dazu gebracht, ihn wieder zu küssen, ihm noch näher zu kommen. Und langsam, sanft, hatte Allan seine Arme um Rupert gelegt und ihn heruntergezogen, von seinem Sessel auf den Teppich, in ein neues Leben.

Danach hatte Allan Rupert genauestens erklärt, welches Risiko er dabei eingegangen war, den ersten Schritt zu wagen.

»Du hättest mich ins Gefängnis bringen können«, hatte er auf seine trockene Art gesagt und dabei Ruperts zerzaustes Haar gestreichelt. »Oder mich zumindest ins erste Flugzeug nach Hause verfrachten können. Studenten anzumachen gilt nämlich nicht direkt als moralisch.«

»Ich scheiß auf die Moral«, hatte Rupert erwidert und sich zurückplumpsen lassen. Ihm fiel eine Zentnerlast von der Seele, er fühlte sich befreit. »Herrje, ich fühle mich unglaublich, ich habe ja nie gewusst …« Er brach den Satz ab.

»Nein«, hatte Allan amüsiert gesagt. »Das dachte ich mir.«

Dieser Sommer war in Ruperts Gedächtnis eingegraben wie ein einziger großer Rausch. Er hatte sich Allan ganz und gar hingegeben, hatte die ganzen Sommerferien mit ihm verbracht. Er hatte mit ihm gegessen, mit ihm geschlafen, hatte ihn respektiert und geliebt. Niemand sonst schien zu zählen oder überhaupt zu existieren.

Für das Mädchen Milly hatte er sich nicht im Geringsten interessiert. Allan war ziemlich von ihr eingenommen gewesen, hatte ihre Naivität bezaubernd gefunden, sich über ihr unschuldiges Geplapper amüsiert. Aber in Ruperts Augen war sie lediglich ein weiteres oberflächliches, albernes Geschöpf. Eine Zeitverschwendung, eine Rivalin, was Allans Aufmerksamkeit anbelangte.

»Rupert?« Die Frau neben ihm stupste ihn an, und Rupert merkte, dass das Lied zu Ende war. Er setzte sich rasch und versuchte, seine Gedanken zu sammeln.

Aber der Gedanke an Milly hatte ihn aus dem Gleichgewicht gebracht, er konnte an nichts anderes mehr denken. »Milly aus Oxford« hatte sie sich am Telefon genannt. Wut und Angst überkamen Rupert, als er daran dachte, wie seine Frau ihren Namen ausgesprochen hatte. Was dachte Milly sich eigentlich dabei, ihn nach zehn Jahren anzurufen? Wie war sie an seine Nummer gekommen? War ihr nicht klar, dass sich alles geändert hatte? Dass er nicht schwul war? Dass alles ein schrecklicher Fehler gewesen war?

»Rupert! Du bist mit der Lesung dran!«, zischte die Frau ihm zu, und Rupert kam abrupt zu sich. Er legte seinen Liedertext sorgfältig fort, nahm seine Bibel und stand auf. Langsam schritt er zum Pult, legte seine Bibel darauf und blickte seine Zuhörer an.

»Ich werde aus dem Matthäusevangelium lesen«, verkündete er. »Das Thema lautet Verleugnung. Wie können wir mit uns selbst leben, wenn wir den verleugnen, den wir wahrhaftig lieben?«

Mit zitternden Händen öffnete er die Bibel und holte tief Luft. Ich lese dies für Gott, sagte er sich – wie alle Leser in der St. Catherine's Church das taten. Ich lese es für Jesus. Das Bild eines ernsten, verratenen Gesichts stieg vor ihm auf, und er verspürte ein vertrautes Schuldgefühl. Aber nicht das Antlitz Jesu sah er vor sich, sondern Allans Gesicht.

7. Kapitel

Am nächsten Morgen warteten Milly und Isobel, bis ein paar Gäste in die Küche hinunterkamen, und stahlen sich dann davon, ehe Olivia ihnen unliebsame Fragen stellen konnte.

»Okay«, sagte Isobel, als sie beim Auto waren. »Ich glaube, um halb neun geht ein Schnellzug nach London. Den solltest du erwischen.«

»Was ist, wenn er etwas sagt?«, meinte Milly und blickte zu Alexanders zugezogenem Fenster hinauf. »Was, wenn er es Simon erzählt, während ich fort bin?«

»Das wird er schon nicht«, erwiderte Isobel bestimmt. »Simon arbeitet doch den ganzen Vormittag, oder? Alexander wird gar nicht an ihn rankommen. Und bis dahin bist du immerhin schon schlauer.« Sie öffnete die Autotür. »Komm, steig ein.«

»Ich hab die ganze Nacht kein Auge zugetan«, sagte Milly, während Isobel den Motor anließ. »So nervös war ich.« Sie wand eine Haarsträhne fest um ihren Finger und ließ sie dann wieder los. »Zehn Jahre hab ich gedacht, ich bin verheiratet. Und nun ... bin ich's vielleicht gar nicht!«

»Milly, das weißt du noch nicht«, wandte Isobel ein.

»Schon klar«, sagte Milly. »Aber einleuchtend wär's doch, oder? Warum sollte Allan das Scheidungsverfahren einleiten und es dann nicht durchziehen? *Natürlich* würde er alles durchziehen!«

»Vielleicht.«

»Sei nicht so pessimistisch, Isobel! Schließlich warst du es doch, die gesagt hat ...«

»Das weiß ich. Und ich hoffe wirklich, du bist geschieden.« Sie warf Milly einen Blick zu. »Aber feiern würde ich erst, wenn ich es mit Bestimmtheit wüsste.«

»Ich feiere nicht«, entgegnete Milly. »Noch nicht. Ich mache mir nur ... Hoffnungen.«

An der Ampel hielten sie und beobachteten, wie ein langer Zug von Kindern, allesamt in roten Dufflecoats, die Straße überquerte.

»Wenn sich dein reizender Freund Rupert natürlich die Mühe gemacht hätte zurückzurufen, dann hättest du mit Allan längst in Verbindung treten können«, sagte Isobel. »Dann wüsstest du schon, was Sache ist.«

»Ja, nicht?«, meinte Milly. »Schuft! Mich einfach so zu *ignorieren*! Er muss doch wissen, dass ich in Schwierigkeiten stecken muss! Wieso würde ich ihn sonst anrufen?« Ihre Stimme hob sich ungläubig. »Wie kann man bloß so egoistisch sein?«

»Die meisten Menschen sind egoistisch«, erklärte Isobel. »Verlass dich darauf.«

»Und wie kommt's, dass er plötzlich eine Frau hat?«

Isobel zuckte die Achseln.

»Na bitte, da hast du die Antwort. Deswegen hat er nicht zurückgerufen.«

Milly malte auf das angelaufene Seitenfenster einen Kreis und blickte hinaus. Pendler eilten die Bürgersteige entlang und zertraten den frischen Morgenschnee zu Matsch, warfen im Vorbeigehen Blicke auf grellfarbene Sonderangebotsschilder in Schaufenstern geschlossener Läden.

»Tja, was wirst du also tun?«, fragte Isobel unvermittelt. »Wenn du herausfindest, dass du geschieden bist?«

»Wie meinst du das?«

»Wirst du es Simon erzählen?«

Schweigen.

»Ich weiß nicht«, sagte Milly schließlich bedächtig. »Vielleicht ist es nicht nötig.«

»Aber, Milly ...«

»Ich weiß, dass ich es ihm eigentlich hätte sagen sollen«, fiel

Milly ihr ins Wort. »Schon vor Monaten hätte ich es ihm erzählen und dann alles ins Reine bringen sollen.« Sie machte eine Pause. »Aber das habe ich nun mal nicht. Und daran ist nichts mehr zu ändern. Dafür ist es zu spät.«

»Na und? Du könntest es ihm doch jetzt erzählen.«

»Aber jetzt ist alles anders! In drei Tagen findet unsere Hochzeit statt. Alles ist perfekt. Warum das alles ... damit kaputtmachen?«

Isobel schwieg, und Milly sah sie trotzig an. »Du meinst wohl, ich sollte es ihm auf jeden Fall sagen? Du denkst wohl, man kann vor jemandem, den man liebt, keine Geheimnisse haben?«

»Nein«, erwiderte Isobel, »Tue ich nicht.« Milly schaute sie überrascht an. Isobel hatte den Blick abgewandt, sie hielt das Steuer fest umklammert. »Man kann locker jemanden lieben und etwas vor ihm geheim halten.«

»Aber ...«

»Wenn es etwas ist, was ihn unnötig belasten würde. Wenn es etwas ist, das er nicht zu wissen braucht.« Isobels Stimme wurde etwas barscher. »Manches behält man am besten für sich.«

»Wie zum Beispiel?« Milly sah Isobel erstaunt an. »Wovon sprichst du?«

»Von nichts.«

»Hast du etwa ein Geheimnis?«

Isobel schwieg. Eine Weile starrte Milly ihre Schwester prüfend an, versuchte, ihren Ausdruck zu deuten. Dann kam es ihr plötzlich. Wie ein Blitz traf sie die entsetzliche Erkenntnis.

»Du bist krank, stimmt's?«, fragte sie mit zittriger Stimme. »Herrgott, jetzt wird mir alles klar! Deshalb bist du so blass. Du leidest an irgendetwas Schrecklichem – und willst es uns bloß nicht sagen!« Millys Stimme hob sich. »Du glaubst, es ist das Beste, es uns zu verschweigen! Was, bis du *stirbst*?«

»Milly!«, rief Isobel mit schneidender Stimme. »Ich sterbe nicht. Und ich bin nicht krank!«

»Aber was hast du dann für ein Geheimnis?«

»Ich habe nie behauptet, eines zu haben. Das war reine Theorie.« Isobel bog auf den Bahnhofsparkplatz ein. »So, da wären wir.« Sie machte die Wagentür auf und stieg ohne einen Blick zu ihrer Schwester aus.

Widerwillig folgte ihr Milly. Als sie in die Bahnhofshalle gelangten, fuhr ein Zug von einem der Bahnsteige ab, und ein Schwarm angekommener Reisender tauchte auf. Unbekümmerte, glückliche Menschen mit Taschen, die ihren Freunden zuwinkten. Menschen, die das Wort »Hochzeit« mit Glück und Feiern verbanden.

»O Gott«, sagte sie, als sie Isobel eingeholt hatte. »Ich möchte nicht fahren. Ich möchte es nicht herausfinden. Ich möchte es vergessen.«

»Du musst fahren. Du hast gar keine andere Wahl.« Plötzlich verfärbte sich Isobels Gesicht. »Kauf dir schon mal deine Fahrkarte«, sagte sie keuchend. »Bin gleich zurück.« Und zu Millys Erstaunen rannte sie in Richtung Damentoilette. Milly starrte ihr eine Weile nach, dann wandte sie sich um.

»Einmal nach London und zurück, bitte«, bat sie die Frau am Schalter. Was in aller Welt war mit Isobel los? Sie war nicht krank, aber es war auch nicht alles normal. Schwanger sein konnte sie nicht – sie hatte keinen Freund.

»Gut«, meinte Isobel, als sie wieder an Millys Seite erschien. »Hast du alles?«

»Du bist schwanger!«, zischte Milly. »Stimmt's?« Isobel wich zurück. Sie sah aus, als hätte Milly ihr eine Ohrfeige versetzt.

»Nein«, sagte sie.

»Ach, komm, bist du doch. Das ist doch offensichtlich!«

»Der Zug fährt in einer Minute ab«, sagte Isobel mit dem Blick auf ihre Uhr. »Du verpasst ihn noch.«

»Du bist schwanger, und du hast mir nichts davon erzählt! Verdammt, Isobel, du hättest es mir erzählen müssen. Ich werde Tante!«

»Nein«, versetzte Isobel knapp. »Wirst du nicht.«

Milly schaute sie verständnislos an. Dann begriff sie schlagartig, was Isobel damit meinte.

»Nein! Das kannst du nicht tun! Das kannst du nicht! Isobel, das ist doch nicht dein Ernst?«

»Ich weiß nicht. Ich weiß es nicht, okay?« Isobels Stimme hob sich gefährlich. Sie machte ein paar Schritte auf Milly zu, rang die Hände und ging dann wieder ein paar Schritte zurück, wie ein Tier im Käfig.

»Isobel ...«

»Du musst zu deinem Zug«, sagte Isobel. »Ab mit dir.« Sie sah Milly mit glänzenden Augen an. »Na, los!«

»Ich nehme einen späteren«, erwiderte Milly.

»Nein. Die Zeit hast du nicht. Jetzt geh schon!«

Ein paar Sekunden blickte Milly ihre Schwester wortlos an. Noch nie hatte sie Isobel verletzlich wirken sehen; es bereitete ihr Unbehagen.

»Okay«, sagte sie. »Ich gehe.«

»Viel Glück!«, wünschte ihr Isobel.

»Und wir sprechen da ... darüber – wenn ich zurückkomme.«

»Vielleicht«, sagte Isobel. Als Milly sich nach ein paar Schritten noch einmal umsah, war sie bereits verschwunden.

Bei Isobels Rückkehr wartete Olivia schon in der Küche auf sie.

»Wo ist Milly?«

»Sie ist für einen Tag nach London gefahren.«

»Nach London? Warum das denn?«

»Um ein Geschenk für Simon zu besorgen.« Isobel griff nach der Keksdose. Olivia starrte sie an.

»Wie bitte? Und fährt deshalb bis nach London? Als ob sie in Bath nicht auch was Schönes für ihn bekäme!«

»Ihr war halt danach, nach London zu fahren«, entgegnete Isobel und riss eine Kekspackung auf. »Ist das denn wichtig?«

»Ja«, meinte Olivia verärgert. »Natürlich ist das wichtig! Weißt du, was für einen Tag wir heute haben?«

»Ja.« Isobel biss mit Genuss in einen Keks. »Donnerstag.«

»Genau. Nur noch zwei Tage! Ich habe tausend Dinge zu erledigen, und Milly sollte mir eigentlich dabei helfen. So was Gedankenloses!«

»Gönn ihr die Entspannung!«, meinte Isobel. »Ihr muss jetzt viel im Kopf rumgehen.«

»Mir auch, Schatz! Ich muss noch zusätzliche Gottesdienstprogramme organisieren, noch mal alle Schauplätze überprüfen – und zu allem Überfluss ist gerade das Zelt eingetroffen. Wer sieht es sich mit mir an?«

Schweigen.

»Oh, Gott«, sagte Isobel schließlich und stopfte sich noch einen Keks in den Mund. »Ich komm ja schon.«

Simon und Harry gingen die Parham Place entlang – eine breite Straße, elegant und teuer, und zu dieser Tageszeit belebt –, da ihre Bewohner, allesamt in gehobenen Positionen, sich zur Arbeit aufmachten. Eine hübsche Brünette, die gerade in ihr Auto einstieg, lächelte Simon zu; drei Türen weiter saß ein Trupp Bauarbeiter auf der Eingangstreppe und trank dampfenden Tee.

»Da wären wir.« Harry blieb bei einer Steintreppe stehen, die zu einer glänzend blauen Tür hinaufführte. »Hast du die Schlüssel?«

Wortlos erklomm Simon die Treppe und steckte den Schlüssel ins Schloss. Er betrat eine geräumige Halle und öffnete zu seiner Linken eine weitere Tür.

»Na, komm«, sagte Harry. »Rein mit dir.«

Beim Eintreten erinnerte sich Simon sofort daran, warum Milly und er sich in die Wohnung verliebt hatten. Er war umgeben von viel freiem Raum, von weißen Wänden, hohen Decken und riesigen Parkettflächen. Nichts, was sie sonst noch angeschaut hatten, war auch nur annähernd daran herangekommen. Und nichts war so sündhaft teuer gewesen.

»Gefällt sie dir?«, wollte Harry wissen.

»Sie ist toll.« Simon schlenderte zu einem Kamin und fuhr mit der Hand darüber. »Sie ist toll«, wiederholte er. Mehr traute er sich nicht zu sagen. Die Wohnung war mehr als toll. Sie war schön, vollkommen. Milly wäre völlig hingerissen. Doch als er so dastand und sich umsah, verspürte er lediglich einen Stich in der Brust.

»Nette hohe Wände«, meinte Harry. Er öffnete einen leeren, vertäfelten Schrank, blickte hinein und schloss ihn wieder. Als er zum Fenster schlenderte, echoten seine Schritte auf dem bloßen Boden. »Nette Holzläden.« Er klopfte prüfend auf einen.

»Die Läden sind toll«, sagte Simon. Alles war toll. Er konnte keinen einzigen Makel entdecken.

»Du wirst dir anständiges Mobiliar anschaffen müssen.« Harry sah Simon an. »Brauchst du dabei Hilfe?«

»Nein«, erwiderte Simon. »Danke.«

»Na, ich hoffe jedenfalls, dass sie dir gefällt.« Harry zuckte leicht mit den Achseln.

»Die Wohnung ist wunderschön«, sagte Simon steif. »Milly wird begeistert sein.«

»Gut«, meinte Harry. »Wo steckt sie denn heute?«

»In London. Auf irgendeiner geheimnisvollen Mission. Ich glaube, sie kauft ein Geschenk für mich.«

»All diese Geschenke«, frotzelte Harry. »Ihr werdet ja richtig verzogen.«

»Wenn's dir recht ist, komme ich heute Abend noch mal mit Milly her und zeige ihr die Wohnung.«

»Deine Wohnung. Tu, was immer du magst.«

Sie schlenderten aus dem Wohnzimmer in einen lichten, breiten Korridor. Das größte Schlafzimmer überblickte den Garten: Türhohe Fenster öffneten sich zu einem kleinen schmiedeeisernen Balkon.

»Mehr als zwei Schlafzimmer braucht ihr nicht.« In seiner Stimme schwang ein kleines Fragezeichen mit. »Ihr denkt doch sicher nicht gleich an Kinder?«

»O nein. Dafür ist noch eine Menge Zeit. Milly ist erst achtundzwanzig.«

»Trotzdem ...« Harry drückte auf einen Lichtschalter an der Tür, und an der Decke erstrahlte eine nackte Glühbirne. »Ihr werdet Lampenschirme brauchen. Oder was immer.«

»Ja«, sagte Simon. Er sah seinen Vater an. »Wieso? Meinst du, wir sollten gleich Kinder bekommen?«

»Nein«, erwiderte Harry mit Nachdruck. »Bloß nicht.«

»Wirklich nicht? Aber bei dir war's doch so.«

»Eben. Das war ja unser Fehler.«

Simon versteifte sich.

»Ich war ein Fehler, ja?«, sagte er. »Ein Versehen?«

»So habe ich das nicht gemeint, und das weißt du auch«, versetzte Harry gereizt. »Sei doch nicht immer eine solch verdammte Mimose!«

»Was erwartest du, wenn du mir gerade erzählst, dass ich unerwünscht war?«

»Natürlich warst du erwünscht!« Harry machte eine Pause. »Der Zeitpunkt hätte halt günstiger liegen können.«

»Tja, tut mir Leid, wenn ich ungelegen gekommen bin«, erwiderte Simon zornig. »Aber eine Wahl über den Zeitpunkt meines Kommens hatte ich ja nicht. Die Entscheidung lag nicht direkt bei mir, oder?« Harry zuckte zusammen.

»Hör mal, Simon. Ich meinte doch bloß ...«

»Ich weiß, was du gemeint hast!«, versetzte Simon und ging zum Fenster. Er starrte in den verschneiten Garten hinaus und versuchte, seine Stimme zu mäßigen. »Ich war eine Last, stimmt's? Und das bin ich noch immer.«

»Simon ...«

»So, jetzt hör zu, Dad. Ich werde dir nicht länger zur Last fallen, okay?« Simon wirbelte mit bebendem Gesicht herum. »Aber deine Wohnung kannst du behalten, herzlichen Dank. Milly und ich werden uns selbst was suchen.« Er warf die Schlüssel auf den Boden und eilte zur Tür.

»Simon!«, rief Harry wütend. »Sei doch nicht so dumm!«

»Tut mir Leid, dass ich dir all die Jahre im Weg war«, sagte Simon an der Tür. »Aber nach Samstag bin ich fort. Du brauchst mich nie wieder zu sehen. Das könnte für beide Teile eine Erleichterung sein.«

Er schlug die Tür zu und ließ Harry allein zurück, der auf die im winterlichen Sonnenlicht blinkenden Schlüssel starrte.

Die *Family Registry* war groß, hell und mit einem weichen, grünen Teppich ausgelegt. In modernen Buchenholzregalen waren Unmengen von Registerbänden untergebracht, unterteilt in Geburten, Eheschließungen und Sterbefälle. Bei den Eheschließungen, zu denen Milly sich beklommen begab, war bei weitem am meisten los. Leute wuselten herum, holten sich Bände aus den Regalen heraus oder steckten sie wieder hinein, machten sich Notizen und sprachen leise miteinander. An der Wand hing ein Anschlag mit der Überschrift WIR HELFEN IHNEN, IHREN STAMMBAUM ZURÜCKZUVERFOLGEN. Zwei Damen mittleren Alters waren in einen Band aus dem 19. Jahrhundert vertieft. »Charles Forsyth!«, rief eine davon aus. »Aber ob das auch *unser* Charles Forsyth ist?« Niemand hier machte einen besorgten oder schuldbewussten Eindruck. Alle anderen, dachte Milly, verbrachten hier einen angenehmen Vormittag.

Mit gesenktem Blick steuerte sie auf die Registerbände jüngeren Datums zu und zog den betreffenden heraus. Einen Augenblick konnte sie ihren Namen nicht finden, und sie wurde von einer lächerlichen Hoffnung erfüllt. Aber dann sprang er ihr unvermittelt entgegen. HAVILL, MELISSA G – KEPINSKI. OXFORD.

Milly rutschte das Herz in die Hose. Unwillkürlich hatte sie sich der Hoffnung hingegeben, ihre Eheschließung mit Allan sei vielleicht durch die rechtlichen Maschen geschlüpft. Aber da war sie, schwarz auf weiß, für jeden nachlesbar. Ein paar gedankenlose Minuten in einem Standesamt in Oxford hatten zu diesem bleibenden Beweisstück geführt: ein unauslöschbarer Eintrag, der nie, niemals mehr verschwinden würde. Sie starrte auf die Seite nieder, konnte den Blick nicht davon losreißen, bis die Worte vor ihren Augen zu tanzen anfingen.

»Wissen Sie, Sie können eine Bescheinigung erhalten.« Eine fröhliche Stimme erschreckte sie, und sie fuhr vor Angst auf und bedeckte ihren Namen mit der Hand. Ein freundlicher junger Mann mit einem Namensschild an der Brust stand vor ihr. »Wir stellen Hochzeitsurkunden zur Verfügung. Sie können sie auch rahmen lassen. Ein äußerst schönes Geschenk.«

»Nein danke«, sagte Milly. Bei der Vorstellung hätte sie am liebsten hysterisch losgelacht. »Nein danke.« Sie schlug das Buch zu, als könne sie dem Eintrag damit den Garaus machen. »Eigentlich wollte ich ins Scheidungsregister schauen.«

»Dann sind Sie hier aber an der falschen Adresse!« Der junge Mann grinste sie an, belustigt über ihre Unkenntnis. »Da müssen Sie ins Somerset House.«

Noch nie hatte Isobel ein so großes Zelt gesehen. Es blähte sich prachtvoll im Wind, ein riesiger weißer Pilz, der die parkenden Autos und Transporter daneben winzig erscheinen ließ.

»Ach, herrje!«, sagte sie. »Das kostet doch sicher ein Vermögen!« Olivia zuckte zusammen.

»Still, Schatz!«, mahnte sie. »Es könnte dich jemand hören.«

»Die wissen doch aber bestimmt alle, wie viel es kostet.« Isobel starrte auf den Strom junger Männer und Frauen, die ins Zelt hinein- und hinausgingen, viele davon trugen Kisten, Kabel oder Holzplanken.

»Dort drüben kommt ein überdachter Gang hin, der das Zelt mit dem rückwärtigen Teil von Pinnacle Hall verbindet«, erklärte Olivia gestikulierend. »Und Garderoben.«

»Herrje«, sagte Isobel erneut. »Das sieht ja wie ein Zirkus aus.«

»Na ja, weißt du, wir hatten wirklich an einen Elefanten gedacht«, gestand Olivia. Isobel glotzte sie an.

»An einen Elefanten?«

»Um das glückliche Paar davonzutragen.«

»Auf einem Elefanten kämen sie nicht weit«, wandte Isobel ein und fing zu lachen an.

»Stattdessen übernimmt das jetzt ein Helikopter«, sagte Olivia. »Aber verrat's Milly nicht. Soll eine Überraschung werden.«

»Wow! Ein Helikopter!«

»Bist du schon mal in einem geflogen?«

»Ja«, erwiderte Isobel. »Ein paarmal schon. Eigentlich ist es ziemlich nervenaufreibend.«

»Ich noch nie«, sagte Olivia. »Nicht ein einziges Mal.« Sie seufzte leise, und Isobel kicherte.

»Möchtest du nicht an Millys statt fliegen? Bestimmt hätte Simon nichts dagegen.«

»Sei nicht albern«, wies Olivia sie zurecht. »Komm, lass uns reinschauen.«

Sie bahnten sich ihren Weg über den verschneiten Boden zum Zelt und lüpften eine Bahn.

»Oh, Mann!«, sagte Isobel bedächtig. »Von innen wirkt's ja noch riesiger.« Beide sahen sich in dem riesigen Raum um. Überall waren Leute, trugen Stühle, installierten Heizgeräte, brachten Lampen an.

»So groß ist es gar nicht«, meinte Olivia unsicher. »Wenn die Stühle und Tische erst mal alle drin sind, wird's recht gemütlich sein.« Sie hielt inne. »Na ja, vielleicht nicht direkt gemütlich ...«

»Tja, Hut ab vor Harry!«, sagte Isobel. »So was hat's noch nicht gegeben!«

»Wir haben auch dazu beigetragen!«, rief Olivia ärgerlich. »Mehr, als dir vielleicht klar ist. Und überhaupt, Harry kann es sich leisten.«

»Keine Frage.«

»Er mag Milly sehr gern, weißt du.«

»Ich weiß«, sagte Isobel. »Mann o Mann ...« Sie sah sich um und biss sich auf die Lippen.

»Was?«, fragte Olivia argwöhnisch.

»Oh, ich weiß nicht. Die ganzen Vorbereitungen, das viele Geld. Alles für einen Tag.«

»Was stört dich daran?«

»Nichts. Ich bin mir sicher, es wird sehr schön.«

Olivia starrte sie an. »Isobel, was ist los mit dir? Du bist doch nicht etwa eifersüchtig auf Milly, oder?«

»Wahrscheinlich«, entgegnete Isobel leichthin.

»Du könntest doch auch heiraten, weißt du! Aber du hast dich ja anders entschieden.«

»Ich bin noch nie gefragt worden«, sagte Isobel.

»Das ist nicht der Punkt!«

»Doch«, entgegnete Isobel, »ich glaube, genau das ist er.« Und zu ihrem Entsetzen spürte sie, wie ihr die Tränen kamen. Warum, zum Teufel, weinte sie? Bevor ihre Mutter noch etwas sagen konnte, wandte sie sich ab und marschierte aufs andere Zeltende zu. Olivia eilte nichts ahnend hinter ihr her.

»Hier kommt das Essen hin«, erklärte sie aufgeregt. »Und dort die Schwäne.«

»Die Schwäne?« Isobel drehte sich zu ihr um.

»Ja, Schwäne aus Eis«, erklärte Olivia. »Und jeder davon wird mit Austern gefüllt sein.«

»Nein!« Isobel brach in Gelächter aus. »Wer hatte denn *die* Idee?«

»Harry«, verteidigte sich Olivia. »Was gibt's daran auszusetzen?«

»Nichts. Bloß dass es das Geschmackloseste ist, was ich je gehört habe!«

»Genau das habe ich auch gesagt«, sagte Olivia eifrig. »Aber Harry hielt dagegen, Hochzeiten seien ohnehin geschmacklos, es brächte also gar nichts, Geschmack beweisen zu wollen. Also beschlossen wir, alles auf eine Karte zu setzen!«

»Und wenn er all seine Gäste mit Austern bewirtet hat, ist er pleite.«

»Von wegen! Red nicht so daher, Isobel.«

»Schon gut«, besänftigte sie Isobel. »Ehrlich, die Hochzeit wird bestimmt wunderschön.« Sie sah sich um und fragte sich zum hundertsten Mal an diesem Tag, wie Milly wohl vorankam. »Für Milly wird es der schönste Tag ihres Lebens.«

»Dabei verdient sie das gar nicht«, meinte Olivia verärgert. »Fährt einfach so nach London. Und das zwei Tage vor der Trauung! Zwei Tage!«

»Ich weiß.« Isobel biss sich auf die Lippen. »Und glaub mir, Milly weiß das auch.«

Als Milly The Strand erreichte, schien bereits die Wintersonne, und es keimte vorsichtiger Optimismus in ihr auf. In wenigen Minuten wüsste sie Bescheid, so oder so. Und mit einem Mal hatte sie das sichere Gefühl, die Antwort zu kennen. Die Last, die sie die letzten Jahre gedrückt hatte, würde von ihr genommen. Endlich wäre sie frei.

Sie bummelte die Straße entlang, spürte eine Brise durch ihr Haar fahren, genoss die Sonne im Gesicht.

»Entschuldigen Sie.« Eine junge Frau tippte ihr auf die Schulter. Milly drehte sich um. »Ich arbeite für einen Salon in Covent Garden. Wir suchen Haarmodelle.« Sie lächelte Milly an. »Hätten Sie Lust?«

Liebend gern hätte Milly sich zur Verfügung gestellt.

»Tut mir Leid«, sagte sie bedauernd, »aber ich stehe etwas unter Zeitdruck.« Sie hielt inne, und ein feines Lächeln umspielte ihre Lippen. »Ich heirate nämlich am Samstag.«

»Ach!«, rief das Mädchen. »Wirklich? Herzlichen Glückwunsch! Sie werden eine bezaubernde Braut abgeben.«

»Danke.« Milly errötete. »Schade, dass es nicht geht. Aber ich muss noch etwas erledigen.«

»Schon gut.« Das Mädchen verdrehte mitfühlend die Augen. »Ich weiß, wie das ist! All die Kleinigkeiten, die man immer bis zuletzt aufschiebt!«

»Genau«, gab Milly ihr Recht und ging weiter. »Nur ein paar Kleinigkeiten.«

Als sie das Somerset House betreten und die gesuchte Abteilung schließlich gefunden hatte, hoben sich ihre Lebensgeister noch mehr. Der für die Scheidungsurteile zuständige Mann war rund und fröhlich, mit glitzernden Augen und einem schnellen Computer.

»Sie haben Glück«, sagte er, während er ihre Daten eintippte. »Seit 1981 sind alle Daten im Computer erfasst. Alles davor müssen wir per Hand suchen.« Er blinzelte ihr zu. »Aber da wären Sie ja gerade mal ein Baby gewesen. Nun, haben Sie noch einen Moment Geduld, meine Liebe ...«

Milly strahlte zurück. Sie plante bereits, was sie tun würde, wenn sie die Scheidungsbestätigung erhalten hätte. Sie würde ein Taxi zu Harvey Nichols nehmen, sich schnurstracks in den fünften Stock begeben und sich einen Sekt mit Orangensaft genehmigen. Und dann würde sie Isobel anrufen. Und dann würde sie ...

Der Piepston des Computers unterbrach sie in ihren Gedanken. Der Mann spähte auf den Bildschirm, dann sah er auf.

»Nein«, sagte er überrascht. »Nichts gefunden.«

Milly wurde flau im Magen.

»Was?«, sagte sie. Ihre Lippen fühlten sich plötzlich trocken an. »Wie meinen Sie das?«

»Kein rechtskräftiges Urteil aufgelistet«, sagte der Mann und tippte erneut etwas ein. Wieder piepte der Computer, und der Mann runzelte die Stirn. »Nicht in dieser Zeitspanne und für diese Namen.«

»Aber es muss«, sagte Milly. »Es *muss.*«

»Ich habe es zweimal versucht«, sagte der Mann. Er sah auf. »Haben Sie die Namen auch sicher richtig buchstabiert?«

Milly schluckte.

»Ziemlich sicher.«

»Und Sie sind sich sicher, der Antragsteller hat sich um ein rechtskräftiges Scheidungsurteil bemüht?« Milly blickte ihn benommen an. Sie hatte keine Ahnung, wovon er sprach.

»Nein«, antwortete sie. »Das bin ich mir nicht.« Der Mann nickte fröhlich.

»Sechs Wochen, nachdem ein vorläufiges Scheidungsurteil vorliegt, muss der Scheidungskläger ein rechtskräftiges beantragen.«

»Ja«, sagte Milly. »Ich verstehe.«

»Ein vorläufiges Scheidungsurteil liegt aber schon vor, oder, meine Liebe?«

Milly sah verständnislos auf und erwiderte den Blick des Mannes, der sie mit unvermittelter Neugierde betrachtete. Plötzlich bekam sie es mit der Angst zu tun.

»Ja«, erwiderte sie rasch, ehe er weitere Fragen stellen konnte. »Natürlich. Es war alles in Ordnung. Ich ... ich gehe zurück und prüfe, was da passiert ist.«

»Wenn Sie eine Rechtsberatung benötigen sollten ...«

»Nein danke«, sagte Milly und entfernte sich. »Sie waren sehr freundlich. Herzlichen Dank.«

Als sie sich umwandte und nach der Türklinke griff, rief er sie noch mal zurück. »Mrs. Kepinski?«

Mit bleichem Gesicht wirbelte sie herum.

»Oder ist es jetzt Ms. Havill?«, erkundigte sich der Mann lächelnd. Er kam um den Tresen herum. »Hier ist eine Broschüre, die das ganze Verfahren erklärt.«

»Danke«, sagte Milly verzweifelt. »Sehr liebenswürdig.«

Sie schenkte ihm ein weiteres allzu strahlendes Lächeln, steckte die Broschüre ein und verließ mit einem dicken Kloß im Hals den Raum. Sie hatte die ganze Zeit über Recht gehabt. Allan war ein egoistisches, skrupelloses Schwein, das sie einfach im Stich gelassen hatte.

Sie trat auf die Straße, voller Panik, die sich immer mehr in ihr breitmachte. Sie war wieder da, wo sie angefangen hatte – aber ihr erschien ihre Lage nun unendlich viel schlimmer, unendlich viel auswegsloser. Plötzlich sah sie Alexander mit boshaft funkelndem Lächeln vor sich, dem Grinsen eines Geiers gleich. Und Simon, der nichts ahnend in Bath wartete. Allein der Gedanke an die beiden in der gleichen Stadt verursachte ihr Übelkeit. Was sollte sie tun? Was *konnte* sie tun?

Das Schild eines Pubs erregte ihre Aufmerksamkeit, und sie ging automatisch hinein, steuerte direkt auf die Bar zu und bestellte einen Gin Tonic. Als der ausgetrunken war, bestellte sie einen neuen und dann noch einen. Allmählich zeigte der Alkohol seine Wirkung, sie wurde ruhiger, und ihre Beine hörten zu zittern auf. Hier, in dieser warmen Bieratmosphäre, war sie anonym, weit entfernt von der Realität. Sie konnte alles aus dem Gedächtnis streichen, bis auf den Geschmack des Gins und der Nüsse, die an der Bar in kleinen Metallschüsseln angeboten wurden.

Eine halbe Stunde stand sie einfach nur da, ohne sich um die Menschen um sie herum zu kümmern, Frauen, die ihr neugierige Blicke zuwarfen, Männer, die versuchten, ihre Aufmerksamkeit auf sich zu ziehen: Sie ignorierte sie allesamt. Als sich ein leises Hunger- und Übelkeitsgefühl einstellte, schob sie ihr Glas weg, nahm ihre Tasche und verließ den Pub. Leicht schwankend stand sie auf der Straße und fragte sich, wohin nun. Es war Mittagszeit, und auf dem Bürgersteig wimmelte es von Leuten, die vorbeieilten, Taxis herbeiwinkten, in Geschäfte, Pubs und Sandwich-Bars einfielen. In der Ferne erklang Glockengeläut, und ihr schossen Tränen in die Augen. Was sollte sie bloß tun? Lieber gar nicht dran denken.

Sie starrte auf die Menschenmassen und wünschte sich von ganzem Herzen, sie wäre eine von ihnen. Gern wäre sie das fröhlich wirkende Mädchen gewesen, das ein Croissant aß, oder jene gelassene Dame, die in den Bus stieg, oder …

Plötzlich erstarrte Milly. Sie blinzelte ein paarmal, wischte sich die Tränen fort und schaute erneut. Aber das Gesicht, das sie entdeckt hatte, war bereits verschwunden, verschluckt von der wogenden Menschenmenge. Voller Panik eilte sie vorwärts und spähte um sich herum. Einige Augenblicke sah sie nichts als Fremde, Mädchen in bunten Mänteln, Männer in dunklen Anzügen, Anwälte, die noch immer ihre Perücken trugen. Sie drängten sich an ihr vorbei, und sie bahnte sich ungeduldig ihren Weg hindurch. Fieberhaft sagte sie sich, sie müsse sich geirrt haben. Sie müsse jemand anderen gesehen haben. Aber dann setzte ihr Herz einen Schlag aus. Dort war er wieder, ging auf der anderen Straßenseite und unterhielt sich mit einem Mann. Er wirkte älter, als sie ihn in Erinnerung hatte, und dicker. Aber er war es eindeutig: Rupert.

Bei seinem Anblick erfasste Milly eine Woge glühenden Hasses. Wie konnte er es wagen, so glücklich und gelöst durch die Straßen Londons zu schlendern? Wie konnte er es wagen, nicht zu wissen, was sie alles durchmachte? Seinetwegen war ihr Leben in Auflösung begriffen. Seinet- und Allans wegen. Und er hatte keine Ahnung davon.

Mit hämmerndem Herzen begann sie, auf ihn zuzulaufen, überquerte die Straße, ohne sich um das Hupen ärgerlicher Taxifahrer und die neugierigen Blicke der Passanten zu kümmern. Binnen kurzem hatte sie die beiden Männer eingeholt. Sie schritt hinter ihnen einher, starrte einen Augenblick voller Abscheu auf Ruperts goldenen Kopf und stieß ihn dann fest in den Rücken.

»Rupert«, sagte sie. »Rupert!« Er drehte sich um und sah sie mit freundlichen Augen an, ohne sie zu erkennen.

»Verzeihung«, sagte er. »Kenne ich ...«

«Ich bin's«, sagte Milly so kalt und bitter wie möglich. »Ich bin's. Milly. Aus Oxford.«

»Was?« Aus Ruperts Gesicht wich jegliche Farbe. Er machte einen Schritt zurück.

»Ja, richtig«, sagte Milly. »Ich bin's. Ich schätze, du hast nicht gedacht, dass du mich je wieder sehen würdest, was, Rupert? Du hast gedacht, ich wäre für immer aus deinem Leben verschwunden.«

»Sei nicht albern!«, sagte Rupert in scherzhaftem Ton. Er warf einen unbehaglichen Blick zu seinem Freund. »Wie geht's dir überhaupt?«

»Es könnte nicht schlechter gehen, danke der Nachfrage«, entgegnete Milly. »Oh, und danke, dass du gestern Abend zurückgerufen hast. Das weiß ich wirklich zu schätzen!«

»Ich hatte keine Zeit«, erwiderte Rupert. Er warf ihr einen hasserfüllten Blick aus seinen blauen Augen zu, und Milly funkelte zurück. »Und nun habe ich leider zu tun.« Er wandte sich an seinen Freund. »Gehen wir, Tom?«

»Wag es bloß nicht!«, zischte Milly zornig. »Du gehst nirgendwo hin! Du wirst mir zuhören!«

»Ich habe keine Zeit ...«

»Dann schaff dir die Zeit!«, brüllte Milly. »Mein Leben ist zerstört, und das ist alles deine Schuld! Du und dieser verfluchte Allan Kepinski! Herrgott! Ist dir klar, was ihr beide mir angetan habt! Ist dir klar, in welchen Schwierigkeiten ich euretwegen stecke?«

»Rupert«, sagte Tom. »Vielleicht solltet ihr beide euch doch mal ein wenig unterhalten?«

»Ich habe keine Ahnung, wovon sie eigentlich redet«, erwiderte Rupert wütend. »Sie ist verrückt!«

»Ein Grund mehr«, raunte Tom Rupert zu. »Hier steht eine wahrhaft Not leidene Seele vor dir. Und vielleicht kannst du ihr helfen.« Er lächelte Milly zu. »Sind Sie eine alte Freundin von Rupert?«

»Ja«, erwiderte Milly kurz angebunden. »Wir kennen uns aus Oxford. Stimmt's nicht, Rupert?«

»Also, hör mal«, meinte Tom. »Warum übernehme ich nicht deine Lesung? Und du unterhältst dich mit Milly?« Er lächelte sie an. »Vielleicht könnten Sie das nächste Mal auch mitkommen.«

»Ja«, erwiderte Milly, die keine Ahnung hatte, wovon er sprach. »Warum nicht!«

»Schön, sie kennen gelernt zu haben, Milly!«, sagte Tom und ergriff Millys Hand. »Vielleicht sehen wir Sie in der St. Catherine's Church.«

»Ja«, sagte Milly. »Das nehme ich an.«

»Ausgezeichnet! Ich rufe dich dann an, Rupert«, sagte er, und schon war er fort und auf der anderen Straßenseite.

Milly und Rupert sahen einander an.

»Du Miststück!«, zischte Rupert. »Legst du es darauf an, mein Leben zu zerstören?«

»Dein Leben zu zerstören?«, rief Milly ungläubig. »*Dein* Leben zu zerstören? Ist dir klar, was du mir angetan hast? Du hast mich benutzt!«

»Du hast es so gewollt«, versetzte Rupert brüsk und schickte sich zum Gehen an. »Wenn du es nicht gewollt hast, warum hast du dann nicht Nein gesagt?«

»Ich war achtzehn!«, kreischte Milly. »Ich hatte doch von nichts eine Ahnung! Ich wusste nicht, dass ich eines Tages einen anderen heiraten wollen würde, einen, den ich wirklich liebe …«

»Na und?«, sagte Rupert knapp und drehte sich wieder zu ihr um. »Du hast deine Scheidung doch bekommen, oder?«

»Nein«, schluchzte Milly. »Eben nicht! Und ich weiß nicht, wo Allan steckt! Und dabei heirate ich am Samstag!«

»Tja, und was soll ich da nun bitte machen?«

»Ich muss Allan finden! Wo wohnt er jetzt? Sag es mir!«

»Ich weiß es nicht«, sagte Rupert und wollte sich abermals entfernen. »Ich kann dir nicht helfen. Und jetzt lass mich zufrieden.« Milly starrte ihn an, und Wut stieg in ihr hoch wie heiße Lava.

»Du kannst nicht einfach gehen!«, kreischte sie. »Du musst mir helfen!« Sie begann hinter ihm herzurennen; er beschleunigte den Schritt. »Du musst mir helfen, Rupert!« Unter großer Anstrengung packte sie ihn an seinem Jackett und schaffte es, ihn zum Stehenbleiben zu zwingen.

»Lass mich los!«, zischte Rupert.

»Hör zu«, sagte Milly grimmig und funkelte ihn an. »Ich habe dir und Allan einen Gefallen getan. Und nun ist es an der Zeit, dass du dich auch mal ein klein wenig erkenntlich zeigst. Das bist du mir schuldig.«

Sie sah ihn fest an, beobachtete, wie er nachdachte; beobachtete, wie sich sein Gesichtsausdruck langsam veränderte. Schließlich seufzte er und rieb sich die Stirn.

»Okay«, sagte er. »Komm mit. Wir reden besser miteinander.«

8. Kapitel

Sie gingen in ein altes, verwinkeltes Pub in der Fleet Street, das mit dunklem Holz vertäfelt war. Rupert besorgte eine Flasche Wein und zwei Teller mit Brot und Käse, und dann setzten sie sich an einen winzigen Tisch in einem Alkoven. Er ließ sich auf den Stuhl fallen, trank einen großen Schluck Wein und lehnte sich zurück. Milly betrachtete ihn. Ihr Zorn war ein wenig verraucht, und sie konnte ihn nun in Ruhe mustern. Und etwas, fand sie, stimmte nicht. Er sah noch immer verblüffend gut aus – aber sein Gesicht war geröteter und fleischiger als in Oxford, und seine Hand bebte, als er sein Weinglas abstellte. Vor zehn Jahren, dachte sie, war er ein strahlender Jüngling. Nun wirkte er wie ein Mann mittleren Alters. Und als er ihrem Blick begegnete, da sah sie in seinen Augen eine Traurigkeit, die dort ihren festen Stammplatz zu haben schien.

»Viel Zeit habe ich nicht«, sagte er. »Habe furchtbar viel zu tun. Also – was genau möchtest du von mir?«

»Du siehst schrecklich aus, Rupert«, sagte Milly frei heraus. »Bist du glücklich?«

»Ich bin sehr glücklich. Danke.« Mit einem weiteren großen Schluck hatte er praktisch das Glas geleert, und Milly zog eine Augenbraue hoch.

»Ganz sicher?«

»Milly, wir sind hier, um über dich zu sprechen«, meinte Rupert ungeduldig. »Nicht über mich. Was genau ist dein Problem?«

Einen schweigenden Augenblick sah Milly ihn an, dann lehnte sie sich zurück.

»Mein Problem?«, sagte sie leichthin, als würde sie sich die Sache sorgfältig durch den Kopf gehen lassen. »Was ist mein Problem? Mein Problem ist, dass ich am Samstag einen Mann heirate, den ich sehr liebe. Meine Mutter hat die bombastischste Hochzeitsfeier der Welt auf die Beine gestellt. Sie wird in jeder Hinsicht schön, romantisch und vollkommen sein.« In ihren Augen blitzte Zorn. »Oh, bis auf eines. Ich bin noch immer mit deinem Freund Allan Kepinski verheiratet.«

Rupert fuhr zusammen.

»Ich verstehe das nicht«, sagte er. »Warum seid ihr denn nicht geschieden?«

»Frag Allan! Er wollte das doch angeblich in die Hand nehmen.«

»Und das hat er nicht?«

»Er hat es angefangen«, erklärte Milly. »Ich habe mit der Post einige Unterlagen bekommen. Und ich habe einen Abschnitt unterschrieben und zurückgeschickt. Ansonsten aber habe ich nie mehr etwas gehört.«

»Und du hast dich nie näher damit befasst?«

»Keiner hat davon gewusst. Keiner hat je Fragen gestellt. Es erschien nicht wichtig.«

»Der Umstand, dass du verheiratet warst, erschien nicht wichtig?« fragte Rupert fassungslos. Milly blickte auf und sah seine Miene.

»Jetzt fang bloß nicht an, *mir* dafür die Schuld zu geben!«, sagte sie. »Das ist nicht meine Schuld!«

»Du wartest bis kurz vor deiner Hochzeit, um etwas über deine Scheidung herauszubekommen, und du sagst, es sei nicht deine Schuld?«

»Ich habe nicht gedacht, dass es nötig ist, etwas darüber herauszubekommen«, erwiderte Milly wütend. »Mir ging es gut. Keiner hat davon gewusst! Niemand hat irgendwas geahnt!«

»Ja, und jetzt?«, wollte Rupert wissen. Milly ergriff ihr Weinglas und umfasste es mit beiden Händen.

»Jetzt weiß es jemand«, sagte sie. »Jemand hat uns in Oxford gesehen. Und er droht damit, etwas zu sagen.«

»Verstehe.«

»Wag's bloß nicht, mich so anzuschauen«, sagte Milly scharf. »Okay, ich weiß, ich hätte etwas deswegen unternehmen müssen. Aber das hätte Allan auch. Er hat gesagt, er würde alles ins Reine bringen, und ich habe ihm vertraut! Ich habe euch beiden vertraut. Ich habe gedacht, wir wären Freunde.«

»Waren wir auch«, sagte Rupert nach einer Pause.

»Quatsch mit Soße!«, rief Milly. Ihre Wangen röteten sich. »Ihr zwei habt mich bloß ausgenutzt. Ihr habt mich nur für eure Zwecke benutzt – und sobald ich fort war, habt ihr mich vergessen. Ihr habt nie geschrieben, nie angerufen ...« Sie knallte ihr Glas auf den Tisch. »Habt ihr denn meine ganzen Briefe nicht bekommen?«

»Doch.« Rupert fuhr sich durchs Haar. »Es tut mir Leid. Ich hätte antworten sollen. Aber ... es war eine schwierige Zeit.«

»Allan hat wenigstens geschrieben. Aber selbst das war für dich ja schon zu viel. Und doch habe ich noch an dich geglaubt.« Sie schüttelte den Kopf. »Herrgott, was war ich doch für eine Närrin!«

»Narren sind wir alle,« meinte Rupert. »Hör mal, Milly, es tut mir Leid, wirklich. Ich wünschte ehrlich, ich könnte das alles ungeschehen machen. Alles!«

Milly sah ihn mit großen Augen an. Seine Blicke irrten unglücklich umher, die goldenen Haarsträhnen über seiner Stirn zitterten.

»Rupert, was ist eigentlich los?«, wollte sie wissen. »Wieso bist du verheiratet?«

»Ich bin verheiratet«, sagte Rupert und zuckte steif mit den Achseln. »Mehr gibt es dazu nicht zu sagen.«

»Aber du warst schwul. Du warst in Allan verliebt.«

»War ich nicht. Ich war irregeleitet. Ich war ... es war ein Fehler.«

»Aber ihr beide habt so gut zusammengepasst!«

»Nein!«, blaffte Rupert. »Das war alles ein Fehler. Warum kannst du mir das nicht glauben?«

»Tja, natürlich kann ich das«, sagte Milly. »Aber ihr beide zusammen, das schien einfach so richtig.« Sie zögerte. »Wann hast du es gemerkt?«

»Was gemerkt?«

»Dass du doch richtig herum bist?«

»Milly, ich möchte nicht darüber reden. Klar?« Mit zitternder Hand griff er nach seinem Glas und trank einen Schluck Wein.

Nach einem kleinen Achselzucken lehnte Milly sich auf ihrem Stuhl zurück. Träge ließ sie den Blick durch den Alkoven schweifen. Auf der grob verputzten Wand zu ihrer Linken befand sich ein Kreuz-und-Kringelspiel, das jemand mit einem Bleistift angefangen und dann aufgegeben hatte. Ein Spiel, das nur in einer Sackgasse hatte enden können.

»Weißt du, du hast dich seit Oxford ganz schön verändert«, sagte Rupert abrupt. »Du bist erwachsen geworden. Ich hätte dich gar nicht mehr wieder erkannt.«

»Ich bin zehn Jahre älter«, warf Milly ein.

»Es liegt nicht nur daran. Es ist ... ich weiß nicht.« Er machte eine vage Geste. »Dein Haar. Deine Kleider. Ich hätte nicht erwartet, dass du dich so entwickelst.«

»Wie, so?«, fragte Milly aufmüpfig. »Was stimmt denn an mir nicht?«

»So meine ich das nicht«, erwiderte Rupert. »Du siehst einfach bloß ... geschniegelter aus, als ich es von dir erwartet hätte. Eleganter.«

»Tja, so bin ich jetzt nun mal, okay?« Milly sah ihn streng an. »Wir alle dürfen uns verändern, Rupert.«

»Ich weiß.« Rupert errötete. »Und du siehst ... großartig aus.« Er beugte sich vor. »Erzähl mir von dem Typen, den du heiratest.«

»Er heißt Simon Pinnacle.« Milly beobachtete, wie sich Ruperts Gesichtsausdruck veränderte.

»Nicht verwandt mit …«

»Sein Sohn«, erwiderte Milly. Rupert starrte sie an.

»Im Ernst? Harry Pinnacles Sohn?«

»Im Ernst.« Sie lächelte halbherzig. »Ich hab's dir doch gesagt. Das ist die Hochzeit des Jahrhunderts.«

»Und niemand hat eine Ahnung.«

»Niemand.«

Rupert sah Milly einen Augenblick an, dann seufzte er. Er zog ein kleines schwarzes Notizbuch aus Leder und einen Füllfederhalter hervor. »Okay. Erzähl mir genau, wie weit eure Scheidung gediehen ist.«

»Das weiß ich nicht«, gestand Milly. »Wie gesagt, ich habe mit der Post ein paar Unterlagen bekommen, und ich habe etwas unterschrieben und zurückgeschickt.«

»Und was für Unterlagen waren das genau?«

»Woher soll ich das wissen?«, fragte Milly aufgebracht. »Könntest du solche Rechtsdokumente auseinander halten?«

»Ich bin Anwalt«, erwiderte Rupert. »Aber ich verstehe schon.« Er legte sein Notizbuch beiseite und sah auf. »Du musst mit Allan sprechen.«

»Das weiß ich!«, sagte Milly. »Aber ich weiß nicht, wo er steckt. Weißt du's?«

Ein schmerzlicher Ausdruck huschte über Ruperts Gesicht. »Nein«, sagte er kurz. »Keine Ahnung.«

»Aber du kannst es doch herausfinden?«

Rupert schwieg. Milly sah ihn ungläubig an.

»Rupert, du musst mir helfen! Du bist meine einzige Verbindung zu ihm. Nach Oxford, wo ist er da hingezogen?«

»Nach Manchester«, antwortete Rupert.

»Wieso hat er Oxford überhaupt verlassen? Wollten sie ihn nicht mehr?«

»Doch, natürlich«, meinte Rupert. Er trank von seinem Wein. »Natürlich *wollten* sie ihn.«

»Ja, aber warum ist er dann ...«

»Weil wir uns getrennt haben.« Ruperts Stimme wurde unvermittelt rau. »Er hat Oxford verlassen, weil es aus war zwischen uns.«

»Oh«, sagte Milly verblüfft. »Das tut mir Leid.« Sie fuhr mit dem Finger leicht über den Rand ihres Glases. »War das da, wo dir aufgegangen ist, dass du nicht ... dass du doch ...« Sie hielt inne.

»Ja.« Rupert starrte in sein Glas.

»Und wann war das?«

»Am Ende jenes Sommers«, sagte Rupert leise. »Im September.« Ungläubig sah Milly ihn an. Ihr Herz begann zu pochen.

»In dem Sommer, als ich euch kennen gelernt habe?«, fragte sie. »In dem Sommer, in dem wir geheiratet haben?«

»Ja.«

»Zwei Monate, nachdem ich Allan geheiratet habe, habt ihr euch getrennt?«

»Ja.« Rupert blickte auf. »Aber ich möchte lieber nicht ...«

»Du willst mir weismachen, ihr wart nur noch zwei Monate zusammen?«, rief Milly gequält. »Ich habe mein Leben zerstört, damit ihr noch zwei weitere Monate zusammen sein konntet?« Ihre Stimme schwoll zu einem Kreischen an. »Zwei *Monate?*«

»Ja!«

»Du Arschloch!« In plötzlich aufwallendem Zorn spritzte Milly Rupert ihren Wein ins Gesicht, und seine Haut verfärbte sich blutrot. »Du Arschloch!«, sagte sie erneut, während sie zitternd zuschaute, wie ihm die dunkelrote Flüssigkeit über das japsende Gesicht lief und dann auf sein schickes Hemd tropfte. »Ich habe für dich das Gesetz gebrochen! Nun hänge ich mit einem ersten Ehemann fest, den ich nicht will! Und alles nur, damit du es dir nach zwei Monaten anders überlegen konntest.«

Eine lange Weile schwiegen beide. Rupert saß regungslos da und starrte Milly durch eine feuchte, rote Maske an.

»Du hast Recht«, sagte er schließlich. Er klang gebrochen. »Ich habe alles vermasselt. Ich habe dir dein Leben vermasselt, ich habe mein Leben vermasselt. Und Allan …«

Milly räusperte sich unbehaglich.

»Hat er …«

»Er hat mich geliebt«, sagte Rupert wie zu sich selbst. »Das war's, was ich nicht kapiert habe. Er hat mich geliebt.«

»Hör zu, Rupert, es tut mir Leid«, meinte Milly verlegen. »Wegen des Weines. Und … allem.«

»Du brauchst dich nicht zu entschuldigen«, entgegnete Rupert grimmig. »Das brauchst du nicht.« Er sah auf. »Milly, ich werde Allan für dich finden. Und ich bringe das mit der Scheidung in Ordnung. Aber bis Samstag ist das nicht zu schaffen. Das ist so gut wie unmöglich.«

»Schon klar.«

»Was wirst du tun?«

Lange Zeit herrschte Stille.

»Ich weiß es nicht«, sagte Milly schließlich. Sie schloss die Augen und rieb sich die Stirn. »Ich kann doch jetzt nicht die Hochzeit abblasen«, meinte sie bedächtig. »Das kann ich meiner Mutter nicht antun. Niemandem.«

»Du ziehst es also einfach durch?«, erkundigte Rupert sich entgeistert. Milly zuckte mit den Achseln. »Aber was ist mit dem, der dir damit droht, etwas auszuplaudern, wer auch immer das ist?«

»Ich … ich werde ihn dazu bringen, dass er schweigt. Irgendwie.«

»Dir ist schon klar«, Rupert senkte die Stimme, »dass das, was du da vorhast, Bigamie ist? Du brichst damit das Gesetz!«

»Danke für die Warnung«, erwiderte Milly sarkastisch. »Aber das wäre ja nicht das erste Mal, erinnerst du dich?« Einen Augenblick sah sie ihn schweigend an. »Was glaubst du? Würde ich damit durchkommen?«

»Ich nehme an, schon«, antwortete Rupert. »Ist es dir ernst damit?«

»Ich weiß nicht. Ich weiß es wirklich nicht.«

Eine Weile später, als die Weinflasche geleert war, holte Rupert ihnen von der Bar zwei Tassen Kaffee. Bei seiner Rückkehr sah Milly zu ihm auf. Er hatte sein Gesicht gesäubert, aber Hemd und Jackett waren noch immer voller Rotweinflecken.

»So wirst du heute Nachmittag nicht mehr arbeiten können«, bemerkte sie.

»Ich weiß«, erwiderte Rupert. »Aber das macht nichts. Was Wichtiges stand eh nicht an.« Schweigen.

»Rupert?«

»Ja?«

»Weiß deine Frau davon? Von dir und Allan?«

Rupert blickte sie starr an. »Was glaubst denn du?«

»Aber wieso?«, fragte Milly. »Hast du Angst, sie würde es nicht verstehen?« Rupert lachte kurz auf.

»Das ist noch milde ausgedrückt.«

»Aber wieso nicht? Wenn sie dich liebt …«

»Würdest du es verstehen?« Rupert sah sie zornig an. »Wenn dein Simon sich umdrehen und dir sagen würde, dass er mal eine Affäre mit einem Mann hatte?«

»Ja«, meinte Milly unsicher. »Ja, ich glaube schon. Solange wir uns anständig darüber unterhalten würden …«

»Das würdest du nicht«, versetzte Rupert scharf. »Das kann ich dir jetzt sagen. Du würdest nicht mal anfangen zu verstehen. Und Francesca genauso wenig.«

»Du gibst ihr ja gar nicht die Chance! Na, komm, Rupert, sie ist deine Frau! Sei ehrlich zu ihr.«

»Ehrlich? Du rätst mir, ehrlich zu sein?«

»Aber das ist es doch gerade!«, sagte Milly und beugte sich mit ernstem Gesicht vor. »Ich hätte von Anfang an ehrlich zu Simon sein müssen. Ich hätte ihm alles sagen sollen. Wir hätten das mit der Scheidung gemeinsam klären können; alles wäre in Butter gewesen. Aber so … « Sie breitete ihre Hände hilflos auf dem Tisch aus. »So stecke ich im Schlamassel.« Sie hielt inne und nippte an ihrem Kaffee. »Was ich sagen will, ist, wenn ich die Chance hätte, die Zeit zurückzustellen und Simon die Wahrheit zu sagen, dann würde ich sie ergreifen. Und du hast diese Chance, Rupert! Du hast die Chance, ehrlich zu Francesca zu sein, ehe … ehe alles schief läuft.«

»Bei mir ist es anders«, erwiderte Rupert steif.

»Das stimmt nicht. Es ist bloß ein anderes Geheimnis. Alle Geheimnisse kommen schließlich ans Licht. Wenn du es ihr nicht erzählst, dann findet sie es auf anderem Wege heraus.«

»Wird sie nicht.«

»Vielleicht doch!« Milly hob überzeugt die Stimme. »Ganz leicht könnte sie das! Und das willst du riskieren? Sag es ihr einfach, Rupert! Sag es ihr.«

»Sag mir was?«

Eine Frauenstimme traf Millys Ohren wie ein Peitschenschlag, und sie riss bestürzt den Kopf herum. Am Eingang des Alkovens stand eine hübsche Frau mit rötlichem Haar und schicker, konventioneller Kleidung. Neben ihr stand Ruperts Freund Tom.

»Was sollst du mir sagen?«, wiederholte die Frau in hohen, scharfen Tönen und ließ ihren Blick zwischen Rupert und Milly hin und her schnellen. »Rupert, was ist dir passiert?«

»Francesca«, sagte Rupert mit bebender Stimme. »Keine Sorge, das ist bloß Wein.«

»Hi, Rupe!«, sagte Tom lässig. »Wir dachten uns schon, dass wir dich hier finden würden.«

»Aha, das ist also Milly«, meinte die Frau. Sie sah Rupert luchsäugig an. »Tom hat mir erzählt, dass du deine alte Freundin getroffen hast. Milly aus Oxford.« Sie lachte kurz auf. »Das Merkwürdige ist, Rupert, dass du mir gesagt hast, du wolltest nicht mit Milly aus Oxford reden. Du hast mich gebeten, all ihre Nachrichten zu ignorieren. Du hast gesagt, sie sei eine Spinnerin.«

»Eine Spinnerin?«, rief Milly entrüstet.

»Ich wollte nicht mit ihr sprechen!«, sagte Rupert mit ängstlichem Blick. »Und will es immer noch nicht!«

»Hör mal«, sagte Milly eilig. »Vielleicht gehe ich jetzt besser.« Sie erhob sich und ergriff ihre Handtasche. »Nett, Sie kennen gelernt zu haben«, sagte sie zu Francesca. »Ehrlich, ich bin nur eine alte Freundin.«

»Stimmt das?« Francescas blasse Augen bohrten sich in die Ruperts. »Was ist es denn dann, was du mir sagen sollst?«

»Bye, Rupert«, meint Milly hastig. »Bye, Francesca.«

»Was hast du mir zu sagen, Rupert? Was ist es? Und Sie ...« Sie drehte sich zu Milly um. »Sie bleiben hier!«

»Ich muss zu meinem Zug«, sagte Milly. »Wirklich, ich muss los. Es tut mir so Leid!«

Ohne einen weiteren Blick zu Rupert bahnte sie sich rasch ihren Weg durch die Bar und sprang die Holztreppe zur Straße hinauf. Als sie in die Luft hinaustrat, fiel ihr ein, dass sie ihr Feuerzeug auf dem Tisch liegen gelassen hatte. Es schien ihr ein kleiner Preis für ihr Entkommen.

Isobel saß in der Küche in der Bertram Street und nähte ein blaues Seidentuch auf ein Spitzenstrumpfband. Olivia saß ihr gegenüber und band ein knallrosa Band zu einer kunstvollen Schleife. Ab und zu sah sie Isobel mit unzufriedener Miene an und senkte dann wieder den Blick. Schließlich legte sie die Schleife beiseite und erhob sich, um den Wasserkessel zu füllen.

»Wie geht's Paul?«, erkundigte sie sich fröhlich.

»Wem?«, fragte Isobel.

»Paul! Paul, dem Arzt. Seht ihr euch noch öfter?«

»Ach, der.« Isobel verzog das Gesicht. »Nein, den habe ich seit

Monaten nicht mehr gesehen. Ich bin nur ein paarmal mit ihm ausgegangen.«

»Wie schade! Er war so charmant. Und sehr gut aussehend, fand ich.«

»Er war okay«, sagte Isobel. »Aber es hat einfach nicht hingehauen.«

»Oh, Schatz, das tut mir so Leid.«

»Mir nicht«, entgegnete Isobel. »Ich war diejenige, die Schluss gemacht hat.«

»Aber warum?« Olivia hob gereizt die Stimme. »Was hattest du an ihm auszusetzen?«

»Wenn du es unbedingt wissen willst«, sagte Isobel. »Es stellte sich heraus, dass er ein bisschen sonderbar ist.«

»Sonderbar?«, fragte Olivia argwöhnisch. »Inwiefern?«

»Einfach sonderbar«, sagte Isobel.

»Verrückt?«

»Nein«, meinte Isobel. »Nicht verrückt. Sonderbar! Ehrlich, Mummy, darüber lasse ich dich besser im Unklaren.«

»Also, ich fand ihn sehr nett.« Olivia goss kochendes Wasser in die Teekanne. »War doch ein freundlicher junger Mann!«

Isobel schwieg, bearbeitete den Stoff dafür aber um so heftiger mit der Nadel.

»Neulich habe ich Brenda White getroffen«, sagte Olivia, als wolle sie das Thema wechseln. »Ihre Tochter heiratet im Juni.«

»Ach, wirklich?« Isobel sah auf. »Arbeitet sie immer noch bei Shell?«

»Keine Ahnung«, erwiderte Olivia unwirsch. Dann lächelte sie Isobel an. »Was ich eigentlich sagen wollte, ist, dass sie ihren Mann bei einem Abendempfang für junge Akademiker kennen gelernt hat. In einem schicken Londoner Restaurant. Die sind heutzutage sehr beliebt. Offenbar wimmelte es dort nur so von interessanten Männern.«

»Garantiert.«

»Brenda meinte, falls du interessiert bist, könnte sie die Nummer für dich herausbekommen.«

»Nein, danke.«

»Schatz, du gibst dir selbst ja keine Chance!«

»Nein!«, schimpfte Isobel. Sie legte unwirsch ihre Nadel fort und sah auf. »*Du* gibst mir keine Chance! Du behandelst mich so, als bestünde mein einziger Daseinszweck darin, einen Ehemann zu finden! Was ist mit meiner Arbeit? Was ist mit meinen Freunden?«

»Was ist mit Kindern?«, entgegnete Olivia scharf.

Röte stieg in Isobels Gesicht.

»Vielleicht bekomme ich einfach ein Kind ohne Mann«, sagte sie nach einer Pause. »So was soll vorkommen, weißt du.«

»O nein, sei nicht albern«, meinte Olivia verärgert. »Ein Kind braucht eine richtige Familie.« Sie trug die Teekanne zum Tisch hinüber, setzte sich und schlug ihr rotes Buch auf. »Gut. Was muss noch erledigt werden?«

Regungslos starrte Isobel die Teekanne an. Sie war groß und mit Enten bemalt; seit sie sich daran erinnern konnte, hatten sie sie für den Familientee benutzt. Seitdem sie und Milly Seite an Seite in passenden Kitteln dagesessen und mit Marmite bestrichene Sandwiches gegessen hatten. Ein Kind braucht eine anständige Familie. Was zum Teufel war eine anständige Familie?

»Weißt du was?« Olivia sah überrascht auf. »Ich glaube, für heute habe ich alles erledigt. Auf meiner Liste ist alles abgehakt.«

»Gut«, sagte Isobel. »Dann kannst du heute Abend ja mal abschalten.«

»Vielleicht sollte ich mich bloß noch mal schnell mit Harrys Assistenten kurzschließen.«

»Nichts da«, sagte Isobel bestimmt. »Das hast du doch schon tausendmal. Jetzt trink einfach in aller Ruhe deinen Tee und entspann dich.«

Olivia goss den Tee ein, trank einen Schluck und seufzte.

»Herrje!« Sie lehnte sich auf ihrem Stuhl zurück. »Ich muss schon sagen, es gab Zeiten, da habe ich nicht gedacht, dass wir für diese Hochzeit noch alles rechtzeitig auf die Reihe bekommen würden.«

»Tja, nun ist es aber so«, erwiderte Isobel. »Also solltest du diesen Abend mit etwas Angenehmem verbringen. Nicht mit Gesangsblättern. Nicht mit Schuhbesätzen. Mit etwas Lustigem!« Sie sah Olivia streng an, und als das Telefon klingelte, fingen sie beide zu kichern an.

»Ich geh schon«, meinte Olivia.

»Wenn es Milly ist«, sagte Isobel rasch, »dann lass mich bitte ran.«

»Hallo?«, sagte Olivia. Sie verzog vor Isobel das Gesicht. »Guten Tag, Pfarrer Lytton! Wie geht es Ihnen? Ja ... Ja ... Nein!«

Unvermittelt veränderte sich ihre Stimme, und Isobel sah auf.

»Nein, tut mir Leid. Ich habe keine Ahnung, wovon Sie sprechen. Ja, das ist vielleicht gescheiter. Bis dann.«

Olivia legte auf und blickte Isobel verdattert an.

»Das war Pfarrer Lytton.«

»Was wollte er?«

»Er kommt vorbei.« Olivia setzte sich. »Ich versteh das nicht.«

»Wieso?«, wollte Isobel wissen. »Stimmt etwas nicht?«

»Tja, ich weiß nicht! Er sagte, er hätte da eine Information erhalten und will mit uns darüber sprechen.«

»Eine Information.« Isobels Herz schlug schneller. »Was für eine Information?«

»Keine Ahnung.« Olivia schaute Isobel verwirrt an. »Es hat etwas mit Milly zu tun. Mehr wollte er nicht herausrücken.«

9. *Kapitel*

Rupert und Francesca saßen schweigend in ihrem Wohnzimmer und sahen einander an. Auf Toms Vorschlag hatten beide in ihren Büros angerufen und sich für den restlichen Nachmittag frei genommen. Keiner von beiden hatte auf der Taxifahrt zurück nach Fulham ein Wort gesagt. Francesca hatte Rupert gelegentlich einen verletzten, verwunderten Blick zugeworfen; er hatte dagesessen, auf seine Hände gestarrt und überlegt, was er sagen würde. Überlegt, ob er sich eine Geschichte zurechtlegen oder ob er ihr die Wahrheit über sich sagen sollte.

Wie würde sie reagieren, wenn er es tat? Wäre sie wütend? Verzweifelt? Abgestoßen? Vielleicht würde sie sagen, sie hätte schon immer gewusst, dass an ihm etwas anders sei. Vielleicht würde sie versuchen, ihn zu verstehen. Aber wie konnte sie verstehen, was er selbst nicht verstand?

»Gut«, sagte Francesca. »Hier sind wir nun also.« Sie sah ihn erwartungsvoll an, und Rupert wandte sich ab. Draußen sangen Vögel, Automotoren wurden angelassen, Kleinkinder schrien, die ihre Kindermädchen in den Wagen drückten. Nachmittägliche Geräusche, an die er nicht gewohnt war. Er fühlte sich unsicher, wie er so im winterlichen Tageslicht dasaß, unsicher angesichts des angespannten, besorgten Blicks seiner Frau.

»Ich finde«, sagte Francesca unvermittelt, »wir sollten beten.«

»Was?« Rupert sah erstaunt auf.

»Ehe wir reden.« Francesca blickte ihn ernst an. »Ein gemeinsames Gebet könnte uns vielleicht helfen.«

»Ich glaube nicht, dass es mir helfen würde«, wandte Rupert ein. Sein Blick wanderte zum Barschrank und wieder weg.

»Rupert, was ist los?«, rief Francesca. »Warum bist du so merkwürdig? Bist du in Milly verliebt?«

»Nein!«, erwiderte Rupert mit Nachdruck.

»Nein?« Francesca machte große Augen. »Du warst nie mit ihr zusammen?«

»Nein.« Wäre er nicht so nervös gewesen, dann hätte er gelacht. »Ich war nie mit ihr zusammen. Nicht in diesem Sinne.«

»Nicht in diesem Sinne«, wiederholte Francesca. »Was soll das heißen?«

»Francesca, du bist völlig auf dem Holzweg.« Er versuchte ein Lächeln. »Schau, können wir das alles nicht einfach vergessen? Milly ist eine alte Bekannte. Schluss, aus.«

»Ich wünschte, ich könnte dir glauben«, meinte Francesca. »Aber es ist doch offensichtlich, dass da etwas läuft.«

»Da läuft gar nichts.«

»Und wovon hat sie dann gesprochen?« Unvermittelt hob sich Francescas Stimme leidenschaftlich. »Rupert, ich bin deine Frau! Wir sollten keine Geheimnisse voreinander haben!«

Rupert starrte seine Frau an. Ihre blassen Augen glänzten leicht, sie rang die Hände. Um ihr Handgelenk trug sie die teure Uhr, die er ihr zum Geburtstag gekauft hatte. Sie hatten sie zusammen bei Selfridges ausgesucht und sich dann *Ein Inspektor kommt* angeschaut. Es war ein glücklicher Tag voll schlichter Freuden gewesen.

Unvermittelt sagte er: »Ich möchte dich nicht verlieren. Ich liebe dich. Ich liebe unsere Ehe. Ich werde unsere Kinder lieben, wenn wir welche haben.« Francesca sah ihn beklommen an.

»Aber«, sagte sie. »Was ist das Aber?«

Rupert erwiderte wortlos ihren Blick. Er wusste nicht, wie er antworten, wo er anfangen sollte.

»Steckst du in Schwierigkeiten?«, fragte Francesca unvermittelt. »Verbirgst du etwas vor mir?« Ihre Stimme nahm einen alarmierten Ton an.

»Nein«, sagte Rupert. »In Schwierigkeiten stecke ich nicht. Ich bin bloß …«

»Was?«, fragte Francesca ungeduldig. »Was bist du?«

»Gute Frage.« Eine unerträgliche Spannung baute sich in ihm auf, und er runzelte die Stirn.

»Was?«, sagte Francesca. »Wie meinst du das?«

Rupert grub seine Nägel in seine Handflächen und holte tief Luft. Es gab nur einen Weg, und der führte vorwärts.

»Als ich in Oxford war«, sagte er und hielt dann inne, »war da ein Mann.«

»Ein Mann?«

Rupert sah auf und begegnete Francescas Blick. Er war ausdruckslos, ahnungslos. Sie wartete darauf, dass er fortfuhr. Sie hatte keine Ahnung, worauf er hinauswollte.

»Ich hatte eine Beziehung mit ihm«, sagte er, den Blick noch immer auf sie gerichtet. »Eine enge Beziehung.«

Er machte eine Pause und wartete, versuchte, sie durch Willenskraft dazu zu bringen, aus seinen Worten die richtige Schlussfolgerung zu ziehen. Scheinbar ewig blieben ihre Augen ausdruckslos.

Und dann geschah es plötzlich. Sie riss die Augen auf und schloss sie wieder wie eine Katze. Sie hatte verstanden. Sie hatte verstanden, was er meinte. Ängstlich sah Rupert sie an und versuchte, ihre Reaktion abzuschätzen.

»Ich verstehe nicht«, versetzte sie schließlich. »Rupert, du redest Unsinn! Das ist pure Zeitverschwendung!«

Sie erhob sich vom Sofa, wischte sich eingebildete Krümel vom Schoß und wich dabei seinem Blick aus.

»Schatz, es war nicht recht von mir, an dir zu zweifeln«, sagte sie. »Es tut mir Leid. Ich hätte dir nicht misstrauen sollen. Natürlich hast du das Recht, zu treffen, wen du willst. Sollen wir die ganze Sache nicht einfach vergessen?«

Rupert starrte sie ungläubig an. War das ihr Ernst? War sie wirklich bereit, weiter zu machen wie bisher? Bereit, vorzugeben, er hätte nichts gesagt, die enormen Fragen zu ignorieren, die sicher an ihr nagten? Hatte sie wirklich so große Angst vor den Antworten, die sie hören müsste?

»Ich mache uns einen Tee, ja?«, fuhr Francesca mit gekünstelter Munterkeit fort. »Und ich taue ein paar Scones auf. Das wird ein Genuss!«

»Francesca«, sagte Rupert. »Hör auf damit. Du hast gehört, was ich gesagt habe. Möchtest du nicht mehr wissen?« Er stand auf und ergriff ihr Handgelenk. »Du hast gehört, was ich gesagt habe.«

»Rupert!« Francesca lachte kurz auf. »Lass mich los! – Ich weiß nicht, wovon du sprichst. Für mein Misstrauen dir gegenüber habe ich mich bereits entschuldigt. Was möchtest du noch?«

»Ich möchte …«, begann Rupert. Sein Griff um ihr Handgelenk wurde fester, eine plötzliche Gewissheit überkam ihn. »Ich möchte dir alles erzählen.«

»Du hast mir alles erzählt«, erwiderte Francesca rasch. »Ich verstehe völlig. Es war ein dummes Missverständnis.«

»Gar nichts habe ich dir erzählt.« Unvermittelt verspürte er das verzweifelte Verlangen zu sprechen, sich alles von der Seele zu reden. »Francesca …«

»Warum können wir es nicht einfach vergessen?«, fragte Francesca. In ihrer Stimme schwang Panik mit.

»Weil es nicht ehrlich wäre!«

»Nun, vielleicht will ich nicht ehrlich sein!« Ihr Gesicht war gerötet, ihre Blicke schnellten umher. Sie sah aus wie ein Kaninchen in der Falle.

Lass sie in Ruhe, sagte Rupert sich. Sag nichts mehr, lass sie einfach in Ruhe. Aber der Drang zu reden war unerträglich, jetzt, wo er angefangen hatte, gab es kein Zurück mehr.

»Du willst nicht ehrlich sein?«, sagte er und verachtete sich selbst dafür. »Du möchtest, dass ich falsches Zeugnis ablege? Ist es das, was du willst, Francesca?«

Er beobachtete die Veränderungen in ihrem Gesicht, während

sie verzweifelt versuchte, die eigenen Ängste mit Gottes Geboten in Einklang zu bringen.

»Du hast Recht«, sagte sie schließlich. »Es tut mir Leid.« Sie blickte ihn ängstlich an, dann senkte sie gehorsam den Kopf. »Was möchtest du mir erzählen?«

Hör jetzt auf, sagte sich Rupert. Hör jetzt auf, ehe du sie restlos unglücklich machst.

»Ich hatte eine Affäre mit einem Mann«, sagte er.

Er verstummte und wartete auf eine Reaktion. Einen Schrei, ein Keuchen. Aber Francesca hielt den Kopf weiterhin gesenkt. Sie rührte sich nicht.

»Er hieß Allan.« Er schluckte. »Ich habe ihn geliebt.«

Er wagte kaum zu atmen. Unvermittelt sah sie auf. »Du denkst dir das aus.«

»Was?«

»Das sehe ich doch«, sagte Francesca rasch. »Du hast Schuldgefühle wegen dieser Milly, du hast diese alberne Geschichte erfunden, um mich auf eine falsche Fährte zu bringen.«

»Das stimmt nicht«, entgegnete Rupert. »Das ist keine Geschichte. Das ist die Wahrheit.«

»Nein.« Francesca schüttelte den Kopf. »Nein.«

»Doch.«

»Nein!«

»Doch, Francesca!«, rief Rupert. »Doch! Es ist wahr! Ich hatte eine Affäre mit einem Mann. Er hieß Allan. Allan Kepinski.«

Lange herrschte Stille, dann schaute Francesca ihn an. Sie sah krank aus.

»Du hast wirklich ...«

»Ja.«

»Hast du tatsächlich ...«

»Ja«, sagte Rupert. »Ja.« Während er das sagte, verspürte er eine Mischung aus Schmerz und Erleichterung – als würde eine schwere Last von ihm genommen, die allerdings eine Wunde hinterließ. »Ich habe mit ihm geschlafen.« Er schloss die Augen. »Wir haben uns geliebt.« Plötzlich fluteten die Erinnerungen zurück. Wieder war er mit Allan in der Dunkelheit, spürte seine Haut, sein Haar, seine Zunge. Er erschauerte vor Wonne.

»Ich will nichts mehr hören«, flüsterte Francesca. »Mir ist nicht gut.« Rupert öffnete die Augen und sah, wie sie aufstand, unsicher zur Tür ging. Sie war blass, und ihre Hände zitterten, als sie nach der Türklinke griff. Schwere Schuldgefühle ergriffen ihn.

»Es tut mir Leid«, sagte er. »Francesca, es tut mir Leid.«

»Nicht mich bitte um Verzeihung«, erwiderte Francesca stockend. »Nicht mich. Den Herrn musst du um Verzeihung bitten.«

»Francesca ...«

»Du musst um Vergebung beten. Ich werde ...« Sie brach ab und holte tief Luft. »Ich werde auch beten.«

»Können wir nicht darüber reden?«, fragte Rupert verzweifelt. »Können wir nicht zumindest darüber reden?« Er stand auf und ging auf sie zu. »Francesca?«

»Nicht!«, kreischte sie, als er nach ihrem Ärmel griff. »Fass mich nicht an!« Sie sah ihn mit funkelnden Augen an. Ihr Gesicht war weiß wie eine Wand.

»Ich wollte doch bloß ...«

»Komm mir bloß nicht zu nahe!«

»Aber ...«

»Du hast mit mir geschlafen!«, flüsterte sie. »Du hast mich berührt! Du ...« Sie brach ab und würgte.

»Francesca ...«

»Mir wird schlecht«, sagte sie zittrig und rannte aus dem Zimmer.

Rupert blieb an der Tür stehen, lauschte, wie sie die Treppe hinaufrannte und die Badezimmertür verriegelte. Er zitterte am ganzen Körper, seine Beine gaben nach. Nach der Abscheu, die er in Francescas Gesicht gesehen hatte, wäre er am liebsten weggeschlichen und hätte sich versteckt. Sie war vor ihm zurückgewichen, als wäre seine Sündhaftigkeit ansteckend. Als wäre er ein Unberührbarer.

Plötzlich glaubte er, weinend zusammenzubrechen. Doch stattdessen ging er unsicher zum Barschrank und holte eine Flasche Whisky heraus. Als er den Verschluss aufschraubte, erhaschte er im Spiegel einen Blick von sich. Seine Augen waren blutunterlaufen, die Wangen gerötet, das Gesicht voll Kummer und Angst. Schlechter hätte er nicht aussehen können.

Bete, hatte Francesca gesagt. Bitte Gott um Vergebung. Rupert umklammerte die Flasche fester. Herr, versuchte er. Gott, Vater, vergib mir. Aber die Worte kamen nicht; der Wille dazu fehlte. Er wollte nicht bereuen. Er wollte nicht erlöst werden. Er war ein elender Sünder, und es war ihm gleich.

Gott hasst mich, dachte Rupert, während er sein Spiegelbild betrachtete. Gott existiert nicht. Beides schien gleichermaßen wahrscheinlich.

Etwas später kam Francesca wieder herunter. Sie hatte sich das Haar gebürstet, das Gesicht gewaschen und eine Jeans und einen Pullover angezogen. Rupert sah vom Sofa auf, auf dem er mit seiner Whiskyflasche immer noch saß. Sie war halb leer, und alles in seinem Kopf drehte sich, aber besser fühlte er sich trotzdem nicht.

»Ich habe mit Tom gesprochen«, sagte Francesca. »Er kommt nachher vorbei.« Rupert riss den Kopf herum.

»Tom?«

»Ich habe ihm alles erzählt.« Francescas Stimme zitterte. »Er sagt, wir sollen uns keine Sorgen machen. So was hört er nicht zum ersten Mal.« In Ruperts Kopf begann es zu hämmern.

»Ich will ihn nicht sehen.«

»Er möchte helfen!«

»Ich will gar nicht, dass er davon weiß! Das geht ihn doch gar nichts an!« Ein Anflug von Panik schlich sich in Ruperts Stimme. Nur zu gut konnte er sich Toms Gesicht vorstellen, wie er ihn mit einer Mischung aus Mitleid und Ekel ansah. Tom würde mit Ekel reagieren. Alle würden das.

»Er möchte helfen«, wiederholte Francesca. »Und, Schatz ...« Ihr Tonfall veränderte sich, und Rupert sah überrascht auf. »Ich möchte mich entschuldigen. Es war falsch, so heftig zu reagieren. Ich bin einfach in Panik geraten. Tom hat gesagt, das sei völlig normal. Er hat gesagt ...« Francesca hielt inne und biss sich auf die Lippe. »Na, egal. Wir können damit fertig werden. Mit viel Unterstützung und Gebeten ...«

»Francesca ...«, begann Rupert. Sie hob die Hand.

»Nein, warte.« Langsam ging sie auf ihn zu. Rupert starrte sie an. »Tom hat gesagt, ich müsse zusehen, dass meine Gefühle ...«, sie hielt inne, »unserer körperlichen Liebe nicht im Wege stehen. Ich hätte dich nicht abweisen dürfen. Ich habe meinen eigenen selbstsüchtigen Empfindungen nachgegeben, und das war falsch von mir.« Sie schluckte. »Es tut mir Leid. Bitte verzeih mir.«

Sie kam weiter auf ihn zu, bis sie nur wenige Zentimeter vor ihm stand.

»Es ist nicht an mir, mich dir zu verweigern«, flüsterte sie. »Du hast jedes Recht, mich zu berühren. Du bist mein Mann. Ich habe vor Gott versprochen, dich zu lieben, dir zu gehorchen und mich dir hinzugeben.«

Rupert starrte sie an. Er brachte vor Schock kein Wort heraus. Langsam hob er die Hand und legte sie sanft auf ihren Ärmel. Ein Hauch von Abscheu huschte über ihr Gesicht, aber sie sah ihn weiter unverwandt an, als sei sie entschlossen, es durchzustehen; als hätte sie keine andere Wahl.

»Nein!«, sagte Rupert unvermittelt und zog seine Hand zurück. »So geht es nicht. Das ist falsch! Francesca, du bist kein Opferlamm! Du bist ein Mensch!«

»Ich möchte unsere Ehe heilen«, entgegnete sie mit bebender Stimme. »Tom hat gesagt ...«

»Tom hat gesagt, wenn wir zusammen ins Bett gingen, würde alles wieder gut werden, nicht?« Ruperts Stimme triefte vor Sarkasmus. »Tom hat dir geraten, dich zurückzulegen und an Jesus zu denken.«

»Rupert!«

»Ich lasse es nicht zu, dass du dich so unterwirfst. Francesca, ich liebe dich! Ich achte dich!«

»Nun, wenn du mich liebst und achtest«, sagte Francesca in plötzlich grimmigem Tonfall, »warum hast du mich dann angelogen?« Ihre Stimme brach. »Mit dem Wissen um deinen Zustand, wieso hast du mich geheiratet?«

»Francesca, ich bin immer noch ich! Ich bin immer noch Rupert!«

»Bist du nicht! Nicht für mich!« Tränen traten ihr in die Augen. »Ich kann dich nicht mehr sehen. Alles, was ich noch sehen kann, ist …« Sie erschauerte leicht vor Ekel. »Wenn ich daran denke, wird mir schlecht …«

Rupert sah sie unglücklich an.

»Sag mir, was ich tun soll«, sagte er schließlich. »Möchtest du, dass ich ausziehe?«

»Nein«, erwiderte Francesca sofort. »Nein.« Sie zögerte. »Tom hat vorgeschlagen …«

»Was?«

»Er hat«, sie schluckte leicht, »eine öffentliche Beichte vorgeschlagen. Beim Abendgottesdienst. Wenn du der Gemeinde und Gott deine Sünden laut beichtest, dann kannst du vielleicht neu anfangen. Ohne weitere Lügen. Ohne Sünde.«

Rupert starrte sie an. Alles in ihm wehrte sich gegen ihren Vorschlag.

»Tom hat gesagt, dass dir vielleicht noch nicht völlig klar ist, was für ein Unrecht du begangen hast«, fuhr Francesca fort. »Aber wenn das erst mal der Fall ist, und wenn du das Ganze erst mal richtig bereut hast, dann werden wir neu anfangen können.

Es wird eine Wiedergeburt sein. Für uns beide.« Sie sah auf und wischte die Tränen weg. »Was meinst du? Was meinst du dazu, Rupert?«

»Ich werde nichts bereuen«, erwiderte Rupert unwillkürlich.

»Was?« Francesca machte ein schockiertes Gesicht.

»Ich werde nichts bereuen«, wiederholte Rupert zittrig. Er grub die Fingernägel in die Handflächen. »Ich werde mich nicht öffentlich hinstellen und sagen, dass das, was ich getan habe, unrecht war.«

»Aber ...«

»Ich habe Allan geliebt. Und er mich. Und was wir getan haben, war weder unrecht noch schlecht. Es war ...« Mit einem Mal brannten Tränen in Ruperts Augen. »Es war eine schöne, liebevolle Beziehung. Was auch immer die Bibel dazu sagt.«

»Meinst du das im Ernst?«

»Ja.« Rupert atmete erschauernd aus. »Ich wünschte, um unser beider willen, es wäre nicht so. Aber ich meine es ernst.« Er sah ihr direkt in die Augen. »Was ich getan habe, bedaure ich nicht.«

»Dann bist du krank!«, schrie Francesca. Panik schlich sich in ihre Stimme. »Du bist krank! Du warst mit einem Mann zusammen! Wie kann das schön sein? Ekelhaft ist das!«

»Francesca ...«

»Und was ist mit mir?« Ihre Stimme wurde schriller. »Wie war das, als wir zusammen im Bett waren? Hast du dir da die ganze Zeit gewünscht, er wäre es?«

»Nein!«, schrie Rupert. »Natürlich nicht.«

»Aber du sagst, du hättest ihn geliebt!«

»Das habe ich auch. Aber damals war mir das nicht klar.« Er hielt inne. »Francesca, es tut mir so Leid.«

Einen schmerzlichen Augenblick lang sah sie ihn schweigend an, dann wich sie zurück, langte blind nach einem Stuhl.

»Ich verstehe das nicht«, sagte sie mit gedämpfter Stimme.

»Bist du wirklich homosexuell? Tom meinte, du seist es nicht. Er sagte, viele junge Männer schlügen erst den falschen Weg ein.«

»Woher will Tom das denn wissen?«, schnauzte Rupert. Er fühlte sich in die Enge getrieben.

»Also – bist du es?«, hakte Francesca nach. »Bist du homosexuell?«

Eine lange Pause trat ein.

»Ich weiß es nicht«, meinte Rupert schließlich. Er ließ sich aufs Sofa fallen und vergrub das Gesicht in den Händen. »Ich weiß nicht, was ich bin.«

Als er nach ein paar Minuten wieder aufsah, war Francesca verschwunden. Noch immer zwitscherten draußen die Vögel; in der Ferne brausten Autos. Alles war wie vorher. Nichts war wie vorher.

Rupert blickte auf seine zitternden Hände. Auf den Siegelring, den Francesca ihm zur Hochzeit geschenkt hatte. Mit einem Mal erinnerte er sich wieder an das Glück, das er an jenem Tag empfunden hatte, seine Erleichterung, als er mit ein paar schlichten Worten Teil der legitim verheirateten Massen geworden war. Als er Francesca aus der Kirche führte, war es ihm, als gehöre er endlich dazu, als sei er endlich normal. Und genau das wollte er. Er wollte nicht schwul sei. Er wollte keiner Minderheit angehören. Er wollte einfach so sein, wie alle anderen auch.

Alles war so verlaufen, wie Allan es vorausgesagt hatte. Allan hatte verstanden, er wusste genau, wie Rupert sich fühlte. Er hatte beobachtet, wie sich Ruperts Empfindungen während jener Wochen im Spätsommer allmählich von Leidenschaft in Verlegenheit wandelten. Er hatte geduldig abgewartet, während Rupert versuchte, sich von ihm zu lösen, ihn Tage hintereinander ignorierte, nur um ihm schließlich mit mehr Leidenschaft denn je wieder zu erliegen. Er war mitfühlend und verständnisvoll gewesen. Und im Gegenzug war Rupert vor ihm geflohen.

Die Saat seiner Abkehr war Anfang September ausgebracht worden. Rupert und Allan waren zusammen die Broad Street entlang gegangen, zwar nicht Händchen haltend, aber ihre Arme hatten sich berührt, sie hatten miteinander getuschelt, sich wie Liebende angelächelt. Und dann rief jemand Ruperts Namen.

»Rupert! Hi!«

Er riss den Kopf hoch. Ben Fisher stand auf der anderen Straßenseite und grinste ihn an, ein Junge, der in seiner alten Schule eine Klasse unter ihm gewesen war. Plötzlich erinnerte Rupert sich an einen Brief seines Vaters, den er ihm ein paar Wochen vorher geschrieben hatte. An dessen wehmütige Hoffnung, dass Rupert einen Teil der Ferien nach Hause kommen möge, die triumphierende Neuigkeit, ein weiterer Junge aus der kleinen kornischen Schule würde sich bald zu ihm nach Oxford gesellen.

»Ben!«, rief Rupert aus und eilte über die Straße. »Herzlich willkommen! Hab schon gehört, dass du kommst.«

»Ich hoffe, du führst mich hier ein bisschen herum«, erwiderte Ben und blinzelte mit seinen dunklen Augen. »Und stellst mich ein paar Mädchen vor. Hinter dir muss doch die ganze Stadt her sein, du Frauenheld!« Dann wanderte sein Blick neugierig zu Allan, der noch immer auf der anderen Straßenseite stand. »Wer ist das?«, fragte er. »Ein Freund?«

Ruperts Herzschlag setzte kurz aus. In plötzlicher Panik sah er sich mit den Augen seiner Freunde aus Cornwall. Seiner Lehrer. Seines Vaters.

»Oh, der?«, erwiderte er nach einer Pause. »Niemand Besonderes. Bloß einer der Tutoren.«

Am nächsten Abend ging er mit Ben in eine Bar, trank Tequila und flirtete wild mit ein paar hübschen Italienerinnen. Bei seiner Rückkehr wartete Allan in seinem Zimmer auf ihn.

»Einen schönen Abend gehabt?«, erkundigte er sich freundlich.

»Ja«, antwortete Rupert, unfähig, seinem Blick zu begegnen.

»Ja, ich war mit … Freunden unterwegs.« Er zog sich rasch aus, legte sich ins Bett und schloss die Augen, als Allan sich ihm näherte. Als ihre körperlichen Wonnen begannen, verdrängte er alle Schuldgefühle, alles Grübeln.

Aber am nächsten Abend ging er wieder mit Ben aus, und dieses Mal zwang er sich, eines der hübschen Mädchen zu küssen, die ihn umschwirrten wie Motten das Licht. Sie ging sofort auf ihn ein, ermutigte ihn, seine Hände über ihren weichen, unvertrauten Körper wandern zu lassen. Am Ende des Abends lud sie ihn ein, mit in das Haus in der Cowley Road zu kommen, das sie mit anderen zusammen bewohnte.

Er hatte sie langsam und unbeholfen entkleidet, hatte sich an Filmszenen orientiert, in der Hoffnung, ihre offensichtliche Erfahrung würde auch ihn mit durchbringen. Irgendwie schaffte er es, die Sache erfolgreich hinter sich zu bringen; er hatte keine Ahnung, ob ihre lustvollen Schreie echt oder vorgetauscht waren, und es war ihm auch egal. Am nächsten Morgen erwachte er in ihrem Bett, an ihren glatten Frauenkörper geschmiegt, und atmete ihren femininen Duft ein. Er küsste ihre Schulter, wie er immer Allans Schulter küsste, langte versuchsweise um sie herum und berührte ihre Brust – und stellte zu seiner Überraschung fest, dass er erregt war. Er wollte den Körper dieses Mädchens berühren. Er wollte sie küssen. Der Gedanke, wieder mit ihr zu schlafen, erregte ihn. Er war normal. Er konnte normal sein.

»Läufst du vor mir davon?«, fragte Allan ein paar Tage später, als sie zusammen Nudeln aßen. »Brauchst du etwas Freiraum?«

»Nein!«, erwiderte Rupert allzu nachdrücklich. »Alles in Ordnung.« Einen Augenblick sah Allan ihn schweigend an, dann legte er seine Gabel ab.

»Bitte keine Panik.« Er langte nach Ruperts Hand und zuckte zusammen, als Rupert sie fortzog. »Gib nichts auf, was wunderschön sein könnte, nur weil du Angst hast.«

»Ich habe keine Angst!«

»Natürlich hast du Angst. Jeder hat Angst. Ich auch.«

»Du?« Rupert versuchte, nicht trotzig zu klingen. »Wieso in aller Welt hast du Angst?«

»Ich habe Angst«, erwiderte Allan langsam, »weil ich verstehe, was du tust, und ich weiß, was das für mich bedeutet. Du versuchst zu fliehen. Du versuchst, von mir loszukommen. In ein paar Wochen gehst du auf der Straße an mir vorbei und siehst weg. Habe ich Recht?«

Er schaute Rupert mit dunklen Augen an und wartete darauf, dass er ihm widersprach. Aber Rupert schwieg.

Danach war es schnell bergab gegangen. Eine Woche vor Beginn des neuen Semesters führten sie eine letzte Unterhaltung in einer kaum besuchten Bar des Keble College.

»Ich kann einfach nicht ...«, murmelte Rupert, steif vor Befangenheit, ein Auge auf den gleichgültigen Barkeeper gerichtet. »Ich bin nicht ...« Er beendete den Satz nicht, trank stattdessen einen großen Schluck Whisky. »Du verstehst nicht.« Er sah flehend zu Allan auf, dann rasch wieder fort.

»Nein«, sagte Allan leise, »ich verstehe nicht. Wir waren glücklich miteinander.«

»Es war ein Fehler. Ich bin nicht schwul.«

»Du fühlst dich von mir also nicht angezogen?«, fragte Allan und heftete die Augen auf Ruperts. »Ist es das? Du fühlst dich von mir nicht angezogen?«

Rupert erwiderte seinen Blick und hatte dabei das Gefühl, etwas würde in ihm entzweireißen. In einem Pub warteten Ben und zwei Mädchen auf ihn. Diese Nacht würde er fast sicher mit einer von ihnen schlafen. Aber er wollte Allan mehr als jedes Mädchen.

»Nein«, sagte er schließlich. »Tu ich nicht.«

»Gut«, sagte Allan wütend. »Lüg mich an. Lüg dich an. Heirate. Bekomm ein Kind. Tu so, als seist du hetero. Aber du wirst fühlen, dass du es nicht bist, und ich fühle es auch.«

»Bin ich aber«, entgegnete Rupert schwach und wünschte sich im nächsten Moment, es nicht getan zu haben, als Allans Augen verächtlich aufblitzten.

»Was immer.« Sein Glas war leer, und er stand auf.

»Wirst du klarkommen?«, fragte Rupert, der Allan beobachtete.

»Tu nicht so gönnerhaft«, schnauzte Allan hitzig zurück. »Nein, ich komme nicht klar. Aber ich komme darüber hinweg.«

»Es tut mir Leid.«

Allan hatte nichts mehr erwidert. Rupert hatte wortlos beobachtet, wie er die Bar verließ, eine oder zwei Minuten lang empfand er nichts als rohen Schmerz. Doch nach zwei weiteren Whiskys fühlte er sich ein wenig besser. Wie ausgemacht traf er Ben in dem Pub, trank ein paar Pints und noch eine ganze Menge Whisky. Später an diesem Abend, nachdem er mit dem hübscheren der beiden Mädchen, die Ben aufgerissen hatte, geschlafen hatte, lag er wach und sagte sich immer wieder, er sei normal, er sei wieder auf Kurs, er sei glücklich. Und noch eine ganze Weile war es ihm gelungen, das zu glauben.

»In ein paar Minuten wird Tom da sein.« Francescas Stimme holte ihn in die Gegenwart zurück. Rupert blickte auf. Sie stand an der Tür, in den Händen ein Tablett. Darauf die cremefarbene Teekanne, die sie für ihre Hochzeitsliste ausgewählt hatten, dazu Tassen, Untertassen und ein Teller mit Schokoladenkeksen.

»Verdammt, Francesca«, sagte Rupert matt. »Wir veranstalten doch keine Teeparty.« Sie machte ein verletztes, schockiertes Gesicht, dann fing sie sich wieder und nickte.

»Vielleicht hast du Recht«, sagte sie und stellte das Tablett auf einem Stuhl ab. »Vielleicht ist das ein bisschen unpassend.«

»Die ganze Sache ist unpassend.« Rupert stand auf und ging langsam zur Tür. »Ich spreche doch mit Tom nicht über meine Sexualität!«

»Aber er möchte helfen!«

»Ach was!«, widersprach Rupert Francesca. »Er möchte dirigieren. Nicht helfen.«

»Ich verstehe nicht«, sagte Francesca und runzelte die Stirn.

Rupert zuckte die Achseln. Eine Weile schwiegen beide. Dann biss Francesca sich auf die Lippe.

»Ich habe mich gefragt«, meinte sie zögernd, »ob du nicht vielleicht auch zu einem Arzt gehen solltest. Wir könnten Dr. Askew fragen, ob er nicht jemanden empfehlen kann. Was hältst du davon?«

Rupert starrte sie fassungslos an. Es war, als hätte sie ihm mit einem Hammer ins Gesicht geschlagen.

»Zu einem Arzt?«, echote er schließlich, bemüht, ruhig zu klingen. »Zu einem *Arzt*?«

»Ich dachte ...«

»Du meinst, bei mir stimmt medizinisch etwas nicht?«

»Nein! Ich dachte bloß ...« Francesca errötete. »Vielleicht gibt's etwas, das du nehmen kannst.«

»Eine Antischwulenpille?« Er hatte seine Stimme nicht mehr unter Kontrolle. Wer war diese Frau, die er geheiratet hatte? Wer war sie? »Meinst du das im Ernst?«

»Ist ja bloß eine Idee!«

Ein paar wortlose Minuten starrte Rupert Francesca an. Dann ging er schweigend an ihr vorbei in die Diele und nahm seine Jacke von der Garderobe herunter.

»Rupert!«, rief sie. »Wo gehst du hin?«

»Ich muss raus hier.«

»Aber wohin?«, schrie Francesca. »Wohin gehst du?«

Rupert betrachtete sich im Dielenspiegel.

»Ich gehe«, antwortete er bedächtig, »und suche Allan.«

10. Kapitel

Als gedenke er, in ihrer Mitte einen Mörder zu entlarven, hatte Pfarrer Lytton darum gebeten, alle Familienmitglieder sollten sich im Wohnzimmer versammeln.

»Aber wir sind nur zu zweit«, wandte Isobel verächtlich ein. »Möchten Sie, dass wir uns versammeln? Oder möchten Sie später wieder kommen?«

»O nein, wirklich nicht«, hatte Lytton feierlich erwidert. »Begeben wir uns ins Wohnzimmer.«

Nun saß er mit strengdüsterem Gesicht auf dem Sofa, und sein Talar fiel in staubigen Falten um ihn herum. Ich wette, der übt diesen Gesichtsausdruck vor dem Spiegel, dachte Isobel bei sich. Um damit den Kindern in der Sonntagsschule Angst einzujagen.

»Ich habe mich wegen einer Angelegenheit von höchster Bedenklichkeit herbegeben«, begann er. »Um es kurz zu machen, ich möchte mich vergewissern, ob eine Information, die mir zugetragen wurde, der Wahrheit entspricht oder nicht.«

»Von wem haben Sie die denn?«, erkundigte sich Isobel. Lytton ignorierte sie.

»Als Gemeindepfarrer und derjenige, der die beabsichtigte Eheschließung von Milly und Simon vollzieht«, sagte er und hob leicht die Stimme, »ist es meine Pflicht nachzuprüfen, ob Milly, wie auf dem Formular angegeben, ehelos ist, oder ob sie es – eben – nicht ist. Bei ihrer Rückkehr werde ich sie das persönlich fragen. Unterdessen wäre ich dankbar, wenn Sie, als ihre Mutter, in ihrem Namen antworten könnten.« Er hielt inne und sah Olivia bedeutungsvoll an. Die runzelte die Stirn.

»Ich verstehe nicht«, sagte sie. »Fragen Sie, ob Milly und Simon zusammenwohnen? Das tun sie nämlich nicht, wissen Sie. Da sind die beiden ziemlich altmodisch.«

»Das war nicht meine Frage«, erwiderte Lytton. »Meine Frage lautet viel einfacher: War Milly schon einmal verheiratet?«

»Schon mal verheiratet?« Olivia lachte schockiert auf. »Wovon reden Sie?«

»Mir wurde zugetragen ...«

»Wie meinen Sie das?«, fiel ihm Olivia ins Wort. »Behauptet etwa jemand, Milly sei schon einmal verheiratet gewesen?« Der Pfarrer nickte. »Nun, dann lügt er! Natürlich war sie noch nicht verheiratet! Wie können Sie so etwas bloß glauben!«

»Es ist meine Pflicht, solchen Anschuldigungen nachzugehen.«

»Was?«, erboste sich Isobel. »Auch wenn sie von absoluten Spinnern stammen?«

»Ich handle nach eigenem Gutdünken«, sagte Lytton und sah sie streng an. »Die Person, die mir das erzählt hat, war recht beharrlich – und behauptete sogar, eine Abschrift der Heiratsurkunde zu haben.«

»Wer war das?«, wollte Isobel wissen.

»Ich bin nicht befugt, darüber Auskunft zu erteilen«, erklärte Lytton und ordnete seinen Talar sorgfältig neu.

Du genießt das, dachte Isobel, während sie ihn beobachtete. Und wie du das genießt.

»Eifersucht!«, sagte Olivia plötzlich. »Das muss es sein. Jemand ist eifersüchtig auf Milly und versucht, ihr die Hochzeit zu ruinieren. Enttäuschte Frauen gibt es hier sicher haufenweise. Kein Wunder, dass sie Milly zu ihrer Zielscheibe machen! Ehrlich, Pfarrer, Sie überraschen mich. Dass Sie solch einem verleumderischen Unsinn Glauben schenken!«

»Mag sein, dass es sich um verleumderischen Unsinn handelt«, entgegnete Lytton. »Dennoch möchte ich persönlich mit Milly sprechen, wenn sie wiederkommt. Für den Fall, dass an dieser Angelegenheit mehr dran ist, als Sie wissen.«

»Pfarrer Lytton«, sagte Olivia zornig. »Wollen Sie ernsthaft andeuten, meine Tochter könnte geheiratet haben, ohne es mir zu sagen? Meine Tochter erzählt mir alles!«

Isobel rutschte auf dem Sofa herum, und sowohl Olivia als auch Lytton wandten sich zu ihr um.

»Möchten Sie etwas sagen, Isobel?«, erkundigte sich der Geistliche.

»Nein«, sagte Isobel rasch und hustete. »Nichts.«

»Wen soll sie denn überhaupt geheiratet haben?«, wollte Olivia wissen. »Den Postboten?«

Kurze Zeit herrschte Stille. Isobel blickte möglichst gelassen auf.

»Einen Mann namens Kepinski«, sagte Lytton, der den Namen von einem Blatt Papier ablas. »Allan Kepinski.«

Isobel rutschte das Herz in die Hose. Für Milly bestand keine Hoffnung mehr.

»Allan Kepinski?«, fragte Olivia ungläubig. »Der Name ist doch erfunden, ein Trick ist das. Erdacht von irgendeinem armseligen Menschen, der Milly ihr Glück nicht gönnt! Davon liest man doch ständig. Nicht wahr, Isobel?«

»Ja«, erwiderte Isobel schwach. »Ständig, wirklich.«

»Und nun«, Olivia erhob sich, »wenn Sie mich bitte entschuldigen würden, Herr Pfarrer. Ich habe noch tausend Sachen zu erledigen. Allerdings nicht, mir Lügengeschichten über meine Tochter anzuhören. Wir haben am Samstag eine Hochzeit, wissen Sie!«

»Das ist mir durchaus bewusst«, erwiderte Lytton. »Nichtsdestotrotz werde ich mit Milly darüber sprechen. Vielleicht ist es am späteren Abend günstiger.«

»Sie können mit ihr sprechen, so viel Sie wollen«, erwiderte Olivia. »Aber Sie verschwenden Ihre Zeit!«

»Ich komme wieder«, sagte Pfarrer Lytton gewichtig. »Wenn Sie erlauben, ich finde den Weg schon hinaus.«

Als die Haustür hinter ihm zufiel, sah Olivia Isobel an.

»Hast du eine Ahnung, wovon er redet?«

»Nein! Natürlich nicht.«

»Isobel«, sagte Olivia scharf, »du hast vielleicht den Pfarrer hinters Licht geführt, aber mich kannst du nicht täuschen. Du weißt etwas darüber, stimmt's? Was ist los, sag?«

»Hör mal, Mummy.« Isobel bemühte sich um eine ruhige Stimme. »Ich finde, wir sollten warten, bis Milly heimkommt.«

»Warten? Worauf?« Olivia starrte sie bestürzt an. »Isobel, was sagst du da? An der Sache ist doch nicht etwa wirklich etwas dran, oder?«

»Ich sage nichts mehr«, sagte Isobel entschieden, »bis Milly wieder da ist.«

»Ich lass es nicht zu, dass ihr Mädels Geheimnisse vor mir habt«, empörte sich Olivia. Isobel seufzte.

»Um ehrlich zu sein, Mummy«, sagte sie, »ist es dafür ein bisschen zu spät.«

Milly trottete vom Bahnhof heim, als ein Auto neben ihr hielt.

»Hallo, Liebes«, grüßte sie James. »Möchtest du mitfahren?«

»Oh«, sagte Milly. »Danke!«

Ohne ihrem Vater in die Augen zu schauen, stieg sie ins Auto, blickte gerade nach vorn auf die dunkler werdende Straße und versuchte, ihre Gedanken zu sammeln. Sie musste entscheiden, was zu tun war. Ein Plan musste her. Die ganze Fahrt von London zurück hatte sie sich den Kopf nach einer vernünftigen Lösung zerbrochen. Aber nun war sie wieder in Bath, nur noch ein paar Minuten von zu Hause entfernt, und sie war sich immer noch unsicher. Konnte sie Alexander wirklich dazu zwingen, den Mund zu halten? Es war bereits Donnerstagabend, die Trauung war am Samstag. Wenn sie doch bloß den Freitag irgendwie herumbekäme …

»War's schön in London?«, fragte James. Milly fuhr zusammen.

»Ja«, sagte sie. »Ich war shoppen. Du weißt schon.«

»Und, hast du etwas Nettes gefunden?«

»Ja«, erwiderte Milly. Eine Pause entstand, und ihr wurde klar, dass sie keine Einkaufstüten dabeihatte. »Ich habe für Simon … Manschettenknöpfe gekauft.«

»Sehr nett. Ach übrigens, er hat gesagt, er würde später bei dir vorbeischauen. Nach der Arbeit.«

»Oh, gut.« Milly wurde es flau. Wie konnte sie Simon gegenübertreten? Wie konnte sie ihm auch nur in die Augen sehen?

Als sie aus dem Auto stiegen, verlangte es sie plötzlich danach, auf Nimmerwiedersehen zu verschwinden. Stattdessen folgte sie ihrem Vater die Treppen hinauf zur Haustür.

»Sie ist wieder da!«, hörte sie ihre Mutter rufen, als sie die Tür aufmachten. Olivia erschien in der Diele. »Milly!«, rief sie zornig. »Was soll der ganze Unsinn?«

»Unsinn?«, fragte Milly bange.

»Der ganze Unsinn von wegen, du seist verheiratet?«

Milly stockte das Herz vor Schreck.

»Was meinst du?«, fragte sie zittrig.

»Was ist denn los?«, erkundigte sich James, der Milly in die Diele folgte. »Olivia, ist alles in Ordnung mit dir?«

»Nein, keineswegs«, entgegnete Olivia mit stockender Stimme. »Pfarrer Lytton ist heute Nachmittag vorbeigekommen.« Sie sah über ihre Schulter. »Nicht wahr, Isobel?«

»Ja.« Isobel kam aus dem Wohnzimmer. »Er hat bei uns reingeschaut.« Sie zog eine Grimasse in Millys Richtung, und Milly starrte zurück, die Kehle wie zugeschnürt.

»Was hat er denn …«

»Er kam mit einer lächerlichen Geschichte über Milly daher!«, erzählte Olivia. »Hat behauptet, sie sei schon verheiratet.«

Milly rührte sich nicht. Ihre Augen schossen zu Isobel und wieder zurück.

»Bloß dass Isobel sie gar nicht für so lächerlich hält!«, sagte Olivia.

»Ach, wirklich?« Milly warf Isobel einen vernichtenden Blick zu.

»Mummy!«, rief Isobel schockiert. »Das ist nicht fair! Milly, ehrlich, ich habe überhaupt nichts gesagt. Ich habe gesagt, wir sollten warten, bis du wieder da bist.«

»Ja«, sagte Olivia. »Und nun ist sie wieder da. Deshalb sollte mir eine von euch jetzt mal lieber erzählen, was nun eigentlich Sache ist.« Milly sah von einem zum anderen.

»Na gut«, sagte sie mit bebender Stimme. »Lasst mich bloß noch meinen Mantel ausziehen.«

Während sie ihren Schal abnahm, den Mantel auszog und dann beides aufhängte, herrschte Schweigen. Sie drehte sich um und blickte in die Runde.

»Vielleicht sollten wir alle etwas trinken«, schlug sie vor.

»Ich will nichts trinken!«, rief Olivia. »Ich will wissen, was los ist. Milly, hat Pfarrer Lytton Recht? Warst du schon mal verheiratet?«

»Wartet eine Minute, ich möchte mich hinsetzen«, bat Milly verzweifelt.

»Kommt nicht in Frage!«, schrie Olivia. »Du brauchst keine Minute! Wie lautet die Antwort? Warst du schon mal verheiratet oder nicht? Ja oder nein, Milly? Ja oder nein?«

»Ja!«, schrie Milly. »Ich bin verheiratet! Ich bin seit zehn Jahren verheiratet!«

Ihre Worte hallten in der Diele wider. Olivia wich zurück und klammerte sich an das Treppengeländer.

»Ich habe geheiratet, als ich in Oxford war«, fuhr Milly mit bebender Stimme fort. »Ich war achtzehn. Es ... es hat nichts bedeutet. Und ich hab gedacht, das würde nie jemand herausbekommen. Ich hab gedacht ...« Sie brach den Satz ab. »Ach, was soll's?«

Schweigen. Isobel warf Olivia einen ängstlichen Blick zu. Deren Gesicht war dunkelrot angelaufen, sie schien Probleme mit der Atmung zu haben.

»Ist das dein Ernst, Milly?«, fragte sie schließlich.

»Ja.«

»Du hast wirklich mit achtzehn geheiratet? Und hast gedacht, das käme nicht raus?«

Eine Pause – dann nickte Milly kläglich.

»Dann bist du sehr, sehr dämlich!«, kreischte Olivia. Ihre Stimme peitschte durch den Raum, und Milly erbleichte. »Du bist ein dummes, selbstsüchtiges Geschöpf! Wie konntest du dir einbilden, dass das niemand herausfinden würde? Wie hast du so dumm sein können? Du hast uns alles kaputtgemacht!«

»Hör auf!«, befahl James wütend. »Hör auf, Olivia!«

»Es tut mir Leid«, flüsterte Milly. »Wirklich.«

»Was bringt es denn, dass es dir Leid tut!«, kreischte Olivia. »Dafür ist es zu spät! Wie konntest du mir das antun?«

»Olivia!«

»Ich nehme an, du hast dich für clever gehalten, was? Zu heiraten und es geheim zu halten. Ich schätze, du hast dich für schrecklich erwachsen gehalten!«

»Nein«, erwiderte Milly kläglich.

»Wer war's? Ein Student?«

»Ein Gastdozent.«

»Hat dein Herz im Sturm erobert? Hat dir alles Mögliche versprochen?«

»Nein!«, brüllte Milly, der es mit einem Mal zu viel wurde. »Ich habe ihn geheiratet, um ihm zu helfen! Damit er in England bleiben konnte!«

Olivia starrte Milly an, und ihr Gesichtsausdruck veränderte sich allmählich, als sie die ganze Bedeutung von Millys Worten erfasste.

»Du hast einen illegalen Einwanderer geheiratet?«, flüsterte sie. Ihre Stimme schwoll zu einem Kreischen an. »Einen illegalen *Einwanderer*?«

»Sag das nicht so!«

»Was für ein illegaler Einwanderer war das denn?« Olivias Stimme nahm hysterische Töne an. »Hat er dir gedroht?«

»Herrgott noch mal, Mummy!«, sagte Isobel.

»Olivia«, sagte James. »Beruhige dich. Das hilft doch auch nicht weiter.«

»Helfen?« Olivia drehte sich zu James um. »Warum sollte ich helfen wollen? Begreifst du, was das alles bedeutet? Wir müssen die Hochzeit abblasen!«

»Verschieben, vielleicht«, wandte Isobel ein. »Bis die Scheidung durch ist.« Sie warf Milly einen mitfühlenden Blick zu.

»Das können wir nicht!«, schrie Olivia verzweifelt. »Es ist alles arrangiert! Es ist alles organisiert!« Sie dachte einen Augenblick nach, dann fuhr sie zu Milly herum. »Weiß Simon davon?«

Milly schüttelte den Kopf. In Olivias Augen erschien ein Glitzern.

»Nun, dann können wir die Hochzeit immer noch durchziehen«, sagte sie rasch. Ihre Blicke schnellten von einem zum anderen. »Wir wimmeln Lytton ab! Wenn keiner von uns ein Wort sagt, wenn wir den Kopf hoch halten …«

»Mummy!«, rief Isobel. »Du sprichst von Bigamie!«

»Na und?«

»Olivia, du bist verrückt«, protestierte James entrüstet. »Die Trauung muss abgesagt werden, ganz klar. Und wenn du mich fragst, dann hat das auch sein Gutes.«

»Wie meinst du das?«, fragte Olivia hysterisch. »Wie meinst du das, das hat auch sein Gutes? Das ist das Schrecklichste, was unserer Familie je zugestoßen ist, und du behauptest, das hat auch sein Gutes?«

»Ehrlich gesagt, halte ich es für gut, wenn bei uns mal wieder der Alltag einkehrt!«, rief James zornig. »Diese ganze Hochzeit ist außer Kontrolle geraten. Es geht doch nur noch um Hochzeit, Hochzeit, Hochzeit! Du redest von nichts anderem mehr!«

»Nun, irgendjemand muss sie ja organisieren!«, kreischte Olivia. »Hast du eine Ahnung, wie viel ich klären muss?«

»Ja, das habe ich!«, brüllte James ungehalten. »Tausende! Jeden Tag hast du tausend verdammte Dinge zu erledigen! Ist dir klar, dass das pro Woche siebentausend Dinge sind? Was ist das, Olivia? Eine Expedition zum Mond?«

»Du willst es einfach nicht verstehen«, meinte Olivia bitter.

»Die ganze Familie ist besessen! Ich finde, Milly, es wäre sehr gut für dich, wenn du eine Weile mal wieder auf den Boden der Tatsachen zurückkehren würdest.«

»Wie meinst du das?«, fragte Milly zittrig.

»Milly, du schwebst doch sonstwo! Du hast dich in diese Ehe gestürzt, ohne darüber nachzudenken, was sie bedeutet, ohne alle anderen Möglichkeiten zu erwägen. Ich weiß, Simon ist ein äußerst attraktiver junger Mann, ich weiß, sein Vater ist sehr reich …«

»Das hat überhaupt nichts damit zu tun!« Millys Gesicht war aschfahl geworden. »Ich liebe Simon! Ich möchte ihn heiraten, weil ich ihn liebe.«

»Du glaubt, du liebst ihn«, wandte James ein. »Aber vielleicht ist das eine gute Chance für dich, noch eine Weile zu warten. Schau, ob du nicht zur Abwechslung mal auf eigenen Füßen stehen kannst. Wie Isobel.«

»Wie Isobel«, echote Milly mit ungläubiger Stimme. »Immer willst du, dass ich wie Isobel bin. Die ja so verdammt perfekt ist!«

»Natürlich möchte ich das nicht«, versetzte James ungeduldig. »So habe ich das nicht gemeint.«

»Du möchtest, dass ich das mache, was Isobel macht.«

»Vielleicht«, räumte James ein. »Manches davon.«

»Daddy …«, begann Isobel.

»Na gut!«, schrie Milly und spürte, wie ihr das Blut in den Kopf schoss. »Wenn du unbedingt willst. Dann heirate ich eben nicht! Und werde stattdessen schwanger, so wie Isobel!«

Atemlose Stille trat ein.

»Schwanger?«, fragte Olivia fassungslos.

»Vielen Dank, Milly«, sagte Isobel kurz und schritt zur Tür.

»Isobel …«, begann Milly. Doch Isobel war bereits aus dem Zimmer gestürzt und hatte die Tür ohne einen Blick zurück hinter sich zugeschlagen.

»Schwanger«, wiederholte Olivia. Sie tastete nach einem Stuhl und setzte sich.

»Ich wollte das eigentlich gar nicht sagen«, murmelte Milly, entsetzt über sich selbst. »Könnt ihr nicht einfach vergessen, was ich gesagt habe?«

»Du bist verheiratet«, sagte Olivia erschüttert. »Und Isobel ist schwanger.« Sie sah auf. »Stimmt das wirklich?«

»Das ist ihre Sache«, erwiderte Milly und sah zu Boden. »Das geht mich nichts an. Ich hätte den Mund halten sollen.«

Ein Klingeln an der Tür ließ alle aufschrecken.

»Das wird Isobel sein.« James erhob sich. Er öffnete die Tür und machte einen Schritt zurück.

»Ah«, sagte er. »Simon, du bist es.«

Isobel ging den Bürgersteig entlang, ohne stehen zu bleiben, ohne zurückzusehen, ohne zu wissen, wohin. Ihr Herz hämmerte, die Lippen hatte sie fest zusammengepresst. Der Schnee war inzwischen matschig; ein kalter Sprühregen benetzte ihr Haar und tropfte ihren Hals hinunter. Aber mit jedem Schritt fühlte sie sich ein bisschen besser. Jeder Schritt brachte sie der Anonymität näher und fort von den schockierten Gesichtern ihrer Familie.

Noch immer bebte sie vor Zorn. Sie fühlte sich verraten, falsch dargestellt, war unendlich wütend auf Milly … und doch tat ihr ihre Schwester zu Leid, als dass sie ihr Vorwürfe gemacht hätte. Noch nie hatte sie eine derart hässliche Familienszene erlebt, mit der schutzlosen Milly in der Mitte. Kein Wunder, dass die sich der erstbesten Ablenkungstaktik bedient hatte, die sich ihr anbot. Das war verständlich. Aber leichter machte es das auch nicht.

Isobel schloss die Augen. Sie kam sich so verletzlich vor, nicht bereit für das alles. Bei ihrer Rückkehr würden ihre Eltern sicher mit ihr sprechen wollen. Sie würden erwarten, dass sie ihnen Rede und Antwort stand, dass sie sie beruhigte und ihnen half, die Neuigkeit zu verdauen. Dabei hatte sie das doch selbst kaum geschafft. Ihre Gedanken dazu konnte sie noch nicht artikulieren, konnte nicht länger zwischen Emotionen und körperlichen Empfindungen unterscheiden. Sprühender Optimismus wechselte mit Weinerlichkeit, und die Übelkeit machte alles nur noch schlimmer. Was ist es für ein Gefühl?, würde Milly zweifelsohne fragen. Was ist es für ein Gefühl, ein Kind in sich zu tragen? Aber Isobel wollte das nicht beantworten. Sie wollte sich nicht als jemanden sehen, der ein Kind unter dem Herzen trug.

An einer Straßenecke blieb sie stehen und legte die Hand auf den Bauch. Wenn sie an das Wesen in sich dachte, dann wie an ein kleines Schalentier oder eine Schnecke. Etwas Zusammengerolltes und kaum Menschliches. Etwas Unbestimmtes, dessen Leben noch nicht begonnen hatte. Dessen Leben, wenn sie es so wollte, nicht weiter fortschreiten würde. Eine Woge aus Kummer und Übelkeit überkam sie, und sie fing zu zittern an. Die ganze Familie, dachte sie, sorgt sich darum, ob Millys Hochzeit stattfinden soll oder nicht. Während ich, mutterseelenallein, zu entscheiden versuche, ob ein kleiner Mensch entstehen darf oder nicht.

Der Gedanke lähmte sie. Sie fühlte sich fast überwältigt von der Last, überwältigt von der Entscheidung, die sie würde fällen müssen, und einen Augenblick fühlte sie sich einem Zusammenbruch nahe. Doch stattdessen schob sie die Hände tiefer in die Taschen, biss die Zähne zusammen und marschierte weiter.

Als träten sie bei einer Talkshow auf, saßen Simon und Milly einander zugewandt im Wohnzimmer.

»So«, meinte Simon schließlich. »Worum geht's jetzt eigentlich?«

Milly starrte ihn schweigend an. Ihre Finger zitterten, als sie sich eine Haarsträhne aus dem Gesicht strich; sie öffnete die Lippen, um zu sprechen, und schloss sie dann wieder.

»Du machst mich nervös«, sagte Simon. »Komm, Schatz. So schlimm kann's doch nicht sein, oder?«

»Nein.«

»Na also.« Er grinste sie an, und Milly lächelte, plötzlich erleichtert, zurück.

»Es wird dir nicht gefallen.«

»Ich werde tapfer sein«, erwiderte Simon. »Na, komm schon, sag's mir ins Gesicht.«

»Okay«, sagte Milly. Sie holte tief Luft. »Die Sache ist die, dass wir am Samstag nicht heiraten können. Wir werden die Trauung verschieben müssen.«

»Verschieben?«, sagte Simon bedächtig. »Na, okay. Aber warum?«

»Es gibt da was, das ich dir nicht erzählt habe.« Milly knetete nervös ihre Hände. »Mit achtzehn habe ich etwas sehr Dummes getan. Ich habe jemanden geheiratet. Es war eine Scheinehe, die nichts bedeutet hat. Aber die Scheidung ist nie vollzogen worden. Deshalb bin ich … bin ich immer noch verheiratet.«

Sie warf Simon einen Blick zu. Er wirkte verwirrt, aber nicht zornig, und ihr fiel ein Stein vom Herzen. Nach den hysterischen Anfällen ihrer Mutter war es eine Wohltat, zu sehen, wie ruhig Simon die Nachricht aufnahm. Er flippte nicht aus; er brüllte nicht los. Und warum auch? Schließlich hatte das alles ja nichts mit ihrer Beziehung zu tun, oder? Es war nichts weiter als ein technischer Haken.

»Das bedeutet nur, dass ich auf das rechtskräftige Urteil warten muss, ehe wir heiraten können.« Sie biss sich auf die Lippe. »Simon, es tut mir wirklich Leid.«

Langes Schweigen.

»Ich verstehe nicht ganz?«, sagte Simon schließlich. »Ist das ein Witz?«

Sie sah ihn unglücklich an. Seine dunklen Augen musterten sie, langsam trat ein ungläubiger Ausdruck auf sein Gesicht.

»Das ist dein Ernst!«

»Ja.«

»Du bist wirklich verheiratet!«

»Ja. Aber es war keine richtige Ehe«, sagte Milly rasch. Sie starrte zu Boden, bemüht, die Stimme ruhig zu halten. »Er war schwul. Die ganze Sache war ein Schwindel. Damit er das Land nicht verlassen musste. Ehrlich, es hat nichts bedeutet. Weniger als nichts! Das verstehst du doch, oder? Du verstehst es doch?«

Sie sah zu ihm auf. Aber als sie sein Gesicht sah, wurde ihr schlagartig klar, dass er es nicht verstand.

»Es war ein Fehler«, sagte sie und verhaspelte sich in der Eile fast. »Ein großer Fehler. Jetzt sehe ich das ein. Ich hätte mich nie dazu hergeben sollen. Aber ich war jung und sehr dumm, und er war ein Freund. Oder zumindest dachte ich das. Und er brauchte meine Hilfe. Mehr war da nicht dran!«

»Mehr war da nicht dran«, echote Simon in seltsamem Tonfall. »Tja, und was hat dir dieser Typ dafür gezahlt?«

»Nichts!«, erwiderte Milly. »Ich habe ihm damit doch nur einen Gefallen getan!«

»Du hast geheiratet ... um jemandem einen Gefallen zu tun?«, fragte er ungläubig. Milly starrte ihn beunruhigt an. Irgendwie lief alles völlig verkehrt.

»Es hat nichts bedeutet«, sagte sie, »und es ist zehn Jahre her! Ich war ein Kind. Ich weiß, ich hätte es dir früher erzählen sollen. Aber ich ...« Sie verstummte und sah ihn verzweifelt an. »Simon, sag etwas!«

»Was soll ich denn sagen?«, versetzte Simon. »Herzlichen Glückwunsch?« Milly zuckte zusammen.

»Nein! Bloß ... ich weiß nicht. Sag mir, was du denkst.«

»Ich weiß nicht, was ich denken soll. Ich weiß nicht mal, wo ich anfangen soll. Ich kann das nicht glauben. Du erzählst mir, du bist mit einem anderen verheiratet! Was soll ich darüber denken?« Sein Blick fiel auf ihre linke Hand, auf den Finger, der seinen Verlobungsring trug, und sie errötete.

»Es hat nichts bedeutet«, sagte sie. »Das musst du mir glauben.«

»Es ist doch gleich, ob es was bedeutet hat! Du bist immer noch verheiratet, oder?« Simon sprang unvermittelt auf und ging zum Fenster. »Herrgott, Milly!« Seine Stimme bebte leicht. »Warum hast du es mir denn nicht gesagt?«

»Ich weiß nicht. Ich wollte ...« Sie schluckte. »Ich wollte nicht alles zerstören.«

»Du wolltest nicht alles zerstören«, wiederholte Simon. »Also hast du bis zwei Tage vor unserer Hochzeit gewartet, um mir zu erzählen, dass du verheiratet bist.«

»Ich dachte, es wäre egal! Ich dachte ...«

»Du dachtest, wieso soll ich ihm das erzählen! Habe ich Recht?«

»Ich habe nicht ...«

»Du wolltest es vor mir geheim halten!« Seine Stimme schwoll an. »Vor deinem eigenen Mann!«

»Nein! Ich *hatte* vor, es dir zu sagen!«

»Wann? In unserer Hochzeitsnacht? Bei der Geburt unseres ersten Kindes? Zu unserer goldenen Hochzeit?«

Milly öffnete den Mund, um zu sprechen, schloss ihn dann aber wieder. Heiße Angst stieg in ihr hoch. Noch nie hatte sie Simon so wütend erlebt. Sie wusste nicht, wie sie ihn besänftigen konnte, wie sie sich weiter verhalten sollte.

»Na, was hältst du denn noch alles vor mir geheim? Irgendwelche Kinder? Geheime Liebhaber?«

»Nein.«

»Und wie soll ich dir das glauben?« Seine Stimme peitschte durch den Raum, und Milly fuhr zusammen. »Wie soll ich dir überhaupt je wieder etwas glauben?«

»Ich weiß nicht«, erwiderte Milly verzagt. »Ich weiß nicht. Du musst mir einfach vertrauen.«

»Dir vertrauen!«

»Ich weiß doch, dass ich es dir hätte sagen sollen«, räumte sie verzweifelt ein. »Das weiß ich! Aber nur, weil ich es nicht getan habe, heißt das noch lange nicht, dass ich noch andere Dinge vor dir verberge. Simon ...«

»Es geht nicht nur darum«, widersprach ihr Simon. »Es ist nicht nur das.« Millys Herz begann nervös zu pochen.

»Was denn noch?«

Simon ließ sich auf den Sessel fallen und rieb sich das Gesicht.

»Milly – du hast das Ehegelöbnis schon vor jemand anderem abgegeben. Du hast schon jemand anderem versprochen, ihn zu lieben. Ihn zu ehren. Weißt du, wie das für mich ist?«

»Aber ich habe kein Wort davon tatsächlich so gemeint! Kein einziges!«

»Eben.« Sein Tonfall ließ sie erschauern. »Ich dachte, du würdest dieses Gelöbnis so ernst nehmen wie ich.«

»Das habe ich«, erwiderte Milly entsetzt. »Das tue ich.«

»Wie kannst du? Du hast es verdorben! Du hast es befleckt.«

»Simon, sieh mich nicht so an«, flüsterte Milly. »Ich bin doch kein Unmensch! Ich habe einen Fehler gemacht, okay, aber ich bin immer noch ich. Nichts hat sich verändert!«

»Alles hat sich verändert«, versetzte Simon kategorisch. Es entstand lastende Stille. »Ehrlich gesagt kommt es mir vor, als ob ich dich überhaupt nicht mehr kenne.«

»Tja, und mir kommt es so vor, als ob ich *dich* nicht mehr kenne!«, entfuhr es Milly in plötzlicher Pein. »Ich kenne *dich* nicht mehr! Simon, ich weiß, ich habe die Hochzeit kaputtgemacht. Ich weiß, ich hab alles total vermasselt. Aber du musst deshalb nicht so fromm tun. Du brauchst mich deshalb nicht anzuschauen, als sei ich unter aller Kritik. Ich bin doch keine Verbrecherin!« Sie schluckte. »Na ja, vielleicht bin ich es, technisch gesehen. Aber bloß, weil ich einen Fehler gemacht habe. Ich habe einen Fehler gemacht! Und wenn du mich liebst, dann verzeihst du mir!« Sie brach in heftiges Schluchzen aus. »Wenn du mich wirklich liebst, dann verzeihst du mir!«

»Und wenn du mich wirklich lieben würdest«, brüllte Simon, der plötzlich verzweifelt wirkte, »dann hättest du mir erzählt, dass du verheiratet bist! Sag, was du willst, Milly, aber wenn du mich wirklich liebst, dann hättest du es mir erzählt!«

Milly starrte ihn an, sich plötzlich ihrer selbst nicht mehr sicher.

»Nicht unbedingt.«

»Nun, wir müssen unterschiedliche Auffassungen von der Liebe haben. Vielleicht war das Ganze von Anfang an ein großes Missverständnis.« Er erhob sich und griff nach seinem Mantel. Milly starrte ihn an und spürte, wie ungläubiges Entsetzen von ihr Besitz ergriff.

»Willst du damit sagen« – sie kämpfte mit dem Verlangen zu würgen –, »willst du damit sagen, du möchtest mich nicht mehr heiraten?«

»Wenn ich mich recht entsinne«, erwiderte Simon steif, »dann hast du bereits einen Ehemann. Die Frage erübrigt sich also, oder?«

An der Tür blieb er stehen. »Ich hoffe, dass ihr beide sehr glücklich miteinander werdet.«

»Du Schwein!«, schrie Milly. Tränen verschleierten ihr den Blick, während sie fieberhaft an ihrem Verlobungsring zerrte. Als sie ihn endlich nach ihm werfen konnte, war die Tür schon wieder zu und Simon fort.

11. Kapitel

Bei ihrer Rückkehr fand Isobel das Haus still vor. Die Diele war in trübes Licht getaucht, das Wohnzimmer leer. Sie öffnete die Küchentür und entdeckte Olivia, die im Halbdunkel am Küchentisch saß. Vor ihr eine Flasche Wein, fast leer, aus der Ecke ertönte leise Musik. Als Olivia sie hereinkommen hörte, sah sie auf, das Gesicht blass und verschwollen.

»Tja«, sagte sie matt. »Es ist alles aus.«

»Wie meinst du das?«, fragte Isobel argwöhnisch.

»Damit meine ich, dass die Verlobung von Milly und Simon gelöst ist.«

»Was?« Isobel blinzelte ihre Mutter entgeistert an. »Meinst du damit, für immer? Aber wieso?«

»Sie hatten irgendeinen Streit miteinander – und dann hat Simon die Verlobung gelöst.« Olivia trank einen Schluck Wein.

»Worum ging's denn? Um ihre erste Ehe?«

»Das nehme ich an. Sie wollte es nicht sagen.«

»Und wo ist sie jetzt?«

»Sie ist über Nacht zu Esme gegangen. Hat gesagt, sie müsse von hier fort. Von uns allen.«

»Das kann ich ihr nicht verübeln.«

Ohne den Mantel auszuziehen, ließ sie sich auf einen Stuhl plumpsen. »Herrje, die arme Milly. Ich fass es nicht! Was genau hat Simon denn gesagt?«

»Das wollte mir Milly nicht verraten. In letzter Zeit erzählt sie mir überhaupt nichts mehr.« Olivia trank einen großen Schluck Wein. »Offensichtlich werde ich nicht länger für vertrauenswürdig gehalten.«

Isobel verdrehte die Augen.

»Mummy, lass es.«

»Zehn Jahre lang war sie mit diesem – diesem illegalen Einwanderer verheiratet! Zehn Jahre, ohne mir was zu sagen!«

»Sie konnte es dir nicht erzählen. Wie in aller Welt hätte sie es dir erzählen können?«

»Und jetzt, wo sie in der Patsche sitzt, geht sie zu Esme.« Mit blutunterlaufenen Augen sah Olivia Isobel an. »Zu Esme Ormerod!«

»Sie geht immer zu Esme.«

»Ich weiß. Sie rennt zu ihr, und wenn sie zurückkommt, hält sie sich für die Königin von Saba!«

»Mummy ...«

»An dich hat sie sich auch gewandt.« Olivias Stimme hob sich. »Ist ihr denn niemals in den Sinn gekommen, zu mir zu kommen? Zu ihrer eigenen Mutter?«

»Das konnte sie nicht!«, rief Isobel. »Sie wusste doch, wie du reagieren würdest. Und das hat sie, ehrlich gesagt, nicht gebraucht. Sie brauchte einen ruhigen, vernünftigen Rat.«

»Und den kann ich ihr nicht geben, oder was?«

»Was die Hochzeit anbelangt, nein. Nein, kannst du nicht!«

»Tja, jetzt wird es keine Hochzeit mehr geben«, sagte Olivia mit stockender Stimme. »Es gibt keine Hochzeit mehr. Daher könnt ihr mir jetzt alle wieder euer Vertrauen schenken. Vielleicht behandelt ihr mich jetzt wieder wie einen Menschen!«

»Oh, Mummy, hör auf, in Selbstmitleid zu schwelgen!«, regte Isobel sich auf. »Das war doch nicht deine Hochzeit. Das war Millys Hochzeit!«

»Das weiß ich!«

»Eben nicht. Du denkst doch gar nicht wirklich an Milly und Simon. Du denkst gar nicht daran, wie sie sich fühlen müssen. Dich kümmert es ja nicht mal, ob sie zusammenbleiben oder nicht. Du denkst bloß an die Hochzeit. Die Blumen, die abbestellt werden müssen, und dein schickes Kostüm, das nun niemand sehen wird, und dass du nun nicht mit Harry Pinnacle tanzen wirst!«

»Wie kannst du es wagen!« Auf Olivias Wangen erschienen zwei rote Flecken.

»Aber es ist doch wahr, oder? Kein Wunder, dass Daddy …«

»Kein Wunder, dass Daddy was?«, kreischte Olivia.

»Nichts.« Isobel war klar, dass sie zu weit gegangen war. »Es ist bloß … ich kann seinen Standpunkt verstehen. Das ist alles.«

Lange Zeit herrschte Schweigen. Isobel blinzelte ein paarmal in dem trüben Küchenlicht. Mit einem Mal fühlte sie sich ausgelaugt, zu müde, um zu streiten, sogar zu müde, um aufzustehen.

»Gut«, sagte sie mühsam. »Tja, ich glaube, ich geh ins Bett.«

»Warte.« Olivia sah auf. »Du hast doch noch gar nichts gegessen.«

»Schon okay. Ich habe keinen Hunger.«

»Darum geht's nicht. Du musst was essen.«

Isobel zuckte unverbindlich mit den Schultern.

»Du musst was essen«, wiederholte Olivia. Sie begegnete Isobels Blick. »In deinem Zustand.«

»Mummy, nicht jetzt«, sagte Isobel müde.

»Wir müssen nicht darüber sprechen.« Olivia klang verletzt. »Wenn du nicht willst, musst du mir auch nichts erzählen. Du kannst so viel vor mir geheim halten, wie du möchtest.« Isobel wich ihr aus. »Lass mich dir einfach nur ein paar Rühreier machen.«

Es entstand eine Pause.

»Okay«, sagte Isobel schließlich. »Das wäre nett.«

»Und ich schenke dir ein gutes Glas Wein ein.«

»Das geht nicht.«

»Wieso nicht?«

Isobel schwieg und versuchte, die widersprüchlichen Gedanken, die ihr im Kopf herumgingen, auf die Reihe zu bringen. Sie konnte nichts trinken, falls sie das Baby behalten würde. Was war das bloß für eine Logik?

»Ach, dieser Käse!«, meinte Olivia gerade. »Als ich mit dir

schwanger war, da hab ich pro Tag drei Gins getrunken. Und es ist doch alles in Ordnung mit dir, oder? Mehr oder weniger.«

Widerstrebend breitete sich ein Lächeln über Isobels Gesicht aus.

»Okay«, sagte sie. »Ich könnte was vertragen.«

»Ich auch. Komm, wir machen noch eine Flasche auf.« Sie schloss die Augen. »So einen schrecklichen Abend habe ich noch nie erlebt.«

»Erzähl mir darüber.« Isobel setzte sich an den Tisch. »Ich hoffe, Milly ist okay.«

»Esme wird sich schon um sie kümmern«, sagte Olivia mit einem plötzlichen Anflug von Bitterkeit in der Stimme.

Milly saß in Esmes Wohnzimmer und hielt mit beiden Händen einen Becher mit heißer, cremiger Schokolade und einem Schuss Cointreau. Esme hatte sie dazu überredet, ein langes heißes Bad zu nehmen, parfümiert mit geheimnisvollen Essenzen aus etikettenlosen Flaschen, und hatte ihr dann einen weißen Bademantel aus Waffelstoff und gemütliche Pantoffeln geliehen. Nun bürstete sie Milly mit einer altmodischen Borstenhaarbürste das Haar. Milly starrte in das knisternde Feuer, spürte den Bürstenstrich auf der Kopfhaut, die Hitze des Feuers auf ihrem Gesicht, die Geschmeidigkeit ihrer sauberen Haut unter dem Bademantel. Vor rund einer Stunde war sie bei Esme angekommen, war in Tränen ausgebrochen, sobald diese die Tür aufgemacht hatte, und dann wieder während ihres Bades. Aber nun verspürte sie eine seltsame Ruhe. Sie nippte an ihrer Schokolade und schloss die Augen.

»Fühlst du dich besser?«, erkundigte sich Esme leise.

»Ja. Viel.«

»Gut.«

Es entstand eine Pause. Einer der Whippets erhob sich von seinem Platz am Kamin, kam auf Milly zu und legte seinen Kopf in Millys Schoß.

»Du hattest Recht.« Milly streichelte den Kopf des Hundes. »Du hattest Recht. Ich kenne Simon gar nicht. Und er kennt mich nicht.« Ihre Stimme bebte leicht. »Das Ganze ist hoffnungslos.«

Esme bürstete schweigend weiter.

»Ich weiß, dass ich mir die Katastrophe selbst zuzuschreiben habe. Schon klar. Schließlich habe ich geheiratet und alles verpfuscht. Aber er hat so getan, als hätte ich alles mit Absicht gemacht. Er hat nicht mal *versucht*, es von meiner Warte aus zu sehen.«

»Typisch Mann«, bemerkte Esme. »Frauen verbiegen sich sonstwie, um die Ansichten anderer zu verstehen. Männer wenden sich einmal um, dann schauen sie wieder nach vorn und machen weiter bis bisher.«

»Simon hat nicht mal den Kopf umgewandt«, meinte Milly unglücklich. »Nicht mal zugehört hat er!«

»Typisch. Noch so ein Sturschädel.«

»Ich komme mir so dumm vor«, sagte Milly. »So verdammt dumm!« Ein neuer Tränenstrom setzte ein. »Wie konnte ich ihn nur heiraten wollen? Er hat gesagt, ich hätte das Ehegelöbnis befleckt. Und er könne mir keinen Glauben mehr schenken. Er hat mich angesehen, als wäre ich ein Ungeheuer!«

»Ich weiß«, sagte Esme besänftigend.

»Die ganze Zeit, die wir zusammen waren«, Milly wischte sich die Tränen ab, »sind wir uns gar nicht wirklich näher gekommen, nicht? Simon kennt mich überhaupt nicht! Und wie kann man jemanden heiraten, den man gar nicht kennt? Wie? Eigentlich hätten wir uns nicht mal verloben dürfen. Die ganze Zeit war es bloß …« Als ihr ein neuer Gedanke kam, brach sie unvermittelt ab. »Erinnerst du dich daran, als er mir den Heiratsantrag gemacht hat? Er hatte alles nach seinen Vorstellungen geplant. Er führte mich zu dieser Bank im Garten seines Vaters, und er hatte den Diamantring bereits in der Tasche stecken, und er hatte sogar eine Champagnerflasche in einem Baumstumpf versteckt!«

»Liebes …«

»Aber nichts davon hatte mit mir zu tun, stimmt's? Nur mit ihm. Er hat gar nicht an mich gedacht, selbst da schon nicht.«

»Genau wie sein Vater«, bemerkte Esme mit plötzlicher Schärfe in der Stimme. Milly wandte sich verwundert zu ihr um.

»Du kennst Harry?«

»Von früher.« Esme bürstete schneller. »Jetzt nicht mehr.«

»Ich fand Harry eigentlich immer ganz nett«, schluckte Milly. »Aber, was weiß ich schon? In Simon habe ich mich ja auch total getäuscht, oder?« Ihre Schultern bebten vor Schluchzern, und Esme hörte mit dem Bürsten auf.

»Schatz, warum gehst du nicht ins Bett?«, schlug sie vor. Sie fasste Millys blondes Haar zu einem Strang zusammen und ließ ihn dann fallen. »Du bist überreizt, du bist müde, du brauchst eine große Mütze Schlaf. Denk dran, du bist heute früh aufgestanden, du bist nach London gefahren und wieder zurück. Du hast einen ganz schön anstrengenden Tag hinter dir.«

»Ich werde nicht schlafen können.« Wie ein Kind sah Milly mit verweintem Gesicht zu Esme auf.

»Doch, das wirst du«, erwiderte Esme ruhig. »Ich habe ein bisschen was in dein Getränk gemischt. Es sollte bald wirken.«

»Oh!« Milly starrte einen Augenblick in ihren Becher, dann leerte sie ihn. »Verabreichst du all deinen Gästen Drogen?«

»Nur den ganz besonderen«, erwiderte Esme und schenkte Milly ein heiteres Lächeln.

Als Isobel die Rühreier aufgegessen hatte, lehnte sie sich seufzend zurück.

»Das war köstlich. Dank dir.« Es kam keine Antwort. Sie blickte auf. Olivia saß mit geschlossenen Augen über ihr Weinglas gebeugt. »Mummy?«

Olivia öffnete die Augen. »Du bist fertig«, bemerkte sie benommen. »Möchtest du noch etwas mehr?«

»Nein, danke. Hör mal, Mummy, warum gehst du nicht ins Bett? Morgen Vormittag haben wir eine Menge zu erledigen.«

Einen Augenblick starrte Olivia sie ausdruckslos an; dann, als hätte man sie plötzlich wachgerüttelt, nickte sie.

»Ja. Du hast Recht.« Sie seufzte. »Weißt du, einen Augenblick lang hatte ich es vergessen.«

»Geh ins Bett«, wiederholte Isobel. »Ich räum hier auf.«

»Aber du ...«

»Mir geht's gut«, erwiderte Isobel fest. »Außerdem möchte ich mir eh noch eine Tasse Tee machen. Ab mit dir!«

»Na, dann gute Nacht.«

»Gute Nacht.«

Isobel beobachtete, wie ihre Mutter den Raum verließ, dann erhob sie sich und füllte den Wasserkessel. Sie lehnte sich an die Spüle und blickte auf die dunkle, stille Straße hinaus, als sie plötzlich jemanden die Haustür aufsperren hörte.

»Milly?«, fragte sie. »Bist du es?«

Einen Augenblick später ging die Küchentür auf und ein fremder junger Mann in Jeansjacke kam herein. Er trug eine große Tasche und wirkte schäbiger als die meisten Gäste. Isobel musterte ihn einen Augenblick lang neugierig. Dann ging ihr ein Licht auf, und siedende Wut stieg in ihr hoch. Das war er also. Alexander. Die Ursache allen Übels.

»Wie können Sie es wagen, hier noch einmal aufzukreuzen?« Isobel bemühte sich, nicht zu laut zu werden. »Ich verstehe nicht, wie Sie sich das trauen können!«

»Ich bin nun mal ein tapferer Kerl!« Alexander kam auf sie zu. »Man hat mir verschwiegen, dass Sie auch schön sind.«

»Kommen Sie mir nicht zu nahe!«, zischte Isobel.

»Sie sind aber nicht gerade freundlich.«

»Freundlich! Sie erwarten von mir, dass ich freundlich zu Ihnen bin? Nach allem, was Sie meiner Schwester angetan haben?« Alexander sah grinsend auf.

»Sie kennen ihr kleines Geheimnis also?«

»Dank Ihnen kennt es die ganze Welt!«

»Wie meinen Sie das?«, fragte Alexander unschuldig. »Ist was passiert?«

»Lassen Sie mich nachdenken«, versetzte Isobel sarkastisch. »Ist was passiert? O ja. Die Hochzeit wurde abgesagt. Aber ich schätze, das wissen Sie bereits.«

Alexander sah sie mit großen Augen an.

»Sie scherzen.«

»Nein, verdammt noch mal!«, schrie Isobel. »Die Hochzeit wurde abgeblasen. Herzlichen Glückwunsch, Alexander, Sie haben Ihr Ziel erreicht! Sie haben Millys Leben völlig verpfuscht. Von uns anderen ganz zu schweigen.«

»Herr im Himmel!« Mit zitternder Hand fuhr Alexander sich durchs Haar. »Hören Sie, ich hatte nie vor ...«

»Nein?«, entgegnete Isobel zornig. »Nein? Nun, daran hätten Sie denken sollen, bevor Sie die Klappe aufgerissen haben. Ich meine, was haben Sie denn *gedacht*, was passieren würde?«

»Das nicht! Das nicht, um Himmels willen! Herrjemine, warum hat sie die Hochzeit abgesagt?«

»Hat sie gar nicht. Simon war's.«

»Was? Wieso denn?«

»Ich denke, das ist ihre Sache, oder?«, meinte Isobel barsch. »Sagen wir mal so, wenn niemand etwas über ihre erste Ehe ausgeplaudert hätte, dann wäre alles noch in Butter. Wenn Sie bloß den Mund gehalten hätten ...« Sie brach ab. »Ach, was soll's? Sie verfluchter Psychopath!«

»Na, hören Sie mal!«, erregte sich Alexander. »Herrje! Ich wollte doch nicht, dass die Hochzeit platzt! Ich wollte nur ...«

»Was? Was wollten Sie?«

»Nichts!«, sagte Alexander. »Ich hab sie doch nur ein bisschen provozieren wollen.«

»Herrgott, was sind Sie für ein armseliger Kerl! Sie sind nichts weiter als ein mieser kleiner Fiesling!« Sie sah auf seine Tasche. »Dass Sie heute hier übernachten, können Sie sich abschminken.«

»Aber ich habe das Zimmer bestellt!«

»Dann ist die Bestellung hiermit aufgehoben!« Isobel stieß die Tasche mit dem Fuß zur Tür. »Wissen Sie, was Sie meiner Familie angetan haben? Meine Mutter steht unter Schock, meine Schwester ist nur noch ein Häufchen Elend ...«

»Hören Sie, es tut mir Leid, okay?« Alexander nahm seine Tasche. »Es tut mir Leid, dass aus der Hochzeit Ihrer Schwester nun nichts wird. Aber Sie können mir doch dafür nicht die Schuld in die Schuhe schieben!«

»O doch, das können wir!« Isobel machte die Haustür auf. »Und jetzt raus mit Ihnen!«

»Aber ich hab doch gar nichts getan!«, rief Alexander aufgebracht und ging hinaus. »Ich hab doch bloß ein paar Scherze gemacht!«

»Verflucht noch mal, das soll ein Scherz sein, dem Pfarrer alles zu erzählen, ja?«, versetzte Isobel und schlug die Tür zu, noch ehe Alexander zu einer Antwort ansetzen konnte.

Während Olivia die Treppe hinaufstieg, wurde sie von einer dumpfen Traurigkeit erfasst. Der Adrenalinstoß vom frühen Abend hatte sich gelegt. Sie fühlte sich müde, enttäuscht und den Tränen nahe. Alles war aus. Das Ziel, auf das sie die ganze Zeit hingearbeitet hatte, war ihr plötzlich genommen worden, und stattdessen hatte sich ein schwarzes Loch aufgetan.

Keiner sonst würde so richtig verstehen, wie viel von sich sie in Millys Hochzeit eingebracht hatte. Vielleicht war das ihr Fehler gewesen. Vielleicht hätte sie sich zurückhalten sollen, hätte Harrys Leute die Angelegenheit mit sachlicher Effizienz erledigen lassen und lediglich an dem Tag auftauchen sollen, gepflegt und höflich interessiert. Olivia seufzte. Das hätte sie nicht über sich gebracht. Nie und nimmer hätte sie zuschauen können, wie jemand anders die Hochzeit ihrer Tochter ausrichtete. Also hatte sie sich zu voller Größe gereckt, die Sache angepackt und viele Stunden mit Überlegungen bezüglich der Organisation verbracht. Und nun würde sie die Früchte all ihrer Bemühungen nicht ernten können.

Isobels anklagende Stimme hallte in ihren Ohren wider, und sie zuckte zusammen. Irgendwann hatten sich zwischen ihr und der restlichen Familie Missverständnisse eingeschlichen. Irgendwie hatte man ihr verübelt, dass alles bis aufs i-Tüpfelchen stimmen sollte. Vielleicht hatte James Recht, vielleicht hatte sie sich zu sehr hineingesteigert. Aber sie hatte einfach nur das Beste gewollt. Für sie alle. Und nun würde das keiner je begreifen. Sie würden die Ergebnisse nicht sehen. Sie würden den freudigen, überschwänglichen Tag nicht erleben, den sie geplant hatte. Nur der ganze Stress und Trubel blieben in Erinnerung.

Sie verharrte an Millys Zimmertür, die einen Spalt offen stand, und ging unvermittelt hinein. Millys Hochzeitskleid hing noch immer in seinem Kleidersack am Schrank. Als sie die Augen schloss, hatte Olivia Millys Gesicht vor sich, bei der ersten Anprobe. Beide wussten sie augenblicklich, dies und kein anderes. Sie hatten stumm in den Spiegel geschaut, und dann, als ihre Blicke sich trafen, hatte Olivia bedächtig gesagt: »Ich denke, das müssen wir haben. Findest du nicht auch?«

Millys Maße waren genommen, und irgendwo in Nottingham war das Kleid speziell für sie nachgeschneidert worden. In den letzten Wochen hatte Milly immer wieder zur Anprobe erscheinen müssen. Und nun würde sie es nie tragen. Olivia konnte nicht anders, sie musste den Reißverschluss der Hülle öffnen, den schweren Satin herausziehen und ihn betrachten. Aus dem Inneren des Kleidersacks glitzerte ihr eine kleine schillernde Perle entgegen. Das Kleid war einfach wunderschön. Olivia seufzte und begann, den Reißverschluss wieder zu schließen, ehe sie der große Katzenjammer überkam.

James, der an der Tür vorbeiging, sah Olivia traurig mit Millys Hochzeitskleid, und ihm lief die Galle über. Ohne innezuhalten marschierte er ins Zimmer.

»Herrgott noch mal, Olivia«, schnauzte er. »Die Hochzeit ist abgesagt! Sie ist abgesagt! Geht dir das nicht in den Kopf?«

Olivia riss bestürzt den Kopf hoch. Mit zitternden Händen stopfte sie das Kleid wieder zurück in die Hülle.

»Doch, natürlich. Ich habe bloß …«

»In Selbstmitleid geschwelgt«, beendete James den Satz sarkastisch. »Hast bloß an deine perfekt organisierte Hochzeit gedacht, die nun nie mehr stattfinden wird.«

Olivia zog den Reißverschluss ganz hoch und wandte sich um.

»James, warum tust du so, als sei das alles meine Schuld?«, fragte sie mit bebender Stimme. »Warum bin ich plötzlich der Sündenbock? Ich habe Milly nicht zu dieser Ehe gedrängt! Ich habe sie nicht zu einer Hochzeitsfeier gezwungen! Sie wollte eine! Ich habe bloß versucht, sie so gut für sie auszurichten, wie ich konnte.«

»Für dich zu organisieren versucht, meinst du!«

»Mag sein«, sagte Olivia. »Zum Teil. Aber was ist daran verkehrt?«

»Oh, ich geb's auf!« James' Gesicht war weiß vor Wut. »Ich dringe einfach nicht zu dir durch!« Olivia starrte ihn an.

»Ich versteh dich nicht, James. Ich versteh dich einfach nicht. Hast du dich denn nicht darüber gefreut, dass Milly heiratet?«

»Ich weiß nicht.« Er schritt steifbeinig zum Fenster. »Ehe. Was zum Teufel kann die Ehe einem jungen Mädchen wie Milly denn schon bieten?«

»Glück«, erwiderte Olivia nach einer Pause. »Ein glückliches Leben mit Simon.« James wandte sich um und sah sie merkwürdig an.

»Du glaubst, eine Ehe macht glücklich, ja?«

»Natürlich!«

»Tja, dann bist du ein größerer Optimist als ich.« Er lehnte sich an die Heizung, zog die Schultern hoch und musterte sie mit undurchdringlichem Blick.

»Wie meinst du das?«, fragte Olivia mit bebender Stimme. »James, wovon redest du?«

»Was glaubst du denn, wovon ich rede?«

Bedeutungsvolle Stille.

»Schau uns doch nur an, Olivia«, sagte James schließlich. »Ein altes Ehepaar. Schenken wir einander Glück? Unterstützen wir uns gegenseitig? Wir sind mit den Jahren nicht zusammengewachsen. Wir haben uns auseinander gelebt.«

»Das stimmt nicht!«, protestierte Olivia erschrocken. »Wir waren sehr glücklich miteinander!«

James schüttelte den Kopf.

»Jeder für sich vielleicht. Du hast dein Leben und ich meines. Du hast deine Freunde und ich meine. Aber das ist nicht das, worum es in einer Ehe geht.«

»Wir müssen keine getrennten Leben führen!« Ein Anflug von Panik schlich sich in Olivias Stimme.

»Ach, komm, Olivia!«, rief James. »Gib's doch zu. Du bist mehr an deinen Gästen interessiert als an mir!«

»Nein, das bin ich nicht!« Olivia errötete.

»Doch. Sie stehen an erster Stelle, ich an zweiter. Zusammen mit der restlichen Familie.«

»Das ist nicht fair!«, schrie Olivia. »Ich betreibe diese Pension *für* die Familie! Damit wir in Urlaub fahren können. Uns den einen oder anderen Luxus leisten können. Und das weißt du auch!«

»Nun, vielleicht sind andere Dinge wichtiger«, meinte James. Olivia sah ihn unsicher an.

»Willst du damit sagen, du möchtest, dass ich das Bed and Breakfast aufgebe?«

»Nein«, erwiderte James ungeduldig. »Ich sage lediglich ...«

»Was?«

Es entstand eine lange Pause. Schließlich seufzte James. »Ich schätze«, sagte er bedächtig, »ich möchte einfach nur, dass du mich brauchst.«

»Aber ich brauche dich«, erwiderte Olivia kleinlaut.

»So?« James lächelte halbherzig. »Olivia, wann hast du dich mir zum letzten Mal anvertraut? Wann hast du mich zum letzten Mal um Rat gefragt?«

»Aber du interessierst dich ja nie für das, was ich zu sagen habe!«, verteidigte sich Olivia. »Wann immer ich dir etwas erzähle, wird's dir langweilig. Du fängst an, aus dem Fenster zu schauen. Oder du liest Zeitung. Meine Äußerungen tust du als Lappalien ab. Und überhaupt, was ist mit dir? Du vertraust mir ja auch nie etwas an!«

»Ich versuche es!«, sagte James wütend. »Aber du hörst ja nie zu, verdammt! Du quasselst nur in einem fort von der Hochzeit. Die Hochzeit hier, die Hochzeit da. Und davor gab es auch schon immer irgendwas. Quassel, quassel, quassel! Das treibt mich zum Wahnsinn!«

Schweigen.

»Ich weiß, dass ich ein bisschen viel rede«, sagte Olivia schließlich. »Das höre ich von meinen Freundinnen auch immer. Sie sagen ›Jetzt halt mal die Luft an, Olivia, und lass auch mal andere zu Wort kommen‹. Und das tue ich dann auch.« Sie schluckte. »Aber du hast nie etwas gesagt. Dir scheint es so oder so egal zu sein.«

James rieb sich müde das Gesicht. »Vielleicht nicht. Vielleicht bin ich einfach nur schon darüber hinaus. Ich weiß nur …« Er hielt inne. »Dass ich so nicht weitermachen kann.«

Die Worte hallten unheilvoll in dem kleinen Raum wider. Olivia wurde leichenblass, und das Herz schlug ihr bis zum Hals.

»James«, sagte sie, ehe er fortfahren konnte. »Bitte. Nicht heute Abend.«

James blickte auf und bekam einen Schock, als er Olivia sah. Sie war kreidebleich, ihre Lippen bebten, und ihre Augen spiegelten eine tiefe Furcht wider.

»Olivia …«, begann er.

»Wenn es da etwas gibt, das du mir sagen möchtest …«, Olivia schluckte, »dann sag es mir bitte nicht heute Abend.«

Sie ging unsicher zur Tür und tastete hinter sich nach dem Türgriff. »Ich … ich ertrage heute Abend nichts mehr.«

Rupert saß am Schreibtisch in seiner Kanzlei und starrte aus dem Fenster in die dunkle, stille Nacht hinaus. Vor ihm lag eine Liste mit Telefonnummern, manche davon durchgestrichen oder geändert, andere neu notiert. Er hatte die letzten zwei Stunden am Telefon verbracht und mit Leuten geredet, von denen er gedacht hatte, er würde sie nie mehr sprechen. Mit einem alten Freund Allans aus dem Keble College, der nun am Christ Church lehrte. Mit einem alten Tutorenfreund, der nun in Birmingham arbeitete. Schon halb vergessene Bekanntschaften, Freunde von Freunden, Namen, denen er nicht einmal mehr ein Gesicht zuordnen konnte. Niemand wusste, wo Allan sich aufhielt.

Doch dieser letzte Telefonanruf hatte ihm Hoffnung gemacht. Er hatte mit einem Englischprofessor aus Leeds gesprochen, der Allan von Manchester her kannte.

»Er hat Manchester plötzlich verlassen«, hatte er gesagt.

»So viel habe ich auch herausgefunden«, sagte Rupert, der diese Information schon drei- oder viermal notiert hatte. »Haben Sie eine Ahnung, wohin er von dort aus gezogen ist?« Eine Pause entstand.

»Nach Exeter«, sagte der Professor schließlich. »Ja, genau, Exeter. Ich weiß das, weil er mir ungefähr ein Jahr darauf schrieb und mich bat, ihm ein Buch zu schicken. Es war eine Adresse in Exeter. Vielleicht habe ich sie in meinen Organizer eingegeben.«

»Könnten Sie …« Rupert hatte kaum zu hoffen gewagt. »Glauben Sie …«

»So, da haben wir sie«, hatte der Professor gesagt. »St. David's House.«

»Was ist das?« Rupert starrte auf die Adresse. »Ein College?«

»Noch nie davon gehört«, hatte der Professor erwidert. »Vielleicht ist es ein neues Studentenheim.«

Rupert hatte aufgelegt und sofort die Auskunft angerufen. Nun blickte er auf die Telefonnummer vor ihm. Bedächtig hob er den Hörer ab und wählte die Nummer. Vielleicht wohnte Allan noch dort. Vielleicht würde er ja selber abheben. Rupert hatte Herzklopfen, und seine Finger, plötzlich schweißnass, klebten am Hörer. Ihm war fast schlecht vor Aufregung.

»St. David's House«, meldete sich eine junge männliche Stimme.

»Hallo.« Rupert umklammerte den Telefonhörer fest. »Ich hätte gern Allan Kepinski gesprochen.«

»Einen Augenblick, bitte.«

Lange Zeit herrschte Stille, dann meldete sich eine weitere männliche Stimme.

»Sie wollten mit Allan sprechen?«

»Ja.«

»Darf ich fragen, mit wem ich spreche?«

»Ich heiße Rupert.«

»Rupert Carr?«

»Ja.« Rupert umklammerte den Hörer noch fester. »Ist Allan da?«

»Allan hat das St. David's House vor fünf Jahren verlassen«, erklärte der junge Mann. »Er ist in die Staaten zurückgegangen.«

»Oh.« Rupert starrte verdutzt auf das Telefon. Es war ihm nie in den Sinn gekommen, dass Allan zurück in den Staaten sein könnte.

»Rupert, sind Sie in London?«, fragte der junge Mann. »Könnten wir uns möglicherweise morgen treffen? Allan hat Ihnen einen Brief hinterlegt.«

»Wirklich? Für mich?« Sein Herz machte einen Sprung. Es war noch nicht zu spät. Allan wollte ihn noch immer. Er würde ihn anrufen, notfalls würde er in die Staaten fliegen. Und dann ...

Ein Geräusch an der Tür riss ihn aus seinen Gedanken. Tom stand im Türrahmen und beobachtete ihn. Rupert errötete.

»Im Mangetout in der Drury Lane. Um zwölf«, sagte der junge Mann gerade. »Ich werde eine schwarze Jeans tragen. Ach, und übrigens, ich heiße Martin.«

»Okay«, sagte Rupert eilig. »Bye, Martin.«

Er legte auf und blickte verlegen zu Tom.

»Wer ist Martin?«, erkundigte Tom sich freundlich. »Ein Freund von dir?«

»Geh«, bat Rupert. »Lass mich in Ruhe.«

»Ich war bei Francesca. Sie ist völlig aufgelöst. Wie du dir vorstellen kannst.« Tom setzte sich ungeniert auf Ruperts Schreibtisch und ergriff einen Briefbeschwerer aus Messing. »Dein kleiner Ausbruch hat sie ziemlich aus der Fassung gebracht.«

»Im Gegensatz zu dir«, versetzte Rupert aggressiv.

»Stimmt«, sagte Tom, »mir ist diese Art der Verwirrung schon früher untergekommen.« Er lächelte Rupert an. »Du bist nicht allein. Ich bin bei dir. Francesca ist bereit, dir beizustehen. Wir alle werden dir helfen.«

»Helfen, wobei? Zu bereuen? Öffentlich zu beichten?«

»Ich verstehe deinen Zorn«, sagte Tom. »Es ist eine Form der Scham.«

»Von wegen! Ich schäme mich nicht!«

»Was immer du in der Vergangenheit getan hast, du kannst reingewaschen werden.«

Rupert starrte Tom an. Sein Haus kam ihm in den Sinn, sein Leben mit Francesca, sein bequemes, glückliches Dasein. Alles, was er zurückhaben konnte, wenn er in einem Punkt log.

»Ich kann nicht«, sagte er. »Ich kann einfach nicht. Ich bin nicht der, für den ihr mich alle haltet. Ich war in einen Mann verliebt. Weder war ich fehlgeleitet, noch wurde ich verleitet. Ich war verliebt.«

»Platonische Liebe ...«

»Keine platonische Liebe!«, rief Rupert. »Sexuelle Liebe! Kannst du das nicht verstehen, Tom? Ich habe einen Mann sexuell geliebt.«

»Du hast den Akt mit ihm vollzogen.«

»Ja.«

»Akte, die, wie du weißt, dem Herrn zuwider sind.«

»Wir haben niemandem geschadet!«, schrie Rupert verzweifelt. »Wir haben nichts Unrechtes getan!«

»Rupert!«, rief Tom aus und erhob sich. »Was redest du da? Natürlich hast du dir geschadet. Du hast dir selbst den größten Schaden zugefügt. Du hast die vielleicht abscheulichste Sünde begangen, die der Menschheit bekannt ist! Du kannst dich reinwaschen – aber nur, wenn du bereust. Nur wenn du zugibst, welche Sünde du begangen hast.«

»Das war keine Sünde«, protestierte Rupert mit bebender Stimme. »Das war schön.«

»In den Augen des Herrn«, sagte Tom kalt, »war es widerlich. Widerlich!«

»Es war Liebe!«, schrie Rupert. Er stand auf, so dass er sich mit Tom in derselben Augenhöhe befand. »Kannst du das nicht verstehen?«

»Nein«, schnauzte Tom. »Ich fürchte, das kann ich nicht.«

»Du kannst nicht verstehen, dass zwei Männer sich möglicherweise lieben können?«

»Nein.«

Langsam beugte Rupert sich vor. Einige seiner Haarsträhnen berührten Toms Stirn.

»Stößt dich der Gedanke wirklich ab?«, flüsterte er. »Oder hast du nur Angst davor?«

Wie von der Tarantel gestochen, machte Tom einen Satz zurück.

»Komm mir nicht zu nahe!«, brüllte er, das Gesicht vor Abscheu verzogen.

»Keine Bange. Ich gehe.«

»Wohin?«

»Interessiert dich das, Tom? Interessiert dich das wirklich?«

Stille. Zitternd nahm Rupert seine Unterlagen und stopfte sie in seine Aktentasche. Tom beobachtete ihn, ohne sich zu rühren.

»Du weißt, dass du verdammt bist«, sagte er, während Rupert sich seinen Mantel nahm. »Die Verdammnis ist dir sicher.«

»Ich weiß.« Und ohne sich noch einmal umzusehen, öffnete Rupert die Tür und ging hinaus.

12. Kapitel

Isobel wachte mit dröhnenden Kopfschmerzen und Übelkeitsgefühlen auf. Sie blieb regungslos liegen, bemüht, die Übelkeit kraft ihres Willens zu überwinden – bis ein plötzlicher Drang, sich zu übergeben, sie aus ihrem Bett, aus ihrem Zimmer, durch die Diele und ins Badezimmer trieb.

»Es ist ein Kater«, erklärte sie dem Badezimmerspiegel. Aber ihr Spiegelbild blickte skeptisch drein. Sie spülte sich den Mund aus, setzte sich auf den Badewannenrand und stützte den Kopf auf die Hand. Wieder einen Tag älter. Einen Tag weiter entwickelt. Vielleicht hatte es inzwischen schon Gesichtszüge. Vielleicht hatte es kleine Hände, kleine Zehen. Es war ein Junge. Oder ein Mädchen. Eine kleine Person. Die in ihr wuchs, sich auf das Leben freute.

Eine weitere Welle von Übelkeit erfasste sie, und sie hielt sich die Hand vor den Mund. Diese Unschlüssigkeit machte sie krank. Sie kam einfach zu keiner Entscheidung, konnte nicht einen klaren Gedanken fassen. Die Vernunft rang mit Bedürfnissen, von deren Existenz sie nichts geahnt hatte, mit jedem Tag schien ihr Denkvermögen ein wenig nachzulassen. Das Offensichtliche schien nun weniger offensichtlich, die logischen Ansichten, die sie einst bereitwillig vertreten hatte, schienen in einem Meer törichter Empfindungen unterzugehen.

Schwankend stand sie auf und ging langsam auf den Gang hinaus. In der Küche hörte sie Rumoren, und sie beschloss, hinunterzugehen und sich eine Tasse Tee zu machen. Als sie hereinkam, stand James in seiner Arbeitskluft am Aga und las die Zeitung.

»Guten Morgen!«, grüßte er sie. »Na, eine Tasse Tee?«

»Furchtbar gern.« Isobel setzte sich an den Tisch und musterte ihre Finger. James stellte einen Becher vor sie hin, sie nippte daran und runzelte dann die Stirn. »Ich glaube, da muss Zucker rein.«

»Aber du nimmst doch nie Zucker«, meinte James verdutzt.

»Nein«, sagte Isobel. »Aber jetzt vielleicht schon.« Sie rührte zwei Löffel Zucker in ihren Tee und schlürfte ihn genüsslich.

»Nun«, sagte James. »Milly hatte also Recht.«

»Ja.« Isobel starrte in ihren Becher. »Milly hatte Recht.«

»Und der Vater?«

Isobel schwieg.

»Verstehe.« James räusperte sich. »Hast du schon beschlossen, was du tun wirst? Ich nehme an, du stehst noch ganz am Anfang.«

»Ja. Und nein, ich bin noch zu keinem Entschluss gekommen.« Isobel blickte auf. »Ich nehme an, du denkst, ich sollte es los werden, nicht? Vergessen, dass es je geschehen ist, und meine glänzende Karriere weiter verfolgen.«

»Nicht unbedingt«, erwiderte James nach einer Pause. »Außer …«

»Meine aufregende Karriere«, sagte Isobel bitter. »Mein wunderbares Leben in Flugzeugen, Hotelzimmern und mit fremden Geschäftsmännern, die versuchen, mich anzumachen, weil ich immer allein bin.« James sah sie mit großen Augen an.

»Genießt du deine Arbeit nicht? Ich habe gedacht – wie wir alle –, sie macht dir Spaß?«

»Macht sie ja auch. Meistens jedenfalls. Aber manchmal fühle ich mich einsam, und manchmal habe ich es satt, und manchmal würde ich am liebsten alles für immer hinschmeißen. So wie die meisten Menschen.« Sie nippte an ihrem Tee. »Manchmal wünsch ich mir, ich würde heiraten, drei Kinder bekommen und schließlich als Geschiedene ein glückliches Dasein führen.«

»Davon hatte ich ja keine Ahnung, Schatz.« James runzelte die Stirn. »Ich dachte, du wärst gern Karrierefrau.«

»Ich bin keine Karrierefrau«, versetzte Isobel und knallte ihren Becher auf den Tisch. »Ich bin ein Mensch. Mit einer Karriere.«

»Ich wollte dich nicht …«

»Hast du aber!«, entgegnete Isobel verärgert. »Das ist das Einzige, was dich interessiert, stimmt's? Meine Karriere und sonst gar nichts. Den ganzen Rest von mir hast du vergessen.«

»Nein! Das würde ich niemals tun!«

»Doch. Weil ich es selbst nämlich auch tue. Häufig sogar.«

Eine Pause trat ein. Isobel nahm eine Cornflakespackung, sah hinein, seufzte und stellte sie wieder fort.

James trank noch einen abschließenden Schluck Tee und griff dann nach seiner Aktentasche. »Ich fürchte, ich muss los.«

»Du gehst heute wirklich arbeiten?«

»Mir bleibt nicht viel anderes übrig. Momentan ist so einiges im Umbruch. Wenn ich mich nicht zeige, bin ich meinen Job morgen vielleicht schon los.«

»Wirklich?« Isobel sah schockiert auf.

»Na ja, ganz so schlimm ist es nicht.« James schenkte ihr ein halbherziges Lächeln. »Trotzdem, hingehen muss ich.«

»Das tut mir Leid. Das wusste ich ja nicht.«

»Nein. Nun«, James machte eine Pause, »solltest du auch nicht. Ich war ja nicht direkt mitteilsam.«

»Na ja, zu Hause war wohl schon genug los.«

»So könnte man's ausdrücken«, sagte James. Isobel grinste ihn an.

»Ich wette, du bist eigentlich ganz froh, das alles los zu sein.«

»Nichts bin ich los. Hab heute früh schon einen Anruf von Harry Pinnacle bekommen. Er will mich heute Mittag treffen. Zweifelsohne, um über die Kosten dieses ganzen Fiaskos zu sprechen.« Er zog eine Grimasse. »Harry Pinnacle schnippt mit den Fingern, und alle anderen müssen springen.«

»Tja, na dann viel Glück.«

An der Tür blieb James noch einmal stehen.

»Wen hättest du denn überhaupt geheiratet?«, fragte er. »Als Vater deiner drei Kinder?«

»Keine Ahnung. Mit wem war ich denn zusammen? Dan Williams, schätze ich mal.« James stöhnte auf.

»Schatz, ich denke, du hast den richtigen Entschluss gefasst.« Plötzlich hielt er inne. »Ich meine, das Kind ist doch nicht ...«

»Nein.« Isobel musste unwillkürlich kichern. »Keine Bange. Es ist nicht von ihm.«

Als Simon aufwachte, fühlte er sich völlig zerschlagen. Er hatte Kopfschmerzen, seine Augen brannten, er fühlte sich unendlich bedrückt. Durch den Vorhang stahl sich ein winterlicher Sonnenstrahl, von unten zogen vermischte Düfte vom Kaminfeuer in der Halle und von frisch aufgebrühtem Kaffee aus dem Frühstücksraum empor. Aber nichts konnte seinen Kummer, seine Enttäuschung und vor allem das schmerzliche Gefühl, versagt zu haben, lindern.

Die zornigen Worte, die er Milly am Abend an den Kopf geworfen hatte, gingen ihm noch mit einer solchen Klarheit im Kopf herum, als hätte er sie gerade erst geäußert. Wie eine Szene aus einem Stück, die er auswendig gelernt hatte. Eine Szene, die er, wie es nun schien, irgendwie hätte vorausahnen müssen. Er spürte einen schmerzlichen Stich in der Brust, drehte sich um und vergrub den Kopf unter dem Kissen. Warum hatte er das nicht kommen sehen? Wie hatte er sich in dem Glauben wiegen können, er könne es zu einer glücklichen Ehe bringen? Warum konnte er nicht einfach die Tatsache akzeptieren, dass er in jeder Hinsicht ein Versager war? Er hatte beruflich schmählich versagt, und nun tat er es auch in punkto Ehe. Zumindest, dachte Simon bitter, hatte es sein Vater tatsächlich bis vor den Traualtar gebracht. Zumindest war sein Vater nicht zwei Abende vor seiner Hochzeit im Stich gelassen worden, verflixt noch mal.

Plötzlich sah er Milly vor sich, mit rotem und verweintem Gesicht, todunglücklich. Und einen Augenblick spürte er, wie er schwach wurde. Einen Moment überkam ihn der Wunsch, zu ihr zu gehen. Ihr zu sagen, dass er sie immer noch liebte, dass er sie immer noch heiraten wollte. Er würde ihre armen, geschwollenen Lippen küssen, mit ihr schlafen und versuchen, einen Strich unter das Vergangene zu machen. Die Versuchung war da. Sie war riesig, wenn er ehrlich war.

Doch es ging nicht. Wie konnte er Milly nun noch heiraten? Wie konnte er zuhören, wie sie ein Versprechen ablegte, das sie zuvor schon jemand anderem gemacht hatte? Wie konnte er den Rest seines Lebens mit der Frage verbringen, was sie noch vor ihm geheim hielt? Die Sache hatte nicht nur einen kleinen Riss hinterlassen, den man zusammenflickte, und alles war wieder in Ordnung. Eine riesige Kluft hatte sich aufgetan, die alles und jedes veränderte, die ihre Beziehung in etwas verwandelte, das er nicht mehr wiedererkannte.

Unwillkürlich erinnerte er sich an den Sommerabend, an dem er ihr einen Heiratsantrag gemacht hatte. Sie hatte sich einwandfrei verhalten: hatte ein bisschen geweint, ein bisschen gelacht, war in Bewunderungsrufe über den Ring ausgebrochen, den er ihr geschenkt hatte. Aber was hatte sie sich wirklich dabei gedacht? Hatte sie sich über ihn lustig gemacht? Hatte sie ihre geplante Hochzeit überhaupt je ernst genommen? Teilte sie überhaupt auch nur eines seiner Ideale?

Einige Minuten lag er da und quälte sich mit Bildern von Milly, versuchte das, was er nun über sie wusste, mit den Erinnerungen an sie als seine Verlobte in Einklang zu bringen. Sie war schön, süß, charmant. Sie war seines Vertrauens unwürdig, geheimnistuerisch, falsch. Das Schlimmste war, dass sie offenbar nicht einmal begriff, was sie getan hatte. Sie hatte den Umstand, dass sie mit einem anderen Mann verheiratet war, als eine Lappalie abgetan, die man beiseite schieben und ignorieren konnte.

Ein wütender Schmerz pochte in ihm, und er setzte sich auf und versuchte, den Kopf frei zu bekommen, versuchte, an etwas anderes zu denken. Er zog die Vorhänge auf und begann, sich anzuziehen, ohne auf den schönen Ausblick zu achten. Er würde sich in die Arbeit stürzen. Er würde einen Neuanfang machen, und er würde darüber hinwegkommen. Vielleicht dauerte das eine Weile, aber er würde es schaffen.

Flott stieg er die Treppe hinab und betrat den Frühstücksraum. Harry saß am Tisch, hinter einer Zeitung versteckt.

»Guten Morgen«, sagte er.

»Guten Morgen.« Simon blickte argwöhnisch auf und versuchte, in der Stimme des Vaters einen spöttischen Unterton zu entdecken. Aber dieser sah mit offenbar ehrlicher Besorgnis zu ihm auf.

»Na«, sagte er, als Simon sich gesetzt hatte. »Wirst du mir erzählen, worum das Ganze sich nun eigentlich dreht?«

»Die Hochzeit ist abgesagt.«

»So viel weiß ich schon. Aber wieso? Oder möchtest du es mir nicht erzählen?«

Simon schwieg und griff nach der Kaffeekanne. Am Abend zuvor war er hereingestürmt, zu wütend und gedemütigt, um noch mit jemandem zu sprechen. Er fühlte sich immer noch gedemütigt, war immer noch wütend, neigte immer noch dazu, Millys Verrat für sich zu behalten. Andererseits war man in seinem Kummer nicht gern allein.

»Sie ist schon verheiratet«, sagte er abrupt. Harry ließ die Zeitung fallen.

»Schon verheiratet? Mit wem denn, um Himmels willen?«

»Mit irgendeinem schwulen Amerikaner. Sie hat ihn vor zehn Jahren kennen gelernt. Er wollte in England bleiben, und um ihm einen Gefallen zu tun, hat sie ihn geheiratet!«

»Na, Gott sei Dank!«, erwiderte Harry. »Ich dachte schon, du meintest, wirklich verheiratet.« Er trank einen Schluck Kaffee. »Und wo ist das Problem? Kann sie sich nicht scheiden lassen?«

»Das Problem?« Simon starrte seinen Vater fassungslos an. »Das Problem ist, dass sie mich angelogen hat! Das Problem ist, dass ich keinem ihrer Worte mehr Glauben schenken kann! Ich hatte ein bestimmtes Bild von ihr – und nun habe ich entdeckt, dass sie jemand anderes ist. Sie ist gar nicht die Milly, die ich kannte.«

Harry starrte ihn schweigend an.

»Das ist alles?«, fragte er schließlich. »Ist das der einzige Grund, warum alles abgesagt ist? Weil Milly vor zehn Jahren irgendeinen ausgekochten Burschen geheiratet hat?«

»Ja, reicht das denn nicht?«

»Natürlich nicht!« Harry geriet in Rage. »Das reicht nicht annähernd! Ich dachte, zwischen euch gäbe es echte Probleme.«

»Aber so ist es doch auch! Sie hat mich angelogen!«

»So, wie du reagierst, wundert mich das nicht!«

»Ja, wie soll ich denn reagieren?«, entrüstete sich Simon. »Unsere Beziehung war auf Vertrauen gegründet. Nun kann ich ihr nicht mehr vertrauen« Er schloss die Augen. »Es ist aus.«

»Simon, für wen hältst du dich, verflucht noch mal?«, rief Harry. »Für den Erzbischof von Canterbury? Warum ist es so wichtig, dass sie dich angelogen hat? Sie hat dir doch jetzt die Wahrheit gesagt, oder?«

»Bloß, weil sie musste.«

»Na und?«

»Davor war alles vollkommen!«, brüllte Simon verzweifelt. »Alles war vollkommen! Und nun ist es kaputt!«

»Ach, reiß dich zusammen!«, donnerte Harry. Simon riss schockiert den Kopf hoch. »Und benimm dich einmal in deinem Leben nicht wie ein maßlos verzogenes Bürschchen! Jetzt ist deine perfekte Beziehung also nicht so perfekt, wie du gedacht hast. Na und? Heißt das, dass du sie deshalb wegschmeißen musst?«

»Das verstehst du nicht.«

»Ich verstehe vollkommen. Du willst dich in deiner vollkommenen Ehe sonnen, mit deiner vollkommenen Frau und deinen vollkommenen Kindern, und dich vor dem Rest der Welt damit brüsten. Stimmt's nicht? Und nun, da du einen Makel entdeckt hast, erträgst du es nicht. Da wird dir aber gar nichts anderes übrig bleiben, Simon! Die Welt ist nämlich voller Mängel. Und, um ehrlich zu sein, viel besser als das, was du mit Milly hattest, wird's nicht.«

»Und was, zum Teufel, weißt du schon davon?«, brauste Simon auf. Er stand auf. »Was weißt du schon von glücklichen Beziehungen? Warum sollte ich auch nur ein einziges Wort von dir ernst nehmen?«

»Weil ich dein Vater bin, verflucht noch mal!«

»Ja«, erwiderte Simon bitter. »Als ob mir das nicht nur zu klar wäre.« Er stieß seinen Stuhl zurück, machte auf dem Absatz kehrt und marschierte aus dem Raum. Harry sah ihm nach und fluchte leise.

Um neun Uhr klingelte es an der Haustür. Isobel, die gerade in die Küche hinuntergekommen war, zog eine Grimasse. Sie trottete zur Haustür und öffnete. Ein großer weißer Lieferwagen parkte vor dem Haus, und ein Mann stand vor der Tür, umgeben von weißen Schachteln.

»Die Lieferung des Hochzeitskuchens«, verkündete er. »Auf den Namen Havill.«

»O Gott!« Isobel starrte auf die Schachteln. »O Gott!« Sie ging in die Knie, lüpfte einen der Deckel und erhaschte einen Blick von einer glatten weißen Glasur und einer Zuckerrose. »Hören Sie.« Sie erhob sich wieder. »Haben Sie vielen Dank. Aber bei uns hat sich im Ablauf was geändert.«

»Ist das die falsche Adresse?« Der Mann schielte auf einen Zettel. »Bertram Street eins.«

»Nein, die Adresse stimmt schon«, sagte Isobel. »Das schon.«

Sie starrte an ihm vorbei zum Lieferwagen, und Niedergeschlagenheit überkam sie. Dieser Tag hätte ein glücklicher Tag sein sollen, voll erwartungsvoller Vorfreude, geschäftigem Treiben und allerletzten Vorbereitungen. Nicht so.

»Das Problem ist«, erklärte sie, »dass wir keinen Hochzeitskuchen mehr brauchen. Können Sie ihn wieder mitnehmen?«

Der Mann lachte höhnisch auf.

»Und den Kuchen den ganzen Tag im Lieferwagen mit rumfahren? Wohl kaum!«

»Aber wir brauchen ihn nicht.«

»Meine Liebe, ich fürchte, das ist nicht mein Problem. Sie haben ihn bestellt – wenn Sie ihn zurückgeben wollen, dann ist das eine Sache zwischen Ihnen und der Firma. Wenn Sie jetzt bitte einfach hier unterschreiben« – er drückte ihr einen Kuli in die Hand –, »ich hole die restlichen Schachteln.« Isobel riss den Kopf hoch.

»Die restlichen? Herrje, wie viel denn noch?«

»Insgesamt zehn.« Der Mann sah auf seinem Zettel nach. »Einschließlich Ständern und Zubehör.«

»Zehn«, wiederholte Isobel ungläubig.

»Das ist eine Menge Kuchen.«

»Ja«, sagte Isobel, während er zurück zu seinem Lieferwagen verschwand. »Vor allem für gerade mal vier Personen.«

Als Olivia die Treppe hinunterkam, standen die weißen Schachteln bereits ordentlich aufgestapelt in einer Dielenecke.

»Wusste nicht, was ich sonst damit machen soll«, erklärte Isobel, die aus der Küche kam.

Sie sah ihre Mutter an und erbleichte. Olivias Gesicht war eine wilde Mischung aus grellem Make-up und Todesblässe. Sie klammerte sich fest an das Geländer und sah aus, als könne sie jeden Augenblick zusammenklappen.

»Ist dir nicht gut, Mummy?«

»Geht gleich wieder«, erwiderte Olivia mit merkwürdiger Heiterkeit. »Ich habe bloß nicht viel geschlafen.«

»Da bist du nicht die Einzige. Wir sollten uns alle noch mal ins Bett legen.«

»Tja, nun. Daraus wird wohl nichts, oder?« Olivia lächelte Isobel angespannt an. »Wir müssen eine Hochzeit absagen. Telefonate führen. Ich habe eine Liste gemacht!«

Isobel zuckte zusammen.

»Mummy, ich weiß, wie schwer das für dich ist.«

»Auch nicht schwerer als für alle anderen.« Olivia reckte das Kinn. »Warum sollte es für mich schwerer sein? Schließlich ist das nicht das Ende der Welt, oder? Schließlich ist es nur eine Hochzeit!«

»Nur eine Hochzeit«, sagte Isobel. »Ehrlich gesagt, glaube ich nicht, dass es so einfach ist.«

Gegen elf klopfte es an Millys Tür.

»Bist du wach?«, erkundigte sich Esme. »Isobel ist am Telefon.«

»Oh.« Milly setzte sich auf und strich sich das Haar aus dem Gesicht. Ihr dröhnte der Kopf, ihre Stimme klang wie die einer Fremden. Sie versuchte, Esme anzulächeln. Aber ihr Gesicht fühlte sich trocken und alt an, und ihr Hirn kam nicht in Schwung. Was ging überhaupt vor? Warum wachte sie in Esmes Haus auf?

»Ich hole das schnurlose Telefon.« Esme verschwand.

Milly sank aufs Kissen zurück, starrte zu Esmes pistazienfarbener Decke empor und fragte sich, warum ihr alles so unwirklich vorkam. Und dann erinnerte sie sich schlagartig. Die Hochzeit war geplatzt.

Die Hochzeit war geplatzt. Sie ließ sich den Gedanken versuchsweise durch den Kopf gehen und wartete auf einen Stich im Herzen, einen erneuten Tränenausbruch. Aber sie hatte keine Tränen mehr, sie war innerlich ganz ruhig, die schmerzlichen Gefühle vom Vorabend hatte der Schlaf gedämpft. Und doch konnte sie es nicht fassen. Die Hochzeit – um die sich in den letzten Wochen alles gedreht hatte – würde nicht stattfinden. Wie war das möglich? Wie konnte der Mittelpunkt ihres Lebens einfach verschwinden? Es kam ihr vor, als wäre der Gipfel, zu dem sie hinaufgestiegen war, plötzlich verschwunden, und sie wäre zurückgeblieben, allein an die Felsen geklammert, desorientiert über die Felskante lugend.

»So, hier bitte«, sagte Esme, die wieder an ihrem Bett erschienen war. »Hättest du gern einen Kaffee?«

Milly nickte und nahm das Telefon.

»Hi«, sagte sie mit kratziger Stimme.

»Hi«, ertönte Isobels Stimme am anderen Ende der Leitung. »Alles okay mit dir?«

»Ja, ich schätze schon.«

»Hat Simon sich schon gerührt?«

»Nein.« Milly sprach schneller. »Wieso? Hat er ...«

»Nein«, sagte Isobel rasch. »Nein, hat er nicht. Ich habe mich nur gefragt. Für den Fall.«

»Oh. Tja, nein. Ich habe geschlafen. Ich habe mit niemandem gesprochen.«

Eine Pause trat ein. Milly sah zu, wie Esme die Vorhänge öffnete und sie mit dicken, geflochtenen Kordeln zurückband. Es war ein strahlender, klirrend kalter Tag. Esme schenkte Milly ein Lächeln und verließ dann auf leisen Sohlen den Raum.

»Isobel, es tut mir wirklich Leid«, sagte Milly langsam. »Dass ich dich da so mit reingeritten habe.«

»Oh, das«, sagte Isobel. »Keine Sorge. Das macht nichts.«

»Ich hab einfach durchgedreht. Ich hab bloß – na ja. Du weißt schon.«

»Natürlich. Ich hätte genau dasselbe gemacht.«

»Nein, bestimmt nicht.« Milly grinste schwach. »Du bist zigmal beherrschter als ich.«

»Na, trotzdem, mach dir keine Sorgen. Es war kein Problem.«

»Ehrlich? Hat Mummy dir nicht den ganzen Tag Vorträge gehalten?«

»Sie hatte gar nicht die Zeit dazu. Wir haben viel zu viel zu tun.«

»Oh.« Milly runzelte die Stirn. »Womit?«

Stille.

»Damit, die Hochzeit abzublasen«, erwiderte Isobel schließlich kummervoll.

»Oh«, sagte Milly wieder. Ihr wurde schwer ums Herz. »Oh, verstehe. Natürlich.«

»O Gott, Milly. Tut mir Leid. Ich dachte, das wäre dir klar.«

»War's auch. Klar. Natürlich müsst ihr sie abblasen.«

»Deshalb rufe ich nämlich auch an. Ich weiß, es ist schrecklich, das gerade jetzt zu fragen. Aber gibt es noch jemanden, den ich anrufen muss? Jemanden, der nicht im roten Buch steht?«

»Weiß nicht.« Milly schluckte. »Wem hast du's denn schon gesagt?«

»Etwa der Hälfte unserer Gäste. Bis zu den Madisons. Harrys Leute übernehmen seinen Teil.«

»Wow.« Milly kam sich dumm vor, und ihr stiegen Tränen in die Augen. »Ihr seid ja wirklich von der schnellen Truppe!«

»Geht nicht anders! Manche hätten sich ja heute schon auf die Reise gemacht. Die mussten doch gleich Bescheid bekommen.«

»Stimmt.« Milly holte tief Luft. »Ich steh nur mal wieder auf der Leitung. Tja. Wie geht ihr vor?«

»Wir gehen die Liste in dem roten Buch durch. Alle ... alle haben es wirklich nett aufgenommen.«

»Was erzählt ihr ihnen denn?« Milly wand das Betttuch um die Finger.

»Wir sagen, du seist krank. Wir wussten nicht, was wir sonst sagen sollten.«

»Kaufen sie euch das ab?«

»Keine Ahnung. Ein paar schon.«

Schweigen.

»Okay«, sagte Milly schließlich. »Also, wenn mir noch jemand einfällt, ruf ich an.«

»Wann kommst du wieder heim?«

»Weiß nicht.« Milly schloss die Augen und dachte an ihr Zimmer zu Hause. Geschenke und Karten überall, der Koffer für die Flitterwochen aufgeklappt am Boden, das Brautkleid, das in der Ecke hing, in Tuch gehüllt wie ein Geist. »Noch nicht. Erst wenn ...«

»Klar«, erwiderte Isobel nach einer Pause. »Das ist nur recht und billig. Also, hör zu. Ich komm mal auf einen Sprung vorbei. Wenn ich hier fertig bin.«

»Isobel ... danke. Dass du das alles tust.«

»Keine Ursache. Ich schätze, eines Tages wirst du für mich das Gleiche tun.«

»Ja.« Milly brachte ein mattes Lächeln zustande. »Denke schon.«

Sie legte den Hörer auf. Als sie aufsah, entdeckte sie Esme mit einem Tablett in der Tür, die sie nachdenklich betrachtete.

»Kaffee.« Sie stellte es ab. »Um zu feiern.«

»Feiern was?«, fragte Milly ungläubig.

»Dein Entrinnen.« Esme kam mit zwei Porzellanbechern zu ihr. »Dein Entrinnen vor der Ehe.«

»Es kommt mir gar nicht wie ein Entrinnen vor.«

»Natürlich nicht!«, rief Esme aus. »Noch nicht. Aber das kommt noch. Denk doch nur mal nach, Milly – du bist nicht länger gebunden. Du kannst tun und lassen, was du willst. Du bist eine unabhängige Frau!«

»Mag sein.« Milly starrte kummervoll in ihren Kaffee.

»Grüble nicht, Liebes! Trink deinen Kaffee, und schau dir irgendeine nette Fernsehsendung an. Und dann gehen wir essen.«

Bis auf ein paar vereinzelte Männer, die zu ihrem Kaffee Zeitung lasen, war das Restaurant leer. Rupert sah sich verlegen um und überlegte, wer von den Gästen Martin sein mochte. Schwarze Jeans, hatte er gesagt. Aber schwarze Jeans trugen die meisten hier. In seinem Anzug und teuren Hemd kam er sich zu schick vor.

Nachdem er am Abend zuvor die Kanzlei verlassen hatte, war er eine Weile ziellos herumgelaufen. Dann, als der Morgen nahte, hatte er sich in einem zweifelhaften Hotel in Bayswater ein Zimmer genommen. Er hatte wach gelegen und zur fleckigen Decke hochgestarrt. Nach dem Frühstück in einem Café war er mit einem Taxi heimgefahren und hatte sich in der Hoffnung ins Haus geschlichen, Francesca sei schon gegangen. Er kam sich wie ein Einbrecher vor, als er sich duschte, rasierte und umzog. Er hatte sich eine Tasse Kaffee gemacht, ihn in der Küche getrunken und dabei in den Garten gestarrt. Dann hatte er den Becher in die Geschirrspülmaschine gestellt, auf die Uhr gesehen und seine Aktentasche genommen. Vertraute Handlungen, Routinebewegungen. Einen Augenblick lang kam es ihm vor, als ginge sein Leben weiter wie bisher.

Aber sein Leben war nicht mehr das Gleiche. Es würde nie mehr das Gleiche sein. Sein Innerstes war nach außen gekehrt worden, die Wahrheit war ans Tageslicht gekommen, und nun musste er entscheiden, wie er damit umging.

»Rupert?« Eine Stimme riss ihn aus seinen Gedanken, und er sah auf. An einem Tisch nahebei stand ein junger Mann in einer schwarzen Jeans. Er hatte kurz geschorene Haare, trug einen Ohrring und sah eindeutig homosexuell aus. Mit leichtem Unbehagen ging Rupert auf ihn zu.

»Guten Tag.« Ihm war bewusst, dass er gespreizt klang. »Wie geht's?«

»Wir haben miteinander telefoniert«, sagte der junge Mann mit sanfter Singsangstimme. »Ich bin Martin.«

»Ja.« Rupert drückte seine Aktentasche fest an sich. Plötzlich bekam er es mit der Angst zu tun. Hier war Homosexualität. Hier war seine eigene verborgene Seite, für alle sichtbar vor ihm. Er nahm Platz und schob den Stuhl etwas vom Tisch weg.

»Lieb von Ihnen, dass Sie nach London gekommen sind«, sagte er steif.

»Kein Problem«, sagte Martin. »Ich bin mindestens einmal die Woche hier. Und wenn es wichtig ist …« Er breitete seine Hände aus.

»Ja.« Rupert vertiefte sich in die Speisekarte. Er würde sich den Brief und, wenn möglich, Allans Telefonnummer geben lassen und dann umgehend verschwinden.

»Ich glaube, ich nehme einen Kaffee«, sagte er, ohne aufzusehen. »Einen doppelten Espresso.«

»Ich habe auf Ihren Anruf gewartet«, erklärte Martin. »Allan hat mir eine Menge von Ihnen erzählt. Ich habe immer gehofft, Sie würden sich eines Tages auf die Suche nach ihm machen.«

»Was hat er Ihnen denn erzählt?« Rupert hob langsam den Kopf. Martin zuckte mit den Achseln.

»Alles.«

Rupert wurde feuerrot und legte die Speisekarte auf den Tisch. Er sah Martin an, auf demütigende Vorwürfe gefasst. Aber Martin blickte freundlich und verständnisvoll. Rupert räusperte sich.

»Wann haben Sie ihn kennen gelernt?«

»Vor sechs Jahren.«

»Hatten Sie … eine Beziehung mit ihm?«

»Ja«, erwiderte Martin. »Wir hatten eine sehr enge Beziehung.«

»Verstehe.«

»Nein, das glaube ich nicht. Wir waren keine Lover. Ich war sein Berater.«

»Oh«, sagte Rupert verwirrt. »War er …«

»Er war krank«, sagte Martin und blickte Rupert direkt in die Augen.

Schlagartig wurde Rupert die tödliche Bedeutung von Martins Worten klar, und er senkte den Blick. Hier war sie, ohne Vorwarnung. Seine Strafe, das Ende des Kreislaufs. Er hatte gesündigt, und nun wurde er bestraft. Er hatte unaussprechliche Akte begangen. Nun musste er eine unaussprechliche Krankheit erleiden.

»AIDS«, sagte er ruhig.

»Nein.« In Martins Stimme trat ein Anflug von Verachtung. »Nicht AIDS. Leukämie. Er hatte Leukämie.«

Rupert hob ruckartig den Kopf. Martins Blick ruhte traurig auf ihm. Unvermittelt wurde Rupert übel, als wäre er in einem Alptraum gelandet. Um sein Gesichtsfeld begannen weiße Sterne zu tanzen.

»Leider«, sagte Martin. »Allan ist vor vier Jahren gestorben.«

13. Kapitel

Eine Weile herrschte Schweigen. Ein Kellner kam, und Martin bestellte diskret, während Rupert mit glasigen Augen nach vorn starrte. Es schien ihm, als würde etwas in ihm zerrissen, als bestünde er nur noch aus Leid und Schmerz. Allan war tot. Allan war fort. Er kam zu spät.

»Alles in Ordnung?«, erkundigte Martin sich leise.

Unfähig zu sprechen, nickte Rupert nur.

»Ich fürchte, über seinen Tod kann ich Ihnen nicht viel erzählen. Er starb in den Staaten. Seine Eltern sind hergekommen und haben ihn heimgebracht. Soweit ich weiß, ist das Ende recht friedlich gewesen.«

»Seine Eltern«, sagte Rupert mit brüchiger Stimme. »Dabei hat er seine Eltern gehasst.«

»Sie haben sich zusammengerauft. Mit Allans Krankheit hat sich natürlich alles geändert. Als sie herkamen, habe ich sie kennen gelernt. Es waren anständige, mitfühlende Leute.« Er sah Rupert an. »Sind Sie ihnen je begegnet?«

»Nein. Nie.«

Er schloss die Augen und stellte sich die beiden ältlichen Personen vor, die Allan ihm beschrieben hatte, stellte sich vor, wie Allan in eine Stadt, die er immer gehasst hatte, zurückgebracht wurde, um zu sterben. Ein frischer Schmerz überflutete ihn, und plötzlich fühlte er sich einem Zusammenbruch nahe.

»Denken Sie es nicht«, riet Martin.

»Was?« Rupert öffnete die Augen.

»Was Sie gerade denken. Was alle denken. Wenn ich doch nur gewusst hätte, dass er stirbt. Natürlich hätten Sie sich dann anders verhalten. Logisch. Aber Sie haben es nicht gewusst. Wie hätten Sie es denn wissen sollen.«

»Was …« Rupert leckte sich die Lippen. »Was hat er über mich erzählt?«

»Er hat gesagt, dass er Sie liebt. Er hat gesagt, er hätte gedacht, Sie lieben ihn auch. Aber er war nicht mehr wütend.« Martin beugte sich vor und ergriff Ruperts Hand. »Es ist wichtig, dass Ihnen das klar ist, Rupert«, meinte er ernst. »Er hatte keine Wut auf Sie.«

Ein Kellner erschien plötzlich mit zwei Tassen Kaffee am Tisch.

»Danke«, sagte Martin, ohne Ruperts Hand loszulassen. Rupert bemerkte, wie der Blick des Kellners über sie beide glitt, und versteifte sich unwillkürlich.

»Hätten Sie sonst noch einen Wunsch?«, erkundigte er sich.

»Nein, danke«, sagte Rupert. Er sah in die freundlichen Augen des Kellners und wäre am liebsten im Erdboden versunken. Hätte am liebsten irgendwo Schutz gesucht. Alles geleugnet. Doch stattdessen zwang er sich, seine Hand ruhig in Martins zu lassen. Als wäre es normal.

»Ich weiß, das ist hart für Sie«, sagte Martin, als der Kellner wieder fort war. »In jeder Hinsicht.«

»Ich bin verheiratet«, erwiderte Rupert grob. »So hart ist das.« Martin nickte bedächtig.

»So was Ähnliches hat sich Allan schon gedacht.«

»Ich nehme an, er hat mich verachtet.« Rupert starrte in seine Kaffeetasse. »Und Sie tun das wohl auch.«

»Nein«, sagte Martin. »Sie verstehen mich falsch. Allan hat *gehofft,* dass Sie verheiratet sind. Er hat gehofft, dass Sie mit einer Frau zusammen sind und nicht …« Rupert blickte auf.

»Und nicht mit einem Mann?« Martin nickte.

»Er hat sich den Kopf zermartert, ob er mit Ihnen in Kontakt treten soll. Er wollte nichts ins Wanken bringen, falls Sie mit einer Frau glücklich waren. Aber er fürchtete sich auch vor der Entdeckung, Sie könnten mit einem anderen Mann zusammen sein.

Seine Wunschvorstellung war, dass Sie im Falle eines Sinneswandels zu ihm zurückgekommen wären.«

»Natürlich wäre ich das.« Ruperts Stimme bebte leicht. »Er wusste das. Er hat mich gekannt wie kein anderer.«

Martin zuckte diplomatisch mit den Achseln.

»Ihre Frau ...«

»Meine Frau?«, rief Rupert. Er sah Martin gequält an. »Meine Frau kennt mich nicht! Wir haben uns kennen gelernt, sind ein paarmal essen gegangen, wir haben zusammen Urlaub gemacht, geheiratet. Ich sehe sie am Tag eine Stunde, wenn überhaupt. Mit Allan war es ...«

»Intensiver.«

»Es war der ganze Tag und die ganze Nacht.« Rupert schloss die Augen. »Es war jede Stunde und jede Minute und jeder einzelne Gedanke, jede Befürchtung, jede Hoffnung.«

Stille trat ein. Als Rupert die Augen wieder öffnete, zog Martin gerade einen Brief aus seiner Tasche. »Allan hat Ihnen den hier hinterlassen«, erklärte er. »Falls Sie je nach ihm suchen.«

»Danke.« Rupert nahm den Briefumschlag und sah ihn eine Weile schweigend an. In Allans schöner Handschrift stand dort sein Name. Er konnte beinahe Allans Stimme hören, die mit ihm sprach. Er zwinkerte ein paarmal, dann steckte er den Brief in seine Jackentasche. »Haben Sie ein Handy?«

»Sicher.« Martin griff in seine Tasche.

»Es gibt da noch jemanden, der davon wissen muss.« Er tippte eine Nummer ein, wartete einen Augenblick und schaltete das Handy wieder aus. »Besetzt.«

»Wem wollen Sie es denn erzählen?«, wollte Martin wissen.

»Milly. Das Mädchen, das er geheiratet hat, um in England bleiben zu können.«

Martin runzelte die Stirn.

»Allan hat mir von Milly erzählt. Aber sie müsste eigentlich Bescheid wissen. Er hat ihr geschrieben.«

»Tja, falls dem so war, dann hat der Brief sie nie erreicht«, erklärte Rupert. »Sie ist darüber nämlich völlig im Unklaren.« Wieder tippte er die Nummer ein. »Und dabei müsste sie es dringend wissen.«

Isobel legte den Hörer auf und fuhr sich durchs Haar. »Das war Tante Jean. Sie wollte wissen, was wir mit dem Geschenk anfangen, das sie geschickt hat.«

Sie lehnte sich auf dem Stuhl zurück und überblickte das Durcheinander auf dem Küchentisch. Namenslisten, Adress- und Telefonbücher lagen dort ausgebreitet, jedes mit einem Muster aus braunen Kaffeeringen und Sandwichkrümeln bedeckt. Schuhkartons voller Hochzeitsbroschüren und -kataloge stapelten sich auf einem Küchenstuhl. Aus einer Schachtel hing eine schwarzweiße Glanzschrift heraus, aus einer anderen ein Stück Spitze. Vor ihr lag eine geöffnete Tüte pastellfarbener Zuckermandeln.

»Es dauert so lange, bis man alles für eine Hochzeit zusammen hat«, sagte sie und langte in die Tüte. »So viel Zeit und Mühe. Und dann braucht man gerade mal fünf Sekunden, um alles zunichte zu machen. Als ob man auf eine Sandburg springt.« Sie knabberte eine Zuckermandel und verzog das Gesicht. »Herrje, diese Dinger sind ekelhaft. Damit brech ich mir ja alle Zähne ab.«

»Es tut mir außerordentlich Leid, Andrea«, sagte Olivia gerade in ihr Handy. »Ja, ich verstehe, dass Derek den Cut extra dafür gekauft hat. Richte ihm bitte aus, es tue mir Leid … Ja, vielleicht hast du Recht. Vielleicht hätte es ein Straßenanzug genauso getan.« Es entstand eine Pause, und sie umklammerte das Handy fester. »Nein, sie haben noch keinen neuen Termin festgelegt. Ja, ich geb dir Bescheid … Nun, ob er den Anzug zurückgeben will, ist allein seine Sache. Ja, meine Liebe, ade.«

Mit zitternder Hand schaltete sie das Handy aus, hakte einen Namen ab und langte nach dem roten Buch. »Gut«, sagte sie. »Wer kommt als Nächstes dran?«

»Warum legst du nicht mal eine Pause ein?«, fragte Isobel. »Du siehst kaputt aus.«

»Nein, Schatz«, meinte Olivia. »Ich mache lieber weiter. Es muss ja schließlich erledigt werden, oder?« Sie schenkte Isobel ein allzu strahlendes Lächeln. »Wir können nicht nur herumsitzen und uns selbst bemitleiden, oder?«

»Nein. Wohl nicht.« Isobel streckte die Arme in die Luft. »Gott, von der ganzen Telefoniererei tut mir vielleicht mein Nacken weh!«

Da klingelte das Telefon schon wieder. Sie zog eine Grimasse und hob ab.

»Hallo? Oh, hallo! Ja, das stimmt leider. Ja. Ich richte ihr die Grüße aus. Okay dann. Bye.« Sie knallte den Hörer auf die Gabel und hängte ihn dann aus.

»Alle müssen sie zurückrufen und ihre hämischen Bemerkungen machen«, zeterte sie. »Die wissen doch alle, dass Milly nicht krank ist.«

»Vielleicht hätten wir uns eine bessere Ausrede einfallen lassen sollen.« Olivia rieb sich die Stirn.

»Ist doch egal, was wir sagen«, meinte Isobel. »Die denken es sich eh alle. Entsetzliche Leute.« Sie zog eine Grimasse. »Die verflixte Tante Jean möchte, dass wir ihr das Geschenk auf der Stelle zurückschicken. In zwei Wochen ist sie auf eine andere Hochzeit eingeladen, und dafür will sie es haben. Ich werde ihr erzählen, dass wir es weggeworfen haben, weil wir es so hässlich fanden.«

»Nein.« Olivia schloss die Augen. »Wir müssen versuchen, die Sache mit Anstand und Würde durchzustehen.«

»Müssen wir das?« Isobel betrachtete Olivia. »Mummy, ist dir wohl? Du benimmst dich äußerst seltsam.«

»Mir geht's gut«, flüsterte Olivia.

»Na dann«, meinte Isobel zweifelnd. Sie sah auf ihre Liste. »Die Floristin hat mich auch schon angerufen. Da Millys Strauß bereits gebunden ist, hat sie den Vorschlag gemacht, ihn zum Trockenstrauß umzufunktionieren. Als Andenken.«

»Als Andenken?«

»Ich weiß.« Unwillkürlich brach Isobel in Kichern aus. »Was sind das bloß für Leute?«

»Als Andenken! Als ob wir das je vergessen könnten! Als ob wir den heutigen Tag je vergessen könnten!«

Isobel sah jäh auf. In Olivias Augen glitzerten Tränen.

»Mummy!«

»Es tut mir Leid, Schatz.« Eine Träne landete auf Olivias Nase, und sie lächelte. »So was Albernes aber auch.«

»Ich weiß, wie sehr du dir diese Hochzeit gewünscht hast.« Isobel ergriff Olivias Hand. »Aber es wird wieder eine geben. Ganz bestimmt.«

»Es ist nicht wegen der Hochzeit«, flüsterte Olivia. »Wenn es bloß darum ginge ...« Es klingelte an der Tür, und sie verstummte.

»Verflixt, wer kann das sein?«, fragte Isobel ungeduldig. »Ist den Leuten denn nicht klar, dass wir momentan keine Lust auf Besuch haben?« Sie legte ihre Liste fort. »Keine Bange, ich gehe.«

»Nein, ich mach das schon«

»Dann gehen wir eben beide.«

Vor der Haustür stand ein fremdes Paar, gekleidet in glänzend grüne Barbourmäntel mit den dazu passenden Mulberry-Reisetaschen.

»Guten Tag!«, grüßte die Frau fröhlich. »Wir hätten gern ein Zimmer, bitte!«

»Ein was?«, fragte Olivia verwirrt.

»Ein Zimmer«, wiederholte die Frau. »Ein Bed-and-Breakfast-Zimmer.« Sie schwenkte eine Ausgabe des *Heritage City Guidebook* vor Olivias Nase herum.

»Leider haben wir augenblicklich kein Zimmer frei«, meinte Isobel. »Wenn Sie es vielleicht beim Tourist Board versuchen ...«

»Uns wurde gesagt, wir könnten hier was bekommen«, erklärte die Frau.

»Das kann aber nicht sein«, erwiderte Isobel geduldig, »weil nämlich alle Zimmer belegt sind.«

»Ich habe mit jemandem telefoniert!« Die Stimme der Frau hob sich verärgert. »Ich habe mir eigens versichern lassen, dass wir hier unterkommen können! Und, das könnte ich vielleicht hinzufügen, Sie wurden uns von unseren Freunden, den Rendles, empfohlen.» Sie sah Isobel viel sagend an.

»Oh, welche Ehre!«

»Sprechen Sie nicht in diesem Ton mit mir, junge Frau!«, empörte sich die Frau. »Führen Sie so Ihre Geschäfte? Der Kunde kommt zuerst, wissen Sie! Tja, also, uns wurde gesagt, wir bekämen hier ein Zimmer. Sie können einen doch nicht einfach ohne Erklärung abweisen!«

»Doch, Herrgott noch mal«, sagte Isobel.

»Sie wollen eine Erklärung?«, fragte Olivia mit bebender Stimme.

»Mummy, lass es ...«

»Sie wollen eine Erklärung?« Olivia holte tief Luft. »Nun, wo soll ich anfangen? Mit der Hochzeit meiner Tochter? Die Hochzeit, die eigentlich morgen stattfinden sollte?«

»Oh, eine Hochzeitsfeier!«, meinte die Frau entgeistert. »Nun, das ist was anderes.«

»Oder soll ich mit ihrer ersten Hochzeit vor zehn Jahren anfangen?« Olivia ignorierte die Frau. »Der Hochzeit, von der wir keine Ahnung hatten?« Ihre Stimme schwoll gefährlich an. »Oder damit, dass wir das Ganze abblasen müssen und dass unsere gesamte Familie und all unsere Freunde sich hinter unserem Rücken über uns lustig machen?«

»Wirklich, ich wollte nicht ...«, begann die Frau.

»Aber kommen Sie trotzdem rein!« Olivia riss die Tür weit auf. »Wir finden schon ein Zimmer für Sie! Irgendwo zwischen all den Hochzeitsgeschenken, die wir zurückschicken müssen, und den Hochzeitskuchen, die wir essen müssen, und den Kleidern, die nie getragen werden, und dem wunderschönen Brautkleid …«

»Komm, Rosemary«, sagte der Mann verlegen und zog seine Frau am Ärmel. »Verzeihen Sie bitte die Störung«, wandte er sich an Isobel. »Ich habe ja immer gesagt, dass wir nach Cheltenham fahren sollten.«

Während die beiden den Rückzug antraten, sah Isobel Olivia an. Mit tränenüberströmtem Gesicht umklammerte sie noch immer die Tür.

»Mummy, ich finde, du solltest wirklich mal eine Pause machen. Häng das Telefon aus. Schau fern. Oder leg dich ein bisschen ins Bett.«

»Ich kann nicht. Wir müssen weiter telefonieren.«

»Unsinn«, entgegnete Isobel. »Alle, mit denen ich gesprochen habe, wussten sowieso schon davon. Klatsch macht schnell die Runde, weißt du. Die wichtigsten Leute haben wir angerufen. Die anderen können warten.«

»Nun«, meinte Olivia nach einer Pause. »Ein bisschen erschöpft bin ich wirklich. Vielleicht lege ich mich doch etwas hin.« Sie schloss die Haustür und blickte Isobel an. »Ruhst du dich auch aus?«

»Nein.« Isobel griff nach ihrem Mantel. »Ich sehe mal kurz bei Milly vorbei.«

»Eine gute Idee«, meinte Olivia bedächtig. »Sie wird sich freuen, dich zu sehen.« Sie hielt inne. »Denk bitte dran …«

»Ja?«

»Denk bitte dran, sie von mir zu grüßen.« Olivia senkte den Blick. »Das ist alles. Grüß sie von mir.«

In Esmes Wohnzimmer war es warm und ruhig, ein Zufluchtsort der Ruhe und Kultiviertheit. Während Isobel auf einem hellen, eleganten Sofa Platz nahm, sah sie sich neugierig um und bewunderte die Sammlung Silberdosen, die auf einem Beistelltisch zwanglos angeordnet waren, die mit glatten, grauen Kieselsteinen gefüllte Holzschale.

»Na«, sagte Milly und setzte sich ihr gegenüber. »Ist Mummy immer noch sauer?«

»Eigentlich nicht.« Isobel verzog das Gesicht. »Sie benimmt sich eigenartig.«

»Vermutlich bedeutet das, dass sie wütend ist.«

»Das ist sie nicht, ehrlich. Sie hat gesagt, ich solle dich von ihr grüßen.«

»Wirklich?« Milly zog die Füße unter sich ein und nippte an ihrem Kaffee. Das Haar hatte sie zu einem unordentlichen Pferdeschwanz zusammengebunden, und unter ihren Jeans trug sie ein Paar uralter Skisocken.

»So, bitte schön!« Esme reichte Isobel einen Becher mit Kaffee. »Allerdings muss ich Milly leider bald entführen. Wir wollen essen gehen.«

»Gute Idee. Wohin geht ihr?«

»In ein kleines Lokal, das ich kenne.« Esme lächelte beide an. »In ungefähr zehn Minuten, Milly?«

»Gut«, sagte Milly. Beide warteten sie, bis Esme die Tür hinter sich geschlossen hatte.

»Also«, sagte Isobel dann. »Wie geht's dir wirklich?«

»Weiß nicht«, sagte Milly langsam. »Manchmal geht's mir gut – und manchmal würde ich am liebsten losheulen.« Zittrig holte sie Luft. »Immer wieder denke ich, was würdest du jetzt gerade tun ... und was würdest du jetzt gerade tun?« Sie schloss die Augen. »Keine Ahnung, wie ich den morgigen Tag durchstehen soll.«

»Trink dir einen Rausch an.«

»Das mach ich heute Abend.« Ein kleines Lächeln huschte über Millys Gesicht. »Na, bist du mit von der Partie?«

»Vielleicht.« Isobel trank einen Schluck Kaffee. »Und Simon hat sich noch nicht gemeldet?«

»Nein.« Millys Gesicht verschloss sich.

»Ist es wirklich ganz aus zwischen euch?«

»Ja.«

»Das glaube ich einfach nicht.« Isobel schüttelte den Kopf. »Bloß weil …«

»Weil ich ihn in einer Sache getäuscht habe«, sagte Milly in scharfem, sarkastischem Ton, »bin ich offensichtlich eine krankhafte Lügnerin. Ganz offensichtlich kann man mir nie mehr Glauben schenken.«

»Schwein. Ohne ihn bist du besser dran.«

»Ich weiß.« Milly blickte auf und lächelte kummervoll. »Es ist das Beste so, wirklich.« Isobel sah sie an und hätte plötzlich am liebsten losgeheult.

»Oh, Milly. Es ist solch ein Jammer.«

»Was soll's«, meinte Milly leichthin. »Komm. Es ist ja nicht so, als ob ich schwanger wäre. Also, das wäre wirklich eine Katastrophe!« Sie trank einen Schluck Kaffee und grinste Isobel halbherzig an.

Isobel erwiderte ihren Blick und lächelte unwillkürlich. Eine Weile herrschte Schweigen.

»Weißt du schon, was du machen wirst?«, fragte Milly schließlich.

»Nein.«

»Was ist mit dem Vater?«

»Er will das Baby nicht. Das hat er mir klipp und klar zu verstehen gegeben.«

»Hast du ihn nicht überreden können?«

»Nein. Und das will ich auch gar nicht! Ich will niemanden zur Vaterschaft drängen. Was für eine Chance hätte unsere Beziehung dann noch?«

»Vielleicht würde das Kind euch zusammenbringen.«

»Babys sind kein Kitt.« Isobel fuhr sich durchs Haar. »Wenn ich das Baby bekäme, dann müsste ich das allein durchziehen.«

»Ich würde dir helfen!«, sagte Milly. »Und Mummy auch.«

»Ich weiß.« Isobel zuckte mit den Achseln. Milly starrte sie an.

»Isobel, du würdest es doch nie im Leben über dich bringen, das Kind abzutreiben!«

»Ich weiß es nicht!« Isobels Stimme hob sich verzweifelt. »Ich bin erst dreißig, Milly! Schon morgen könnte ich dem Traummann schlechthin begegnen. Vielleicht würde er mein Herz im Sturm erobern. Aber mit Kind ...«

»Das würde keinen Unterschied machen«, entgegnete Milly mit Nachdruck.

»Doch! Und weißt du, das Mutterdasein ist wahrlich kein Zuckerschlecken. Ich hab das bei Freundinnen erlebt. Die haben sich in Zombies verwandelt. Dabei sind sie nicht mal allein erziehend.«

»Tja, ich weiß nicht«, sagte Milly nach einer Pause. »Die Entscheidung liegt bei dir.«

»Genau. Das ist es ja eben.«

Die Tür ging auf, und Esme lächelte sie unter einem riesigen Pelzhut an.

»Bereit zum Aufbruch, Milly? Isobel, Schatz, möchtest du nicht auch mitkommen?«

»Nein, danke.« Isobel erhob sich. »Ich mach mich besser auf den Heimweg.«

Sie beobachtete, wie Milly in Esmes roten Daimler stieg und wünschte sich plötzlich, ihre eigene Patentante würde überraschend erscheinen und sie auch so unter ihre Fittiche nehmen. Doch Mavis Hindhead war eine farblose Frau aus dem Norden Schottlands, die Isobel seit ihrer Konfirmation nicht mehr zur Kenntnis genommen hatte, zu der sie ihr einen kratzigen, unförmigen Pulli und eine krakelig geschriebene Karte geschickt hatte, aus der Isobel nie schlau geworden war. Es gab nicht viele Patentanten, dachte Isobel, wie Esme Ormerod.

Als die beiden um die Ecke brausten, machte sich Isobel vor, direkt nach Hause gehen zu wollen. Aber der Gedanke, in die klaustrophobische, traurige Atmosphäre der Küche zurückzukehren, bereitete ihr Unbehagen; sie wollte sich nicht wieder hinsetzen und weitere peinliche Telefonate mit neugierigen Fremden führen. Nun, da sie an der frischen Luft war, wollte sie auch draußen bleiben, sich die Beine vertreten und das Gefühl genießen, kein Telefon am Ohr klemmen zu haben.

Es kam ihr vor, als täte sie etwas ähnlich Unverantwortliches wie die Schule zu schwänzen, als sie flott Richtung Stadt marschierte. Zunächst ohne Ziel, genoss sie einfach nur das Gefühl des Laufens, die Leichtigkeit ihrer Arme, die hin und her schwangen. Dann, als ihr unvermittelt ein Gedanke kam, blieb sie stehen, und bog, getrieben von einer – zugegebenermaßen – makabren Neugierde, von der Hauptstraße ab, in Richtung St. Edward's Church.

Beim Betreten der blumengeschmückten Kirche rechnete sie fast damit, auf der Orgel Hochzeitsklänge zu hören. Die Kirchenbänke waren leer, der Altar glänzte hell. Langsam schritt sie den Mittelgang entlang und stellte sich die Kirche dabei voller glücklicher, erwartungsvoller Gesichter vor, malte sich aus, wie es gewesen wäre, in einem Brautjungfernkleid hinter Milly einherzuschreiten und zu beobachten, wie ihre Schwester das alte Gelöbnis ablegte, das jeder kannte und liebte.

Kurz vor dem Altar blieb sie stehen und bemerkte einen Stapel weißer, übrig gebliebener Gottesdienstprogramme am Ende einer Bankreihe. Traurig nahm sie sich eines – dann, als sie die beiden Namen auf dem Titelblatt las, zwinkerte sie überrascht. *Eleanor und Giles.* Wer zum Teufel waren Eleanor und Giles? Hatten die sich etwa einfach rücksichtslos hineingedrängt?

»Verdammte Parasiten!«, sagte sie laut.

»Wie bitte?«, ertönte eine männliche Stimme hinter ihr, und sie fuhr herum. Ein junger Mann in einem Talar kam den Gang entlang auf sie zu.

»Arbeiten Sie hier?«, erkundigte sich Isobel.

»Ja«, erwiderte der junge Mann.

»Tja, guten Tag. Ich bin Milly Havills Schwester.«

»Ah ja«, sagte der Priester verlegen. »Wie schade. Die Geschichte hat uns allen sehr Leid getan.«

»So? Und dann? Haben Sie gedacht, Sie könnten Millys teuren Blumenschmuck genausogut für andere Zwecke nutzen?«

»Wie meinen Sie das?« Isobel deutete auf die Programme.

»Wer sind Eleanor und Giles, verflixt noch mal? Wie kommt es, dass sie Millys Hochzeitstag bekommen haben?«

»Aber das ist doch gar nicht der Fall«, erwiderte der Vikar nervös. »Die beiden heiraten am Nachmittag. Den Termin haben sie schon vor einem Jahr ausgemacht.«

»Oh.« Isobel blickte auf das Programm und legte es dann weg. »Nun, dann. Hoffentlich wird es für sie ein glücklicher Tag.«

»Das Ganze tut mir wirklich sehr Leid«, meinte der Vikar unbeholfen. »Vielleicht wird Ihre Schwester ja zu einem späteren Zeitpunkt heiraten können. Wenn sie alles geklärt hat.«

»Das wäre schön. Aber ich bezweifle es.« Sie blickte sich noch einmal in der Kirche um und wandte sich dann zum Gehen.

»Ich wollte gerade absperren.« Der Vikar eilte hinter ihr her. »Eine Vorsichtsmaßnahme, die wir oft ergreifen, wenn wir Blumenschmuck in der Kirche haben. Sie wären überrascht, was die Leute heutzutage so alles stehlen.«

»Das glaube ich.« Isobel blieb bei einer Säule stehen, pflückte sich eine einzelne weiße Lilie aus einem rankenden Blumenarrangement und atmete den süßen Duft ein. »Es wäre wirklich eine schöne Hochzeit gewesen«, sagte sie traurig. »Und nun ist alles kaputt. Ihr wisst ja gar nicht, was ihr da getan habt.« Der junge Vikar machte ein etwas beleidigtes Gesicht.

»Wenn ich es richtig verstanden habe«, begann er, »war dies ein Fall von versuchter Bigamie.«

»Ja«, sagte Isobel. »Aber keiner hätte etwas davon gewusst. Wenn Ihr Pfarrer Lytton nur ein Auge zugedrückt und geschwiegen hätte …«

»Das Paar hätte es gewusst!«, versetzte der Vikar. »Gott hätte es gewusst!«

»Tja«, erwiderte Isobel knapp. »Vielleicht hätte es ihm nichts ausgemacht.«

Mit gesenktem Kopf marschierte sie aus der Kirche und lief dabei direkt in jemanden hinein.

»Verzeihung!« Sie sah hoch und versteifte sich. Harry Pinnacle stand vor ihr, in einem marineblauen Kaschmirmantel und einem hellroten Schal.

»Guten Tag, Isobel«, grüßte er sie. Er schaute über die Schulter zum Vikar, der ihr nach draußen gefolgt war. »Furchtbar, das Ganze.«

»Ja. Schrecklich.«

»Ich bin unterwegs zu einem Lunch mit deinem Vater.«

»Ja«, erwiderte Isobel. »Er hat's erwähnt.«

Sie hörten Gerassel, als der Vikar die Tür zusperrte. Mit einem Mal waren sie allein.

»Nun, ich muss los. Nett, dich getroffen zu haben.«

»Warte einen Augenblick«, bat Harry.

»Ich bin etwas in Eile.« Isobel wandte sich zum Gehen.

»Das ist mir egal.« Harry packte sie am Arm und drehte sie zu sich herum. »Isobel, warum hast du auf keine meiner Nachrichten reagiert?«

»Lass mich in Ruhe.« Isobel versuchte, sich aus seinem Griff freizumachen.

»Isobel! Ich möchte mit dir reden!«

»Ich kann nicht.« Isobels Gesicht verschloss sich. »Harry, ich … kann einfach nicht.«

Lange Stille. Dann ließ Harry ihren Arm fallen.

»Schön. Wie du willst.«

»Was immer«, erwiderte Isobel mit ausdrucksloser Stimme. Und ohne ihn anzusehen, steckte sie die Hände in die Taschen und marschierte davon.

14. Kapitel

Als James in das *Pear and Goose* kam, saß Harry mit einem Glas Bier in der Hand an der Bar. Es war ein kleiner Pub im Zentrum von Bath, gesteckt voll mit Touristen.

»Schön, dich zu sehen, James«, sagte er und erhob sich, um James die Hand zu schütteln. »Warte, ich besorg dir ein Bier.«

»Danke«, sagte James. Beide beobachteten wortlos, wie der Mann an der Bar ein Bier einschenkte, und James fiel auf, dass sie beide sich zum ersten Mal allein trafen.

»Zum Wohl!« Harry hob sein Glas.

»Zum Wohl.«

»Setzen wir uns doch.« Harry deutete auf einen Tisch in der Ecke. »Da drüben haben wir mehr Ruhe.«

»Ja.« James räusperte sich. »Ich nehme an, du willst mit mir über die Modalitäten der Hochzeit sprechen.«

»Wieso?« Harry machte ein überraschtes Gesicht. »Gibt's da Probleme? Ich dachte, meine Leute würden das zusammen mit Olivia ins Reine bringen?«

»Ich meinte die finanzielle Seite«, erwiderte James steif. »Millys kleine Enthüllung hat dich ein Vermögen gekostet.«

Harry winkte ab. »Das ist doch unwichtig.«

»Nein, ist es nicht. Ich fürchte, ich habe nicht die Mittel, dir alles zurückzuzahlen. Aber falls wir zu einer Art Einigung kommen können …«

»James«, unterbrach ihn Harry. »Ich habe dich nicht hierher gebeten, um mit dir über Geld zu sprechen. Ich dachte bloß, du würdest vielleicht gern einen mit mir heben, okay?«

»Okay«, sagte James überrascht. »Ja, natürlich.«

»Dann setzen wir uns doch hin und trinken was, verflixt noch mal.«

Sie nahmen an dem Ecktisch Platz. Harry machte eine Tüte Chips auf und bot James welche an.

»Wie geht's Milly?«, erkundigte er sich. »Alles in Ordnung?«

»Das weiß ich, ehrlich gesagt, nicht so genau. Sie ist bei ihrer Patentante. Wie geht's Simon?«

»Dummer Junge.« Harry knabberte die Chips. »Heute Morgen habe ich ihm vorgeworfen, er sei ein verwöhnter Bengel.«

»Oh«, sagte James, unsicher, was er sagen sollte.

»Kaum taucht ein Problem auf, schon sucht er das Weite. Der erste Haken, und er schmeißt das Handtuch. Kein Wunder, dass er geschäftlich gescheitert ist.«

»Bist du nicht ein bisschen hart?«, protestierte James. »Es war ein Riesenschock für ihn. Für uns alle. Uns fällt es schon schwer genug, damit umzugehen, was muss Simon da erst empfinden ...« Er schüttelte den Kopf.

»Ihr hattet also wirklich keine Ahnung, dass sie verheiratet ist?«, wollte Harry wissen.

»Nicht die geringste.«

»Sie hat euch alle angelogen.«

»Jeden Einzelnen von uns«, erwiderte James ernst. Als er aufsah, grinste Harry ihn an. »Was? Du findest das lustig?«

»Ach, komm«, meinte Harry. »Die Chuzpe des Mädchens muss man einfach bewundern! Dazu gehört schon was, mit dem Bewusstsein zum Altar zu schreiten, dass da draußen ein Ehemann nur darauf wartet, dir eine Falle zu stellen.«

»So kann man das auch sehen.«

»Du nicht?«

»Nein.« James schüttelte den Kopf. »So, wie ich das sehe, hat Milly mit ihrer Gedankenlosigkeit vielen eine Menge Ärger und Kummer bereitet. Ich schäme mich, dass sie meine Tochter ist.«

»Ach komm, lass sie in Ruhe!«

»Dann lass Simon auch in Ruhe!«, entgegnete James. »Er ist unschuldig, denk dran. Der Gelackmeierte.«

»Er ist ein überheblicher, moralistischer kleiner Diktator. Das Leben muss in gewissen Bahnen verlaufen, ansonsten ist er nicht interessiert.« Harry trank einen Schluck Bier. »Er hat es viel zu lange viel zu einfach gehabt, das ist sein Problem.«

»Weißt du, ich würde genau das Gegenteil behaupten«, meinte James. »Kann nicht leicht sein, in deinem Schatten zu stehen. Bin mir nicht sicher, ob ich selbst das fertig brächte.«

Harry zuckte wortlos mit den Achseln. Eine Weile schwiegen beide. Harry leerte sein Bier, hielt einen Augenblick inne und sah dann auf.

»Wie geht's Isobel?«, fragte er beiläufig. »Wie hat sie auf die ganze Sache reagiert?«

»Wie üblich«, meinte James. »Hat wenig rausgelassen.« Er leerte sein Glas. »Die arme Isobel hat augenblicklich selber genug am Hals.«

»Berufliche Probleme?« Harry lehnte sich vor.

»Nicht nur.«

»Also noch was anderes? Steckt sie irgendwie in Schwierigkeiten?« Der Anflug eines Lächelns huschte über James' Gesicht.

»Du hast den Nagel auf den Kopf getroffen.«

»Wie meinst du das?«

James starrte in sein leeres Bierglas.

»Ich schätze, ein großes Geheimnis ist es ohnehin nicht«, sagte er und blickte in Harrys nachdenkliches Gesicht. »Sie ist schwanger.«

»Schwanger?« Ein Ausdruck blanken Schocks erschien auf Harrys Miene. »Isobel ist schwanger?«

»Ja. Ich kann's selbst kaum glauben.«

»Und ihr seid euch da ganz sicher?«, fragte Harry. »Kein Irrtum möglich?«

Gerührt über Harrys Besorgnis, lächelte James ihn an.

»Keine Bange. Die kriegt das schon hin.«

»Hat sie mit dir darüber gesprochen?«

»Sie lässt sich nicht recht in die Karten schauen«, sagte James. »Wir wissen nicht mal, wer der Vater ist.«

»Ah.« Harry trank einen großen Schluck Bier.

»Das Einzige, was wir tun können, ist, sie zu unterstützen, egal, welche Entscheidung sie trifft.«

»Entscheidung?« Harry sah auf.

»Na, ob sie das Kind behalten will oder ... nicht.« James zuckte verlegen die Achseln und sah fort. Ein seltsamer Ausdruck trat in Harrys Augen.

»Oh, ich verstehe«, sagte er bedächtig. »Das wäre natürlich eine Möglichkeit.« Er schloss die Augen. »Dumm von mir.«

»Was?«

»Nichts.« Harry schlug die Augen wieder auf. »Nichts.«

»Wie auch immer«, sagte James. »Dein Problem ist es nicht.« Er sah auf Harrys leeres Glas. »Ich besorge dir noch eins.«

»Nein. Ich hole dir noch eins.«

»Aber du hast doch schon ...«

»Bitte, James.« James fand, dass Harry plötzlich niedergeschlagen klang. Fast traurig. »Bitte, James. Lass mich.«

Isobel war bis zum Garden for the Blind marschiert. Nun saß sie auf einer gusseisernen Bank, sah zu, wie das Brunnenwasser unaufhörlich in den kleinen Teich tröpfelte, und versuchte, in Ruhe nachzudenken. Einem Endlosfilm gleich, sah sie immer wieder Harrys Gesichtsausdruck vor sich, als sie ihn verlassen hatte; hörte immer wieder seine Stimme. Die ständige Wiederholung hätte den Schmerz in ihr eigentlich dämpfen müssen, hätte sie in die Lage versetzen müssen, ihre Situation logisch zu analysieren. Aber der Schmerz ließ nicht nach; ihre Gedanken kamen nicht zur Ruhe. Sie fühlte sich innerlich völlig zerrissen.

Sie und Harry hatten sich erst vor ein paar Monaten anlässlich Millys und Simons Verlobungsfeier kennen gelernt. Gleich beim Händeschütteln hatte es zwischen ihnen gefunkt. Beider Stimmen hatten leicht gebebt, und wie Spiegelbilder hatten sie sich beide rasch abgewandt und mit anderen gesprochen. Aber Harrys Augen ruhten jedes Mal auf ihr, wenn sie sich umdrehte, und sie spürte, wie ihr ganzer Körper auf seine Aufmerksamkeit reagierte. In der Woche darauf trafen sie sich heimlich zum Dinner. Er schmuggelte sie zu sich ins Haus, und am nächsten Morgen beobachtete sie von seinem Schlafzimmerfenster aus, wie Milly Simon auf der Auffahrt hinterherwinkte. Im nächsten Monat waren sie in verschiedenen Flugzeugen nach Paris gereist. Jede Begegnung war etwas ganz Besonderes gewesen. Sie hatten beschlossen, es niemandem zu erzählen, die Dinge locker und unverbindlich zu lassen. Zwei Erwachsene, die einander genossen, weiter nichts.

Doch jetzt konnte nichts mehr locker sein, nichts unverbindlich. Welchen Weg auch immer sie einschlug – er hatte enorme Konsequenzen. Sie würde Harry verlieren. Sie würde ihre Freiheit verlieren. Sie wäre notgedrungen auf die Hilfe ihrer Mutter angewiesen. Das Leben würde ein unerträgliches Einerlei aus Schufterei, Kaffeevormittagen und geisttötendem Babygebrabbel werden.

Wenn sie das Kind andererseits abtrieb …

Sie verspürte einen Stich in der Brust. Wem machte sie was vor? Worin bestand diese so genannte Wahl? Ja, sie hatte eine Wahl. Jede moderne Frau hatte eine Wahl. Aber in Wahrheit hatte sie keine. Sie war Sklavin ihrer selbst – Sklavin ihrer mütterlichen Gefühle, von deren Existenz sie nichts geahnt hatte, Sklavin des kleinen Geschöpfes, das in ihr wuchs, des ursprünglichen, überwältigenden Wunsches nach Leben.

Rupert saß in der National Portrait Gallery auf einer Bank und starrte ein Gemälde Philipps II. von Spanien an. Es war gute zwei Stunden her, dass Martin sich verabschiedet, Ruperts Hand umschlossen und ihn ermahnt hatte, anzurufen, wann immer ihm danach war. Seitdem war Rupert ziellos herumgeirrt, völlig in seine Gedanken vertieft, ohne die Scharen von Einkaufsbummlern und Touristen zu registrieren, mit denen er immer wieder zusammenstieß. Von Zeit zu Zeit versuchte er, von einer Telefonzelle aus Milly zu erreichen. Aber jedes Mal war besetzt, doch er war insgeheim erleichtert. Er wollte Allans Tod mit niemandem teilen. Noch nicht.

Der Brief steckte immer noch ungeöffnet in seiner Aktentasche. Er hatte noch nicht gewagt, ihn aufzumachen. Seine Angst war einfach zu groß – sowohl davor, dass er seinen Erwartungen nicht entsprach, als auch davor, dass er es tat. Doch nun, unter Philipps strengem, kompromisslosem Blick griff Rupert zu seiner Tasche, fummelte an den Verschlüssen herum und zog den Brief hervor. Wieder verspürte er einen schmerzvollen Stich, als er seinen Namen in Allans Handschrift sah. Das war die letzte Kommunikation, die je zwischen ihnen stattfinden würde. Ein Teil von ihm wollte den Brief ungeöffnet begraben, Allans letzte Worte ungelesen und unbefleckt lassen. Aber noch während ihm der Gedanke durch den Kopf ging, riss er schon mit zitternden Händen an dem Papier, und er zog dicke, cremefarbene Briefbögen heraus, jeder einseitig mit einer schwarzen, gleichmäßigen Schrift bedeckt.

Lieber Rupert,

Fürchtet euch nicht! Fürchtet euch nicht, sagte der Engel. Ich möchte Dir mit diesem Brief kein schlechtes Gewissen machen. Zumindest nicht bewusst. Nicht viel.

Eigentlich weiß ich nicht mal genau, warum ich überhaupt schreibe. Wirst Du diesen Brief je lesen? Wahrscheinlich nicht. Wahrscheinlich hast Du schon vergessen, wer ich bin; wahrscheinlich bist Du glücklich verheiratet und hast Drillinge. Gelegentlich gebe ich mich der Vorstellung hin, Du stündest plötzlich in der Tür und nähmst mich in die Arme, und die anderen todgeweihten Patienten würden jubeln und mit ihren Stöcken auf den Boden trommeln. In Wirklichkeit wird dieser Brief, wie so viele andere einst bedeutsame Ereignisse dieser Welt, in einem Müllwagen landen, um zu irgendjemandes Frühstück recycled zu werden. Der Gedanke gefällt mir. Allanflakes. Mit einer extra Portion Optimismus und einer Spur Bitterkeit.

Und doch schreibe ich weiter – als wäre ich mir sicher, dass Du eines Tages den Weg zu mir zurückzufinden versuchst und diese Worte liest. Mag sein, mag auch nicht sein. Habe ich in meiner Verwirrung etwas falsch verstanden? Messe ich dem, was zwischen uns war, eine Bedeutung zu, die es gar nicht verdient? Die Ausmaße meines Lebens sind so drastisch verringert worden, ich weiß, dass mein Blickwinkel sich etwas verschoben hat. Und doch – auch wenn alles dagegen spricht – schreibe ich weiter. Die Wahrheit ist, Rupert, ich kann dieses Land, geschweige denn diese Welt, nicht verlassen, ohne Dir irgendwo einen Abschiedsgruß zu hinterlassen.

Wenn ich meine Augen schließe und an Dich denke, dann so, wie Du in Oxford warst – obgleich Du Dich seitdem verändert haben musst. Fünf Jahre später, wer und was ist Rupert? Ich habe da so meine eigenen Vorstellungen, bin aber nicht willens, sie zu enthüllen. Ich möchte nicht das Arschloch sein, das meint, Dich besser zu kennen als Du Dich selbst. Das war mein Fehler in Oxford. Ich habe Zorn mit Einsicht verwechselt. Ich habe meine eigenen Sehnsüchte für Deine gehalten. Welches Recht habe ich, einen Groll gegen Dich zu hegen? Das Leben verläuft in wesentlich komplizierteren Bahnen, als beiden von uns damals klar war.

Ich hoffe, Du bist glücklich. Allerdings befürchte ich, dass Du es, falls Du diesen Brief liest, sehr wahrscheinlich nicht bist. Glückliche Menschen suchen nicht nach Antworten in der Vergangenheit. Wie lautet die Antwort? Ich weiß es nicht. Vielleicht wären wir miteinander glücklich geworden, wenn wir zusam-

mengeblieben wären. Vielleicht wäre das Leben schön gewesen. Aber gesagt ist das nicht.

Wie es aussieht, hätte das, was zwischen uns war, nicht mehr besser werden können. Und so trennten wir uns. Doch zumindest hatte einer von uns dabei die Wahl, auch wenn ich nicht derjenige war. Sich trennen ist eine Sache, sterben eine andere. Offen gestanden bin ich mir nicht sicher, ob ich mit beidem zugleich fertig würde.

Aber ich habe mir versprochen, dass ich nicht über den Tod reden werde. Darum geht es hier nicht. Dies ist kein Schuldbrief. Sondern ein Liebesbrief. Nur das. Ich liebe Dich noch immer, Rupert. Ich vermisse Dich noch immer. Wirklich, das ist alles, was ich sagen wollte. Ich liebe Dich noch immer. Ich vermisse Dich noch immer. Wenn ich Dich nicht mehr wiedersehe, dann … ist daran wohl nichts zu ändern. Aber irgendwie hoffe ich doch noch darauf.

Für immer Dein
Allan

Einige Zeit später erschien eine Lehrerin am Eingang, umringt von ihrer fröhlichen Schülerschar. Sie hatte vorgehabt, die Kinder den Nachmittag über das Porträt von Elisabeth I. skizzieren zu lassen. Aber als sie den jungen Mann in der Mitte des Raumes sitzen sah, ließ sie die Kinder kehrtmachen und führte sie zu einem anderen Gemälde.

Rupert, der in stumme Tränen ausgebrochen war, bemerkte sie nicht einmal.

Bei Harrys Heimkehr am Nachmittag parkte Simons Auto an seinem üblichen Platz vor dem Haus. Er begab sich geradewegs zum Zimmer seines Sohnes und klopfte. Als er keine Antwort erhielt, öffnete er die Tür einen Spalt. Das Erste, was er sah, war Simons Cut, der noch immer an der Schranktür hing. Im Papierkorb lag eine der Hochzeitseinladungen. Harry zuckte zusammen, dann schloss er die Tür und ging hinüber zum Freizeittrakt.

Die Unterwasserbeleuchtung ließ den Swimmingpool erschimmern, leise Musik war zu hören, aber im Wasser war niemand. Die Tür zur Sauna am anderen Ende des Raums war beschlagen. Harry marschierte geradewegs hin und öffnete. Simon sah überrascht hoch, das Gesicht gerötet und verletzlich.

»Dad?« Er spähte durch den dichten Dampf. »Was willst …«

»Ich muss mit dir sprechen.« Harry setzte sich Simon gegenüber auf die Plastikbank. »Ich muss mich entschuldigen.«

»Entschuldigen?«, fragte Simon ungläubig.

»Ich hätte dich heute Morgen nicht anschreien dürfen. Es tut mir Leid.«

»Oh.« Simon sah fort. »Na ja, ist nicht so wichtig.«

»Doch, ist es wohl. Du hast einen großen Schock hinter dir. Und das hätte ich verstehen sollen. Ich bin dein Vater.«

»Das weiß ich«, sagte Simon, ohne sich zu rühren. Harry sah ihm einen Augenblick fest in die Augen.

»Wünschst du dir, ich wäre es nicht?«

Simon schwieg.

»Ich würde es dir nicht verübeln«, meinte Harry. »Was war ich bloß für ein Scheißvater.« Simon rutschte verlegen auf seinem Sitz herum.

»Du …«

»Du brauchst jetzt nicht höflich zu sein«, unterbrach ihn Harry. »Ich weiß, dass ich alles falsch gemacht habe. Sechzehn Jahre lang hast du mich nie gesehen, und dann plötzlich, peng!, hast du mich ständig vor der Nase. Kein Wunder, dass alles ein bisschen schwierig war. Hätten wir geheiratet, dann wären wir längst wieder geschieden. Entschuldige«, sagte er nach einer Pause. »Heikles Thema.«

»Schon okay.« Simon wandte sich zu ihm um und grinste ihn widerwillig an, dabei bemerkte er zum ersten Mal die Kleidung des Vaters. »Dad, dir ist doch klar, dass du dich eigentlich ausziehen solltest?«

»Für ein Dampfbad, ja«, entgegnete Harry. »Aber ich bin hier reingekommen, um mich zu unterhalten.« Er runzelte die Stirn. »Okay, meinen Teil habe ich jetzt aufgesagt. Jetzt musst du mir sagen, was für ein wunderbarer Vater ich gewesen bin, und dann kann ich in Frieden ruhen.«

Es entstand eine lange Pause.

»Ich wünschte bloß ...«, begann Simon schließlich und brach dann ab.

»Was?«

»Ich wünschte bloß, ich käme mir nicht immer wie ein Versager vor«, brach es aus Simon hervor. »Alles, was ich mache, geht schief. Und du ... In meinem Alter warst du schon Millionär!«

»Stimmt doch gar nicht.«

»In deiner Biografie steht ...«

»Ach, dieses Scheißbuch. Simon, als ich in deinem Alter war, da hatte ich eine Million *Schulden.* Zum Glück habe ich eine Möglichkeit gefunden, sie zurückzuzahlen.«

»Und ich nicht«, versetzte Simon bitter. »Ich habe pleite gemacht.«

»Okay, du hast also pleite gemacht. Aber zumindest bist du dir immer treu geblieben. Zumindest kamst du nie heulend angerannt, damit ich dir aus der Patsche helfe. Du hast deine Unabhängigkeit bewahrt. Mit aller Macht. Und deswegen bin ich stolz auf dich.« Er machte eine Pause. »Ich bin sogar stolz, dass du mir die Schlüssel für die Wohnung zurückgegeben hast. Hab zwar die Schnauze voll – aber ich bin stolz.«

Eine lange Pause trat ein, unterbrochen nur von ihrer beider Atmen im heißen Dampf und dem einen oder anderen Spritzer, wenn ein Schwall warmer Tropfen auf den Boden fiel.

»Und wenn du versuchst, die Dinge mit Milly ins Reine zu bringen«, fuhr Harry bedächtig fort, »anstatt davonzurennen – dann bin ich sogar noch stolzer. Das ist nämlich etwas, was ich nie getan habe, aber eigentlich hätte tun sollen.«

Eine Weile schwiegen sie. Harry lehnte sich zurück, streckte die Beine aus und zuckte zusammen. »Ich muss sagen, das ist keine schöne Erfahrung. Mir klebt die Unterhose am Leib.«

»Ich hab's dir ja gesagt.«

»Ich weiß.« Harry blickte ihn durch den Dampf hindurch an. »Du gibst Milly also noch eine Chance?« Simon atmete scharf aus.

»Natürlich. Wenn sie mir noch eine gibt.« Er schüttelte den Kopf. »Ich weiß gar nicht, was gestern Abend in mich gefahren ist. Ich war dumm. Ich war ungerecht. Ich war bloß ein …« Er brach ab. »Ich habe vorhin versucht, sie anzurufen.«

»Und?«

»Sie muss mit Esme essen gegangen sein.«

»Esme?«

»Ihre Patentante, Esme Ormerod.«

Harry zog die Augenbrauen hoch.

»Das ist Millys Patentante? Esme Ormerod?«

»Ja«, sagte Simon. »Wieso?« Harry zog eine Grimasse.

»Eine merkwürdige Frau.«

»Wusste gar nicht, dass du sie kennst.«

»Bin ein paarmal mit ihr ausgegangen. Großer Fehler.«

»Warum?« Harry schüttelte den Kopf.

»Ach, egal. Ist schon lange her.« Er lehnte sich zurück und schloss die Augen. »Sie ist also Millys Patentante. Das überrascht mich.«

»Sie ist irgendeine Kusine oder so.«

»Und dabei schien mir das eine so nette Familie zu sein«, sagte Harry halb im Scherz. Dann runzelte er die Stirn. »Weißt du, das meine ich ernst. Sie sind eine nette Familie. Milly ist ein bezauberndes Mädchen. James scheint ein sehr anständiger Kerl zu sein. Würde ihn gern besser kennen lernen. Und Olivia ...« Er öffnete die Augen. »Nun, was soll ich sagen. Sie ist eine feine Frau.«

»Du sagst es«, meinte Simon mit einem Grinsen.

»Zu dunkler Nacht würde ich ihr allerdings nicht gern begegnen.«

»Oder überhaupt in der Nacht.«

Kurzes Schweigen. Harry tropfte der Schweiß vom Kopf.

»Die Einzige, bei der ich mir nicht sicher bin«, sagte Simon nachdenklich, »ist Isobel. Sie gibt einem irgendwie Rätsel auf. Ich weiß nie, was sie gerade denkt.«

»Nein«, sagte Harry nach einer Pause. »Ich auch nicht.«

»An Milly reicht sie nicht ran. Aber ich mag sie trotzdem.«

»Ich auch«, sagte Harry mit leiser Stimme. »Ich mag sie sehr.« Eine Weile starrte er wortlos zu Boden und erhob sich dann abrupt. »Ich habe genug von dieser Hölle. Ich nehme jetzt eine Dusche.«

»Versuch doch diesmal, dich vorher auszuziehen«, riet Simon.

»Ja. Kluge Idee.« Er nickte Simon freundlich zu, bevor er die Tür hinter sich schloss.

Als Rupert sich steif erhob, Allans Brief wegsteckte und das Museum verließ, war es bereits später Nachmittag. Eine Weile stand er am Trafalgar Square, beobachtete die Touristen, Tauben und Taxis, wandte sich dann um und ging gemächlich zur U-Bahn. Jeder Schritt wirkte unsicher und zittrig; er schien einen lebenswichtigen Teil seiner Selbst verloren zu haben, der ihn im Gleichgewicht gehalten hatte.

Er wusste bloß, dass die eine Gewissheit in seinem Leben verschwunden war. Jetzt schien es ihm, als sei alles, was er in den letzten zehn Jahren getan hatte, Teil eines inneren Kampfes gegen Allan gewesen. Der Kampf war zu Ende, aber keiner von ihnen hatte gewonnen.

Auf der Rückfahrt nach Fulham starrte er ausdruckslos auf sein Spiegelbild im dunklen Glas und fragte sich mit einer fast schon akademischen Neugierde, was er als Nächstes tun würde. Er fühlte sich müde, zerrissen und erschöpft, als hätte ein Unwetter ihn ohne einen klaren Ausweg an einen fremden Strand gespült. Einerseits war da seine Frau. Da waren sein Heim, sein altes Leben und die alten Kompromisse, inzwischen seine zweite Natur. Nicht ganz Glück, aber auch nicht direkt Leid. Auf der anderen Seite war Ehrlichkeit. Rohe, schmerzliche Ehrlichkeit. Und alle Konsequenzen, die damit einhergingen.

Rupert fuhr sich müde über das Gesicht und betrachtete seine verschwommenen, unsicheren Gesichtszüge in der Fensterscheibe. Er wollte weder ehrlich noch unehrlich sein. Er wollte gar nichts sein. Eine Person in einer U-Bahn, die nichts entscheiden musste, nichts zu tun hatte, außer dem Fahrgeräusch der Bahn zu lauschen und die unbekümmerten Gesichter anderer Passagiere zu beobachten, die Bücher und Zeitschriften lasen.

Aber schließlich erreichte der Zug seine Haltestelle. Und wie ein Roboter griff er nach seiner Aktentasche, erhob sich und trat auf den Bahnsteig. Er folgte all den anderen Pendlern die Treppe hinauf in den dunklen Winterabend hinaus. Eine vertraute Prozession bewegte sich die Hauptstraße entlang, verkleinerte sich, je öfter Leute abbogen, und Rupert folgte ihnen. Je mehr er sich seinem Zuhause näherte, um so langsamer wurde er, und als er die eigene Straße erreichte, blieb er ganz stehen und erwog einen Augenblick kehrtzumachen. Aber wohin gehen? Er konnte nirgendwo sonst hin.

Beim Öffnen des Gartentors bemerkte er erleichtert, dass im Haus kein Licht brannte. Er würde ein Bad nehmen und ein paar Drinks kippen, dann wäre sein Kopf bis zu Francescas Heimkehr vielleicht schon klarer. Vielleicht würde er ihr Allans Brief zeigen. Oder vielleicht nicht. Er griff in seiner Tasche nach dem Schlüssel und steckte ihn ins Schloss, dann stockte er. Der Schlüssel passte nicht. Er zog ihn heraus, betrachtete ihn und versuchte es abermals – wieder nichts. Dann, bei genauerem Hinsehen, konnte er erkennen, dass das Schloss bearbeitet worden war. Francesca hatte es austauschen lassen. Sie hatte ihn ausgeschlossen.

Ein paar Sekunden stand er reglos da. Zitternd vor Wut und Demütigung starrte er die Tür an. »Miststück«, hörte er sich mit erstickter Stimme sagen. »Miststück.« Ein plötzliches Verlangen nach Allan überkam ihn, und er wich von der Tür zurück, die Augen tränenverschleiert.

»Alles okay?«, ertönte eine fröhliche Mädchenstimme von gegenüber. »Haben Sie sich ausgeschlossen? Wenn Sie möchten, können Sie von uns aus telefonieren!«

»Nein danke«, murmelte Rupert. Er sah das Mädchen kurz an. Sie war jung, attraktiv und sah ihn mitfühlend an – für einen Augenblick überkam ihn das Verlangen, sich an ihrer Schulter auszuweinen. Dann fiel ihm ein, dass Francesca ihn vom Haus aus beobachten könnte, und er verspürte eine leichte Panik. Rasch, unbeholfen ging er fort, die Straße hinunter. Er erreichte die Ecke und winkte ein Taxi herbei, ohne zu wissen, wohin es gehen sollte.

»Ja?«, fragte der Fahrer, als er einstieg. »Wohin möchten Sie?«

»Zu ... zu ...« Einen Augenblick schloss Rupert die Augen, dann öffnete er sie und schaute auf seine Uhr. »Paddington Station.«

Um sechs Uhr klingelte es an der Haustür. Isobel machte auf, und Simon stand davor, einen großen Blumenstrauß in der Hand.

»Oh, du bist es«, sagte sie unfreundlich. »Was willst du?«

»Ich möchte zu Milly.«

»Sie ist nicht da.«

»Ich weiß«, meinte er besorgt. Simon wirkte herausgeputzt, fand Isobel, wie ein altmodischer Freier. Beinahe hätte sie bei seinem Anblick lächeln müssen. »Ich wollte mich nach der Adresse ihrer Patentante erkundigen.«

»Du hättest anrufen können«, bemerkte Isobel unerbittlich. »Dann hätte ich nicht extra an die Tür gehen müssen.«

»Es war dauernd besetzt.«

»Oh.« Isobel verschränkte die Arme und lehnte sich gegen den Türrahmen, nicht bereit, ihn gehen zu lassen. »Na, sind wir schon von unserem hohen Ross gestiegen?«

»Halt einfach den Mund, Isobel, und gib mir die Adresse«, erwiderte Simon gereizt.

»Tja, ich weiß nicht. Möchte Milly denn mit dir sprechen?«

»Ach, vergiß es.« Simon wandte sich um und stieg die Treppe wieder hinunter. »Ich finde sie auch allein.«

Isobel starrte ihn kurz an, dann rief sie: »Walden Street, Nummer zehn!« Simon drehte sich noch einmal um.

»Danke«, sagte er. Isobel zuckte die Achseln.

»Schon okay. Ich hoffe ...« Sie hielt inne. »Du weißt schon.«

»Ja. Das hoffe ich auch.«

Esme öffnete in einem langen weißen Bademantel die Tür.

»Oh«, meinte Simon verlegen. »Verzeihung, wenn ich störe. Ich wollte mit Milly sprechen.« Esme musterte ihn und sagte dann: »Ich fürchte, sie schläft. Sie hat heute Mittag nämlich reichlich getrunken. Ich werde sie wohl nicht wecken können.«

»Oh.« Simon trat von einem Fuß auf den anderen. »Tja ... sagen Sie ihr bitte einfach, ich sei vorbeigekommen. Und geben Sie ihr diese hier.« Er reichte Esme die Blumen, die sie mit leichtem Entsetzen betrachtete.

»Ich richte es aus. Auf Wiedersehen.«

»Vielleicht könnte sie mich anrufen. Wenn sie wach ist.«

»Vielleicht«, sagte Esme. »Das liegt bei ihr.«

»Natürlich.« Simon errötete leicht. »Nun, danke.«

»Auf Wiedersehen.« Esme schloss die Tür. Einen Augenblick

sah sie auf die Blumen, dann ging sie in die Küche und warf sie in den Abfalleimer. Sie ging hoch und klopfte an Millys Tür.

»Wer war das?«, fragte Milly und sah auf. Sie lag auf einem Massagetisch, und Esmes Kosmetikerin rieb ihr ein Gesichtsöl in die Wangen.

»Ein Vertreter«, antwortete Esme aalglatt. »Wollte mir ein paar Staubtücher andrehen.«

»Oh, solche Typen kommen zu uns auch immer.« Milly legte sich wieder hin. »Und zwar grundsätzlich zum ungünstigsten Zeitpunkt.« Esme lächelte sie an.

»Wie war deine Massage?«

»Herrlich«, sagte Milly.

»Gut.« Esme schlenderte zum Fenster, tippte sich ein paarmal auf die Zähne und wandte sich dann um.

»Weißt du, ich finde, wir sollten verreisen. Eigentlich hätte ich schon früher darauf kommen können. Du wirst morgen ja wohl nicht in Bath sein wollen, oder?«

»Eigentlich nicht«, sagte Milly. »Andererseits ... will ich eigentlich überhaupt nirgends sein.« Unvermittelt verzog sie ihr Gesicht, und in ihre Augenwinkel traten Tränen. »Tut mir Leid«, entschuldigte sie sich heiser bei der Kosmetikerin.

»Wir fahren nach Wales«, verkündete Esme. »Ich kenne da einen kleinen Ort in den Bergen. Sagenhafte Aussicht und jeden Abend Lammbraten. Na, wie klingt das?«

Milly schwieg. Die Kosmetikerin tupfte geziert mit einer gelben Flüssigkeit aus einer goldenen Flasche die Tränenspuren fort.

»Der morgige Tag wird schwierig«, sagte Esme sanft. »Aber wir schaffen das. Und danach ...« Sie kam und nahm Millys Hand. »Denk doch bloß nach, Milly. Du hast eine Chance erhalten, die kaum eine Frau erhält. Du kannst einen Neuanfang machen. Du kannst dein Leben nach deinen Wünschen gestalten.«

»Du hast Recht.« Milly starrte an die Decke. »Nach meinen Wünschen.«

»Die Welt gehört dir! Man stelle sich vor, dass du drauf und dran warst, Mrs. Pinnacle zu werden!« Ein Anflug von Verachtung schlich sich in Esmes Stimme. »Schatz, das war ein knappes Entkommen. Rückblickend wirst du mir dankbar sein, Milly. Wirklich!«

»Das bin ich jetzt schon.« Milly drehte den Kopf und sah Esme an. »Was hätte ich bloß ohne dich getan!«

»So ist's recht!« Esme tätschelte Milly die Hand. »Jetzt leg dich einfach zurück und genieße den Rest deiner Sitzung – ich packe inzwischen den Wagen.«

15. Kapitel

Als James an diesem Abend heimkam, war das Haus nur schwach beleuchtet und ungewohnt still. Er hängte seinen Mantel auf und schnitt seinem Spiegelbild eine Grimasse, dann öffnete er geräuschlos die Küchentür. Auf dem Tisch herrschte noch immer ein wildes Durcheinander aus Adress- und Telefonbüchern, Namenslisten, Broschüren und Kaffeetassen; Olivia saß mit hängenden Schultern in der trüben Stille.

Einige Augenblicke bemerkte sie ihn nicht. Dann, als hätte er gesprochen, hob sie den Kopf. Sie schaute ihn mit ängstlichen Augen an, sah dann rasch wieder fort und hob die Hände abwehrend vors Gesicht. James, der sich wie ein Schuft vorkam, trat unbeholfen vor.

»Na?« Er stellte seine Aktentasche auf dem Stuhl ab. »Alles erledigt?« Er blickte sich um. »Du musst einen höllischen Tag hinter dir haben!«

»War gar nicht so schlimm«, erwiderte Olivia heiser. »Isobel war eine große Hilfe. Wir beide ...« Sie brach ab. »Und *dein* Tag? Isobel hat mir erzählt, dass du Probleme in der Firma hast. Das ... das habe ich gar nicht mitbekommen. Tut mir Leid.«

»Wie solltest du auch. Ich hab's dir ja nicht erzählt.«

»Erzähl's mir jetzt.«

»Nicht jetzt«, meinte James matt. »Vielleicht später.«

»Ja, später«, sagte Olivia mit unsicherer Stimme. »Natürlich.« James sah sie an und entdeckte zu seiner Bestürzung Angst in ihren Augen. »Komm, ich mach dir eine Tasse Tee«, sagte sie.

»Danke«, erwiderte James. »Olivia ...«

»Geht ganz schnell!« Sie erhob sich eilig, blieb dabei mit dem Ärmel an der Tischkante hängen und riss sich los, als wolle sie verzweifelt von ihm wegkommen, zur Spüle, zum Wasserkessel, vertrauten, unbelebten Gegenständen. James setzte sich an den Tisch und griff nach dem roten Buch. Er fing an, darin zu blättern. Seite für Seite voll Listen, Gedanken, Erinnerungshilfen, ja sogar kleiner Skizzen. Der Entwurf, wie ihm aufging, für etwas wirklich Spektakuläres.

»Schwäne«, sagte er, den Blick auf einen angekreuzten Eintrag gerichtet. »Du hattest doch nicht wirklich vor, für das Fest lebendige Schwäne zu mieten?«

»Schwäne aus Eis.« Olivias Gesicht erhellte sich ein wenig. »Sie sollten mit …« Sie brach ab. »Ach, egal.«

»Na, nun sag schon!« Es entstand eine Pause.

»Mit Austern gefüllt sein.«

»Ich mag Austern.«

»Ich weiß.« Mit ungeschickten Händen nahm sie die Teekanne, drehte sich, um sie auf den Tisch zu stellen, und rutschte dabei aus. Die Teekanne zerbrach unter lautem Geklirr auf den Schieferkacheln, und Olivia stieß einen Schrei aus.

»Olivia?« James sprang auf. »Alles in Ordnung?«

Porzellanscherben lagen in einer Teepfütze auf dem Boden; zwischen den Kacheln strömten Teeflüsschen auf ihn zu. Das gelbgeränderte Auge einer Ente starrte vorwurfsvoll zu ihm hoch.

»Sie ist kaputt!«, jammerte Olivia. »Dabei hatten wir diese Teekanne zweiunddreißig Jahre!« Sie ging in die Knie, hob eine Henkelscherbe auf und starrte sie ungläubig an.

»Wir kaufen uns eine neue.«

»Ich möchte keine neue«, erwiderte Olivia mit bebender Stimme. »Ich möchte die alte. Ich möchte …« Unvermittelt brach sie ab und wandte sich zu James um. »Du willst mich verlassen, nicht, James?«

»Was?« James starrte sie schockiert an.

»Du willst mich verlassen«, wiederholte Olivia ruhig. Sie sah auf die Teekannenscherbe und umklammerte sie fester. »Du willst ein neues Leben anfangen. Ein neues, aufregendes Leben.«

Kurze Zeit herrschte Stille, dann begriff James und atmete scharf aus.

»Du hast mich gehört.« Er versuchte, seine Gedanken zu sammeln. »Du hast mich *gehört.* Mir war nicht klar …«

»Ja, ich habe dich gehört«, erwiderte Olivia, ohne aufzusehen. »Das hast du doch auch gewollt, oder?«

»Olivia, ich wollte nicht …«

»Ich nehme an, du wolltest warten, bis die Hochzeit vorbei ist«, schnitt Olivia ihm das Wort ab, die das Teekannenstück immer wieder herumdrehte. »Vermutlich wolltest du den freudigen Anlass nicht zerstören. Nun, das ist auch so geschehen. Du brauchst also nicht länger zu warten. Du kannst gehen.« James blickte sie an.

»Du möchtest, dass ich gehe?«

»Das habe ich nicht gesagt.« Olivias Stimme wurde eine Spur rauer, den Kopf hielt sie weiterhin gesenkt. Lange Zeit herrschte Stille. Auf dem Boden kam das letzte braune Flüsschen Tee zum Stillstand.

»Das Problem in der Firma«, sagte James plötzlich und ging zum Fenster. »Das Problem, von dem Isobel gesprochen hat. Die Firma wird umstrukturiert. Drei der Abteilungen werden nach Edinburgh verlegt. Man hat mich gefragt, ob ich umziehen wollte. Und ich habe gesagt …« Er drehte sich zu ihr um. »Ich habe gesagt, ich würde darüber nachdenken.« Olivia sah auf.

»Davon hast du mir nichts erzählt.«

»Nein«, sagte James trotzig. »Habe ich nicht. Deine Antwort war mir klar.«

»So? Wie schlau von dir!«

»Du bist hier verwurzelt, Olivia. Hier hast du deine Arbeit und deine Freundinnen. Ich wusste, dass du das alles nicht verlassen willst. Aber ich hatte einfach das Gefühl, ich bräuchte etwas Neues!« Ein schmerzlicher Zug erschien auf James' Gesicht. »Kannst du das verstehen? Hast du nie mal fliehen und neu anfangen wollen? Ich dachte, eine neue Stadt wäre die Antwort auf mein Unbehagen. Ein neuer Ausblick in der Früh. Eine andere Luft zum Atmen.«

Stille.

»Verstehe«, sagte Olivia schließlich mit brüchiger Stimme. »Na dann, ab mit dir. Ich will dich nicht aufhalten. Ich helf dir beim Packen, soll ich?«

»Olivia ...«

»Vergiss nicht, mir eine Ansichtskarte zu schicken.«

»Olivia, komm, sei nicht so!«

»Wie, so? Wie meinst du denn, soll ich sonst reagieren? Immerhin planst du, mich zu verlassen!«

»Nun, was hätte ich denn tun sollen?«, entgegnete James zornig. »Auf der Stelle absagen? Mich für weitere zwanzig Jahre Bath festlegen?«

»Nein!«, schrie Olivia, in deren Augen plötzlich Tränen glitzerten. »Du hättest mich bitten sollen mitzukommen. Ich bin deine Frau, James. Du hättest mich darum bitten sollen!«

»Was hätte das gebracht? Du hättest gesagt ...«

»Du weißt doch gar nicht, was ich gesagt hätte!« Olivias Stimme bebte, und sie reckte ihr Kinn. »Du weißt nicht, was ich gesagt hätte, James. Und du hast dir nicht mal die Mühe gemacht, es herauszufinden.«

»Ich ...« James hielt inne.

»Du hast dir nicht mal die Mühe gemacht, es herauszufinden«, wiederholte Olivia, und ein Anflug von Verachtung schlich sich in ihre Stimme.

Lange Zeit herrschte Stille.

»Wie wäre deine Antwort ausgefallen?«, wollte James schließlich wissen. »Wenn ich dich gefragt hätte?« Er versuchte, Olivias Blick aufzufangen, aber sie starrte auf die Porzellanscherbe, die sie noch immer in den Händen hielt, und ihrer Miene war nichts abzulesen.

Es klingelte an der Tür. Keiner der beiden rührte sich.

»Was hättest du geantwortet, Olivia?«, fragte James.

»Ich weiß nicht«, sagte Olivia schließlich. Sie legte die Kannenscherbe auf den Tisch und sah ihn an. »Vermutlich hätte ich dich gefragt, ob du mit dem Leben hier wirklich so unzufrieden bist. Ich hätte dich gefragt, ob du wirklich glaubst, eine neue Stadt würde all deine Probleme lösen. Und wenn du das bejaht hättest …« Wieder klingelte es an der Tür, laut und beharrlich, und sie brach ab. »Geh mal lieber hin.« James starrte sie eine kurze Weile an, dann erhob er sich.

Er ging in die Diele, öffnete die Tür und machte dann vor Überraschung einen Schritt zurück. Alexander stand an der Türschwelle – unrasiert, umgeben von Taschen, mit argwöhnischem Blick.

»Hören Sie«, sagte er, als er James sah. »Es tut mir Leid. Wirklich. Das müssen Sie mir glauben. Ich wollte das alles nicht auslösen.«

»Das spielt ja jetzt wohl keine Rolle mehr, oder?«, erwiderte James matt. »Der Schaden ist angerichtet. Ich an Ihrer Stelle würde einfach kehrtmachen und gehen.«

»Für mich spielt es eine Rolle. Außerdem …« Er machte eine Pause. »Außerdem habe ich noch immer Sachen hier. In meinem Zimmer. Ihre Tochter hat mich rausgeschmissen, ehe ich sie holen konnte.«

»Verstehe. Na, dann kommen Sie mal besser rein.«

Vorsichtig betrat Alexander das Haus. Er warf einen Blick auf die Hochzeitskuchenschachteln und zog eine Grimasse.

»Ist Milly da?«, erkundigte er sich.

»Nein. Sie ist bei ihrer Patentante.«

»Geht's ihr einigermaßen?«

»Was glauben Sie denn?« James verschränkte die Arme. Alexander zuckte zusammen.

»Hören Sie, es war doch nicht meine Schuld!«

»Wie meinen Sie das, es war nicht Ihre Schuld!« Olivia erschien mit empörter Miene an der Küchentür. »Milly hat uns erzählt, wie Sie sie aufgezogen haben. Wie Sie ihr gedroht haben. Sie sind nichts weiter als ein mieser kleiner Fiesling!«

»Na, jetzt machen Sie mal halblang! Selbst ist sie ja wohl auch keine Heilige!«

»Alexander, vielleicht haben Sie ja gedacht, Sie würden der Welt einen Dienst erweisen, wenn Sie sie entlarven«, sagte James. »Vielleicht dachten Sie, Sie täten Ihre Pflicht. Aber Sie hätten sich zuerst an uns oder Simon wenden können, ehe Sie den Pfarrer informieren.«

»Herrgott noch mal, ich wollte sie nicht entlarven«, erwiderte Alexander ungeduldig. »Ich wollte sie bloß damit aufziehen.«

»Aufziehen?«

»Sie ein bisschen necken. Sie wissen schon. Und mehr habe ich auch nicht getan. Ich habe dem Pfarrer nichts erzählt! Warum sollte ich das?«

»Wer weiß schon, was in Ihrem schmutzigen kleinen Kopf vorgeht«, schimpfte Olivia.

»Ich weiß gar nicht, warum ich mir eigentlich die Mühe mache«, sagte Alexander. »Sie glauben mir ja eh nicht. Aber ich hab das nicht getan, okay? Warum sollte ich Millys Hochzeit zerstören? Schließlich bezahlen Sie mich dafür, den Scheiß zu fotografieren! Was hätte ich also davon?«

Stille trat ein. James sah zu Olivia.

»Ich weiß ja nicht mal, wie der Pfarrer heißt.« Alexander seufzte. »Hören Sie, ich habe versucht, es Isobel zu erklären, und sie wollte nicht hören, und nun versuche ich, es Ihnen zu erklären, und Sie hören auch nicht zu. Aber es ist wahr. Ich habe keiner Menschenseele von Milly erzählt. Wirklich nicht. Jesses, meinetwegen könnte sie sechs Ehemänner haben!«

»Na gut.« James atmete scharf aus. »Na gut, aber wenn Sie nichts verraten haben, wer dann?«

»Weiß der Himmel. Wer weiß denn noch davon?«

Schweigen.

»Sie hat es Esme erzählt«, meinte James schließlich. Er und Olivia sahen einander an. »Sie hat es Esme erzählt.«

Isobel saß in einer entlegenen Ecke der Auffahrt zur Pinnacle Hall und betrachtete durch ihre Windschutzscheibe Millys Zelt, das hinter der Hausecke gerade eben sichtbar war. Schon seit einer halben Stunde saß sie so da und sammelte still ihre Gedanken, schärfte ihre Konzentration wie für ein Examen. Sie würde Harry sagen, was sie zu sagen hatte, würde so wenig Einwände wie möglich dulden, dann gehen. Sie wäre freundlich, aber bestimmt. Wenn er ihren Vorschlag ablehnte, würde sie ... Isobels Gedanken gerieten ins Stocken. Einen solch vernünftigen Plan konnte er nicht ablehnen. Unmöglich.

Sie blickte auf ihre Hände, die von der Schwangerschaft offenbar schon angeschwollen waren. Allein das Wort ließ sie wie einen Teenager erschauern. Schwangerschaft, so hatte man ihnen in der Schule beigebracht, kam einer Atombombe gleich – sie zerstörte alles, was ihr in den Weg kam, und das Leben, das ihre Opfer danach führten, war kaum noch lebenswert. Sie zerstörte Karrieren, Beziehungen, das Glück. Das Risiko war es einfach nicht wert, hatten die Lehrerinnen gepredigt, und die Schülerinnen der Oberstufe hatten gekichert und die Nummern von Abtreibungskliniken weitergereicht. Isobel schloss die Augen. Vielleicht hatten ihre Lehrerinnen Recht. Ohne diese Schwangerschaft wäre ihre Beziehung zu Harry vielleicht zu etwas mehr als dem einen oder anderen Stelldichein herangereift. Allmählich war der Wunsch in ihr erwacht, öfter mit ihm zusammen zu sein, Augenblicke der Freude und des Leids mit ihm zu teilen, beim Aufwachen seine Stimme zu hören. Sie hatte ihm sagen wollen, dass sie ihn liebte.

Aber jetzt war da das Baby. Ein neues Element, eine neue

Gangart: ein neuer Druck auf sie beide. Das Baby zu behalten hieße, Harrys Wünsche mit Füßen zu treten und das Ende ihrer Beziehung heraufzubeschwören. Und doch würde es sie zerstören, etwas anderes zu tun.

Mit blutendem Herzen griff sie in ihre Handtasche und kämmte sich noch einmal das Haar, dann öffnete sie die Wagentür und stieg aus. Es war überraschend mild und windig, fast frühlingshaft. Ruhig marschierte sie über den Kies zu der großen Eingangstür, ausnahmsweise einmal ohne Angst haben zu müssen, argwöhnisch beobachtet zu werden. Heute hatte sie allen Grund zu kommen.

Sie klingelte an der Tür und lächelte das rothaarige Mädchen an, das aufmachte.

»Ich hätte gern mit Harry Pinnacle gesprochen, bitte. Ich bin Isobel Havill. Die Schwester von Milly Havill.«

»Ich weiß, wer Sie sind«, erwiderte das Mädchen in nicht sehr freundlichem Ton. »Ich nehme an, es geht um die Hochzeit? Oder, besser gesagt, um die Hochzeit, die nun nicht stattfindet?« Sie starrte Isobel mit hervortretenden Augen an, als wäre alles ihre Schuld, und Isobel fragte sich erstmals, was die Leute jetzt wohl von Milly halten mochten.

»Stimmt. Wenn Sie ihm einfach nur sagen könnten, dass ich da bin.«

»Ich bin mir nicht sicher, ob er abkömmlich ist.«

»Vielleicht könnten Sie ihn fragen?«, schlug Isobel höflich vor.

»Warten Sie hier.«

Nach ein paar Minuten kehrte das Mädchen zurück.

»Er kann Sie sehen«, sagte sie, als erwiese sie Isobel eine große Gnade. »Aber nicht lange.«

»Hat er das gesagt?« Ihr Gegenüber schwieg herausfordernd, und Isobel lächelte in sich hinein.

Sie erreichten die Tür zu Harrys Arbeitszimmer, und das Mädchen klopfte an.

»Ja!«, ertönte Harrys Stimme sofort. Sie öffnete die Tür, und Harry sah von seinem Schreibtisch hoch.

»Isobel Havill«, verkündete sie.

»Ja«, sagte Harry, und ihre Blicke trafen sich. »Ich weiß.«

Als sie die Tür hinter sich geschlossen hatte, legte er seinen Füllfederhalter ab und blickte Isobel schweigend an.

Isobel rührte sich nicht. Leicht zitternd stand sie da, spürte seinen Blick wie Sonnenschein auf der Haut und schloss die Augen, um ihre Gedanken sammeln zu können. Sie hörte, wie er aufstand, hörte, wie er auf sie zukam. Seine Hand ergriff ihre; er drückte die Lippen auf die zarte Haut ihres inneren Handgelenks, ehe sie die Augen öffnen und »Nein« sagen konnte.

Er sah auf, ihre Hand noch immer in seiner, und sie blickte verzweifelt in sein Gesicht, bemüht, ihm alles, was sie zu sagen hatte, mit einem einzigen Blick zu vermitteln. Aber in ihrer Miene spiegelten sich zu viele widerstreitende Wünsche und Gedanken, als dass er sie hätte lesen können. Etwas wie Enttäuschung huschte über sein Gesicht, und er ließ ihre Hand abrupt fallen.

»Etwas zu trinken?«

»Ich habe dir etwas zu sagen.«

»Aha. Möchtest du dich setzen?«

»Nein. Ich möchte es bloß sagen.«

»Okay, dann mal los!«

»Schön«, sagte Isobel. »Na denn!« Sie machte eine Pause und wappnete sich. »Ich bin schwanger«, sagte sie, hielt dann inne, und das unheilvolle Wort schien im Raum widerzuhallen. »Mit deinem Kind«, fügte sie hinzu. Harry zuckte leicht zusammen. »Was?«, meinte Isobel kratzbürstig. »Glaubst du mir nicht?«

»Verdammt, natürlich *glaube* ich dir«, sagte Harry. »Ich wollte sagen …« Er brach ab. »Ach, egal. Red weiter.«

»Du wirkst gar nicht überrascht?«

»Ist das ein Teil deiner kleinen Rede?«

»Oh, sei still!« Sie holte tief Luft, fixierte eine Ecke des Kaminsimses und versuchte nur mit Willenskraft, ihre Stimme ruhig zu halten. »Ich habe gründlich darüber nachgedacht«, sagte sie. »Ich habe alle Möglichkeiten erwogen und bin zu dem Entschluss gekommen, es zu behalten.« Sie machte eine Pause. »Ich habe ihn in dem Bewusstsein gefasst, dass du dieses Kind nicht möchtest. Sie wird also meinen Namen tragen, und ich werde die Verantwortung für sie übernehmen.«

»Du weißt, dass es ein Mädchen wird?«, unterbrach Harry sie.

»Nein«, erwiderte Isobel zittrig, aus dem Takt gebracht. »Ich ... ich neige dazu, bei unbekanntem Geschlecht das weibliche Pronomen zu verwenden.«

»Aha«, meinte Harry. »Fahr fort.«

»Ich übernehme die Verantwortung«, redete Isobel, nun schneller, weiter. »In finanzieller wie auch in sonstiger Hinsicht. Aber ich finde, wenn irgend möglich, braucht jedes Kind einen Vater. Ich weiß, du hast dir das nicht ausgesucht – ich aber auch nicht und das Kind ebensowenig.« Sie hielt inne und ballte die Hände zur Faust. »Und deshalb möchte ich dich bitten, etwas elterliche Verantwortung und Beteiligung zu übernehmen. Mein Vorschlag wäre ein regelmäßiges Treffen, vielleicht einmal im Monat, so dass das Kind seinen Vater kennt, wenn es aufwächst. Um mehr bitte ich nicht. Aber dieses Minimum verdient jedes Kind. Ich versuche lediglich, Vernunft walten zu lassen.« Sie sah auf und hatte unvermittelt Tränen in den Augen. »Ich versuche doch nur, Vernunft walten zu lassen, Harry!«

»Einmal im Monat.« Harry runzelte die Stirn.

»Ja!«, versetzte Isobel wütend. »Du kannst doch nicht erwarten, dass ein Kind eine Beziehung entwickelt, wenn es seinen Vater nur zweimal jährlich sieht.«

»Wohl kaum.« Harry schritt zum Fenster, und Isobel beobachtete ihn ängstlich. Plötzlich wandte er sich um.

»Wie wär's mit zweimal im Monat? Würde das reichen?«

Isobel starrte ihn an.

»Ja. Natürlich …«

»Oder zweimal die Woche?«

»Ja. Aber …« Harry kam langsam auf sie zu, seinen warmen Blick auf sie geheftet.

»Wie wär's mit zweimal täglich?«

»Harry …«

»Wie wär's mit vormittags, nachmittags und die ganze Nacht hindurch?« Zart ergriff er ihre Hände; sie machte keine Anstalten, sich ihm zu entziehen.

»Ich verstehe nicht«, sagte sie, um Fassung bemüht. »Ich verstehe …«

»Wie wär's, wenn ich dich liebte? Wie wär's, wenn ich die ganze Zeit über mit dir zusammen sein wollte? Und unserem Kind ein besserer Vater sein wollte, als ich es Simon je war?«

Isobel sah ihn mit großen Augen an. Eine unkontrollierbare Woge von Gefühlen erfasste sie.

»Aber das geht doch nicht! Du hast gesagt, du willst kein Kind!« Sie stieß die Worte in verletztem, anklagendem Ton hervor, Tränen sprangen ihr auf die Wangen, und sie zog ihre Hände weg. »Du hast gesagt …«

»Wann habe ich das gesagt?«, unterbrach sie Harry. »So was habe ich nie gesagt!«

»Na ja, vielleicht nicht direkt«, meinte Isobel nach einer Pause. »Aber du hast eine Grimasse gezogen.«

»Was habe ich?«

»Vor ein paar Monaten. Ich habe dir erzählt, dass eine Freundin von mir schwanger ist, und du hast eine … eine Grimasse gezogen.« Isobel schluckte. »Und ich habe gesagt, oh, du magst wohl keine Kinder? Und da hast du das Thema gewechselt.« Harry sah sie ungläubig an.

»Das ist alles?«

»Ja, reicht das nicht? Für mich war damit auf jeden Fall alles klar.«

»Und deswegen hättest du beinahe dein Kind abgetrieben?«

»Ich wusste nicht, was ich tun soll«, verteidigte sich Isobel. »Ich dachte ...«

Harry schüttelte den Kopf.

»Du denkst zu viel. Das ist dein Problem.«

»Das stimmt doch gar nicht!«

»Du glaubst, ich mag keine Babys. Hast du mich je mit welchen gesehen?«

»Nein«, schluckte Isobel.

»Na, siehst du!«

Er umarmte sie fest, und sie schloss die Augen. Nach einer Weile spürte sie, wie die Anspannung in ihr nachließ. In ihrem Kopf schwirrten Tausende von Fragen herum, aber für den Augenblick war das egal.

»Ich mag Babys«, sagte Harry ruhig. »Solange sie nicht schreien.«

»Alle Babys schreien!«, protestierte sie. »Du kannst nicht erwarten ...« Als sie sein Gesicht sah, verstummte sie. »Oh, du nimmst mich auf den Arm.«

»Natürlich.« Harry hob eine Augenbraue. »Triffst du beim Dolmetschen auch immer so den Kern der Aussagen deiner Diplomaten? Kein Wunder, dass überall Krieg herrscht – Isobel Havill hat die Verhandlungen geleitet. Sie hat gedacht, sie wollten keinen Frieden, weil sie eine scheußliche Grimasse gezogen haben.«

Isobel fing halb zu kichern, halb zu schluchzen an und schmiegte sich an seine Brust.

»Du willst dieses Kind wirklich haben? Im Ernst?«

»Im Ernst.« Harry streichelte ihr übers Haar. »Und selbst wenn ich es nicht wollte«, fügte er mit unbewegter Stimme hinzu, »solltest du es trotzdem bekommen. Wer weiß, vielleicht ist das deine einzige Chance.«

»Na, herzlichen Dank.«

»Keine Ursache.«

Eine Weile standen sie schweigend da, dann entzog Isobel sich ihm widerstrebend.

»Ich muss gehen.«

»Wieso?«

»Vielleicht brauchen sie mich zu Hause.«

»Die brauchen dich nicht«, entgegnete Harry. »Ich brauche dich. Bleib heute Nacht hier.«

»Wirklich?« Isobel spannte sich an. »Aber was, wenn jemand mich sieht?« Harry lachte.

»Isobel, hast du es immer noch nicht begriffen? Ich *möchte*, dass dich jeder sieht! Ich möchte ...« Er brach ab und sah sie mit veränderter Miene an. »Versuchen wir's mal damit. Was würdest du davon halten ... dem Baby meinen Namen zu geben?«

»Du meinst doch nicht ...« Isobel blickte zu ihm auf, und ein Schauer überlief sie.

»Weiß nicht«, sagte Harry. »Hängt davon ab. Hast du schon einen Mann, von dem ich wissen sollte?«

»Schuft!« Isobel trat ihm gegen das Schienbein.

»Ist das ein Ja?«, fragte Harry und lachte. »Oder ein Nein?«

»Schuft!«

James und Alexander saßen bei einem Brandy am Küchentisch und warteten, dass Olivia vom Telefon zurückkam.

»Die hier habe ich übrigens entwickeln lassen«, sagte Alexander unvermittelt und zog einen braunen Umschlag aus seiner Tasche hervor.

»Was ist drauf?«, erkundigte sich James.

»Schauen Sie sich's an.«

James stellte sein Glas ab, öffnete den Umschlag und nahm ein Bündel schwarzweißer Fotografien heraus. Schweigend starrte er die oberste an, dann blätterte er langsam die anderen durch. Immer wieder blickte ihm Milly entgegen, die Augen weit geöffnet und leuchtend, die Kurven ihres Gesichtes in weiche Schatten getaucht. Der Verlobungsring schimmerte diskret am Bildrand.

»Die sind unglaublich«, sagte er schließlich. »Absolut außergewöhnlich.«

»Danke«, erwiderte Alexander leichthin. »Ich bin zufrieden damit.«

»Schön sieht sie aus«, sagte James. »Sie sieht immer schön aus. Aber es ist nicht nur das.« Wieder starrte er das oberste Bild an. »Sie haben eine Tiefe in Milly eingefangen, die ich noch nie gesehen habe. Plötzlich sieht sie ... faszinierend aus.«

»Sie sieht wie eine Frau mit einem Geheimnis aus.« Alexander trank einen Schluck Brandy. »Und genau das war sie ja auch.«

James sah zu ihm auf.

»Ist das der Grund, warum Sie sie geneckt haben? Um diese Bilder zu bekommen?«

»Zum Teil. Und zum Teil auch ...«, er zuckte mit den Achseln, »... ich bin ein Lump, und so etwas verschafft mir einen Kick.«

»Egal, was für Folgen das hat?«

»Ich wusste ja nicht, dass es Folgen haben würde«, erwiderte Alexander. »Ich hätte nie gedacht, dass sie in Panik geraten würde, wirklich. Sie schien so ...« Er überlegte. »... schien sich ihrer selbst so sicher.«

»Sie mag stark wirken«, sagte James. »Aber eigentlich ist sie sehr dünnhäutig.« Er machte eine Pause. »Genau wie ihre Mutter.«

Beide sahen auf, als Olivia in der Küche erschien.

»Na«, meinte James grimmig. »Hast du mit Lytton gesprochen? War's Esme, die es ihm erzählt hat?«

»Dieser dumme junge Vikar wollte es mir nicht sagen!«, antwortete Olivia mit einem Funken ihrer alten Leidenschaft. »Ist das zu fassen? Er meinte, das wäre Vertrauensbruch, und Lytton selbst war zu beschäftigt, um ans Telefon zu kommen. Zu beschäftigt!«

»Womit denn?«

Olivia atmete scharf aus, und ein merkwürdiger Ausdruck erschien auf ihrem Gesicht.

»Probt gerade eine Trauung. Mit dem anderen Paar, das morgen heiratet.« Es entstand eine gedämpfte kleine Pause. »Schätze, viel können wir da nicht machen«, setzte sie hinzu und goss sich einen Brandy ein.

»Doch«, entgegnete James. »Wir können hingehen und uns eine Antwort holen.«

»Was, und die Trauungsprobe unterbrechen?« Olivia starrte ihn an. »James, ist das dein Ernst?«

»Ja. Wenn meine Kusine Millys Vertrauen missbraucht und vorsätzlich ihre Hochzeit kaputtgemacht hat, dann möchte ich das wissen.« Er stellte sein Glas ab. »Komm, Olivia! Wo bleibt dein Kampfgeist?«

»Ist das dein Ernst?«, wiederholte sie.

»Ja. Und außerdem ...«, er warf Alexander einen Blick zu, »könnte es ganz amüsant werden.«

Simon saß am Fenster seines Zimmers und versuchte zu lesen, als die Hausglocke ertönte. Nervös stand er auf und legte sein Buch fort. Das war Milly. Es musste Milly sein.

Von Esme war er in erwartungsvoller Freude zurück nach Pinnacle Hall gekommen. Nach dem Schock und der Wut des Vorabends war es ihm, als sei sein Leben wieder auf Kurs. Er hatte den ersten Schritt zu einer Versöhnung mit Milly gemacht; sobald sie reagierte, würde er seine Entschuldigung wiederholen und versuchen, die Wunden zwischen ihnen, so gut es ging, verheilen zu lassen. Geduldig würden sie warten, bis Millys Scheidung ausgesprochen war, eine weitere Hochzeitsfeier anberaumen, das Leben von neuem beginnen.

Und hier war sie nun. Er stieg die breite Treppe hinunter und durchquerte mit einem törichten Lächeln flott die Halle. Aber ehe er sie halb durchquert hatte, öffnete sich die Tür zum Arbeitszimmer seines Vaters, und Harry erschien. Er lachte und gestikulierte zu irgendjemandem im Raum, ein Whiskyglas in der Hand.

»Oh, hallo«, sagte er. »Erwartest du jemanden?«

»Weiß nicht«, erwiderte Simon verlegen. »Milly vielleicht.«

»Ah. Dann verschwinde ich besser.«

Simon grinste seinen Vater an und ließ seinen Blick gedankenlos durch die offene Tür ins Arbeitszimmer schweifen. Zu seinem Erstaunen erhaschte er einen Blick auf ein weibliches Bein am Kamin. Neugierig sah er seinen Vater an. Harry schien kurz zu überlegen, dann schwang er die Arbeitszimmertür weit auf.

Am Kamin saß Isobel Havill. Sie riss den Kopf ruckartig hoch, ein schockierter Ausdruck trat auf ihr Gesicht, und Simon starrte sie überrascht an.

»Simon, du kennst Isobel doch?«, fragte Harry fröhlich.

»Ja, natürlich. Hi, Isobel. Was machst du denn hier?«

»Ich bin hier, um über die Hochzeit zu reden«, sagte sie nach einer Pause.

»Na, das stimmt doch gar nicht«, sagte Harry. »Lüg den Jungen nicht an.«

»Oh«, erwiderte Simon verwirrt. »Nun, das macht doch …«

»Simon, wir müssen dir etwas sagen«, meinte Harry. »Wenngleich das vielleicht nicht gerade der günstigste Zeitpunkt ist …«

»Allerdings«, unterbrach ihn Isobel in entschiedenem Ton. »Wieso geht denn keiner von euch an die Tür?«

»Was habt ihr mir zu sagen?« Simons Herz begann zu hämmern. »Geht's um Milly?«

Isobel seufzte. »Nein.«

»Nicht direkt«, sagte Harry.

»Harry!« Isobels Stimme klang leicht gereizt. »Simon möchte das jetzt gar nicht hören!«

»Was hören?«, wollte Simon wissen, während die Hausglocke

erneut ertönte. Er blickte von einem zum anderen. Isobel sah seinen Vater beschwörend an; Harry grinste augenzwinkernd zurück. Simon starrte die beiden an, die in einer wortlosen, intimen Sprache miteinander kommunizierten, und plötzlich ging ihm ein Licht auf.

»Jetzt geht endlich an die Tür. Egal, wer!«, sagte Isobel.

»Ich gehe schon«, meinte Simon mit erstickter Stimme. Isobel warf seinem Vater einen wütenden Blick zu.

»Simon, alles okay?«, fragte Harry bedauernd. »Hör mal, ich wollte nicht …«

»Schon okay.« Simon sah nicht zurück. »Schon okay.«

Er ging an die Haustür und riss sie mit bebender Hand ungeschickt auf. Ein Fremder stand davor. Ein hoch gewachsener, gut gebauter Mann mit blondem Haar, das unter der Lampe wie ein Heiligenschein leuchtete, und blutunterlaufenen blauen Augen voll Kummer.

Simon sah den Fremden enttäuscht an, von den Ereignissen zu verblüfft, um zu sprechen. Er musste erst noch verdauen, was er gerade erfahren hatte. Wie oft hatte er seinen Vater und Isobel zusammen gesehen? Fast nie. Aber vielleicht hätte allein das schon ein Hinweis sein müssen. Wenn er besser aufgepasst hätte, wäre ihm dann etwas aufgefallen? Wie lange hatten sie überhaupt schon eine Affäre miteinander? Und wo zum Teufel war Milly?

»Ich bin auf der Suche nach Simon Pinnacle«, sagte der Fremde schließlich. Er blickte Simon flehentlich an, und in seiner Stimme schwang ein merkwürdiger Trotz mit. »Sind Sie das zufällig?«

»Ja.« Simon riss sich mit aller Gewalt zusammen. »Das bin ich. Wie kann ich Ihnen behilflich sein?«

»Sie werden mich nicht kennen.«

»Aber ich, glaube ich«, sagte Isobel, die hinter Simon erschien. »Ich glaube, ich weiß genau, wer Sie sind« Ein ungläubiger Ton stahl sich in ihre Stimme, als sie ihn ansah. »Sie sind Rupert, stimmt's?«

Giles Claybrook und Eleanor Smith standen am Altar der St. Edward's Church und blickten einander wortlos an.

»Nun.« Pfarrer Lytton lächelte die beiden wohlwollend an. »Gibt es einen Ring oder zwei?«

»Einen.« Giles sah auf.

»Giles möchte keinen Ehering tragen«, erklärte Eleanor, und ein Anflug von Verärgerung zeigte sich auf ihrem Gesicht. »Ich habe versucht, ihn umzustimmen.«

»Ellie, Liebes«, meldete sich Eleanors Onkel, der sie von hinten mit einer Videokamera filmte. »Könntest du ein Stück nach rechts gehen? Super.«

»Ein Ring.« Lytton machte sich eine Notiz auf dem Programm. »Nun, in diesem Fall …«

Jemand rüttelte an den Hintertüren der Kirche, und er wandte sich überrascht um.

Die Tür schwang auf, und James, Olivia und Alexander kamen herein.

»Verzeihen Sie«, sagte James und marschierte flott den Mittelgang entlang. »Wir müssen uns nur kurz mit Pfarrer Lytton unterhalten.«

»Dauert nicht lang«, meinte Olivia.

»Tut uns Leid, wenn wir stören«, setzte Alexander fröhlich hinzu.

»Was soll das?«, fragte Giles und blickte den Gang entlang.

»Mrs. Havill, ich habe zu tun!«, donnerte Lytton. »Warten Sie freundlicherweise hinten!«

»Nur eine Minute«, sagte James. »Wir müssen bloß eines wissen – wer hat Ihnen von Millys erster Hochzeit erzählt?«

»Wenn Sie versuchen wollen, mich zu diesem späten Zeitpunkt noch davon zu überzeugen, dass die Information unwahr ist …«, begann Lytton.

»Haben wir nicht vor«, meinte James ungeduldig. »Wir müssen es nur wissen.«

»War er es?« Olivia deutete auf Alexander.

»Nein«, erwiderte der Pfarrer. »Und wenn Sie jetzt bitte so freundlich wären ...«

»War es meine Kusine Esme Ormerod?«, fragte James.

Schweigen.

»Es wurde mir vertraulich erzählt«, erklärte der Pfarrer schließlich etwas gezwungen. »Und ich fürchte ...«

»Ich betrachte das als Bestätigung, dass sie es war.« James ließ sich auf die nächste Kirchenbank fallen. »Ich kann's nicht fassen. Wie konnte sie? Und dabei ist sie Millys Patentante! Da, um ihr zu helfen und sie zu beschützen!«

»Allerdings«, bemerkte Lytton streng. »Und hätte es Ihrer Tochter etwa geholfen, wenn ihre Patentante tatenlos zugesehen hätte, wie sie vorsätzlich eine Ehe eingeht, die auf Lügen und Unaufrichtigkeit gründet?«

»Was sagen Sie da?«, meinte Olivia ungläubig. »Dass Esme versucht hat, in Millys bestem Interesse zu handeln?«

Pfarrer Lytton deutete mit einer kleinen Geste seine Zustimmung an.

»Nun, dann sind Sie verrückt!«, schrie Olivia. »Sie hat aus Boshaftigkeit gehandelt, und das wissen Sie auch! Eine infame Unruhestifterin ist sie, nichts weiter! Wissen Sie, ich habe diese Frau nie leiden können. Ich habe sie durchschaut, von Anfang an.« Sie nickte zu James. »Von Anfang an.«

Lytton hatte sich Giles und Eleanor zugewandt.

»Verzeihen Sie diese ungebührliche Unterbrechung. Nun lassen Sie uns endlich fortfahren. Das Geben und Entgegennehmen des Ringes.«

»Momentchen«, meldete sich Eleanors Onkel. »Ich spule das Video zurück, ja? Oder soll ich das alles drauflassen?« Er machte eine Geste zu James und Olivia. »Wir könnten es an eine TV-Show schicken.«

»Nein, verflixt, das könnten wir nicht«, brauste Eleanor auf.

»Fahren Sie fort, Pfarrer.« Sie warf Olivia einen boshaften Blick zu. »Wir ignorieren diese unverschämten Leute.«

»Nun gut«, meinte Lytton. »Giles, nun werden Sie den Ring auf Eleanors Finger stecken und mir nachsprechen.« Er hob seine Stimme. »Mit diesem Ring nehme ich dich zur Frau.«

»Mit meinem Leib verehre ich dich.«

Als die altehrwürdigen Worte ertönten, schienen sich alle zu entspannen. Olivia hob den Blick zur Gewölbedecke und sah dann zu James. Ein wehmütiger Ausdruck trat auf ihr Gesicht, und sie setzte sich neben ihn. Beide beobachteten, wie Alexander nach vorn schlich und ein diskretes Foto von Lytton schoss, der versuchte, die Videokamera zu ignorieren.

»Erinnerst du dich an unsere Hochzeit?«, fragte sie ihn leise.

»Ja.« Vorsichtig erwiderte er ihren Blick. »Was ist damit?«

»Nichts. Ich habe mich bloß gerade … daran erinnert. Wie nervös ich war.«

»Nervös, du?« James lächelte leicht.

»Ja«, erwiderte Olivia. »Nervös.« Eine lange Pause entstand, dann sagte sie, ohne ihn anzusehen. »Wenn du Lust hast, dann können wir nächste Woche ja vielleicht mal nach Edinburgh fahren. Als kleine Unterbrechung. Wir könnten uns umsehen. In einem Hotel übernachten. Und … und mal über alles reden.«

Stille.

»Gern«, meinte James schließlich. »Sehr gern sogar.« Er machte eine Pause. »Und was ist mit dem Bed and Breakfast?«

»Ich könnte ein Weilchen dichtmachen.« Olivia errötete zart. »Es gibt Wichtigeres in meinem Leben, weißt du.«

James sah sie wortlos an. Vorsichtig bewegte er seine Hand auf ihre zu. Olivia rührte sich nicht. Dann hörten sie plötzlich ein Rütteln an der Tür, und sie fuhren wie von der Tarantel gestochen auseinander. Der junge Vikar der Gemeinde schritt den Gang entlang, ein schnurloses Telefon in der Hand.

»Pfarrer Lytton«, sagte er in aufgeregtem Ton. »Ein äußerst

dringender Anruf von Miss Havill. Normalerweise würde ich Sie ja nicht unterbrechen, aber …«

»Von Milly?«, sagte Olivia überrascht. »Lassen Sie mich mit ihr sprechen!«

»Von Isobel Havill«, sagte der Vikar, ohne sich um Olivia zu kümmern. »Sie ruft von Pinnacle Hall aus an.« Mit glänzenden Augen reichte er Lytton das Telefon. »Offensichtlich gibt es recht bestürzende Neuigkeiten.«

Isobel legte den Hörer auf und sah die anderen an.

»Ich habe in der Kirche gerade mit Mummy gesprochen«, sagte sie. »Wißt ihr was, es war gar nicht Alexander, der dem Pfarrer von Milly erzählt hat.«

»Wer dann?«, wollte Simon wissen.

»Ihr werdet's nicht glauben.« Isobel machte eine Kunstpause. »Es war Esme!«

»Das überrascht mich gar nicht«, bemerkte Harry.

»Kennst du sie?« Isobel sah ihn verblüfft an.

»Von früher. Jetzt nicht mehr. Schon lange nicht«, setzte er hastig hinzu. Isobel warf ihm einen argwöhnischen Blick zu, runzelte die Stirn und klopfte mit den Fingernägeln auf das Telefon.

»Und Milly hat nicht die geringste Ahnung! Ich muss sie anrufen.«

»Kein Wunder, dass sie mich nicht reinlassen wollte«, sagte Simon, als Isobel erneut den Hörer abnahm. »Diese Frau hat sie doch nicht mehr alle.«

Angespannte Stille trat ein, während Isobel darauf wartete, dass am anderen Ende der Leitung jemand abhob. Unvermittelt änderte sich ihr Gesichtsausdruck, und sie bedeutete den anderen, still zu sein.

»Hi, Esme«, sagte sie in lockerem Ton. »Ist Milly zufällig da? Oh, aha. Könntest du sie vielleicht aufwecken?« Sie machte eine Grimasse zu Simon hin, der ebenfalls das Gesicht verzog. »Oh, verstehe. Okay, tja, da kann man nichts machen. Dann grüß sie von mir.«

Sie legte den Hörer auf und sah in die Runde.

»Wisst ihr was, ich traue dieser Frau einfach nicht«, sagte sie. »Da fahr ich lieber mal selbst hin.«

16. Kapitel

Als sie das Treppenende erreicht hatte, blieb Milly stehen und stellte ihren Koffer ab.

»Also, ich weiß nicht«, sagte sie.

»Wie meinst du das, du weißt nicht?«, fragte Esme forsch, als sie in die Diele kam. Sie trug ihren Pelzhut und hielt schwarze Lederhandschuhe und eine Straßenkarte in der Hand. »Na komm! Es wird spät.«

»Ich weiß nicht, ob ich wegfahren soll.« Milly setzte sich auf die Treppe. »Ich hab das Gefühl, ich laufe vor allem davon. Vielleicht sollte ich besser dableiben und die Sache tapfer durchstehen.« Esme schüttelte den Kopf.

»Schatz, du rennst nicht davon – du bist nur vernünftig. Wenn wir hier bleiben, dann verbringst du den ganzen morgigen Tag damit, das Gesicht ans Fenster zu pressen und zu grübeln. Wenn du fortfährst, dann lenkt dich zumindest ein anderer Ausblick ab.«

»Aber ich sollte doch wenigstens mit meinen Eltern sprechen.«

»Die sind am Montag auch noch da. Und augenblicklich werden sie für ein Gespräch ohnehin zu beschäftigt sein.«

»Na, dann sollte ich ihnen vielleicht helfen.«

»Milly«, sagte Esme ungeduldig, »jetzt sei doch nicht albern. Momentan bist du am besten weit weg, an einem Ort, an dem du endlich einmal in Ruhe über dein Leben nachdenken kannst. Nimm dir Zeit für dich selbst, finde dein Gleichgewicht wieder, werde dir über deine Prioritäten klar.«

Milly starrte eine Weile zu Boden.

»Stimmt«, sagte sie schließlich. »Ich brauche wirklich mal Zeit zum Nachdenken.«

»Natürlich brauchst du die!«, gab Esme ihr Recht. »Du brauchst mal so richtig Ruhe. Zu Hause wärst du umgeben von

Chaos und würdest unter Druck gesetzt, vor allem von deiner Mutter.«

»Ja, Mummy hat das Ganze sehr mitgenommen«, sagte Milly. »Sie hat sich die Hochzeit so gewünscht.«

»Natürlich hat sie das«, meinte Esme. »Das haben wir alle. Aber nun, da sie nicht stattfinden wird, musst du das Leben in neuem Licht betrachten. Stimmt's?«

Milly erhob sich seufzend.

»Ja. Du hast Recht. Ein Wochenende auf dem Land ist genau das Richtige.«

»Du wirst es nicht bereuen.« Esme lächelte sie an. »Komm schon. Fahren wir los.«

Esmes Daimler war draußen auf der Straße unter einer Laterne geparkt. Als sie eingestiegen war, drehte Milly sich um und spähte neugierig durch das Rückfenster.

»Schau, das da sieht wie Isobels Auto aus.«

»Ach, hier in der Gegend gibt es einen Haufen dieser kleinen Peugeots«, murmelte Esme. Sie ließ den Motor an, und sofort erfüllte lauter Mozart das Auto.

»Es *ist* Isobels Auto!«, rief Milly und spähte genauer. »Was macht sie denn hier?«

»Nun, leider können wir uns nicht länger aufhalten«, meinte Esme und legte rasch den Gang ein. »Sobald wir angekommen sind, kannst du sie ja anrufen.«

»Nein, warte!«, protestierte Milly. »Sie steigt aus. Sie kommt auf uns zu. Esme, halt an!« Esme fuhr los, und Milly sah sie an, sprachlos vor Erstaunen. »Esme, halt an!«, rief sie. »Esme, halt den Wagen an!«

Isobel eilte die Straße entlang und sah mit Bestürzung, wie Esmes Wagen aus der Parklücke fuhr. Keuchend sprintete sie hinter dem Auto her, verzweifelt bemüht, Milly nicht aus den Augen zu verlieren. Hinter den Scheiben von Esmes teurem Daimler konnte sie Millys blonden Haarschopf sehen, sah, wie Milly sich umdrehte, sie entdeckte und dann etwas zu Esme sagte. Aber Esme hielt nicht an. Für wen hielt sich dieses Miststück eigentlich? Und wohin zum Teufel brachte sie Milly? Unter größter Anstrengung konnte Isobel noch einen Zahn zulegen, immer die Rücklichter des Daimlers im Auge, unsicher, was sie tun würde, als Esme um die Ecke bog und auf der Hauptstraße davonbrauste.

Aber die Ampel am Straßenende stand auf Rot, und Esme musste notgedrungen die Geschwindigkeit drosseln. Isobel, die sich wie eine siegreiche olympische Athletin vorkam, erreichte das Auto und begann, an Millys Fenster zu trommeln. Sie sah, wie Milly drinnen lebhaft auf Esme einschrie und dann mit der Handbremse kämpfte. Plötzlich ging Millys Tür auf und sie kullerte mehr heraus, als dass sie ausstieg.

»Was gibt's?«, fragte sie Isobel keuchend. »Es schien wichtig zu sein.«

»Allerdings«, brachte Isobel wütend heraus, rot im Gesicht und völlig außer Atem. »Allerdings ist es wichtig! Mein Gott!« Sie strich sich das Haar aus den Augen und zwang sich, ein paarmal tief Luft zu holen. »Zum einen interessiert es dich vielleicht, dass es dieses Miststück war, das dich beim Pfarrer verpfiffen hat.« Sie deutete verächtlich auf Esme, die ihren Blick vom Fahrersitz aus mit wütenden, funkelnden Augen erwiderte.

»Wie meinst du das?«, sagte Milly. »Ich dachte, es war Alexander.«

»Nein, sie war's! Stimmt doch, oder?«, herrschte Isobel Esme an.

»Wirklich?« Milly sah Esme mit großen Augen an. *»Wirklich?«*

»Natürlich nicht!«, gab Esme scharf zurück. »Warum sollte ich so etwas tun?«

»Vielleicht, um dich an Harry zu rächen«, sagte Isobel, und ein neuer, schneidender Ton schlich sich in ihre Stimme.

»So ein Unsinn!«

»Von wegen. Er hat mir alles über dich erzählt. Alles.«

»So, hat er das?«, fragte Esme spöttisch.

»Ja«, erwiderte Isobel kalt. »Hat er.«

Stille trat ein. Esmes funkelnder Blick schweifte scharf über Isobels Gesicht, dann begriff sie plötzlich.

»Verstehe«, sagte sie langsam. »So stehen die Dinge also.« Sie bedachte Isobel mit einem verächtlichen Lächeln. »Das hätte ich mir ja denken können. Ihr Havillmädchen habt wirklich eine Schwäche fürs Geld, was?«

»Du bist ein Miststück, Esme.«

»Ich verstehe nicht.« Milly blickte von Isobel zu Esme. »Wovon redet ihr? Esme, hast du dem Pfarrer wirklich gesagt, dass ich schon verheiratet bin?«

»Ja. Und es war zu deinem Besten. Du willst diesen unreifen, frömmlerischen kleinen Schnösel doch wohl nicht heiraten!«

»Du hast mich verraten!«, schrie Milly. »Und dabei bist du meine Patentante! Du solltest zu mir halten!«

»Das tue ich doch.«

Hinter ihnen bildete sich allmählich eine Wagenschlange. Jemand hupte, und Isobel machte eine ungeduldige Geste.

»Milly, hör zu«, sagte Esme. »Für eine Ehe mit Simon Pinnacle bist du viel zu schade! Dein Leben fängt doch gerade erst an! Verstehst du nicht? Ich habe dich vor einem Leben in Langeweile und Mittelmaß bewahrt.«

»So siehst du das also?« Millys Stimme hob sich ungläubig. »Dass du mich gerettet hast?«

Etliche weitere Autofahrer begannen zu hupen. Gegen Ende der Schlange stieg ein Fahrer aus seinem Wagen und kam auf sie zu.

»Schatz, ich kenne dich sehr gut«, begann Esme. »Und ich weiß, dass ...«

»Tust du nicht!«, fiel Milly ihr ins Wort. »Du kennst mich nicht gut. Verdammt, du kennst mich überhaupt nicht! Ihr glaubt alle, mich zu kennen – und dabei tut es keiner von euch! Ihr habt ja keine Ahnung, wie ich wirklich bin, hinter …«

»Hinter was?«, erkundigte sich Esme herausfordernd.

Leicht keuchend starrte Milly Esme schweigend an, ihr Gesicht in das grüne Licht der Ampel getaucht, dann wandte sie den Blick ab.

»Entschuldigen Sie«, unterbrach sie ein Mann ungeduldig und deutete auf die Ampel. »Sind Sie blind, oder was?«

»Ja«, sagte Milly benommen. »Das war ich wohl.«

»Die Dame wollte gerade losfahren.« Isobel knallte boshaft die Beifahrertür zu. »Komm, Milly.« Sie nahm ihre Schwester am Arm. »Lass uns gehen.«

Als sie in Isobels Auto losfuhren, ließ sich Milly in ihren Sitz zurücksinken und massierte sich mit den Fingerspitzen die Stirn. Isobel, eine schnelle und gewandte Fahrerin, warf ihrer Schwester immer wieder einen Blick zu, sagte aber nichts. Nach einer Weile setzte Milly sich auf und strich sich das Haar hinter die Ohren.

»Danke, Isobel«, sagte sie.

»Jederzeit.«

»Wie seid ihr darauf gekommen, dass es Esme war?«

»Sie musste es sein. Keiner sonst wusste es. Wenn Alexander es niemandem gesagt hatte, dann musste sie es gewesen sein. Und …« Sie machte eine Pause. »Da war noch was.«

»Was denn noch?« Milly drehte sich zu Isobel. »Was sollte das alles, von wegen, sich an Harry rächen?«

»Sie hatten eine Liaison«, erklärte Isobel kurz. »Sagen wir einfach, es hat nicht funktioniert.«

»Und woher weißt du das?«

»Er hat es Simon erzählt. Und mir. Ich war gerade dort.«

Ein Hauch Röte stieg in Isobels Wangen, und sie trat entschlossen aufs Gas. Milly starrte ihre Schwester an.

»Stimmt was nicht?«

»Nein.« Aber die Röte auf Isobels Wangen vertiefte sich, und sie sah Milly partout nicht an. Millys Herz begann, laut zu klopfen.

»Isobel, was ist los? Was hat Esme damit gemeint, dass du eine Schwäche fürs Geld hast?«

Isobel schwieg, wechselte den Gang aber ruckartig. Sie blinkte nach links und schaltete versehentlich den Scheibenwischer an.

»Verdammt«, sagte sie. »Dieses verfluchte Auto!«

»Du enthältst mir etwas vor, Isobel«, sagte Milly. »Du verschweigst was.«

»Nein.«

»Was hast du in Pinnacle Hall gemacht?« Unvermittelt wurde Millys Stimme scharf. »Wen hast du besucht?«

»Niemanden.«

»Spiel mir doch nichts vor! Du und Simon, habt ihr euch hinter meinem Rücken getroffen?«

»Nein!«, lachte Isobel. »Sei doch nicht albern.«

»Was weiß denn ich? Wenn meine Patentante mich betrügen kann, warum dann nicht auch die eigene Schwester?«

Isobel sah Milly kurz an. Deren Gesicht war bleich und angespannt, und sie umklammerte fest den Sitz.

»Herrgott, Milly«, sagte sie rasch. »Wir sind doch nicht alle Esme Ormerod! Natürlich habe ich mich nicht mit Simon getroffen.«

»Nun, was ist es denn dann?« Millys Stimme wurde schriller. »Isobel, sag mir, was los ist!«

»Okay«, erwiderte Isobel. »Okay, ich sag's dir. Eigentlich wollte ich es dir schonend beibringen, aber nachdem du so verflucht argwöhnisch bist …« Sie blickte kurz zu Milly und holte tief Luft. »Es ist Harry.«

»Was ist Harry?«

»Mit dem ich mich getroffen habe. Er ist …«, Isobel schluckte, »der Vater.« Sie sah in Millys noch immer ausdrucksloses Gesicht. »Von meinem Kind, Milly! Er ist ... er ist derjenige, mit dem ich mich getroffen habe.«

»Was?«, kreischte Milly hysterisch. »Du hast dich mit Harry Pinnacle getroffen?«

»Ja.«

»Er ist der Vater deines Kindes?«

»Ja.«

»Du hast eine Affäre mit Simons *Dad*?« Millys Stimme wurde immer schriller.

»Ja«, sagte Isobel trotzig. »Aber ...« Als sie hörte, wie Milly in Schluchzen ausbrach, hielt sie inne. »Milly, was ist denn?« Sie warf Milly einen kurzen Blick zu, die gekrümmt auf dem Sitz saß und das Gesicht in den Händen vergrub. Plötzlich sprangen ihr selbst Tränen in die Augen und behinderten ihre Sicht auf die Straße. »Milly, es tut mir wirklich Leid«, sagte sie. »Ich weiß, es ist weiß Gott nicht der geeignete Zeitpunkt, es dir zu erzählen. Oh, Milly, weine nicht!«

»Ich weine ja gar nicht!«, brachte Milly heraus. »Ich weine nicht!«

»Was tust du ...«

»Ich lache!« Milly schnappte nach Luft, sah Isobel an und brach erneut in hysterisches Gelächter aus. »Du und Harry! Der ist doch so alt!«

»Er ist nicht alt!«

»Doch! Er ist steinalt! Er hat graue Haare!«

»Tja, das ist mir gleich. Ich liebe ihn. Und ich bekomme sein Kind!«

Milly hob den Kopf und sah Isobel an. Die starrte trotzig nach vorn, aber ihre Lippen bebten, und ihre Wangen waren nass von Tränen.

»Oh, Isobel, es tut mir Leid!«, sagte Milly verzweifelt. »Ich hab's nicht so gemeint. So richtig alt ist er auch wieder nicht.« Sie hielt inne. »Ich bin mir sicher, ihr gebt ein tolles Paar ab.«

»Ein Paar alter Kauze.« Isobel blinkte, um rechts einzubiegen.

»Nicht!« Milly prustete wieder los und hielt sich den Mund fest zu. »Ich glaub's einfach nicht! Meine Schwester hat eine heimliche Affäre mit Harry Pinnacle. Ich wusste doch, dass du was im Schilde führtest. Aber darauf wäre ich in einer Million Jahren nicht gekommen!« Sie sah hoch. »Weiß sonst schon jemand davon?«

»Simon.«

»Du hast es Simon vor mir erzählt?«, fragte Milly verletzt. Isobel verdrehte aufgebracht die Augen.

»Milly, du klingst genau wie Mummy! Und nein, das habe ich nicht. Er ist uns draufgekommen.«

»Was, im Bett?«

»Nein, nicht im Bett!«

Milly kicherte.

»Tja, woher soll ich das wissen? Hätte ja sein können.« Sie studierte Isobels Profil. »Du kannst Geheimnisse sehr gut für dich behalten, weißt du?«

»Das Kompliment kann ich nur erwidern!«, versetzte Isobel.

»Ja, stimmt wahrscheinlich«, sagte Milly nach einer Pause. »Hast Recht. Aber weißt du …« Sie streckte ihre Beine aus und stellte ihre Füße aufs Armaturenbrett. »Ich habe meine Ehe mit Allan nie direkt als ein Geheimnis betrachtet.«

»Was war es denn dann?«

»Ich weiß nicht«, meinte Milly vage. Sie dachte einen Augenblick nach. »Ein Geheimnis ist etwas, das man verbergen muss. Aber das war mehr wie … etwas aus einer anderen Welt. Etwas, das in dieser Welt nie wirklich existiert hat.« Sie starrte aus dem Fenster. »Ich denke immer noch ein bisschen so darüber. Wenn es niemand herausgefunden hätte, dann hätte es auch nicht existiert.«

»Du bist verrückt.« Isobel blinkte nach links.

»Bin ich nicht!« Milly deutete auf ihre Füße, die in pinkfarbenes Wildleder gehüllt waren. »Übrigens, wie gefallen dir meine neuen Schuhe?«

»Sehr hübsch.«

»Zwanzig Eier. Simon würde sie *hassen.*« Aus ihren Worten war leichte Genugtuung herauszuhören. »Hab mir auch schon überlegt, ob ich mir nicht die Haare abschneiden lasse.«

»Gute Idee«, sagte Isobel geistesabwesend.

»Ich will sie mir bleichen lassen. Und mir einen Nasenring anbringen lassen.« Sie grinste Isobel an. »Oder so was.«

Als sie sich Pinnacle Hall näherten, wurde Milly plötzlich ihrer Umgebung gewahr, und sie versteifte sich.

»Isobel, was machen wir?«

»Wir fahren nach Pinnacle Hall.«

»Das sehe ich. Aber wieso?«

Eine Weile gab Isobel keine Antwort.

»Ich denke, wir sollten warten, bis wir dort sind«, sagte sie schließlich.

»Ich möchte Simon nicht sehen«, meinte Milly, »falls es das ist, was du denkst. Wenn du irgendein Treffen arrangiert hast, das kannst du vergessen. Ich will ihn nicht sehen.«

»Weißt du, er ist heute Nachmittag vorbeigekommen, um sich zu entschuldigen. Er hat dir Blumen mitgebracht. Aber Esme hat ihn nicht reingelassen.« Sie drehte sich zu Milly um. »Na, willst du ihn jetzt sehen?«

»Nein«, erwiderte Milly nach einer Pause. »Es ist zu spät. Er kann seine Worte nicht wieder rückgängig machen.«

»Also, wenn du meine unmaßgebliche Meinung hören willst«, sagte Isobel, als sie sich den Toren von Pinnacle Hall näherten, »ich glaube, dass es ihm aufrichtig Leid tut.«

»Mir egal.« Als der Wagen knirschend die Auffahrt entlangfuhr, rutschte Milly tiefer in ihren Sitz. »Es macht mir nichts aus, Harry zu sehen«, sagte sie. »Aber Simon? Nein danke.«

»Schön«, sagte Isobel ruhig. »Seinetwegen fahren wir sowieso nicht her.« Sie stellte den Motor ab und sah Milly an. »Mach dich auf einen Schock gefasst.«

»Was?« Doch Isobel war schon ausgestiegen und marschierte auf das Haus zu. Zögernd stieg Milly ebenfalls aus und folgte ihr über den knirschenden Kies. Automatisch hob sie den Blick zu Simons Zimmer an der linken Hausecke. Die Vorhänge waren zugezogen, aber sie konnte einen dünnen Lichtstreifen sehen. Vielleicht stand er dahinter und beobachtete sie. Beklommen beschleunigte sie ihren Schritt und fragte sich, wovon Isobel wohl gesprochen hatte. Als sie sich der Eingangstür näherten, ging diese plötzlich auf, und im Schatten erschien eine hoch gewachsene Gestalt.

»Simon!«, rief Milly spontan.

»Nein«, ertönte Ruperts gedämpfte Stimme gut hörbar in der Abendluft; als er weiter vortrat, wurde unter dem Licht sein blondes Haar sichtbar. »Milly, ich bin's.« Überrascht blieb Milly stehen.

»Rupert?«, meinte sie ungläubig. »Was machst du denn hier? Du warst doch in London.«

»Ich bin mit dem Zug hergekommen. Ich musste dich sehen. Bei dir zu Hause war niemand, also bin ich hier.«

»Dann hast du es ja wohl schon gehört.« Milly trat von einem Fuß auf den anderen. »Es ist alles ans Licht gekommen. Die Hochzeit ist geplatzt.«

»Ich weiß. Deswegen bin ich hier.« Er rieb sich das Gesicht, dann sah er auf. »Milly, ich habe Allan für dich ausfindig gemacht.«

»Du hast ihn gefunden? Schon?« Millys Stimme hob sich aufgeregt. »Wo ist er? Ist er mitgekommen?«

»Nein.« Rupert ging langsam auf sie zu und ergriff ihre Hände. »Milly, ich habe schlechte Nachrichten. Allan ist … Allan ist tot. Er ist vor vier Jahren gestorben.«

Fassungslos sah Milly ihn an. Es war, als hätte man ihr einen Eimer eiskaltes Wasser ins Gesicht geschüttet. Das war einfach nicht wahr. Allan konnte nicht tot sein. Leute seines Alters *starben* nicht. Das war lächerlich.

Während sie Rupert anstarrte, erwachte in ihr unvermittelt der Wunsch loszukichern, das Ganze in den Scherz zu verwandeln, der es sicher war. Doch Rupert lächelte oder lachte nicht. Er sah sie mit seltsamer Verzweiflung an, als warte er auf eine Reaktion, eine Antwort. Milly zwinkerte ein paarmal und schluckte, die Kehle plötzlich wie ausgedörrt.

»Was … wie?«, brachte sie heraus. Bilder von Autounfällen kamen ihr in den Sinn. Von Flugzeugkatastrophen, übel zugerichteten Wrackteilen im Fernsehen.

»Leukämie«, erklärte Rupert.

»Er war krank?« Sie leckte sich die trockenen Lippen. »Er war krank, die ganze Zeit über?«

»Nicht, als wir ihn kannten. Erst danach.«

»Hat er … war es sehr schlimm?«

»Offenbar nicht.« Aus Ruperts Stimme konnte man heraushören, wie sehr er insgeheim litt. »Aber ich weiß es nicht. Ich war nicht dabei.«

Eine Weile sah Milly ihn wortlos an.

»Das kann doch einfach nicht sein«, sagte sie schließlich. »Er hätte nicht sterben dürfen.« Sie schüttelte heftig den Kopf. »Allan hat den Tod nicht verdient.«

»Nein«, erwiderte Rupert mit bebender Stimme. »Das hat er nicht.«

Sie starrte ihn einen Augenblick an, und Tausende gemeinsamer Erinnerungen schienen zwischen ihnen hin und her zu wandern. Dann, aus einer Regung reinsten Instinkts heraus, breitete sie die Arme aus. Rupert fiel ihr halb entgegen und vergrub seinen Kopf an ihrer Schulter. Milly hielt ihn fest umschlungen und sah zum tintenblauen Himmel hinauf. Tränen verschleierten ihr den Blick auf die Sterne. Und als sich eine Wolke vor den Mond schob, wurde ihr zum ersten Mal bewusst, dass sie Witwe war.

Als Isobel die Küche betrat, sah Simon argwöhnisch von seinem Platz an dem riesigen Refektoriumstisch auf. Er hielt ein Glas Wein in der Hand, vor ihm lag die *Financial Times*, aufgeschlagen zwar, aber – wie Isobel vermutete – ungelesen.

»Hi«, grüßte er sie.

»Hi.« Isobel nahm ihm gegenüber Platz und griff nach der Weinflasche. Eine Weile herrschte Stille. Sie musterte Simon neugierig. Er starrte nach unten und mied ihren Blick, als trüge er gerade irgendeinen inneren Kampf aus.

»Tja«, sagte er schließlich. »Du bist also schwanger. Gratulation.«

»Danke.« Sie lächelte ihn zaghaft an. »Ich freue mich wirklich sehr darüber.«

»Gut«, sagte Simon. »Das ist schön«. Er griff nach seinem Glas und trank einen großen Schluck.

»Es wird dein Halbbruder«, setzte Isobel hinzu. »Oder deine Halbschwester.«

»Ich weiß«, war Simons kurze Antwort. Isobel sah ihn mitfühlend an.

»Hast du Probleme damit?«

»Na, ein bisschen schon, wenn ich ehrlich bin.« Simon stellte sein Glas ab. »In einer Minute wirst du meine Schwägerin. Dann plötzlich doch nicht. Dann wirst du mit einem Mal meine Stiefmutter und bekommst ein Kind!«

»Weiß schon«, meinte Isobel. »Es geht alles ein bisschen plötzlich. Tut mir Leid. Wirklich.« Nachdenklich nippte sie an ihrem Wein. »Wie willst du mich übrigens nennen? ›Stiefmutter‹ scheint mir doch ein bisschen übertrieben. Wie wär's mit ›Mum‹?«

»Sehr witzig«, sagte Simon gereizt. Er trank einen Schluck Wein, nahm die Zeitung zur Hand und legte sie wieder fort. »Wo zum Teufel ist Milly? Die brauchen ganz schön lange, findest du nicht?«

»Ach komm. Gib dem Mädchen eine Chance. Sie hat gerade erfahren, dass ihr Mann tot ist.«

»Ich weiß«, sagte Simon. »Ich weiß. Aber trotzdem ...« Er stand auf und ging ans Fenster, dann wandte er sich um. »Na, was hältst du von diesem Rupert?«

»Ich weiß nicht. Ich muss sagen, ich habe ein totales Arschloch erwartet. Aber dieser Typ wirkt bloß ...« Sie dachte einen Augenblick nach. »Sehr traurig. Er wirkt bloß sehr traurig.«

»In Wahrheit«, sagte Rupert, »hätte ich sie nie heiraten sollen.« Er beugte sich vor, den Kopf müde auf die Hände gestützt. Neben ihm schlang Milly die Arme fester um ihre Knie. Beide saßen sie auf einer niedrigen Mauer hinter dem Bürotrakt; über ihnen hing, wie ein zweiter Mond, die alte Stalllaterne. »Ich wusste doch, was ich war. Ich wusste, dass ich eine Lüge lebte. Aber, weißt du, ich dachte, es ginge.« Unglücklich blickte er auf. »Ich dachte wirklich, es ginge!«

»Was, dachtest du, ginge?«, fragte Milly.

»Ein guter Ehemann zu sein! Ein normaler, anständiger Ehemann. Ich dachte, ich könnte all die Dinge tun, die andere tun. Dinnerpartys geben, zur Kirche gehen und unseren Kindern bei einem Krippenspiel zuschauen ...« Er brach ab und starrte in die Dunkelheit. »Weißt du, wir haben versucht, ein Kind zu bekommen, letztes Jahr war Francesca schwanger. Im März wäre es gekommen. Aber sie hat es verloren. Nun werden alle Gott danken, dass sie eine Fehlgeburt hatte, oder?«

»Nein«, meinte Milly unsicher.

»Ach, natürlich. Sie werden das für einen Segen halten.« Mit blutunterlaufenen Augen sah er auf. »Vielleicht war das selbstsüchtig. Aber ich wollte dieses Kind. Ich wollte es unbedingt. Und ich ...«, er zögerte, »ich wäre ihm ein guter Vater gewesen.«

»Es hätte von Glück reden können, dich als Vater zu haben.«

»Das ist lieb von dir.« Ein schwaches Lächeln erschien auf Ruperts Gesicht. »Danke.«

»Aber ein Baby ist auch keine Garantie«, wandte Milly ein. »Ein Kind hält eine Ehe nicht zusammen.«

»Nein. Das stimmt.« Rupert dachte einen Augenblick nach. »Das Merkwürdige ist, dass wir meiner Ansicht nach nie eine Ehe hatten. Nicht das, was ich eine Ehe nennen würde. Wir waren wie zwei Züge, die nebeneinander herfahren, fast ohne sich der Existenz des anderen bewusst zu sein. Wir haben nie gestritten; wir sind nie aneinander geraten. Ehrlich gesagt, kannten wir einander kaum. Es lief alles sehr höflich und angenehm ab – aber es war nicht real.«

»Warst du glücklich?«

»Ich weiß nicht. Ich habe es vorgegeben. So manches Mal habe ich sogar mich selbst zum Narren gehalten.«

Stille trat ein. Irgendwo in der Ferne bellte ein Hund. Rupert streckte seufzend seine Beine von sich.

»Sollen wir reingehen?«, fragte er.

»Okay«, meinte Milly vage. Eine Weile sah Rupert sie neugierig an.

»Na, und was ist mit dir?«

»Wie, mit mir?«

»Durch Allans Tod ändert sich doch alles.«

»Ich weiß.« Einen Augenblick betrachtete sie eingehend ihre Hände, dann stand sie auf. »Komm. Allmählich wird mir kalt.«

Als er hörte, wie die Haustür aufging, erhob sich Simon so abrupt, als hätte er einen Stromschlag erhalten. Er glättete sein Haar und ging linkisch auf die Küchentür zu, wobei er im vorhanglosen Fenster noch einmal sein Aussehen überprüfte.

»Vermutlich wird sie nicht mit dir sprechen wollen«, sagte Isobel. »Weißt du, du hast ihr wirklich wehgetan.«

»Ich weiß.« Bei der Tür blieb Simon stehen. »Ich weiß. Aber ...« Er griff nach der Türklinke, zögerte einige Sekunden und drückte die Tür dann auf.

»Viel Glück!«, rief Isobel ihm hinterher. Milly stand gleich hinter der Tür, die Hände tief in den Taschen vergraben. Als sie Simons Schritte hörte, sah sie auf. Simon blieb stehen und starrte sie an. Plötzlich kam sie ihm anders vor; als hätten die Ereignisse der vergangenen beiden Tage eine völlig neue Person aus ihr gemacht.

»Milly«, sagte er zittrig. Sie nickte kaum merklich. »Milly, es tut mir Leid. Es tut mir so Leid. Ich habe das alles nicht so gemeint. Ich hatte kein Recht, so mit dir zu reden. Ich hatte kein Recht, diese Dinge zu sagen.«

»Nein«, sagte Milly leise. »Das stimmt.«

»Ich war verletzt, und ich war schockiert. Und ich bin ohne nachzudenken über dich hergefallen. Aber wenn du mir noch mal eine Chance gibst, dann ... dann mache ich das wieder gut.« Plötzlich glänzten Tränen in Simons Augen. »Milly, mir ist es egal, ob du schon mal verheiratet warst. Und wenn du sechs Kinder hättest! Ich möchte einfach nur mit dir zusammen sein.« Er machte einen Schritt auf sie zu. »Und deshalb bitte ich dich, mir zu verzeihen und mir noch eine Chance zu geben.«

Eine lange Pause entstand.

»Ich verzeihe dir«, sagte Milly schließlich und senkte den Blick. »Ich verzeihe dir, Simon.«

»Wirklich?« Simon sah sie an. »Wirklich?«

Sie zuckte leicht mit den Achseln. »Deine Reaktion war verständlich, ich hätte von Anfang an reinen Tisch machen müssen.«

Eine unsichere Stille trat ein. Simon ging auf sie zu und wollte Millys Hand ergreifen, aber sie zuckte zurück. Er ließ ihre Hände los und räusperte sich.

»Ich habe gehört, was mit ihm passiert ist. Es tut mir Leid, wirklich.«

»Ja.«

»Du musst …«

»Ja.«

»Aber …« Er zögerte. »Du weißt doch, was das für uns bedeutet?« Milly sah ihn an, als spräche er eine andere Sprache.

»Was denn?«

»Nun, das bedeutet, dass wir heiraten können.«

»Nein, Simon.« Simon erblasste leicht.

»Wie meinst du das?«, sagte er betont locker. Milly begegnete kurz seinem Blick, dann sah sie fort.

»Ich meine damit, dass wir nicht heiraten können.« Und während er sie noch ungläubig anstarrte, machte sie kehrt und verließ das Haus.

17. Kapitel

Milly blieb erst stehen, als sie Isobels Auto erreicht hatte. Dann lehnte sie sich gegen die Beifahrertür, fischte in ihrer Tasche nach einer Zigarette und versuchte, den brennenden Schmerz in ihrer Brust zu ignorieren, versuchte, nicht an Simons entsetztes Gesicht zu denken. Sie hatte das Richtige getan. Sie war ehrlich gewesen. Endlich war sie ehrlich gewesen.

Mit zittrigen Händen steckte sie sich die Zigarette in den Mund und versuchte, sie anzuzünden, aber jedes Mal blies die Abendbrise die Flamme wieder aus. Schließlich warf sie sie mit einem frustrierten Schrei zu Boden und stampfte darauf herum. Ein Gefühl der Machtlosigkeit überkam sie. Ins Haus zurück konnte sie nicht. Und wegfahren konnte sie ohne Autoschlüssel auch nicht. Nicht einmal ein Handy hatte sie. Aber vielleicht käme Isobel ja gleich heraus und rettete sie.

Plötzlich knirschte es auf dem Kies. Sie sah hoch und fuhr zusammen, als sie Simon mit ernster, entschlossener Miene auf sich zukommen sah.

»Lass gut sein, Simon«, sagte sie und wandte sich ab. »Es ist aus, okay?«

»Nein, das ist nicht okay!«, rief Simon. Leicht außer Atem erreichte er das Auto. »Wie meinst du das, wir können nicht heiraten? Ist es wegen der Dinge, die ich gesagt habe? Milly, es tut mir furchtbar Leid. Ich tue mein Möglichstes, um das wieder gutzumachen. Aber wirf doch nicht nur deshalb unsere Beziehung fort!«

»Darum geht es gar nicht. Ja, du hast mich verletzt. Aber ich hab dir doch gesagt, ich verzeihe dir.« Simon sah sie mit großen Augen an.

»Ja aber, was ist es denn dann?«

»Es ist etwas Grundlegenderes. Es sind … wir. Du und ich als Paar, punktum.« Sie zuckte mit den Achseln und schickte sich an, davonzumarschieren.

»Was stimmt denn an dir und mir als Paar nicht?« Simon folgte ihr. »Milly, sprich mit mir! Lauf nicht einfach weg!«

»Ich laufe nicht weg.« Milly wirbelte herum. »Aber es bringt nichts, darüber zu reden. Überhaupt nichts, glaub mir. Also lass uns das Ganze mit Würde über die Bühne bringen, ja? Ade, Simon.«

Sie hielt kurz inne und stapfte dann rasch davon.

»Ich scheiß auf die Würde!«, rief Simon und lief ihr hinterher. »Ich lass dich nicht einfach so aus meinem Leben gehen! Milly, ich liebe dich. Ich möchte dich heiraten. Liebst du mich denn nicht? Hast du aufgehört, mich zu lieben? Wenn ja, dann sag's mir doch einfach!«

»Das ist es nicht!«

»Was dann? Woran liegt es dann?«

»Okay!« Milly blieb unvermittelt stehen. »Okay!« Sie schloss die Augen, dann öffnete sie sie wieder und sah ihn direkt an. »Es liegt daran, dass ich … nicht ehrlich zu dir war. Nie.«

»Ich hab dir doch gesagt, das ist mir gleich. Meinetwegen kannst du zehn Ehemänner haben!«

»Ich spreche nicht von Allan«, erwiderte Milly verzweifelt. »Ich spreche von all den anderen Lügen, die ich dir aufgetischt habe.« Ihre Stimme wurde lauter. »Lügen, Lügen, Lügen!«

Simon starrte sie fassungslos an. Er schluckte und strich sich das Haar zurück.

»Welche Lügen?«

»Siehst du?«, schrie Milly. »Du hast keine Ahnung! Du hast keine Ahnung, wer ich wirklich bin! Die wahre Milly Havill kennst du gar nicht!«

»Kepinski«, verbesserte sie Simon.

Millys Augen verengten sich, und sie wandte sich zum Gehen.

»Entschuldige«, sagte Simon sofort. »Ich hab's nicht so gemeint! Milly, komm zurück!«

»Es hat keinen Zweck!« Milly schüttelte den Kopf. »Es würde nicht funktionieren. Ich kann's nicht mehr.«

»Wovon sprichst du?« Simon folgte ihr.

»Ich kann nicht die sein, für die du mich hältst! Ich kann nicht deine perfekte Barbiepuppe sein.«

»Verdammt, ich behandle dich doch gar nicht wie eine Barbiepuppe!«, empörte sich Simon. »Herrgott! Ich behandle dich wie eine intelligente, reife Frau!«

»Ja!«, schrie Milly und wandte sich so schnell um, dass der Kies aufspritzte. »Das ist es ja eben! Du behandelst mich wie die Barbiepuppenversion eines vernunftbegabten Mannes. Du möchtest eine attraktive, intelligente Frau, die teure Schuhe trägt, Soap Operas für trivial hält und alles über den Wechselkurs europäischer Importartikel weiß. Tja, die kann ich dir nicht sein! Ich dachte, ich könnte mich in sie verwandeln, aber das kann ich nicht. Ich kann es einfach nicht!«

»Was?« Simon starrte sie erstaunt an. »Wovon zum Teufel redest du?«

»Simon, ich kann deinen Erwartungen einfach nicht mehr gerecht werden.« Tränen sprangen in Millys Augen, und sie wischte sie ungeduldig fort. »Ich kann dir doch nicht mein ganzes Leben lang etwas vorspielen. Ich kann niemand sein, der ich nicht bin. Rupert hat das versucht, und sieh dir an, was er jetzt davon hat!«

»Milly, ich möchte nicht, dass du dich für mich verstellst. Ich möchte, dass du du bist.«

»Das kannst du nicht wollen. Du kennst mich ja nicht mal.«

»Natürlich kenne ich dich!«

»Nein«, erwiderte Milly verzweifelt. »Simon, das versuche ich dir doch gerade beizubringen. Ich habe dir seit unserer ersten Begegnung etwas vorgegaukelt.«

»In welcher Hinsicht?«

»In jeder.«

»Du hast mich in *jeder Beziehung* angelogen?«

»Ja.«

»Zum Beispiel, Herrgott noch mal?«

»Immer.«

»Nenn mir ein Beispiel!«

»Okay.« Milly fuhr sich mit zittriger Hand durchs Haar. »Ich mag keine Sushi.«

Verblüffte Stille.

»Das ist alles? Du magst keine Sushi?«

»Natürlich ist das nicht alles«, versicherte Milly rasch. »Schlechtes Beispiel. Ich ... ich lese nie Zeitung. Ich gebe es nur vor.«

»Na und?«

»Und ich verstehe nichts von moderner Kunst. Und ich gucke schreckliche Sachen im Fernseher an.«

»Was zum Beispiel?«, lachte Simon.

»Zeug, von dem du noch nie gehört hast. Wie ... wie *Family Fortunes*!«

»Milly ...« Simon ging auf sie zu.

»Und ich ... ich kaufe mir billige Schuhe und zeige sie dir bloß nicht.«

»Ja und?«

»Wie meinst du das, ja und?« Tränen der Wut traten in Millys Augen. »Die ganze Zeit habe ich so getan, als sei ich jemand anders. Bei der Party damals, bei der wir uns kennen gelernt haben, da hatte ich von Vivisektion eigentlich überhaupt keinen Schimmer! Ich habe nur zufällig in *Blue Peter* was darüber gesehen.«

Simon blieb stehen. Eine lange Stille trat ein.

»Du hast es in *Blue Peter* gesehen«, sagte er schließlich.

»Ja«, erwiderte Milly mit tränenerstickter Stimme. »Ein *Blue Peter Special*.«

Simon warf den Kopf zurück und brach in schallendes Gelächter aus.

»Das ist nicht lustig!«, entrüstete sich Milly.

»O doch!«, brachte Simon lachend heraus. »Sehr sogar!«

»Nein!«, schrie Milly. »Die ganze Zeit über hatte ich deswegen ein schlechtes Gewissen! Begreifst du denn nicht? Ich habe Reife und Intelligenz vorgetäuscht. Und ich habe dich zum Narren gehalten. Aber ich bin nicht intelligent! Das bin ich einfach nicht!«

Simon hörte abrupt zu lachen auf.

»Milly, ist das dein Ernst?«

»Natürlich!«, sagte Milly unter Tränen. »Ich bin nicht clever! Ich bin nicht schlau!«

»O doch, bist du schon.«

»Nein! Nicht so wie Isobel!«

»Wie *Isobel*?«, wiederholte Simon ungläubig. »Du hältst Isobel für schlau? Findest du es etwa schlau, sich von seinem Freund ein Kind anhängen zu lassen?« Er zog eine Augenbraue hoch, und Milly kicherte unvermittelt.

»Isobel mag intellektuell sein«, versetzte Simon. »Aber der hellste Stern der Familie bist du.«

»Wirklich?«, fragte Milly kleinlaut.

»Wirklich. Und selbst wenn nicht, selbst wenn du nur über eine einzige Gehirnzelle verfügen würdest – würde ich dich trotzdem lieben. Ich liebe *dich,* Milly. Nicht deinen IQ.«

»Das geht gar nicht«, wandte Milly stockend ein. »Du …«

»… kennst mich nicht?«, vollendete Simon den Satz. »Natürlich kenne ich dich. Milly, eine Person zu kennen, bedeutet nicht, eine Reihe von Fakten zu kennen. Das ist mehr wie ein … ein Gefühl.« Er hob die Hand und strich ihr zart eine Haarsträhne zurück. »Ich spüre, wann du lachen und wann du weinen wirst. Ich fühle deine Güte und Wärme und deinen Sinn für Humor. All das fühle ich in mir. Und genau darauf kommt es an. Nicht auf

Sushi. Nicht auf moderne Kunst. Nicht auf *Family Fortunes.*« Er machte eine Pause und sagte dann mit unbewegter Stimme: »*Our survey said …*«

Milly sah ihn mit großen Augen an.

»Du guckst das auch?«

»Gelegentlich.« Er grinste. »Na, komm, Milly. Ich bin doch auch nur ein Mensch, oder?«

Stille. In der Ferne schlug eine Kirchturmuhr. Milly atmete zittrig aus und sagte, fast wie zu sich selbst: »Jetzt könnte ich …«

»Eine Zigarette gebrauchen?«, unterbrach sie Simon. Milly hob den Kopf, um ihn anzuschauen, dann zuckte sie kurz mit den Achseln.

»Vielleicht.«

»Na, komm!«, grinste Simon. »Hatte ich nicht Recht? Beweist das nicht, dass ich dich kenne?«

»Vielleicht.«

»Gib's zu! Ich kenne dich! Ich weiß, wann du eine rauchen willst. Das muss wahre Liebe sein. Oder etwa nicht?«

Es entstand eine Pause, dann sagte Milly erneut: »Vielleicht.« Sie langte in ihre Tasche nach der Zigarettenschachtel und gestattete es Simon, die Flamme ihres Feuerzeugs vor dem Wind zu schützen.

»Na?«, fragte er, als sie ihren ersten Lungenzug inhalierte.

»Na?«

Eine angespannte Stille trat ein. Milly tat einen weiteren Zug und wich Simons Blick aus.

»Ich habe mir überlegt …«, meinte Simon.

»Was?«

»Wenn du Lust hättest, dann könnten wir uns eine Pizza holen. Und vielleicht …« Er machte eine Pause. »Könntest du mir ein bisschen was über dich erzählen.«

»Okay.« Sie blies eine Rauchwolke aus und schenkte ihm ein kleines Lächeln. »Das wäre nett.«

»Du magst Pizza«, fügte Simon hinzu.
»Ja. Stimmt.«
»Du tust nicht nur so, um Eindruck zu schinden.«
»Simon. Halt den Mund!«
»Ich hole das Auto.« Er griff in seine Tasche nach den Autoschlüsseln.
»Nein, warte. Lass uns zu Fuß gehen. Mir ist so danach. Und nach ... Reden.« Simon sah sie mit großen Augen an.
»Den ganzen Weg bis nach Bath?«
»Wieso nicht?«
»Das sind drei Meilen!«
»Na, da sieht man's mal wieder!«, versetzte Milly. »Du kennst mich nicht. Ich lauf locker drei Meilen. In der Schule war ich in der Cross-Country-Mannschaft!«
»Aber es ist verflixt kalt!«
»Beim Laufen wird uns warm werden. Na, komm schon, Simon!« Sie hakte sich bei ihm unter. »Ich möchte wirklich.«
»Okay.« Simon steckte seine Autoschlüssel weg. »Schön. Gehen wir.«

»Sie gehen in den Garten«, bemerkte Isobel. »Zusammen.« Sie wandte sich vom Fenster ab. »Aber geküsst haben sie sich noch nicht.«
»Vielleicht wollen sie dazu kein Publikum«, meinte Harry. »Vor allem keine ältere Schwester.«
»Die wissen doch nicht, dass ich sie beobachte. Ich war sehr vorsichtig. Oh, jetzt sind sie verschwunden.« Sie biss sich auf die Lippen und setzte sich auf die Fensterbank. »Ich hoffe ... du weißt schon.«
»Entspann dich«, riet ihr Harry von seinem Platz am Kamin aus. Er hielt ein Blatt Papier und einen Füller in der Hand.
»Was machst du da?«, erkundigte sie sich. Harry blickte kurz auf, Isobel sah ihn an.

»Nichts.« Hastig faltete er das Stück Papier zusammen.

»Zeig schon!«, befahl Isobel.

»Das ist nichts von Bedeutung.« Harry wollte das Blatt in seiner Tasche verschwinden lassen. Aber Isobel hatte im Nu den Raum durchquert und es ihm entrissen.

»Nur ein paar Namen, die mir in den Sinn gekommen sind«, meinte Harry steif, als sie es auseinander faltete. »Wollte sie mir nur schnell notieren.«

Isobel sah auf das Blatt und lachte los.

»Harry, du bist verrückt! Wir haben noch sieben Monate Zeit, uns darüber Gedanken zu machen!« Sie las die Liste durch, lächelte bei manchen der Namen und verzog bei anderen das Gesicht. Dann drehte sie das Blatt um. »Und was soll das hier noch?«

»Oh, das.« Er machte eine leicht betretene Miene. »Das war nur für den Fall, dass wir Zwillinge bekommen.«

Milly und Simon gingen langsam durch die Gärten von Pinnacle Hall auf ein schmiedeeisernes Tor zu, das auf die Hauptstraße führte.

»Eigentlich sollte ich heute Abend etwas ganz anderes tun.« Milly starrte zum Sternenhimmel empor. »Ich sollte zu Hause ein stilles Abendessen einnehmen und dann meinen Koffer für die Flitterwochen packen.«

»Und ich hätte eigentlich mit Dad eine Zigarre rauchen und mir die Sache mit der Hochzeit noch einmal gründlich durch den Kopf gehen lassen sollen.«

»Und? Hast du das?«

»Du?«

Milly schwieg, starrte aber weiter zum Himmel. Schweigend gingen sie weiter, am Rosengarten und am gefrorenen Springbrunnen vorbei, in den Obstgarten.

»Da ist sie.« Unvermittelt blieb Simon stehen. Er sah sie kurz an. »Erinnerst du dich?« Milly erstarrte etwas.

»Ja. Natürlich erinnere ich mich. Du hattest den Ring in deiner Tasche. Und im Baumstumpf stand schon der Champagner bereit.«

»Ich habe Tage für die Vorbereitung gebraucht«, erinnerte sich Simon. Er ging zu dem Baumstumpf und klopfte darauf. »Ich wollte, dass alles perfekt ist.«

Milly sah ihn und ballte seitlich die Hände zur Faust.

Ehrlichkeit, sagte sie sich. Sei ehrlich.

»Es war zu perfekt«, sagte sie unverblümt.

»Was?« Simon riss schockiert den Kopf hoch, und Milly bekam prompt Gewissensbisse.

»Simon, es tut mir Leid«, sagte sie sofort. »Ich hab's nicht so gemeint.« Sie entfernte sich ein wenig von ihm und musterte die Bäume. »Es war schön.«

»Milly, gaukel mir nichts vor.« Simon klang schwer verletzt. »Sag die Wahrheit. Was hast du wirklich gedacht?«

Eine Pause trat ein.

»Na, okay«, meinte Milly schließlich. »Wenn ich wirklich ehrlich sein soll, dann war es schön – aber ...« Sie wandte sich zu ihm um. »Eine Spur zu geplant. Bevor ich Luft holen konnte, steckte schon der Ring an meinem Finger. In der nächsten Minute hast du den Champagnerkorken knallen lassen, und wir waren offiziell verlobt. Ich hatte gar keine ...« Sie brach ab und rieb sich das Gesicht. »Ich hatte gar keine Zeit, darüber nachzudenken.«

Stille.

»Verstehe«, sagte Simon schließlich. »Und wenn du Zeit zum Nachdenken gehabt hättest, was hättest du dann gesagt?« Milly sah ihn ein paar lange Sekunden an und wandte dann den Blick ab.

»Komm, lass uns die Pizza holen.«

»Okay.« In Simons Stimme schwang Enttäuschung mit. »Okay.« Er machte ein paar Schritte, dann blieb er stehen. »Und du bist dir ganz sicher, dass du gehen willst?«

»Ja«, erwiderte Milly. »Beim Laufen krieg ich immer den Kopf frei.« Sie streckte ihm die Hand entgegen. »Komm.«

Eine halbe Stunde später blieb Milly mitten auf der dunklen Straße stehen.

»Simon?«, meinte sie kleinlaut. »Mir ist kalt.«

»Nun, dann legen wir eben einen Zahn zu.«

»Und mir tun die Füße weh. Ich habe schon Blasen von diesen Schuhen.«

Simon blieb stehen und sah sie an. Sie hatte sich die Enden ihrer Jacke um die Hände geschlungen und sie unter die Achseln gesteckt; ihre Lippen bebten, und sie klapperte mit den Zähnen.

»Hast du jetzt einen klaren Kopf?«, wollte er wissen.

»Nein«, erwiderte Milly kläglich. »Gar nicht. Alles, woran ich denken kann, ist ein schönes heißes Bad.«

»Na ja, es ist nicht mehr weit«, sagte Simon fröhlich. Milly spähte die schwarze, unbeleuchtete Straße entlang.

»Ich kann nicht mehr. Gibt's hier denn nirgendwo Taxis?«

»Wohl kaum. Aber du kannst mein Jackett haben.« Er zog es aus, und Milly schnappte es sich und kuschelte sich in das warme Futter. »Ist dir denn jetzt nicht zu kalt?«, fragte sie vage.

»Geht schon. Sollen wir weitergehen?«

»Okay.« Milly begann, vorwärts zu hinken. Simon blieb stehen und sah sie an.

»Besser geht's nicht?«

»Meine Füße *bluten*«, jammerte Milly. Simons Blick wanderte nach unten.

»Sind das neue Schuhe?«

»Ja«, erwiderte Milly trübselig. »Und sie waren sehr günstig. Aber jetzt hasse ich sie.« Sie machte einen weiteren Schritt und zuckte zusammen. Simon seufzte.

»Na komm. Stell dich auf meine Füße. Ich lauf ein Weilchen mit dir drauf.«

»Wirklich?«

»Komm. Steck dir die Schuhe in die Tasche.«

Er fasste Milly fest um die Taille und begann, mit ihr auf den Füßen ungeschickt in die Nacht zu schreiten.

»Das gefällt mir«, meinte Milly nach einer Weile.

»Ja«, grunzte Simon. »Super.«

»Du gehst sehr schnell, nicht?«

»Das tue ich immer, wenn ich Hunger habe.«

»Es tut mir Leid«, sagte Milly gedrückt. »Aber die Idee an sich war doch gut, oder?« Es entstand eine Pause, und sie wandte sich um. Damit brachte sie Simon so aus dem Gleichgewicht, dass sie fast hingefallen wären. »Stimmt's, Simon?«

Simon fing zu lachen an, die Stimme rau von der Abendluft. »Ja, Milly«, japste er heiser. »Eine deiner besten.«

Als sie die Pizzeria schließlich erreichten, brachten die beiden vor Kälte und Anstrengung kaum mehr ein Wort heraus. Sie öffneten die Tür, und sofort schlugen ihnen die warme Luft und der Knoblauchgeruch des Essens wie ein berauschender Schwall ins Gesicht. Das Restaurant war gesteckt voll, Musik erfüllte den Raum; plötzlich schien die kalte, dunkle Straße eine Million Meilen entfernt zu sein.

»Einen Tisch für zwei Personen, bitte.« Simon stellte Milly auf dem Boden ab. »Und zwei große Brandys.«

Milly rieb sich die kalten, geröteten Wangen und lächelte ihn an.

»Weißt du, meinen Füßen geht's jetzt ein bisschen besser.« Sie probierte sie auf dem Marmorboden aus. »Ich glaube, ich kann allein zum Tisch gehen.«

»Gut.« Simon streckte sich. »Das ist prima.«

Ein rot gewandeter Ober führte sie zu einem Tisch und kehrte umgehend mit zwei Brandys zurück.

»Prost!« Zögernd sah Milly Simon an. »Allerdings weiß ich

nicht genau, worauf wir trinken. Auf die … Hochzeit, die es nicht gab?«

»Auf uns.« Simon wirkte plötzlich ernst. »Lass uns auf uns trinken. Milly …«

»Was?«

Stille. Millys Herz begann zu hämmern. Nervös fingerte sie an ihrer Papierserviette.

»Ich habe das nicht geplant«, sagte Simon. »Weiß Gott nicht. Aber ich kann nicht länger warten.«

Er legte seine Speisekarte beiseite und sank neben dem Tisch auf ein Knie. Im Restaurant entstand ein leichter Aufruhr, als die Gäste hinübersahen und sich gegenseitig anstießen.

»Milly, bitte«, sagte Simon. »Ich frage dich noch einmal. Und … und wider besseres Wissen hoffe ich, dass du ja sagen wirst. Möchtest du meine Frau werden?«

Lange herrschte Stille. Schließlich sah Milly ihn an. Ihre Wangen hatten einen zarten Pinkton angenommen; die Serviette in ihren Händen war nur noch ein rotes Knäuel.

»Simon, ich weiß nicht«, sagte sie. »Ich muss … ich muss darüber nachdenken.«

Als sie ihre Pizza aufgegessen hatten, räusperte Milly sich und sah Simon nervös an.

»Wie war deine Pizza?«, erkundigte sie sich mit trockener Stimme.

»Gut. Und deine?«

»Gut.« Kurz trafen sich ihre Blicke, dann sah Simon weg.

»Bist du …«, begann er. »Hast du …«

»Ja.« Milly biss sich auf die Lippen. »Ich habe nachgedacht.«

Ihr Blick glitt über ihn – noch immer neben dem Tisch auf den Knien, wie die ganze Mahlzeit über, sein Essen wie bei einem Picknick um ihn ausgebreitet. Der Hauch eines Lächelns erschien auf ihrem Gesicht.

»Würdest du jetzt gern aufstehen?«

»Wozu?« Simon trank einen Schluck Wein. »Ich hab's hier unten sehr bequem.«

»Das glaube ich.« Millys Lippen bebten. »Ich dachte bloß … dass du mich vielleicht gern küssen würdest.«

Angespannte Stille trat ein.

»So?«, sagte Simon schließlich. Gemächlich stellte er sein Weinglas ab und sah zu ihr hoch. Eine Weile starrten sie sich an, ohne zu merken, dass die Kellner einander anstießen und etwas in die Küche riefen; sie hatten nur Augen für einander. »Dürfte ich das wirklich?«

»Ja«, erwiderte Milly so ruhig wie möglich. Sie legte ihre Serviette ab, glitt von ihrem Stuhl zu ihm auf den Marmorboden und schlang die Arme um seinen Hals. Als sich ihre Lippen trafen, brandete im Restaurant gedämpfter Applaus auf. Tränen strömten über Millys Wangen, auf Simons Hals und in ihre vereinten Münder. Sie schloss die Augen und schmiegte sich an seine breite Brust, atmete den Duft seiner Haut ein, zu schwach, um auch nur einen Muskel zu rühren. Sie fühlte sich vollkommen ausgelaugt, körperlich wie emotional.

»Eine Frage nur«, flüsterte Simon ihr ins Ohr. »Wer bringt es deiner Mutter bei?«

18. Kapitel

Um neun Uhr am nächsten Morgen herrschte heiteres, kühles Wetter. Als Milly mit ihrem kleinen Auto vor der Bertram Street eins vorfuhr, wollte der Postbote gerade ein Bündel Briefe in den Briefkasten stecken.

»Guten Morgen!«, wandte er sich grüßend zu ihr um. »Wie geht's der Braut?«

»Gut.« Milly schenkte ihm ein knappes Lächeln. Sie nahm die Briefe entgegen, langte in ihre Tasche nach dem Schlüssel und hielt dann inne. Ihr Herz schlug mit einer Mischung aus erregter Vorfreude und Furcht, und ihr schwirrten tausend einleitende Sätze im Kopf herum. Eine Weile starrte sie auf den glänzenden Lackanstrich der Tür, dann steckte sie den Schlüssel ins Schloss.

»Mummy?«, rief sie beim Eintreten, die Stimme hoch vor Nervosität. Sie legte die Briefe auf den Dielentisch und zog ihren Mantel aus, bemüht, ruhig zu bleiben. Doch dann breitete sich auf ihrem Gesicht unwillkürlich ein Lächeln aus. Am liebsten wäre sie wie ein kleines Mädchen herumgehüpft und hätte gelacht und gesungen. »Mummy, dreimal darfst du raten!«

Freudig warf sie die Küchentür auf und hielt dann überrascht inne. Ihre Eltern saßen gemütlich zusammen am Tisch, beide noch immer in ihren Morgenröcken, als hätten sie Urlaub.

»Oh.« Sie wusste nicht genau, warum sie so überrascht war.

»Milly!« Olivia legte ihre Zeitung beiseite. »Alles in Ordnung?«

»Wir sind davon ausgegangen, dass du bei Harry übernachtet hast«, erklärte James.

»Hast du schon gefrühstückt?«, fragte Olivia. »Komm, ich mache dir einen Kaffee – und wie wär's mit einem leckeren Toast?«

»Ja«, erwiderte Milly. »Ich meine, nein. Hört mal her!« Sie fuhr sich durchs Haar, und das Lächeln auf ihrem Gesicht erschien wieder. »Ich habe gute Nachrichten für euch. Simon und ich werden heiraten!«

»Oh, Schatz!«, rief Olivia. »Das ist ja wunderbar!«

»Dann habt ihr euch also wieder vertragen«, sagte James. »Das freut mich zu hören. Er ist ein feiner Kerl.«

»Ich weiß«, erwiderte Milly. »Und ich liebe ihn. Und er liebt mich. Und alles ist wieder in bester Ordnung.«

»Das ist doch einfach fantastisch!«, sagte Olivia. Sie nahm ihren Becher und trank einen Schluck Kaffee. »Wann soll die Trauung denn stattfinden?«

»In zwei Stunden!«, erwiderte Milly glücklich.

»Was?« Olivia stellte ihren Becher krachend auf dem Tisch ab.

»Milly, ist das dein Ernst?«, fragte James. »Noch heute Morgen?«

»Ja! Heute Morgen! Warum denn nicht?«

»Warum denn nicht?« Olivias Stimme hob sich in Panik. »Weil nichts vorbereitet ist! Weil wir alles rückgängig gemacht haben! Es tut mir ja sehr Leid, Schatz, aber daraus wird nichts!«

»Mummy, wir haben alles, was wir für eine Hochzeit brauchen«, versetzte Milly. »Eine Braut und einen Bräutigam. Jemanden, der mich zum Altar führt« – dabei sah sie zu James –, »und jemanden, der einen großen Hut trägt und weint. Sogar den Hochzeitskuchen haben wir. Was will man mehr?«

»Aber Pfarrer Lytton ...«

»Wir haben es ihm schon gestern Abend gesagt«, erklärte Milly. »Tatsächlich ist alles schon arrangiert. Also kommt!« Sie machte ihnen Zeichen aufzustehen. »Schmeißt euch in Schale! Zieht euch an!«

»Warte!«, rief Olivia, als Milly durch die Küchentür verschwand. »Was ist mit Simon? Er hat doch keinen Trauzeugen!« Die Tür ging auf, und Millys Kopf erschien.

»Doch, hat er«, sagte sie. »Sogar einen unheimlich netten.«

»Es ist alles sehr einfach.« Simon trank einen Schluck Kaffee. »Hier sind die Ringe. Wenn der Pfarrer dich danach fragt, reichst du sie ihm. Das ist alles!«

»Gut«, erwiderte Harry schwerfällig. Er nahm die beiden goldenen Ringe und starrte sie eine Weile an, als müsse er sich ihre Form einprägen. »Der Pfarrer fragt mich nach den Ringen, und ich reiche sie ihm. Soll ich sie dabei auf der Handfläche liegen haben, oder halte ich sie mit den Fingern, oder was?«

»Keine Ahnung. Spielt das eine Rolle?«

»Weiß nicht! Das musst du doch mir sagen, Herrgott noch mal!«

»Dad, du bist doch nicht etwa nervös, oder?«

»Verdammt noch mal, natürlich nicht!«, versetzte Harry. »Und jetzt beeil dich. Geh und polier deine Schuhe.«

»Bis später«, sagte Simon von der Küchentür aus und grinste Harry an.

»Und, *bist* du nervös?«, erkundigte sich Isobel von der Fensterbank aus, als Simon verschwunden war.

»Nein.« Harry sah auf. »Na ja, vielleicht ein bisschen.« Abrupt schob er den Stuhl zurück und ging zum Fenster. »Das ist doch lächerlich. Ich sollte nicht Simons Trauzeuge sein, Herrgott noch mal!«

»O doch«, entgegnete Isobel. »Er will, dass du das machst.«

»Du meinst wohl, er hat sonst niemanden. Deshalb fragt er seinen alten Dad.«

»Nein, so meine ich das nicht«, erwiderte Isobel geduldig. »Er könnte locker einen befreundeten Kollegen anrufen. Das weißt du. Aber er möchte dich. Du *bist* seine Idealbesetzung. Und meine auch.« Sie griff nach seiner Hand, und nach einem Augenblick drückte er ihre. Dann warf sie einen Blick auf ihre Uhr und zog eine Grimasse. »Und jetzt muss ich wirklich los. Mummy kriegt wahrscheinlich schon Zustände!«

»Wir sehen uns dann dort.«

»Ja, bis dann.« Bei der Tür wandte Isobel sich noch einmal um. »Du weißt ja, welche Vergünstigung man als Trauzeuge genießt?«

»Welche denn?«

»Man darf mit der Brautjungfer schlafen!«

»Ach, wirklich?« Harrys Gesicht hellte sich auf.

»Das sind die Regeln«, erklärte Isobel. »Frag den Pfarrer. Er wird's dir bestätigen.«

Als Isobel die Halle betrat, kam Rupert gerade die Treppe hinunter. Jetzt, da er sich unbeobachtet fühlte, stand ihm ein solcher Schmerz ins Gesicht geschrieben, dass Isobel unwillkürlich erschauerte. Einige Augenblicke verharrte sie. Dann fühlte sie sich plötzlich als Voyeurin und zwang sich, mit dem Fuß ein Geräusch zu machen und kurz innezuhalten, bevor sie weiterging, so dass er seine Gedanken sammeln konnte, ehe er ihr gegenübertrat.

»Hallo«, grüßte sie ihn. »Wir haben uns schon gefragt, wie es Ihnen geht. Haben Sie gut geschlafen?«

»Prima, danke«, sagte Rupert und nickte. »Es ist sehr freundlich von Harry, dass ich hier übernachten durfte.«

»Ach, mein Gott. Da war doch nichts dabei! Es war sehr freundlich von Ihnen, die weite Reise zu machen, um Milly von …« Sie verstummte verlegen. »Wissen Sie schon, dass die Trauung jetzt doch stattfindet?«

»Nein.« Rupert schenkte ihr ein angespanntes Lächeln. »Das sind ja großartige Neuigkeiten. Wirklich großartig.« Isobel sah ihn mitleidig an und hätte alles dafür gegeben, ihm helfen zu können.

»Wissen Sie, Milly hätte Sie bestimmt gern dabei«, sagte sie. »Es wird ja jetzt keine große, schicke Hochzeitsfeier mehr. Eigentlich nur wir sechs. Aber wenn Sie Lust hätten, dann würden wir uns alle freuen, wenn Sie mitkämen.«

»Das ist sehr freundlich«, erwiderte Rupert nach einer Pause.

»Wirklich, sehr freundlich. Aber … ich glaube, ich fahre lieber heim. Wenn es Ihnen nichts ausmacht.«

»Natürlich nicht. Ganz wie Sie meinen.« Sie blickte sich in der leeren Halle um. »Ich organisiere jemanden, der Sie zum Bahnhof bringt. Ein Schnellzug nach London geht jede Stunde.«

»Ich möchte nicht nach London.« Ein fast friedlicher Ausdruck erschien auf Ruperts Gesicht. »Ich fahre nach Hause. Nach Cornwall.«

Um halb elf hatte Olivia sich fertig geschminkt und angezogen. Sie begutachtete sich im Spiegel und lächelte zufrieden. Ihr hellrotes Kostüm saß wie angegossen, und der dazu passende breitkrempige Hut warf einen rosigen Schimmer auf ihr Gesicht. Das blonde Haar glänzte in der Wintersonne, als sie sich mal zur einen, mal zur anderen Seite wandte, um ihr Make-up zu begutachten und den schwarzen Samtkragen ihrer Jacke auf Fusseln zu überprüfen. Schließlich drehte sie sich um, nahm ihre Handtasche und registrierte mit Genugtuung die handgefertigten pinkfarbenen Seidenschleifen, die ihre Lackschuhe schmückten.

James kam herein. »Du siehst blendend aus!«

»Das Kompliment kann ich nur erwidern!« Olivia ließ den Blick über seinen Cut gleiten. »Sehr vornehm, Brautvater.«

»Mutter der Braut.« James grinste sie an. »Apropos, wo steckt sie eigentlich?«

»Sie macht sich noch fertig«, erwiderte Olivia. »Isobel hilft ihr.«

»Na, dann schlage ich vor, wir genehmigen uns derweil einen kleinen Schluck vorhochzeitlichen Schampus! Sollen wir?« Er hielt ihr den Arm hin, und nach einem kurzen Zögern ergriff ihn Olivia. Als sie die Treppe hinuntergingen, hörten sie eine Stimme.

»Bitte stehen bleiben. Nur eine Sekunde. Schauen Sie nicht zu mir her.«

Sie hielten inne und lächelten einander an, während Alexander ein paar Fotos schoss.

»Okay«, sagte Alexander. »Das wär's.« Als Olivia an ihm vorbeiging, zwinkerte er ihr zu. »Super Hut, Olivia. Äußerst sexy!«

»Danke, Alexander.« Eine leichte Röte stieg in Olivias Wangen. James drückte ihr den Arm, und die Röte vertiefte sich.

»Komm«, sagte sie rasch. »Lass uns den Champagner trinken.«

Sie gingen ins Wohnzimmer, wo im Kamin ein Feuer knisterte und James bereits Schalen und eine Flasche bereitgestellt hatte. Er reichte ihr ein Glas und erhob das eigene.

»Auf die Hochzeit!«

»Auf die Hochzeit!« Olivia nippte an ihrem Champagner und setzte sich dann vorsichtig auf eine Stuhlkante, damit ihr Rock nicht zerknitterte. »Werden bei der Feier eigentlich Reden gehalten?«

»Keine Ahnung«, erwiderte James heiter. »Ja, gibt's denn überhaupt eine Feier?«

»Wer weiß? Das liegt ganz bei Milly. Das ist jetzt ihr Tag.« Ein schmerzlicher Ausdruck huschte über ihr Gesicht. »Ich bin bloß Gast.« James erwiderte ihren Blick mitfühlend.

»Macht's dir was aus?«, wollte er wissen. »Macht's dir was aus, dass es die große, üppige Hochzeitsfeier, die du geplant hast, jetzt nicht gibt? Die Eisschwäne, den eigens aus Genf eingeflogenen Organisten und die fünftausend VIPs?«

»Nein«, antwortete Olivia nach einer Pause. »Das macht mir nichts aus.« Sie strahlte James an. »Sie heiraten. Darauf kommt's an, nicht? Die beiden heiraten.«

»Ja. Darauf kommt's an.«

Das Glas in der Hand, starrte Olivia ins Feuer.

»Und weißt du«, sagte sie unvermittelt, »in vielerlei Hinsicht ist es viel *origineller*, eine kleine Privathochzeit zu feiern. Wenn man nicht aufpasst, haben große Hochzeiten bisweilen einen Touch ins Vulgäre. Findest du nicht?«

»Absolut.« James lächelte.

»Fast, als hätten wir es die ganze Zeit über so geplant!« Olivias Stimme klang allmählich fröhlicher. »Schließlich wollen wir bei der Hochzeit unserer Tochter ja nicht Krethi und Plethi dabeihaben, oder? Eine intime, exklusive Hochzeit, das wollen wir.«

»Tja, intim ist sie mit Sicherheit.« James leerte sein Glas. »Was die Exklusivität anbelangt, bin ich mir nicht sicher.«

An der Tür hörte man ein Geräusch, und er sah auf. Dort stand Isobel in einem langen, fließenden Etwas aus blassrosa Seide. Blumen waren in ihr Haar geflochten und ihre Wangen verlegen gerötet.

»Ich bin gekommen, um die Braut anzukünden. Sie ist bereit.«

»Du siehst bezaubernd aus, Schatz!«, rief James.

»So schön!«, sagte Olivia. Isobel zuckte die Achseln.

»Ich sehe okay aus. Ihr solltet Milly sehen. Schaut zu, wie sie die Treppe runterkommt. Alexander macht gerade Fotos.«

»Liebes!«, sagte Olivia scharf, als Isobel sich zum Gehen wandte. »Was ist mit den Rosen passiert?«

»Mit welchen Rosen?«

»Den Seidenrosen auf deinem Kleid!«

»Oh, die! Die ... die sind abgefallen.«

»Abgefallen?«

»Ja«, sagte Isobel. »Besonders gut hast du sie wohl nicht angenäht.« Sie sah in Olivias verdattertes Gesicht und grinste. »Ach komm, Mummy. Die Rosen sind doch egal. Schau dir lieber Milly an. Sie ist die Hauptattraktion.«

Sie begaben sich alle in die Diele und schauten die Treppe hinauf. Milly, gekleidet in ein schlicht geschnittenes Kleid aus elfenbeinfarbener Seide, kam langsam die Stufen hinab und lächelte sie durch ihren Schleier hindurch schüchtern an. Das steife, bestickte Mieder schmiegte sich eng an ihren Körper, die langen Ärmel waren am Handgelenk mit Pelz eingefasst, in ihrem Haar funkelte ein Diamantdiadem.

»Milly!«, rief Olivia zittrig. »Du siehst perfekt aus. Eine perfekte Braut!« Unvermittelt füllten sich ihre Augen mit Tränen, und sie wandte sich ab.

»Was meint ihr?«, fragte Milly mit bebender Stimme und blickte in die Runde. »Geht's so?«

»Liebes, du siehst fantastisch aus«, sagte James. »Simon Pinnacle kann sich sehr glücklich schätzen.«

»Ich kann gar nicht fassen, dass es wirklich passiert!«, sagte Olivia und drückte sich ein kleines Taschentuch an die Augen. »Die kleine Milly. Heiratet!«

»Wie fahren Sie denn alle zur Kirche?«, erkundigte sich Alexander und schoss noch ein Abschlussfoto. »Ich möchte mein Stativ mitnehmen.«

»Milly?« James sah sie an. »Es ist deine Show.«

»Ich weiß nicht.« Auf Millys Gesicht erschien ein beunruhigter Ausdruck. Sie stieg ein paar Stufen hinab, und ihre Schleppe rutschte hinter ihr her. »Darüber hab ich gar nicht nachgedacht.«

»Laufen wir doch!«, schlug Isobel grinsend vor.

»Halt den Mund, Isobel«, erwiderte Milly. »O Gott. Was sollen wir tun?«

»Wenn wir beide Autos nehmen«, sagte James mit Blick auf Olivia, »dann könntest du Alexander und Isobel fahren, und Milly könnte bei mir mit ...«

Ein Klingeln an der Haustür unterbrach ihn, und alle sahen hoch.

»Wer in aller Welt ...«, meinte James. Er blickte in die Runde, dann ging er zur Tür. Auf der Schwelle stand ein Mann mit einer Kappe unter dem Arm. Er verbeugte sich steif.

»Die Hochzeitswagen für Havill«, verkündete er.

»Was?« James lugte an ihm vorbei auf die Straße. »Aber die wurden doch abbestellt!«

»Wurden sie nicht.« James wandte sich um.

»Olivia, hast du die Hochzeitswagen nicht abbestellt?«

»Aber natürlich habe ich das«, erwiderte Olivia knapp.

»Gemäß meiner Information nicht«, entgegnete der Mann.

»Nicht gemäß Ihrer Information«, echote Olivia und schüttelte den Kopf. »Ist Ihnen noch nie in den Sinn gekommen, dass Ihre Informationen falsch sein könnten? Erst gestern habe ich mit einer jungen Frau von Ihrer Firma gesprochen, und sie hat mir versichert, dass alles abbestellt würde. Ich schlage also vor, Sie gehen in Ihr Auto zurück und sprechen mit demjenigen, der das Telefon bedient, und ganz gewiss wird sich herausstellen ...«

»Mummy!«, unterbrach Milly sie in gequältem Ton. »Mummy!« Sie verzog vor Olivia bedeutungsvoll das Gesicht, der plötzlich aufging, was sie meinte.

»Wie auch immer«, meinte Olivia und straffte sich. »Aufgrund sehr günstiger Umstände hat sich die Situation erneut geändert.«

»Sie wollen die Wagen also doch.«

»Ja«, erwiderte Olivia hochnäsig.

»Sehr wohl, Madam.« Der Mann verschwand die Treppe hinunter. Als er unten ankam, hörte man ihn leise die Worte »nicht alle Tassen im Schrank« murmeln.

»Gut«, meinte James. »Dann fahrt ihr mal los ... und ich und Milly folgen hinterdrein. So sieht das Protokoll es doch vor, oder?«

»Bis gleich«, sagte Isobel mit einem Lächeln zu Milly. »Viel Glück!«

Als sie die Treppen zu den wartenden Autos hinabstiegen, zog Alexander Isobel leicht zurück.

»Wissen Sie, von Ihnen würde ich irgendwann mal wirklich gerne ein paar Fotos machen«, sagte er. »Sie haben fantastische Wangenknochen.«

»Ach wirklich?« Isobel zog die Augenbrauen hoch. »Sagen Sie das nicht allen Mädchen?«

»Nein. Nur zu den ganz umwerfenden.« Er sah sie an. »Im Ernst.«

Isobel starrte ihn an.

»Alexander ...«

»Ich weiß ja nicht, ob das gegen die Verfahrensordnung verstößt.« Er hievte sich das Stativ auf die Schulter. »Aber wenn diese ganze Hochzeitsgeschichte vorbei ist ... könnten wir dann nicht mal was zusammen trinken gehen?«

»Sie haben Nerven!«

»Ich weiß. Möchten Sie?«

Isobel musste lachen.

»Ich fühle mich sehr geschmeichelt«, sagte sie. »Und schwanger bin ich übrigens auch.«

»Oh.« Er zuckte mit den Achseln. »Na ja, das macht nichts.«

»Und ...«, setzte sie hinzu und eine leichte Röte erschien auf ihren Wangen, »... ich heirate demnächst.«

»Was?« Olivia, die ein ganzes Stück vor ihnen ging, wirbelte herum. Sie strahlte. »Isobel! Wirklich?«

Isobel verdrehte vor Alexander die Augen.

»Ist bloß so eine Idee«, sagte sie mit lauterer Stimme. »Sicher ist es noch nicht.«

»Aber wen, Schatz? Kenne ich ihn? Seinen Namen?«

Isobel sah Olivia an. Sie öffnete den Mund, um zu sprechen, schloss ihn wieder, sah fort und trat von einem Bein aufs andere.

»Ich stelle ihn dir später vor, ja?«, sagte sie schließlich. »Wenn die Hochzeit vorbei ist. Lass uns die nur erst mal hinter uns bringen. In Ordnung?«

»Wie immer du meinst, Schatz«, meinte Olivia. »Oh, ich bin ja so gespannt!«

»Na!« Isobel lächelte schwach. »Dann ist es ja gut.«

Um zehn vor elf kamen Harry und Simon bei der Kirche an. Sie drückten die Tür auf und sahen sich schweigend in dem riesigen, leeren, geschmückten Raum um. Simon warf seinem Vater einen Blick zu, dann ging er ein paar Schritte den breiten Gang entlang. Seine Schuhe hallten auf den Steinen wider.

»Aha!« Pfarrer Lytton erschien durch eine Seitentür. »Der Bräutigam und sein Trauzeuge! Willkommen!« Er eilte den Gang entlang auf sie zu, an den Reihen glänzender Kirchenbänke aus Mahagoni vorbei, jede davon mit Blumen geschmückt.

»Wo sollen wir uns hinsetzen?« Harry blickte sich um. »Alle guten Plätze sind schon vergeben!«

»Guter Witz!« Der Pfarrer strahlte sie an. »Die Plätze für den Bräutigam und seinen Trauzeugen sind vorn rechts.«

»Es war wirklich äußerst liebenswürdig von Ihnen«, sagte Simon, während sie ihm nach vorn folgten, »den Gottesdienst so kurzfristig wieder anzuberaumen. Noch dazu, wo wir nur so wenige sind. Wir sind Ihnen sehr verbunden.«

»Nun, darauf kommt es doch nicht an«, erwiderte Lytton. »Wie sagt der Herr: Wo zwei oder drei in meinem Namen versammelt sind, da bin ich mitten unter ihnen.« Er hielt inne. »Natürlich kann die Kollekte dadurch unter Umständen etwas dürftig ausfallen ...« Er verstummte viel sagend, und Harry räusperte sich.

»Natürlich werde ich für das Defizit aufkommen«, sagte er, »wenn Sie mir eine ungefähre Summe nennen könnten.«

»Überaus freundlich!«, murmelte der Geistliche. »Ah, hier kommt Mrs. Blenkins, unsere Organistin. Sie haben großes Glück, dass sie heute Vormittag verfügbar war!«

Eine ältliche Dame marschierte den Gang entlang auf sie zu.

»Ich hab überhaupt nichts eingeübt«, erklärte sie, sobald sie die Männer erreichte. »Dafür blieb keine Zeit, verstehen Sie.«

»Natürlich nicht«, sagte Simon schnell. »Wir verstehen völlig ...«

»Wären Sie mit ›Here Comes the Bride‹ zufrieden?«

»Selbstverständlich.« Simon warf Harry einen Blick zu. »Was immer. Vielen herzlichen Dank. Wir sind äußerst dankbar.« Die Frau nickte und marschierte davon, und Pfarrer Lytton verschwand mit raschelndem Gewand.

Simon setzte sich auf die vorderste Kirchenbank und streckte seine Beine aus.

»Ich habe fürchterliche Angst.«

»Ich auch«, gestand Harry und erschauerte leicht. »Dieser Pfarrer verursacht mir das kalte Grausen.«

»Werde ich ein guter Ehemann sein?« Simon warf den Kopf zurück. »Werde ich Milly glücklich machen?«

»Das tust du doch schon«, erwiderte Harry. »Verändere bloß nichts. Glaub nicht, du musst dich anders verhalten, weil du verheiratet bist.« Ihre Blicke trafen sich. »Du liebst sie. Das reicht völlig.«

Im rückwärtigen Teil der Kirche war etwas zu hören, und Olivia erschien, eine Vision in leuchtendem Pink. Mit leicht klickenden Stöckelschuhen kam sie den Gang entlang nach vorn.

»Gleich kommen sie«, flüsterte sie.

»Komm, setz dich neben mich.« Harry klopfte auf die Kirchenbank. Einen Augenblick schwankte sie.

»Nein«, sagte sie bedauernd. »Das würde sich nicht gehören. Ich muss auf der anderen Seite sitzen.« Sie reckte leicht das Kinn. »Schließlich bin ich die Brautmutter.«

Sie nahm Platz, und für ein paar Minuten trat Stille ein. Aus dem Nichts begann leise Orgelmusik. Simon streckte seine Finger und besah sie sich eingehend. Harry blickte auf seine Uhr. Olivia holte eine Puderdose hervor und überprüfte ihr Erscheinungsbild.

Plötzlich rüttelte es an der Kirchentür, und sie fuhren alle zusammen.

Um seiner Nervosität Herr zu werden, holte Simon tief Luft. Aber sein Herz hämmerte wie wild, und seine Handflächen waren feucht.

»Meinst du, wir sollten aufstehen?«, flüsterte er seinem Vater zu.

»Keine Ahnung!«, zischte Harry zurück. Er wirkte nicht minder nervenschwach. »Woher, zum Teufel, soll ich das wissen?«

Olivia wandte sich um und spähte nach hinten.

»Ich kann sie sehen!«, flüsterte sie. »Sie ist da!«

Die Klänge der Orgel wurden langsamer und verhallten dann ganz. Nachdem sie einander zögernd angeschaut hatten, erhoben sich die drei. Eine gequälte Stille trat ein, jeder schien den Atem anzuhalten.

Dann erklang die vertraute Melodie von Wagners Hochzeitsmarsch. Simon spürte einen Kloß im Hals. Er wagte nicht, sich umzudrehen, und starrte heftig zwinkernd nach vorn, bis Harry ihn am Ärmel zog. Ganz langsam sah er nach hinten, bis er den Gang überblicken konnte, und das Herz blieb ihm stehen. Dort kam Milly am Arm ihres Vaters und sah schöner aus denn je. Ihre Lippen waren zu einem bebenden Lächeln geöffnet, die Augen hinter dem Schleier funkelten, der Cremeton ihres Kleides betonte ihren schimmernden Teint.

Als sie bei ihm ankam, blieb sie stehen. Sie zögerte und hob dann mit zitternden Händen den hauchfeinen Schleier von ihrem Gesicht. Dabei streifte sie mit den Fingern die Kette aus Süßwasserperlen um ihren Hals. Sie zögerte kurz und drückte eine der kleinen Perlen; für einen Augenblick trübten sich ihre Augen.

Dann ließ sie sie los, holte tief Luft und sah auf.

»Bereit?«, fragte Simon.

»Ja«, lächelte Milly. »Ich bin bereit.«

Als Rupert bei dem kleinen Cottage eintraf, das auf den Klippen thronte, war es schon fast Mittag. Während er den Weg zum Haus entlangging, warf er einen Blick auf seine Uhr und dachte daran, dass Milly inzwischen verheiratet sein müsste. Inzwischen würden sie und Simon wahrscheinlich überglücklich Champagner trinken.

Noch ehe er die Tür erreichte, öffnete sie sich, und sein Vater stand vor ihm.

»Hallo, mein Junge«, grüßte er freundlich. »Ich habe dich schon erwartet.«

»Hallo, Vater.« Rupert stellte seine Aktentasche ab, um ihn zu umarmen. Als der ältere Mann ihm milde in die Augen blickte, da war ihm, als müsse er gleich in haltloses Schluchzen ausbrechen. Doch das gaben seine Gefühle nicht mehr her. Er war über Tränen hinaus.

»Komm, trinken wir eine schöne Tasse Tee«, schlug sein Vater vor und ging voraus in das winzige Wohnzimmer, von dem aus man das Meer überblickte. Er hielt inne. »Deine Frau hat heute angerufen, weil sie sich gefragt hat, ob du hier bist. Ich soll dir ausrichten, dass es ihr Leid tut. Sie lässt dich grüßen und schließt dich in ihre Gebete mit ein.«

Rupert schwieg. Er setzte sich ans Fenster und blickte auf die weite blaue See hinaus. Er stellte fest, dass er Francesca fast völlig vergessen hatte.

»Vor ein paar Tagen hat schon mal eine junge Frau für dich angerufen!«, rief ihm sein Vater aus der kleinen Küche zu. Man hörte Geschirrklappern. »Milly, so hieß sie, glaube ich. Hat sie es geschafft, dich ausfindig zu machen?«

Der Anflug eines Lächelns huschte über Ruperts Gesicht.

»Ja. Sie hat mich ausfindig gemacht.«

»Ihren Namen kannte ich noch gar nicht.« Sein Vater kam mit einer Teekanne herein. »Ist sie eine alte Freundin von dir?«

»Nein, nicht direkt«, meinte Rupert. »Nur ...« Er hielt inne. »Nur die Frau eines Freundes.«

Und er lehnte sich auf seinem Stuhl zurück und starrte zum Fenster hinaus auf die Wellen, die sich unter ihm an den Felsen brachen.